U0129321

滿文原檔
《滿文原檔》選讀譯注

太祖朝 (九)

莊 吉 發 譯注

滿 語 叢 刊
文史哲出版社印行

國家圖書館出版品預行編目資料

滿文原檔《滿文原檔》選讀譯注：太祖朝. 九
／ 莊吉發譯注. -- 初版. -- 臺北市：文史
哲出版社，民 111.08
　　面：公分 --（滿語叢刊；48）
　　ISBN 978-986-314-614-8（平裝）

1.CST:滿語 2.CST:讀本

802.918　　　　　　　　　　　11112445

滿　語　叢　刊　48

滿文原檔《滿文原檔》選讀譯注
太祖朝（九）

譯 注 者：莊　　　吉　　　發
出 版 者：文　史　哲　出　版　社
http://www.lapen.com.tw
e-mail:lapen@ms74.hinet.net
登記證字號：行政院新聞局版臺業字五三三七號
發 行 人：彭　　　正　　　雄
發 行 所：文　史　哲　出　版　社
印 刷 者：文　史　哲　出　版　社
臺北市羅斯福路一段七十二巷四號
郵政劃撥帳號：一六一八〇一七五
電話886-2-23511028・傳真886-2-23965656

實價新臺幣七二〇元

二〇二二年（民一一一）八月初版

著作財產權所有・侵權者必究
ISBN 978-986-314-614-8　　　65148

滿文原檔

《滿文原檔》選讀譯注

太祖朝(九)

目　　次

《滿文原檔》選讀譯注導讀（節錄）……………………… 3

一、佈列戰車 …………………………………………… 9

二、沿邊運糧 …………………………………………… 29

三、有田同耕 …………………………………………… 49

四、衣被群生 …………………………………………… 63

五、惡棍肆虐 …………………………………………… 81

六、築城駐防 …………………………………………… 95

七、耕稼耒耜 …………………………………………… 109

八、滿漢一家 …………………………………………… 123

九、服飾同異 …………………………………………… 139

十、索取財物 …………………………………………… 151

十一、招撫漢人 ………………………………………… 175

十二、供奉喇嘛 ………………………………………… 185

十　三、清點男丁 ……………………………………… 195

十　四、催徵官牛 ……………………………………… 217

十　五、滿蒙聯姻 ……………………………………… 235

十　六、天示異兆 ……………………………………… 249

十　七、厚賞親家 ……………………………………… 261

十　八、設筵餞行 ……………………………………… 287

十　九、蒙古掠奪 ……………………………………… 301

二　十、輪班駐防 ……………………………………… 313

二十一、指點築城 ……………………………………… 323

二十二、盛衰興亡 ……………………………………… 335

二十三、八旗檔冊 ……………………………………… 359

二十四、人存政舉 ……………………………………… 377

二十五、漢人控訴 ……………………………………… 407

二十六、革職降級 ……………………………………… 425

二十七、開張商店 ……………………………………… 443

二十八、公私分明 ……………………………………… 453

二十九、罪刺耳鼻 ……………………………………… 461

三　十、善養國人 ……………………………………… 471

三十一、頒賜敕書 ……………………………………… 491

附　錄：滿文原檔之一、之二、之三、之四 ……… 502

　　　　滿文老檔之一、之二、之三、之四 ……… 506

致　謝 …………………………………………………… 510

《滿文原檔》選讀譯注
導　讀

　　內閣大庫檔案是近世以來所發現的重要史料之一，其中又以清太祖、清太宗兩朝的《滿文原檔》以及重抄本《滿文老檔》最為珍貴。明神宗萬曆二十七年（1599）二月，清太祖努爾哈齊為了文移往來及記注政事的需要，即命巴克什額爾德尼等人以老蒙文字母為基礎，拼寫女真語音，創造了拼音系統的無圈點老滿文。清太宗天聰六年（1632）三月，巴克什達海奉命將無圈點老滿文在字旁加置圈點，形成了加圈點新滿文。清朝入關後，這些檔案由盛京移存北京內閣大庫。乾隆六年（1741），清高宗鑒於內閣大庫所貯無圈點檔冊，所載字畫，與乾隆年間通行的新滿文不相同，諭令大學士鄂爾泰等人按照通行的新滿文，編纂《無圈點字書》，書首附有鄂爾泰等人奏摺[1]。因無圈點檔年久斁舊，所以鄂爾泰等人奏請逐頁托裱裝訂。鄂爾泰等人遵旨編纂的無圈點十二字頭，就是所謂的《無圈點字書》，

1　張玉全撰，〈述滿文老檔〉，《文獻論叢》（臺北，臺聯國風出版社，民國五十六年十月），論述二，頁 207。

但以字頭釐正字蹟，未免逐卷翻閱，且無圈點老檔僅止一分，日久或致擦損，乾隆四十年（1775）二月，軍機大臣奏准依照通行新滿文另行音出一分，同原本貯藏[2]。乾隆四十三年（1778）十月，完成繕寫的工作，貯藏於北京大內，即所謂內閣大庫藏本《滿文老檔》。乾隆四十五年（1780），又按無圈點老滿文及加圈點新滿文各抄一分，齎送盛京崇謨閣貯藏[3]。自從乾隆年間整理無圈點老檔，托裱裝訂，重抄貯藏後，《滿文原檔》便始終貯藏於內閣大庫。

近世以來首先發現的是盛京崇謨閣藏本，清德宗光緒三十一年（1905），日本學者內藤虎次郎訪問瀋陽時，見到崇謨閣貯藏的無圈點老檔和加圈點老檔重抄本。宣統三年（1911），內藤虎次郎用曬藍的方法，將崇謨閣老檔複印一套，稱這批檔冊為《滿文老檔》。民國七年（1918），金梁節譯崇謨閣老檔部分史事，刊印《滿洲老檔祕錄》，簡稱《滿洲祕檔》。民國二十年（1931）三月以後，北平故宮博物院文獻館整理內閣大庫，先後發現老檔三十七冊，原按千字文編號。民國二十四年（1935），又發現三冊，均未裝裱，當為乾隆年間托裱時所未見者。文獻館前後所發現的四十冊老檔，於文物南遷時，俱疏遷於後方，

---

2 《清高宗純皇帝實錄》，卷 976，頁 28。乾隆四十年二月庚寅，據軍機大臣奏。
3 《軍機處檔·月摺包》（臺北，國立故宮博物院），第 2705 箱，118 包，26512 號，乾隆四十五年二月初十日，福康安奏摺錄副。

臺北國立故宮博物院現藏者，即此四十冊老檔。昭和三十三年（1958）、三十八年（1963），日本東洋文庫譯注出版清太祖、太宗兩朝老檔，題為《滿文老檔》，共七冊。民國五十八年（1969），國立故宮博物院影印出版老檔，精裝十冊，題為《舊滿洲檔》。民國五十九年（1970）三月，廣祿、李學智譯注出版老檔，題為《清太祖老滿文原檔》。昭和四十七年（1972），東洋文庫清史研究室譯注出版天聰九年分原檔，題為《舊滿洲檔》，共二冊。一九七四年至一九七七年間，遼寧大學歷史系李林教授利用一九五九年中央民族大學王鍾翰教授羅馬字母轉寫的崇謨閣藏本《加圈點老檔》，參考金梁漢譯本、日譯本《滿文老檔》，繙譯太祖朝部分，冠以《重譯滿文老檔》，分訂三冊，由遼寧大學歷史系相繼刊印。一九七九年十二月，遼寧大學歷史系李林教授據日譯本《舊滿洲檔》天聰九年分二冊，譯出漢文，題為《滿文舊檔》。關嘉祿、佟永功、關照宏三位先生根據東洋文庫刊印天聰九年分《舊滿洲檔》的羅馬字母轉寫譯漢，於一九八七年由天津古籍出版社出版，題為《天聰九年檔》。一九八八年十月，中央民族大學季永海教授譯注出版崇德三年（1638）分老檔，題為《崇德三年檔》。一九九〇年三月，北京中華書局出版老檔譯漢本，題為《滿文老檔》，共二冊。民國九十五年（2006）一月，國立故宮博物院為彌補《舊滿洲檔》製作出版過程中出現的失真問題，重新出版原檔，分訂十巨冊，印刷精緻，裝幀典雅，為凸顯檔冊的原始性，反映初創滿文字體的特色，並避免與《滿文老檔》重抄本的混淆，正名為《滿文原檔》。

二〇〇九年十二月，北京中國第一歷史檔案館整理編譯《內閣藏本滿文老檔》，由瀋陽遼寧民族出版社出版。吳元豐先生於「前言」中指出，此次編譯出版的版本，是選用北京中國第一歷史檔案館保存的乾隆年間重抄並藏於內閣的《加圈點檔》，共計二十六函一八〇冊。採用滿文原文、羅馬字母轉寫及漢文譯文合集的編輯體例，在保持原分編函冊的特點和聯繫的前提下，按一定厚度重新分冊，以滿文原文、羅馬字母轉寫、漢文譯文為序排列，合編成二十冊，其中第一冊至第十六冊為滿文原文、第十七冊至十八冊為羅馬字母轉寫，第十九冊至二十冊為漢文譯文。為了存真起見，滿文原文部分逐頁掃描，仿真製版，按原本顏色，以紅黃黑三色套印，也最大限度保持原版特徵。據統計，內閣所藏《加圈點老檔》簽注共有 410 條，其中太祖朝 236 條，太宗朝 174 條，俱逐條繙譯出版。為體現選用版本的庋藏處所，即內閣大庫；為考慮選用漢文譯文先前出版所取之名，即《滿文老檔》；為考慮到清代公文檔案中比較專門使用之名，即老檔；為體現書寫之文字，即滿文，最終取漢文名為《內閣藏本滿文老檔》，滿文名為"dorgi yamun asaraha manju hergen i fe dangse"。《內閣藏本滿文老檔》雖非最原始的檔案，但與清代官修史籍相比，也屬第一手資料，具有十分珍貴的歷史研究價值。同時，《內閣藏本滿文老檔》作為乾隆年間《滿文老檔》諸多抄本內首部內府精寫本，而且有其他抄本沒有的簽注。《內閣藏本滿文老檔》首次以滿文、羅馬字母轉寫和漢文譯文合集方式出版，確實對清朝開國史、民族史、東北地方史、滿學、八旗制度、滿文古籍版本等領域的研究，提供比較原始的、系統的、基礎的第一手資料，其次也有助於準確解讀用老滿文書寫《滿文老檔》原本，以及深入系統地研究滿文的創制與改革、滿語的發展變化[4]。

臺北國立故宮博物院重新出版的《滿文原檔》是《內閣藏本滿文老檔》的原本，海峽兩岸將原本及其抄本整理出版，確實是史學界的盛事，《滿文原檔》與《內閣藏本滿文老檔》是同源史料，有其共同性，亦有其差異性，都是探討清朝前史的珍貴史料。為詮釋《滿文原檔》文字，可將《滿文原檔》與《內閣藏本滿文老檔》全文併列，無圈點滿文與加圈點滿文合璧整理出版，對辨識費解舊體滿文，頗有裨益，也是推動滿學研究不可忽視的基礎工作。

以上節錄：滿文原檔：《滿文原檔》選讀譯注導讀 —— 太祖朝（一）全文 3-38 頁。

---

4 《內閣藏本滿文老檔》（瀋陽，遼寧民族出版社，2009 年 12 月），第一冊，前言，頁 10。

一、佈列戰車

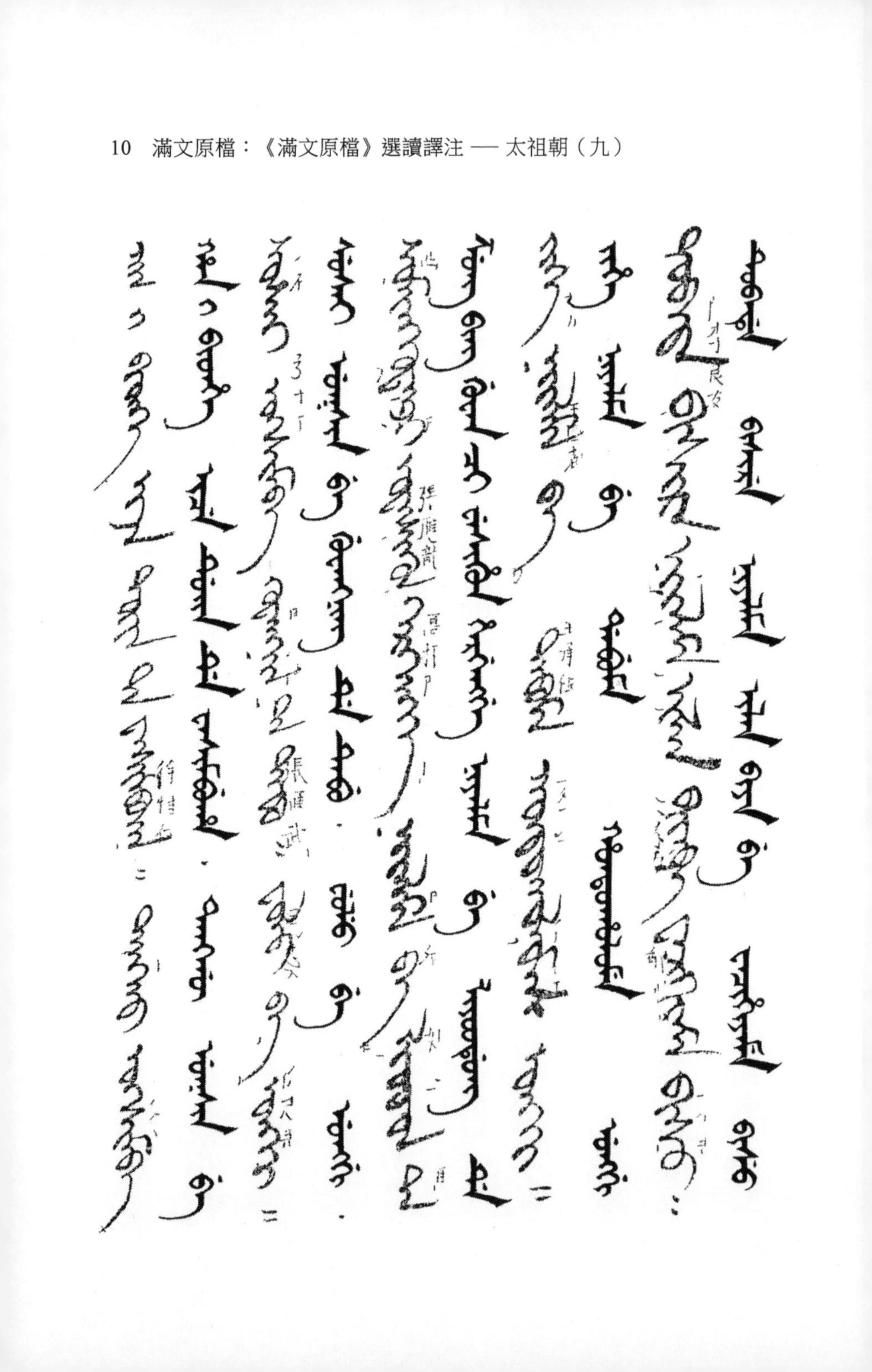

han i bithe, ice duin de wasimbuha, tanggū uksin be, susai uksin be, guwangning de tebu, fulu be unggi. dzung bing guwan ci wesihun hergengge niyalma be, liyoodung de jihe niyalma be dabume hontoholome unggi. tubade bisire niyalma, ilan biya be wacihiyame bisu,

初四日，汗頒書諭曰：「著披甲百人，以披甲五十人駐廣寧，其餘遣之。自總兵官以上，凡有職者，合計前來遼東之人分一半遣之。留在該處之人，令其皆留至三月，

初四日，汗颁书谕曰：「着披甲百人，以披甲五十人驻广宁，其余遣之。自总兵官以上，凡有职者，合计前来辽东之人分一半遣之。留在该处之人，令其皆留至三月，

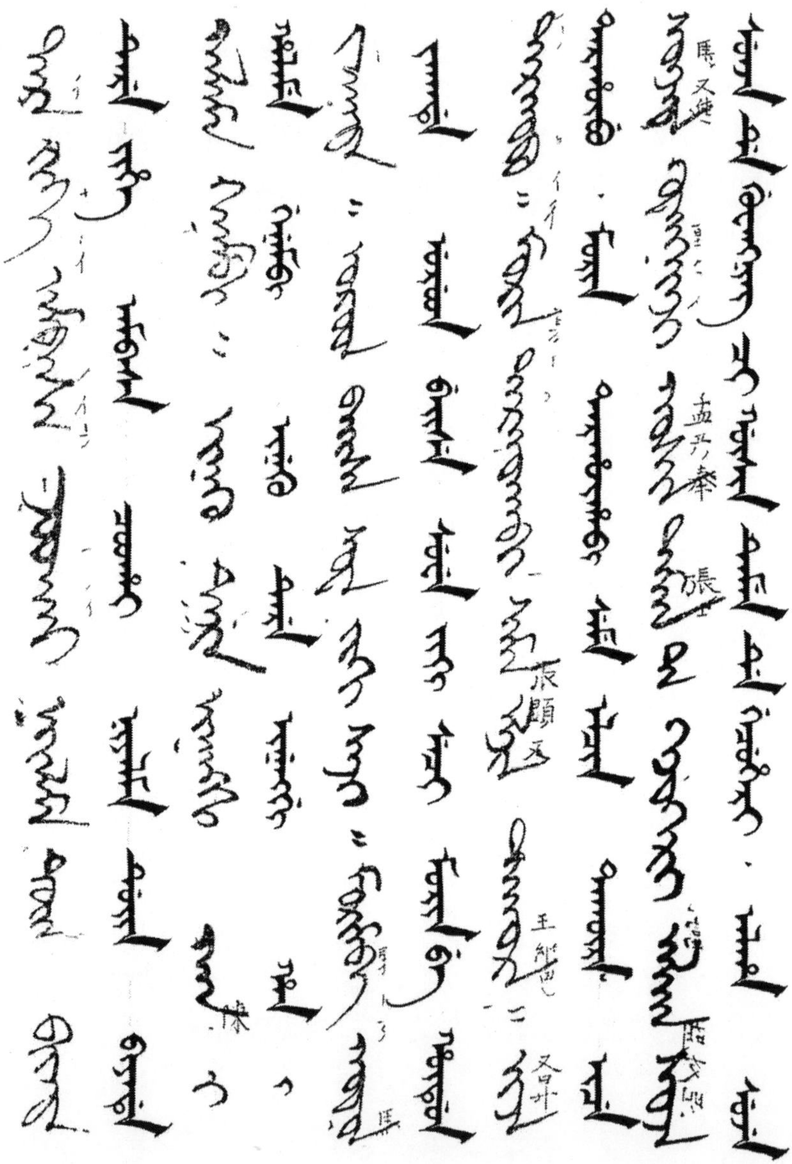

tere jihe ambasa coohai niyalma duin biyade halame genembi. ineku tere inenggi, han i jakade urut beise suwe jiki seci, morin be hūdun tarhūbu, morin tarhūhabi seme elcin takūra. ice sunja de, guwangning ci gūsin temen de gecuheri, alha, suje,

---

其回來之諸大臣及兵丁於四月前往更換。」是日,「爾等兀魯特諸貝勒若欲前來汗處,則速將[5]馬匹養肥[6]。一俟馬匹膘壯後,即遣使來告。」初五日,以駝[7]三十隻自廣寧馱來蟒緞、閃緞、緞、

其回來之諸大臣及兵丁于四月前往更換。」是日,「尔等兀魯特諸貝勒若欲前来汗处,則速將馬匹养肥。一俟馬匹膘壯后,即遣使来告。」初五日,以駝三十只自广宁馱来蟒緞、閃緞、緞、

---

[5] 速將,句中「速」,《滿文原檔》寫作"koton",《滿文老檔》讀作"hūdun"。按滿文"hūdun"係蒙文"qurdun"借詞,意即「迅速的」。
[6] 養肥,《滿文原檔》寫作"tarkobo",《滿文老檔》讀作"tarhūbu"。按滿文"tarhūmbi"係蒙文"tarɣulaqu"借詞(根詞"tarhū-"與"tarɣula-"相仿),意即「長膘、長肥」。
[7] 駝,《滿文原檔》、《滿文老檔》俱讀作"temen",係蒙文"temege⒩"借詞,意即「駱駝」。

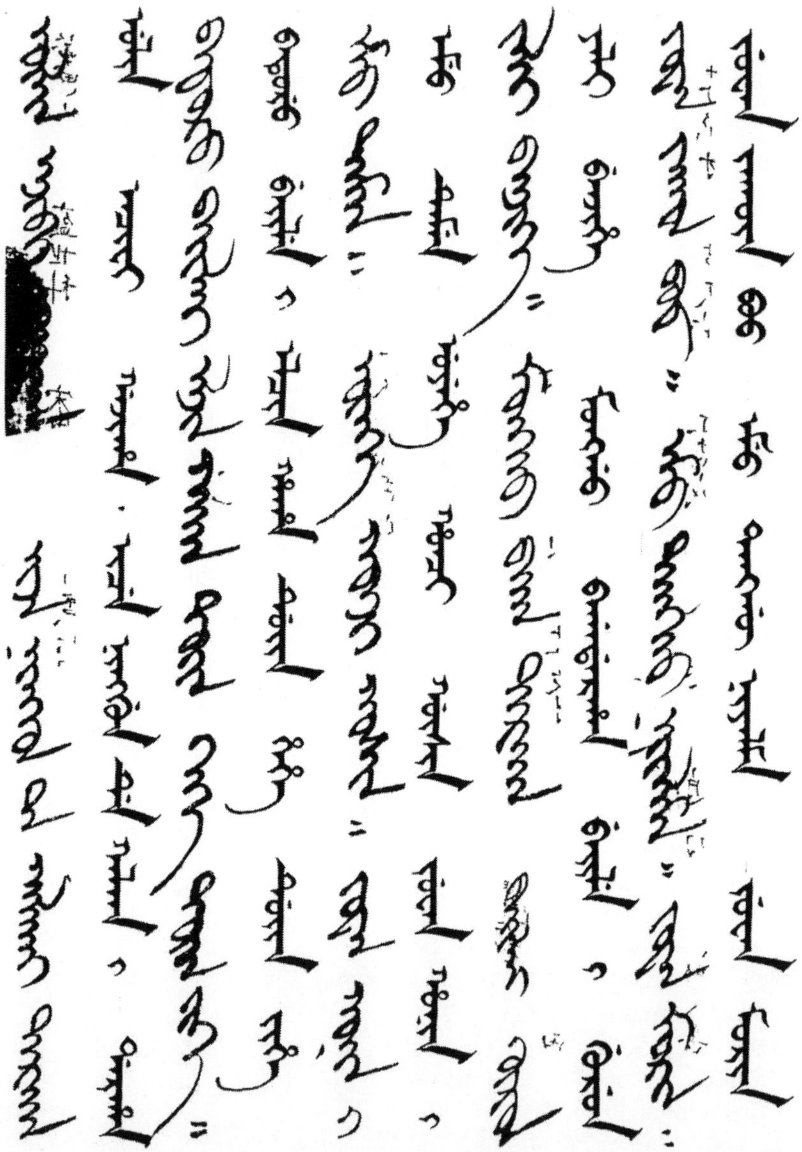

ulin acifi gajiha. ice ninggun de, kalka i darhan baturu beile i elcin haha duin, hehe duin jihe, emu temen, uyehe honci gūsin, juwan honin i yali benjihe. monggo bagadarhan beile i gurun, juwan jakūn boo, emu tanggū niyalma, juwan morin,

財物。初六日，喀爾喀達爾漢巴圖魯貝勒之使者率男四人、女四人前來，送來駝一隻、熟羊皮三十張及羊肉十隻。傳諭曰：「蒙古巴噶達爾漢貝勒之國人，有十八家一百人，攜馬十匹、

財物。初六日，喀尔喀达尔汉巴图鲁贝勒之使者率男四人、女四人前来，送来驼一只、熟羊皮三十张及羊肉十只。传谕曰：「蒙古巴噶达尔汉贝勒之国人，有十八家一百人，携马十匹、

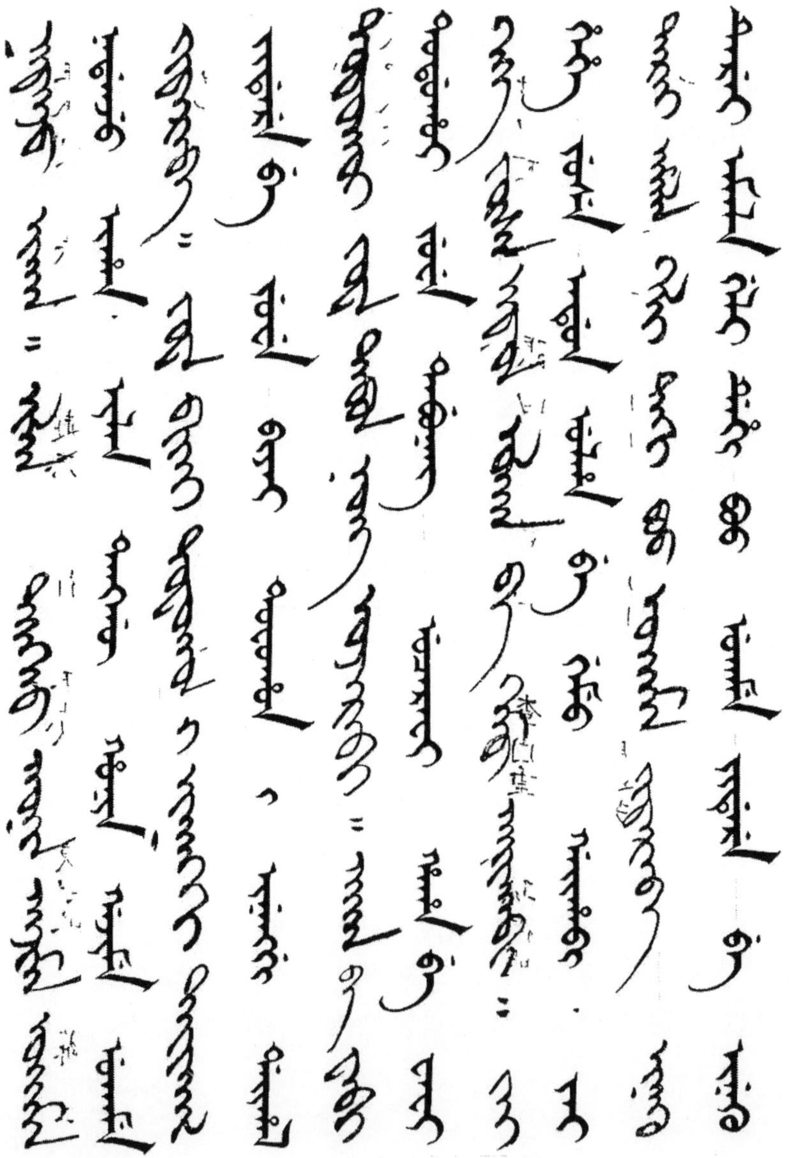

nadanju ihan, ilan tanggū honin gajime ukame jidere be,
juwe biyai tofohon i inenggi, daihal, todohoi juwe tabunang
ucarafi, haha be wafi, hehe juse adun ulha be gemu gaihabi.
jai terei amala geli dehi boo ukame jidere be, ineku

牛七十頭、羊三百隻逃來。二月十五日，遇戴哈勒、托多
惠二塔布囊[8]，其男丁被殺，婦孺、牧群牲畜皆被掠去。
再者，其後又有四十家逃來，

牛七十头、羊三百只逃来。二月十五日，遇戴哈勒、托多
惠二塔布囊，其男丁被杀，妇孺、牧群牲畜皆被掠去。再
者，其后又有四十家逃来，

---

[8] 塔布囊，《滿文原檔》寫作 "tabon nong"，分寫，訛誤；《滿文老
檔》讀作 "tabunang"，改正。按滿文 "tabunang"，係蒙文音譯詞，
滿文同義詞作"efu"，意即「駙馬」。

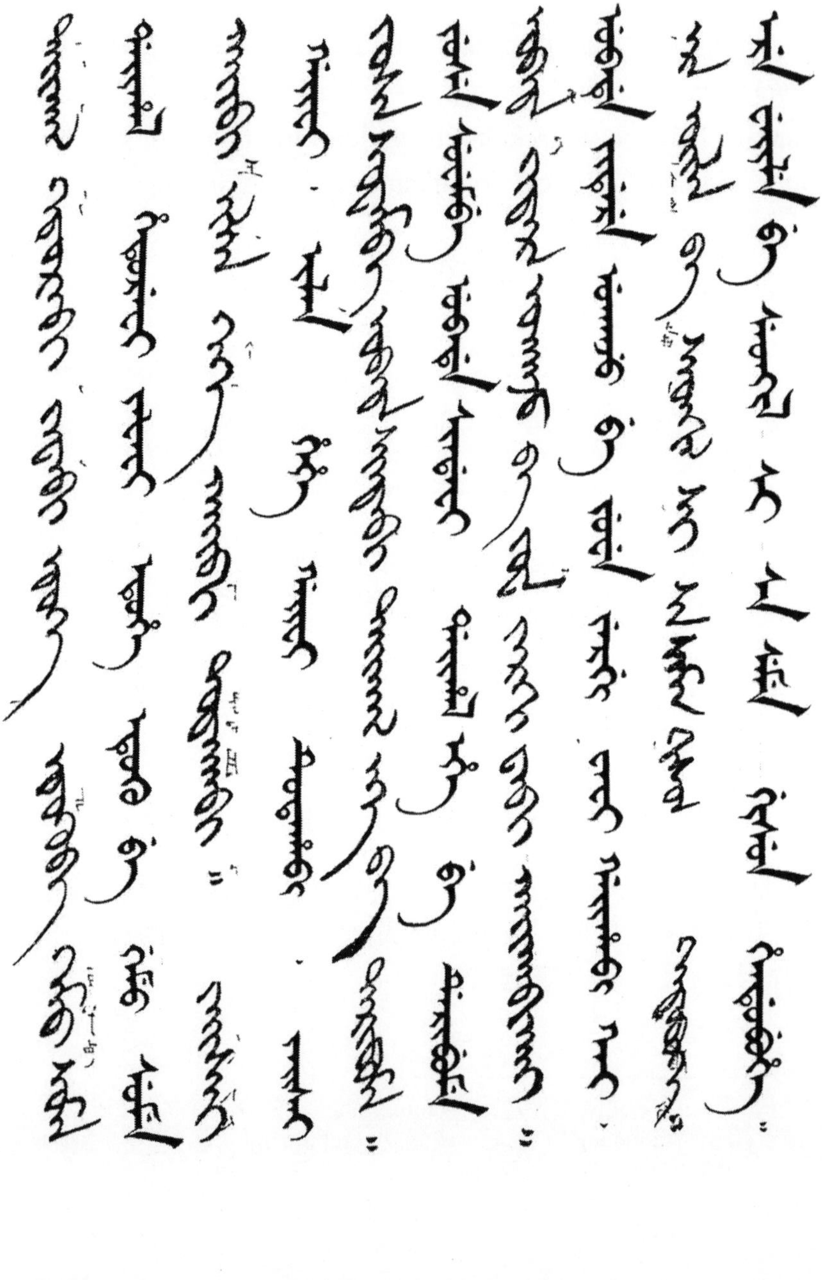

daihal heturefi jafafi, etuhe etuku be gemu sume gaifi, ilan hehe gaifi tutahabi. jaisai juse suwembe ubade sindafi, daihal ehe be deribume, ubade jidere ukanju be juwe jergi wafi gaihabi kai. ere weile be setkil si sa seme gisun hendubuhe.

仍遭戴哈勒劫掠，盡脫取其所著衣服，扣留三婦人。齋賽之子令爾等放牧於此，戴哈勒作惡，兩次截殺來投此處之逃人也，此事著爾色特奇勒知之。」

仍遭戴哈勒劫掠，尽脱取其所着衣服，扣留三妇人。斋赛之子令尔等放牧于此，戴哈勒作恶，两次截杀来投此处之逃人也，此事着尔色特奇勒知之。」

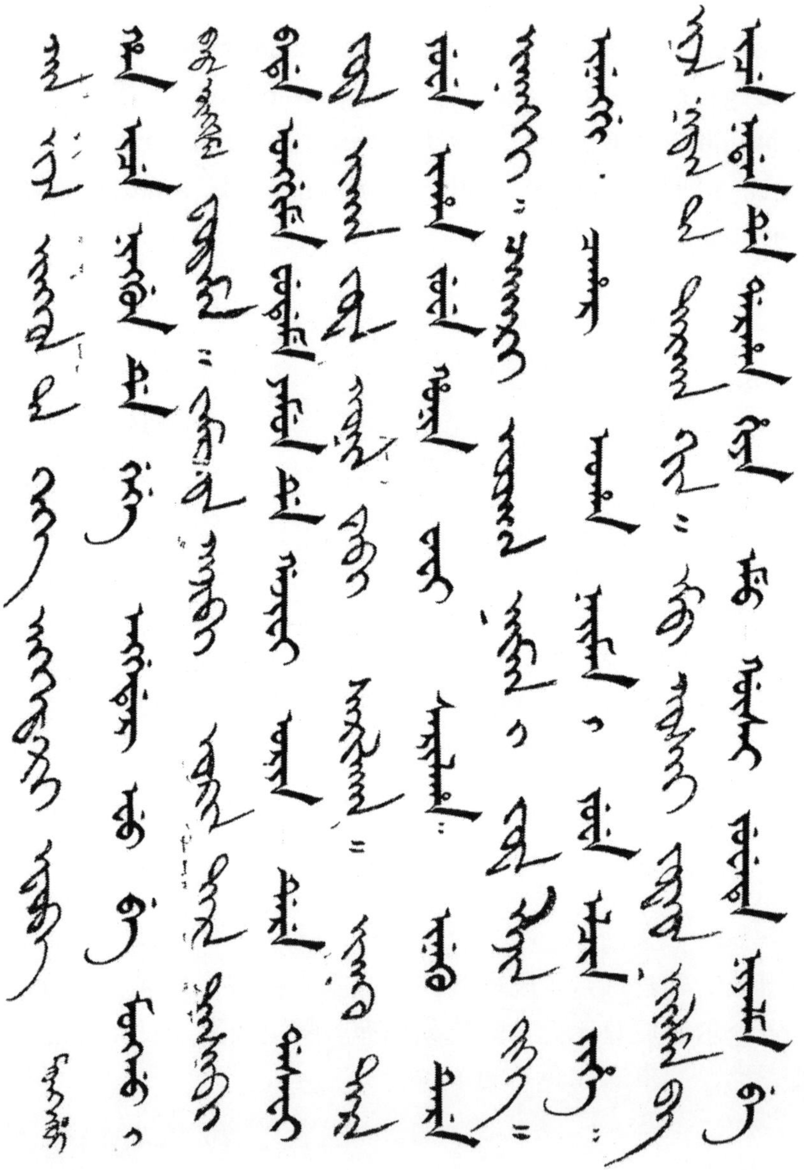

han, ice ninggun de, gege, enggeder efu be monggo i bade unggime fudeme, yamun de gajifi, orin dere dasafi, juwe ihan, juwe honin wafi sarilaha. ineku tere inenggi, cahar aohan, naiman i juwe elcin jihe. ice nadan de, darhan hiya emu gūsai juwete niyalma be

初六日，汗遣格格、恩格德爾額駙送歸蒙古地方，行前召至衙門，設筵二十桌，宰牛二頭、羊二隻餞行。是日，察哈爾敖漢、奈曼部遣使者二人前來。初七日，達爾漢侍衛率每旗各二人

初六日，汗遣格格、恩格德尔额驸送归蒙古地方，行前召至衙门，设筵二十桌，宰牛二头、羊二只饯行。是日，察哈尔敖汉、奈曼部遣使者二人前来。初七日，达尔汉侍卫率每旗各二人

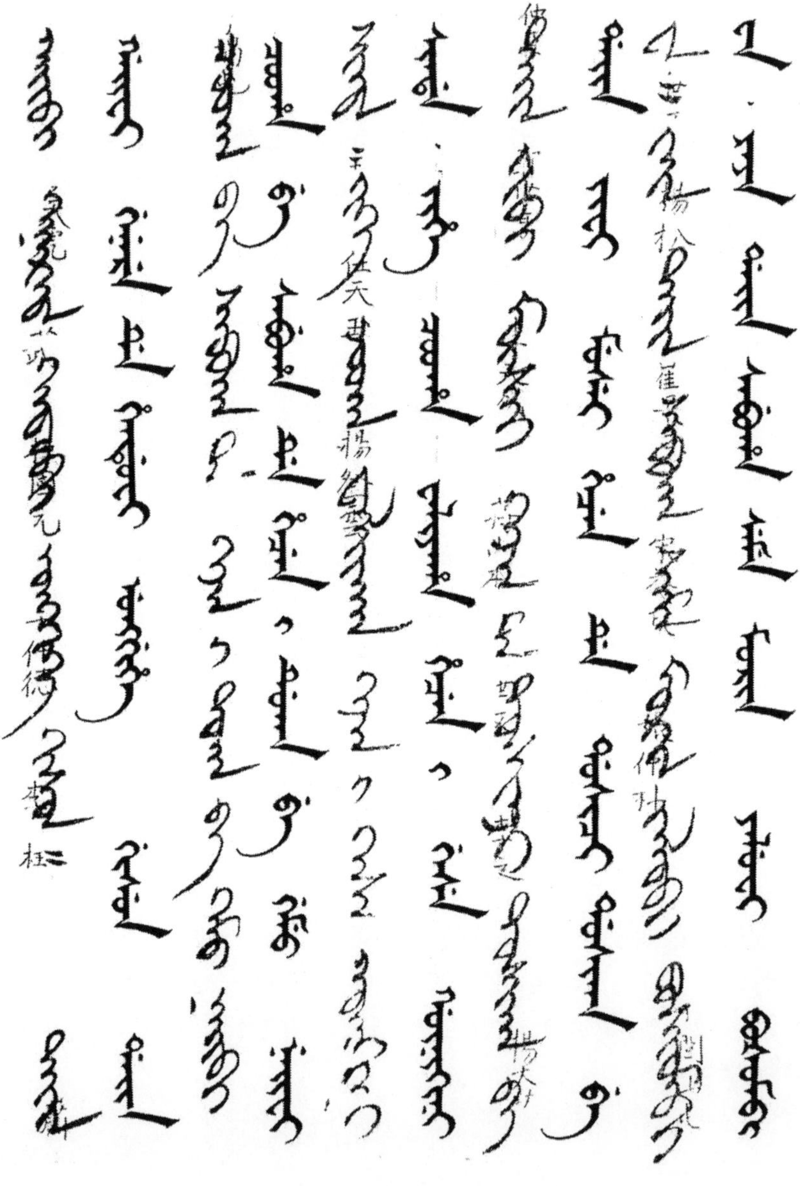

gaifi genere de, hendufi unggihe gisun, dain cooha be sabuha
de, hecen i duka be gemu neifi sinda, jihe cooha waliyaha
hecen i gese gūnikini. dain jifi musei hecen de dosici, dosika
be wa. yaya dain sabuha seme, morin yalufi bošombi

前往時，傳諭曰：「見敵兵時，將城門俱皆開放，使來兵
以為似廢棄之城；敵兵前來進入我城時，則將進入敵兵俱
殺之。凡見敵兵，勿即乘馬追趕，

前往时，传谕曰：「见敌兵时，将城门俱皆开放，使来兵
以为似废弃之城；敌兵前来进入我城时，则将进入敌兵俱
杀之。凡见敌兵，勿即乘马追赶，

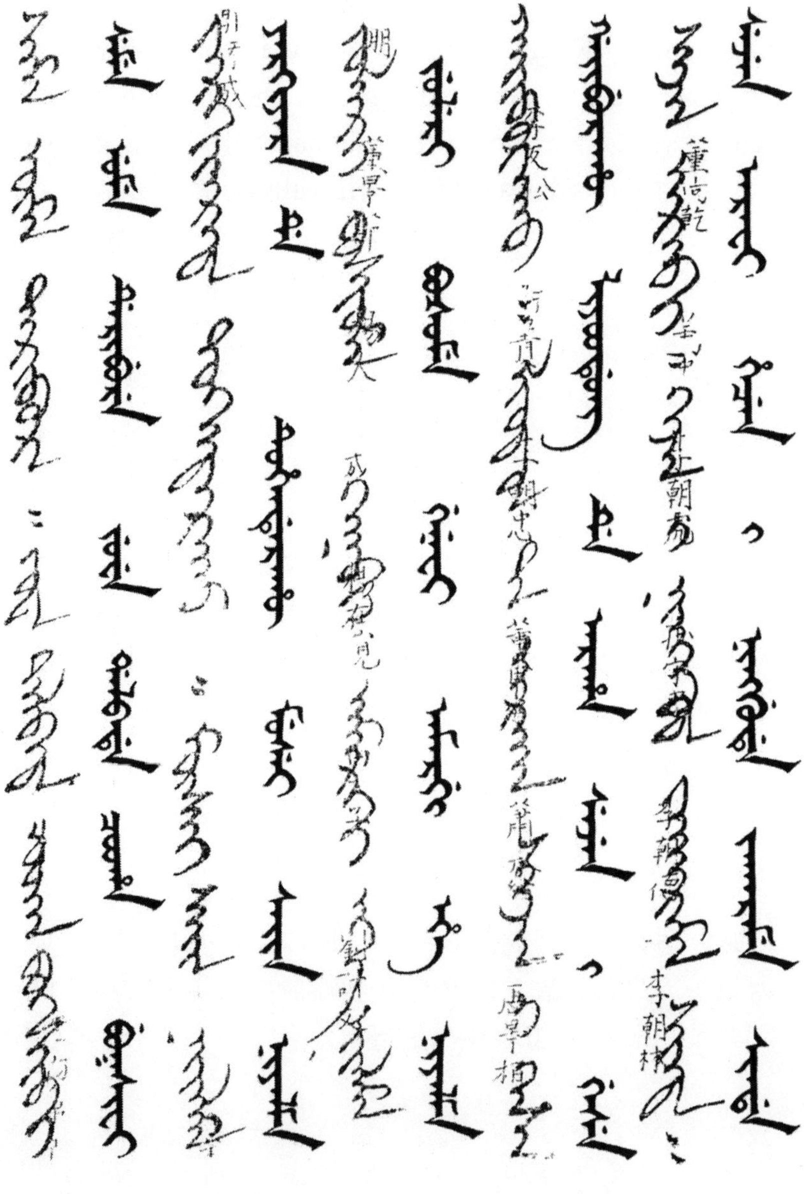

seme ume deribure, juwe dalbade cooha buksifi yarkiyara de tuhenderahū. musei sain niyalma juleri bošome genefi amargi ehe niyalma gaiburahū, liyoodung de araha sejen i gese sejen arafi, hecen i ninggude jakarame sinda,

---

恐被其兩旁埋伏之兵引誘誤中圈套。為防我精兵在前追趕，後面弱兵受敵，可仿造在遼東所造之車，沿城上布列，

恐被其两旁埋伏之兵引诱误中圈套。为防我精兵在前追赶，后面弱兵受敌，可仿造在辽东所造之车，沿城上布列，

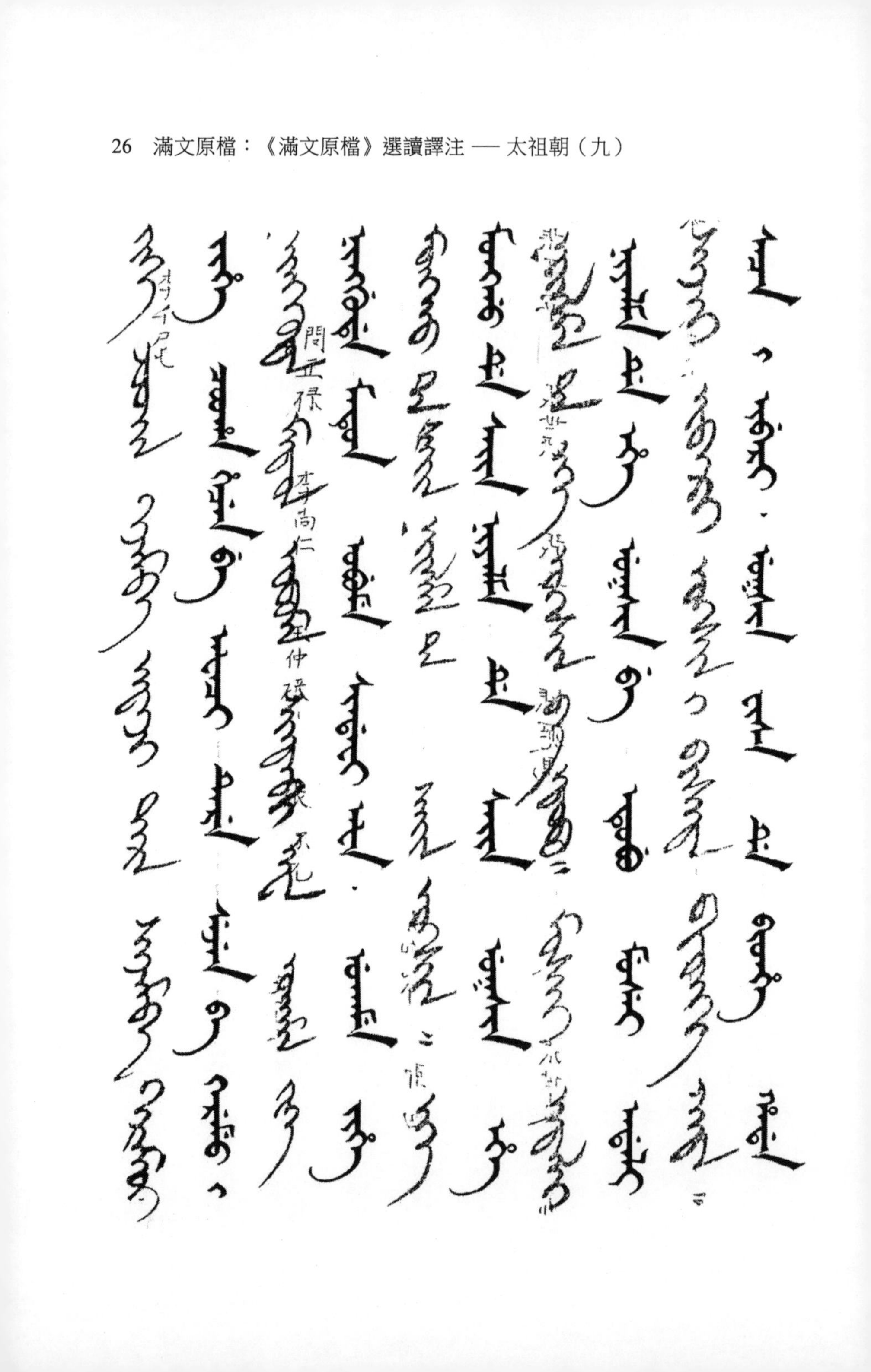

問立祿　李高仁仲碣男歆花

jihe cooha hecen be afaci, tere sejen be keremu i ninggude matun obume sindafi afa. ukame jihe monggo de, sain niyalma de sain uksin, ehe niyalma de ehe uksin be etubu, musei adali saca i iberi, uksin fisa de bithe hada.

來兵攻城時，則將車置放於垜口[9]上為城頭站板拒敵。」逃來之蒙古人，優者服以良甲，劣者服以劣甲，一如我軍，盔尾甲背[10]，釘字[11]為記。

来兵攻城时，则将车置放于垜口上为城头站板拒敌。」逃来之蒙古人，优者服以良甲，劣者服以劣甲，一如我军，盔尾甲背，钉字为记。

---

[9]　垜口，《滿文原檔》、《滿文老檔》俱讀作 "keremu"，係蒙文 "kerem" 借詞，意即「牆壁」。

[10]　甲背，句中「背」，《滿文原檔》寫作 "bisa"、《滿文老檔》讀作 "fisa"。按此為無圈點滿文 "bi" 與 "fi" 之混用現象。

[11]　釘字，句中「釘」，《滿文原檔》寫作 "kata"、《滿文老檔》讀作 "hada"。按滿文 "hadambi"，係蒙文 "qadaqu" 借詞，源自回鶻文 "qadamaq"（根詞 "hada-"、"qada-" 相同），意即「鑲嵌、釘上」。

二、沿邊運糧

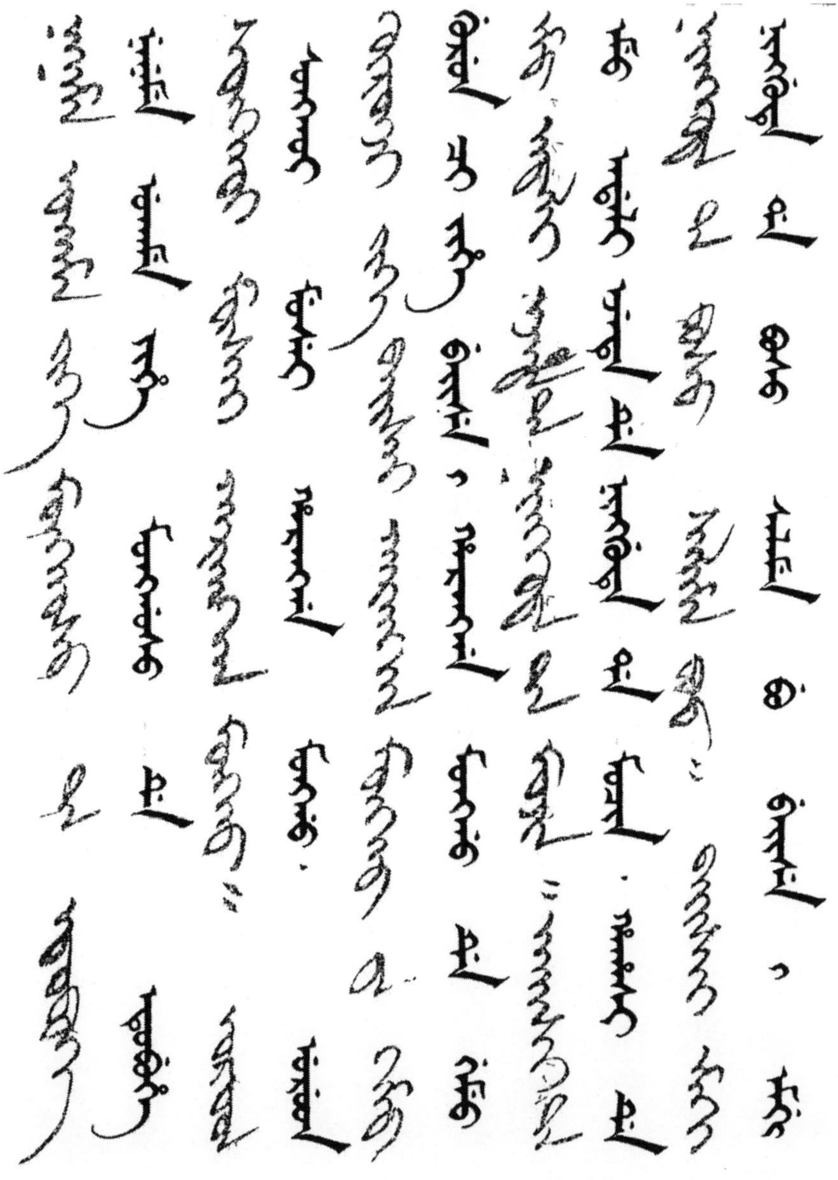

neneme ukame jihe monggoso de etubuhe songkoi, musei harangga monggo, urut gurun ci jihe beise i harangga monggo de, gemu emu adali ejete de ninggute da mocin, hahasi de ninggute da boso salame bu. beise i emgi

---

依照先前逃來之蒙古們所服，我所屬之蒙古及自兀魯特部前來之諸貝勒所屬之蒙古人，皆一體散給各族長毛青布各六庹、男丁布各六庹。

依照先前逃来之蒙古们所服，我所属之蒙古及自兀魯特部前来之诸贝勒所属之蒙古人，皆一体散给各族长毛青布各六庹、男丁布各六庹。

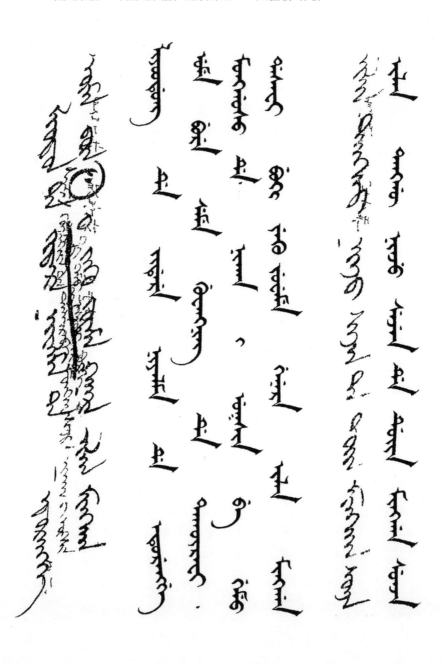

liyoodung de jidere niyalma de, eturengge ume bure seme
guwangning de takūrafi, monggoso de, nikan i uksin be
gemu dasafi buki. jeku juweme genere ilan minggan ilan
tanggū ninju sejen de, duin minggan sunja

隨貝勒們同來遼東之人，遣往廣寧勿給衣物，俱修理漢人
之甲給蒙古們。前往運糧之車三千三百六十輛，

随贝勒们同来辽东之人，遣往广宁勿给衣物，俱修理汉人
之甲给蒙古们。前往运粮之车三千三百六十辆，

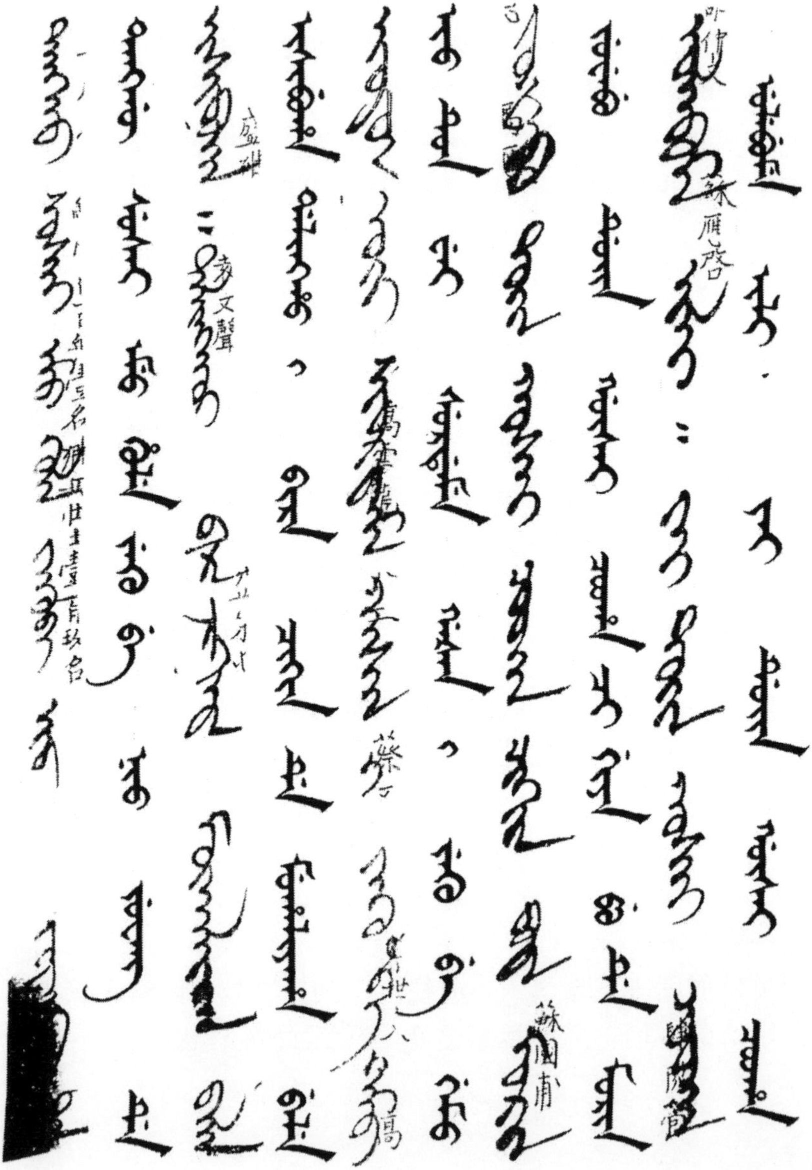

tanggū susai emu hule jeku be, nio juwang de isibuha.
dalingho i bira cikin de muhaliyaha bele io tun wei šurdeme
gašan i jeku be gemu juwebu. duin gūsai cooha, ci giya pu
de morin ulebume ili, jai duin gūsai cooha

載糧四千五百五十一石，運至牛莊。大凌河沿岸所囤積之
米及右屯衛一帶莊屯之糧，皆令起運。今四旗之兵於齊家
堡立營餵馬，其餘四旗之兵

載粮四千五百五十一石，运至牛庄。大凌河沿岸所囤积之
米及右屯卫一带庄屯之粮，皆令起运。令四旗之兵于齐家
堡立营喂马，其余四旗之兵

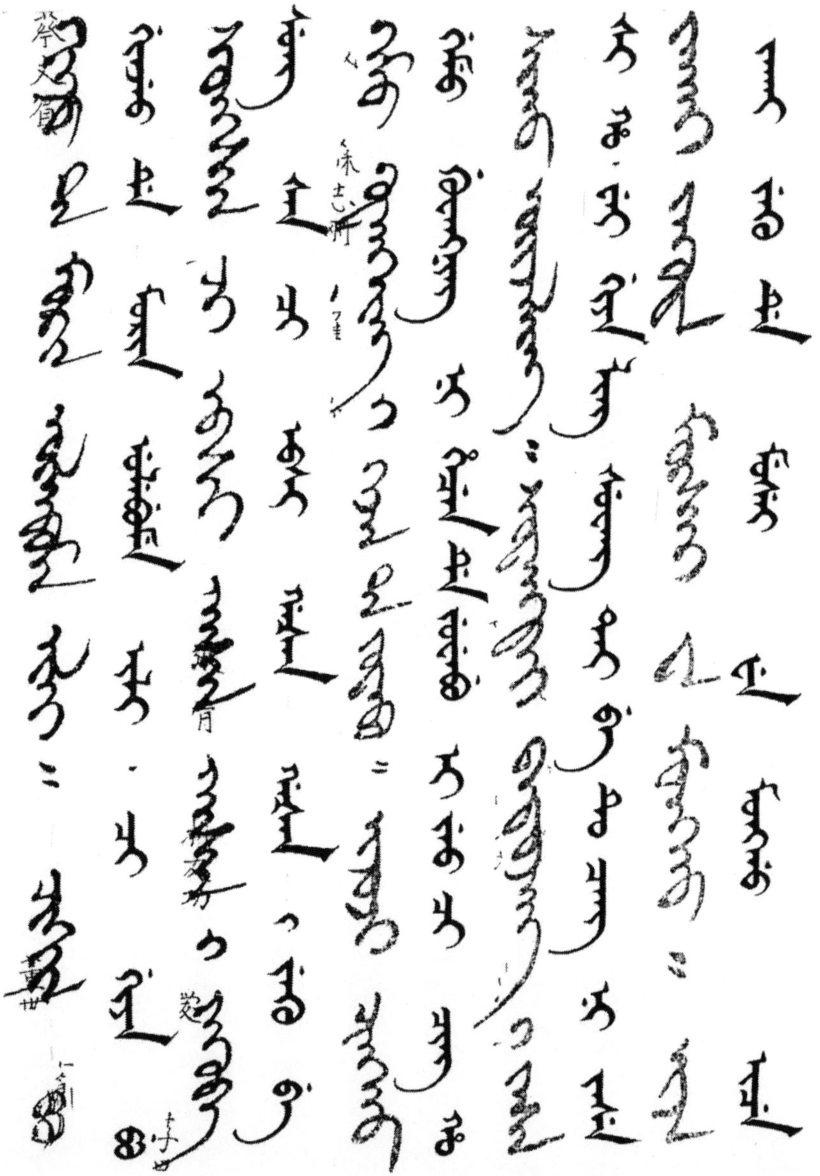

ginjeo de morin ulebume ili. ci giya pu, sung šan ci ebsi
gašan gašan i jeku be, gemu guwangning ni hecen de juwebu.
i jeo ci, cing ho, ši ho, wei giya ling, šuwang tai, be tu cang
ni jase jakai jeku de, musei fe monggo, ice

於錦州立營餵馬。自齊家堡、松山以內各莊屯之糧，皆運
至廣寧城。自義州至清河、石河、魏家嶺、雙臺、白土場
沿邊之糧，可派我舊蒙古

于锦州立营喂马。自齐家堡、松山以内各庄屯之粮，皆运
至广宁城。自义州至清河、石河、魏家岭、双台、白土场
沿边之粮，可派我旧蒙古

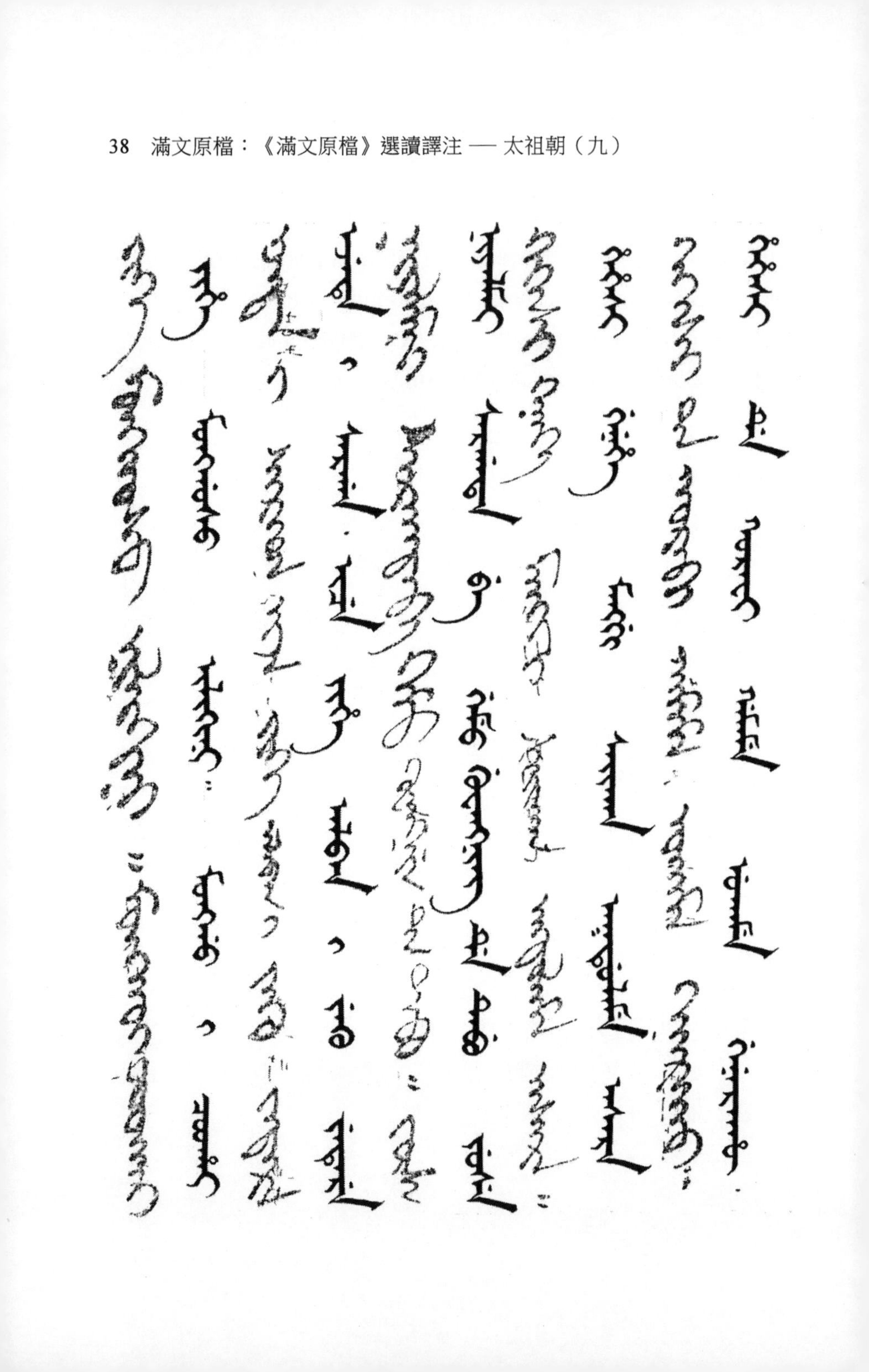

jihe monggoso ilikini. monggo i coohai ejete i sargan, ice jihe alban i jeku jetere niyalmai sargata be, gemu guwangning de tebu. juse hehesi genehe manggi, saikan akdulame asara, hehesi de korafi gamame ukame generahū.

及新來之蒙古們立營駐守。令蒙古兵各主將之妻及新來食官糧者之妻等，皆居廣寧。婦孺前往後，即善加保護，恐有人與婦女私通[12]攜之逃走。

及新来之蒙古们立营驻守。令蒙古兵各主将之妻及新来食官粮者之妻等，皆居广宁。妇孺前往后，即善加保护，恐有人与妇女私通携之逃走。

---

[12] 私通，《滿文原檔》寫作 "korabi"，《滿文老檔》讀作 "korafi"。按滿文 "korambi"，係蒙文"quraqu"借詞（根詞 "kora-"與 "qura-"相同），意即「聚集」。私通，規範滿文讀作 "cisui sirentumbi"。

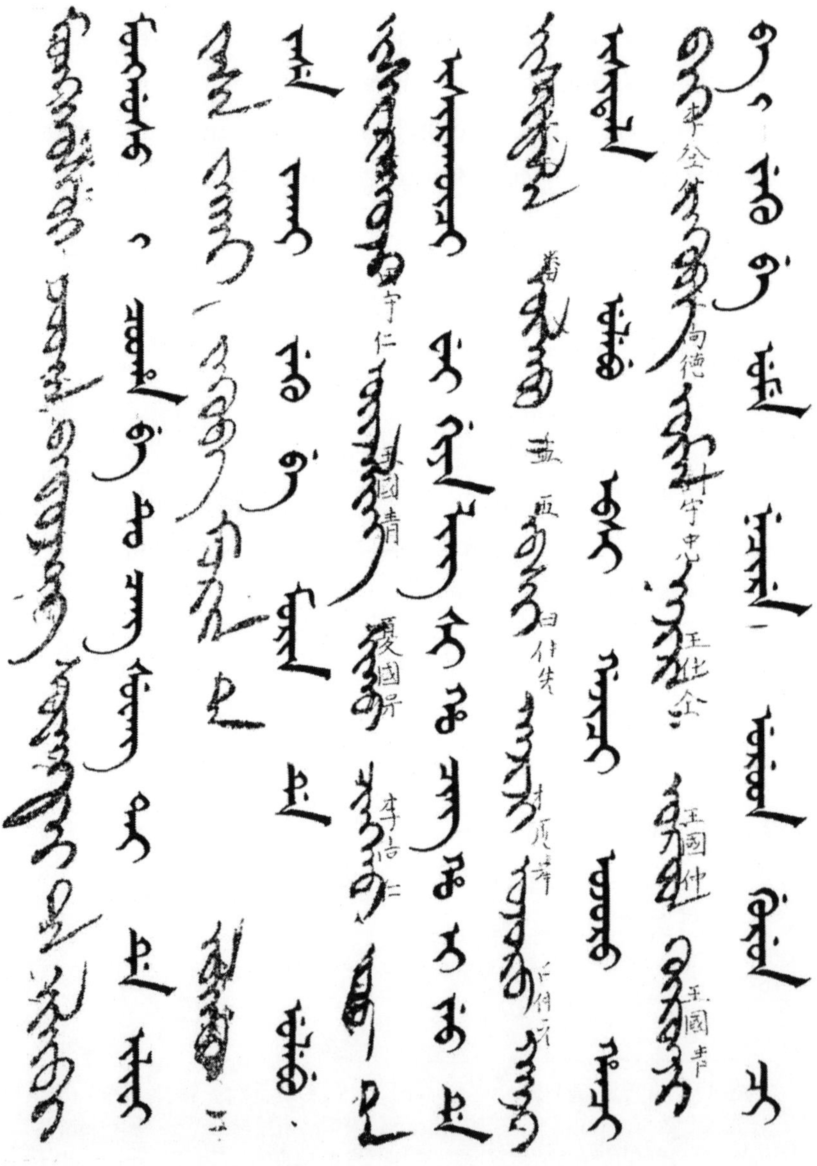

monggoso i cooha, be tu cang, šuwang tai de ilifi, jase jakai
jeku be morin de ulebu, isirakūci, wei giya ling, ši ho, cing
ho, i jeo de isitala ulebu. ebsi gajici ojoro hanci ba i jeku be,
ume necire, urut gurun ci

令蒙古們之兵，於白土場、雙臺立營駐守，以沿邊之糧餵
馬，倘若不敷，則至魏家嶺、石河、清河、義州餵養。其
近處可取來之糧，勿得動用。自兀魯特部

令蒙古们之兵，于白土场、双台立营驻守，以沿边之粮喂
马，倘若不敷，则至魏家岭、石河、清河、义州喂养。其
近处可取来之粮，勿得动用。自兀鲁特部

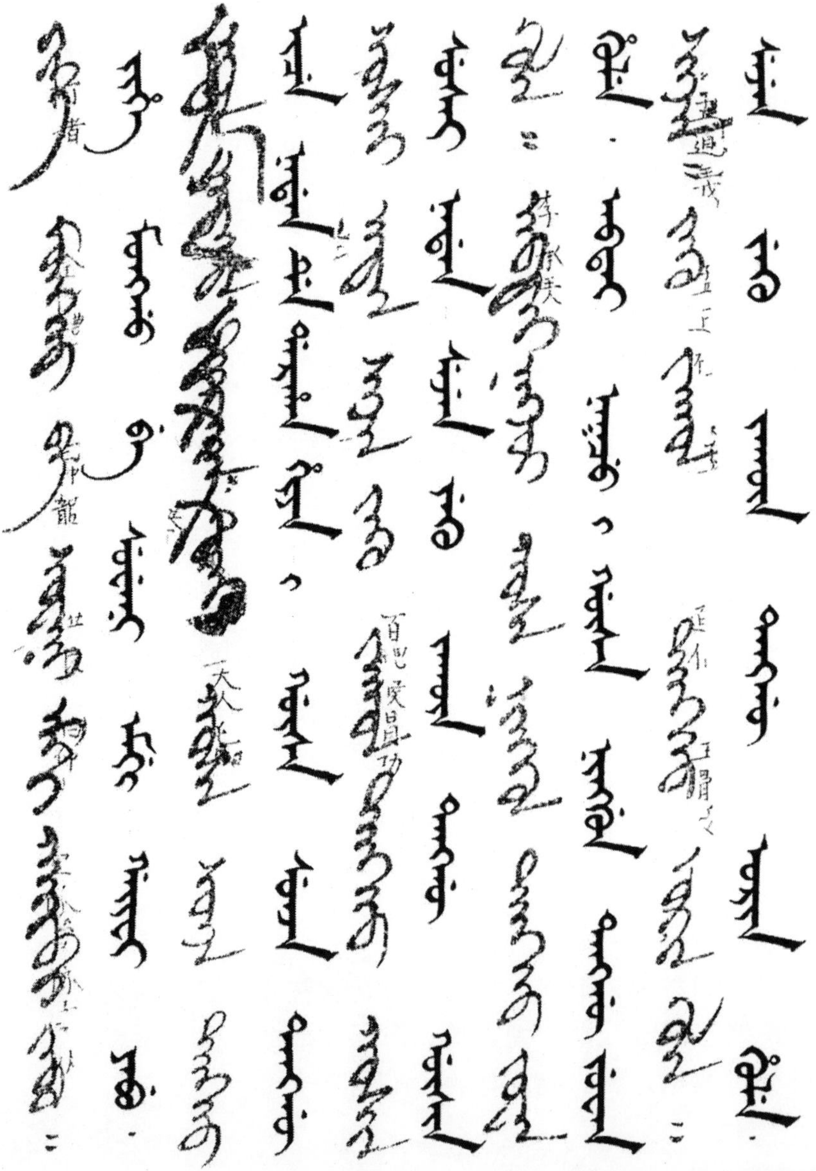

jihe monggo be suweni emgi gaifi yabu. ice nadan de darhan hiya i gūsa, sunja tanggū susai nadan sejen, jeku jakūn tanggū gūsin hule. abtai nakcu i gūsa, ninggun tanggū juwan sejen, jeku jakūn tanggū orin hule.

前來之蒙古人，由爾等率之同行。初七日，報稱：達爾漢侍衛之旗，車五百五十七輛，糧八百三十石；阿布泰舅舅之旗，車六百一十輛，糧八百二十石；

前来之蒙古人，由尔等率之同行。初七日，报称：达尔汉侍卫之旗，车五百五十七辆，粮八百三十石；阿布泰舅舅之旗，车六百一十辆，粮八百二十石；

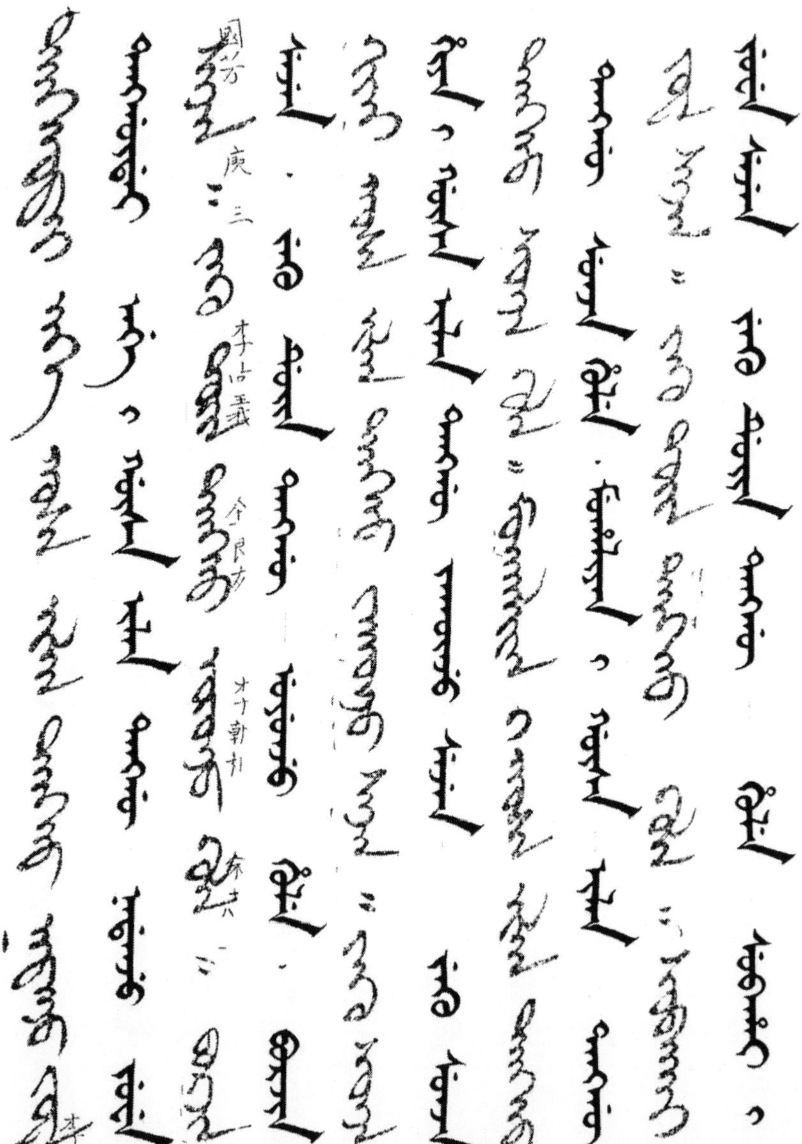

（滿文部分，無法轉寫）

李岱羲

全民方

才丁朝刊

國公方

庚三

二

tanggūdai age i gūsa, ilan tanggū nadanju juwe sejen, jeku duin tanggū uyunju hule. borjin hiya i gūsa, ilan tanggū jakūnju sejen, jeku sunja tanggū sunja hule. muhaliyan i gūsa, ilan tanggū juwe sejen, jeku duin tanggū hule. subahai i

---

湯古岱阿哥之旗，車三百七十二輛，糧四百九十石；博爾晉侍衛之旗，車三百八十輛，糧五百零五石；穆哈連之旗，車三百零二輛，糧四百石；蘇巴海之旗，

汤古岱阿哥之旗，车三百七十二辆，粮四百九十石；博尔晋侍卫之旗，车三百八十辆，粮五百零五石；穆哈连之旗，车三百零二辆，粮四百石；苏巴海之旗，

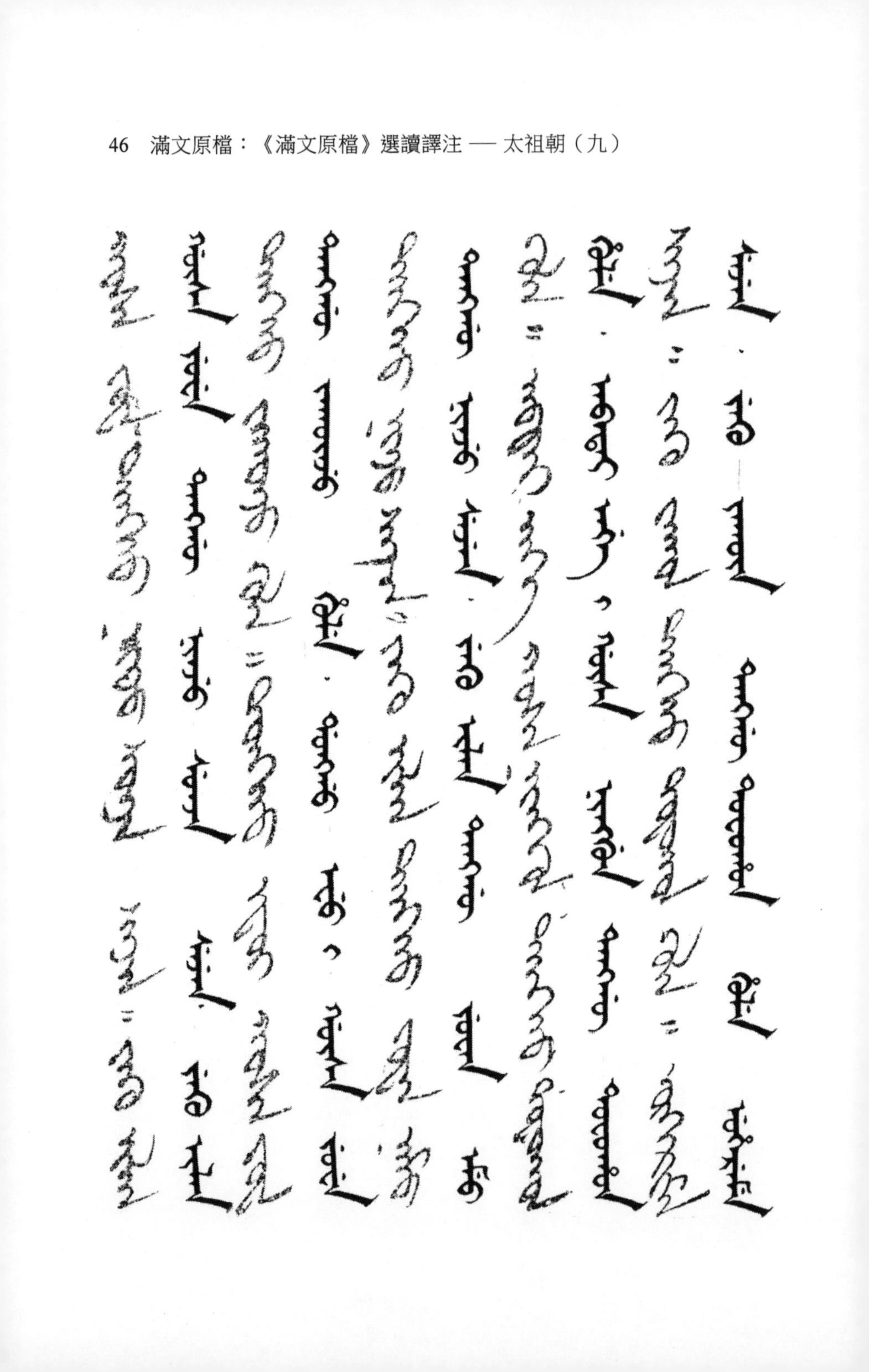

gūsa, juwe tanggū ninju sunja sejen, jeku ilan tanggū jakūnju hule. donggo efu i gūsa, juwe tanggū ninju sejen, jeku ilan tanggū juwan emu hule. abatai age i gūsa, ninggun tanggū tofohon sejen, jeku jakūn tanggū tofohon hule. uhereme

---

車二百六十五輛，糧三百八十石；棟鄂額駙之旗，車二百六十輛，糧三百一十一石；阿巴泰阿哥之旗，車六百一十五輛，糧八百一十五石；

车二百六十五辆，粮三百八十石；栋鄂额驸之旗，车二百六十辆，粮三百一十一石；阿巴泰阿哥之旗，车六百一十五辆，粮八百一十五石；

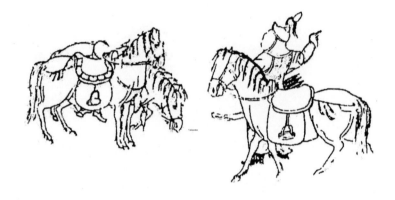

三、有田同耕

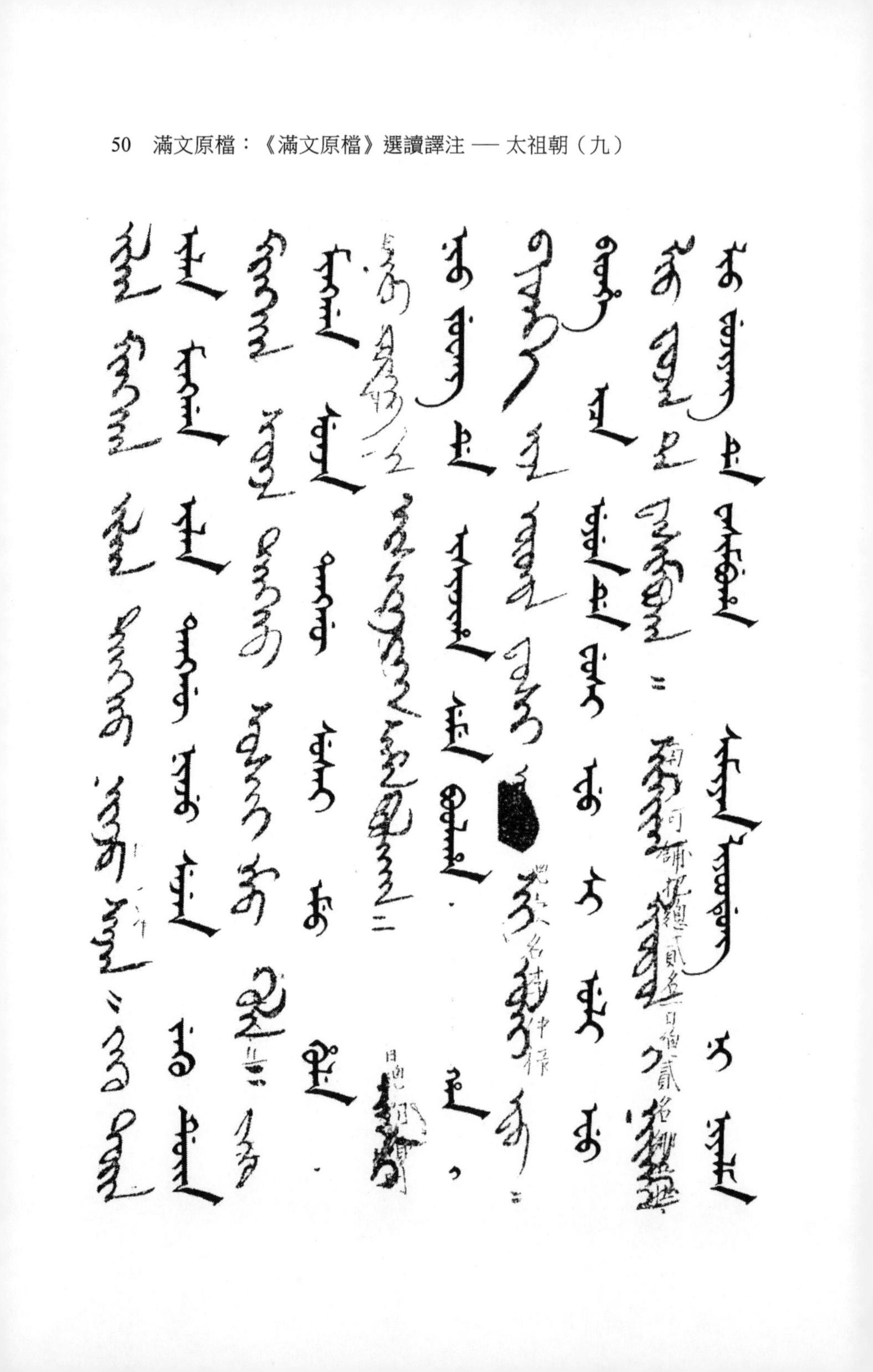

ilan minggan ilan tanggū ninju sejen, jeku duin minggan
sunja tanggū susai emu hule, nio juwang de isinjiha seme
boolaha. han i bithe, ice uyun de fusi efu, si uli efu, lio
fujiyang de wasimbuha, simiyan, liyoodung ni niyalma

共計車三千三百六十輛，糧四千五百五十一石，俱已運至
牛莊。初九日，汗頒書諭撫順額駙、西烏里額駙及劉副將
曰：「瀋陽、遼東之人，

共计车三千三百六十辆，粮四千五百五十一石，俱已运至
牛庄。初九日，汗颁书谕抚顺额驸、西乌里额驸及刘副将
曰：「沈阳、辽东之人，

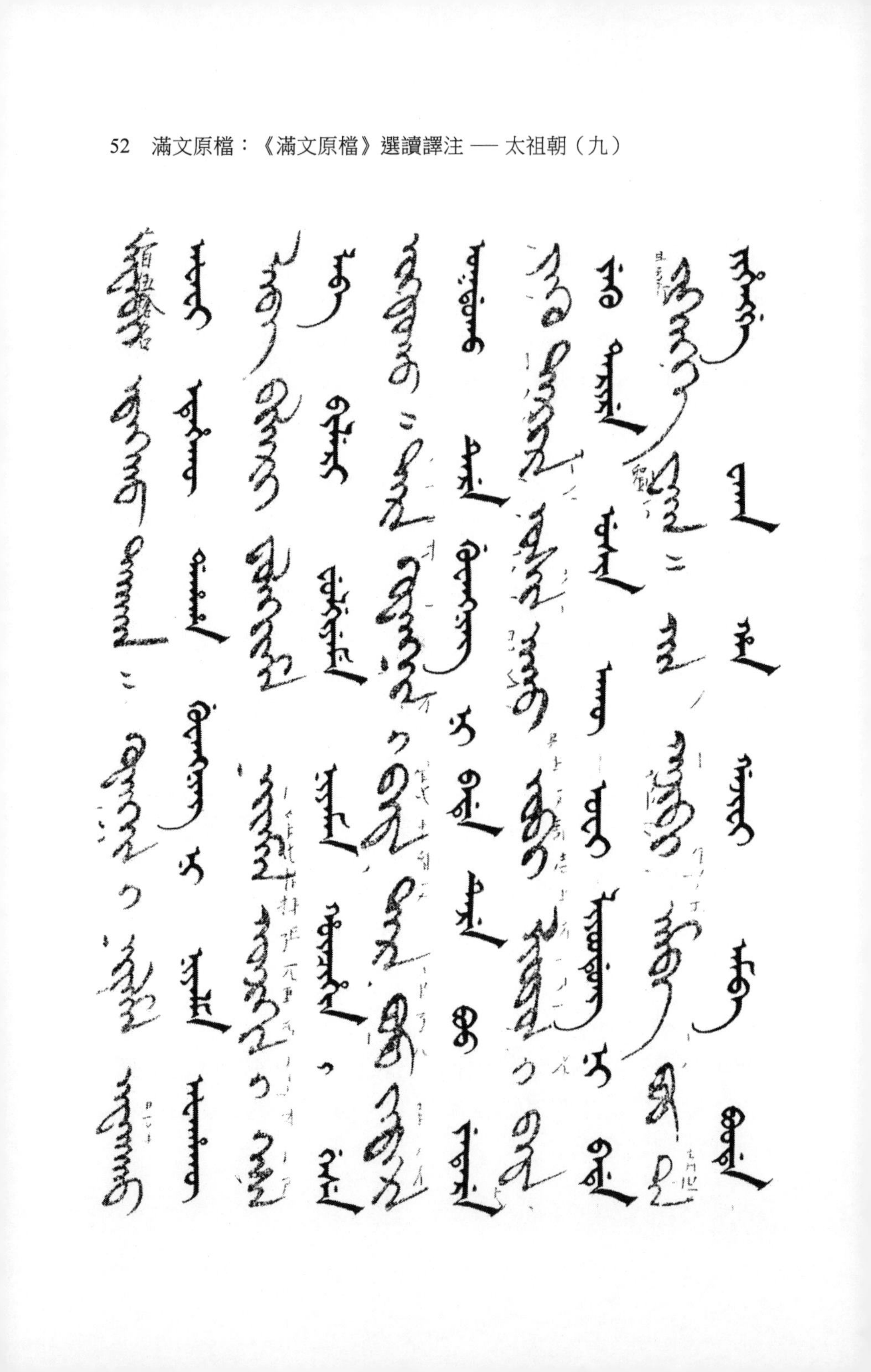

afafi etehekū dahaha. guwangning ni niyalma afahakū, laba, bileri fulgiyeme niyaman hūncihin i gese okdoko. tere guwangning ni bade tere boo, jetere jeku, tarire usin akū ofi, liyoodung ni bade jihengge waka, han gajifi amba boode

---

戰不能勝乃降。廣寧之人未戰，吹奏喇叭、嗩吶，迎之如親人，非因廣寧地方無居室、食糧、耕田而來遼東地方；乃汗曾頒諭，令攜之而來，

战不能胜乃降。广宁之人未战，吹奏喇叭、唢呐，迎之如亲人，非因广宁地方无居室、食粮、耕田而来辽东地方；乃汗曾颁谕，令携之而来，

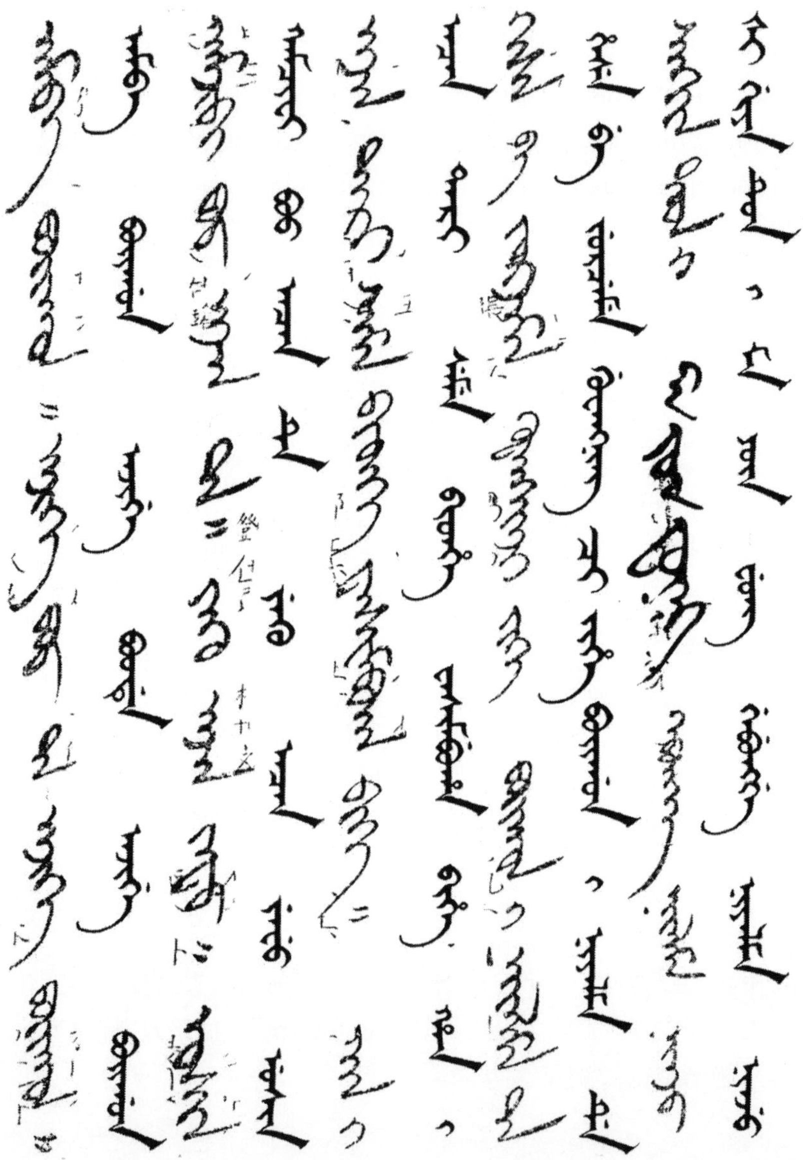

amba boigon, ajige boode ajige boigon kamcifi, boo acan te,
jeku acan jefu, usin acan tari seme bithe wasimbuha bihe.
han i hese be jurceme, guwangning ci jihe boigon i niyalma
de, ši giya tun i ma yūn fung gebungge niyalma, ninju

以大戶併於大宅，小戶併於小宅，屋則同住，糧則同食，
田則同耕。然石家屯有名馬雲峰者，違汗之命，與自廣寧
前來之人戶貿易，

以大户并于大宅，小户并于小宅，屋则同住，粮则同食，
田则同耕。然石家屯有名马云峰者，违汗之命，与自广宁
前来之人户贸易，

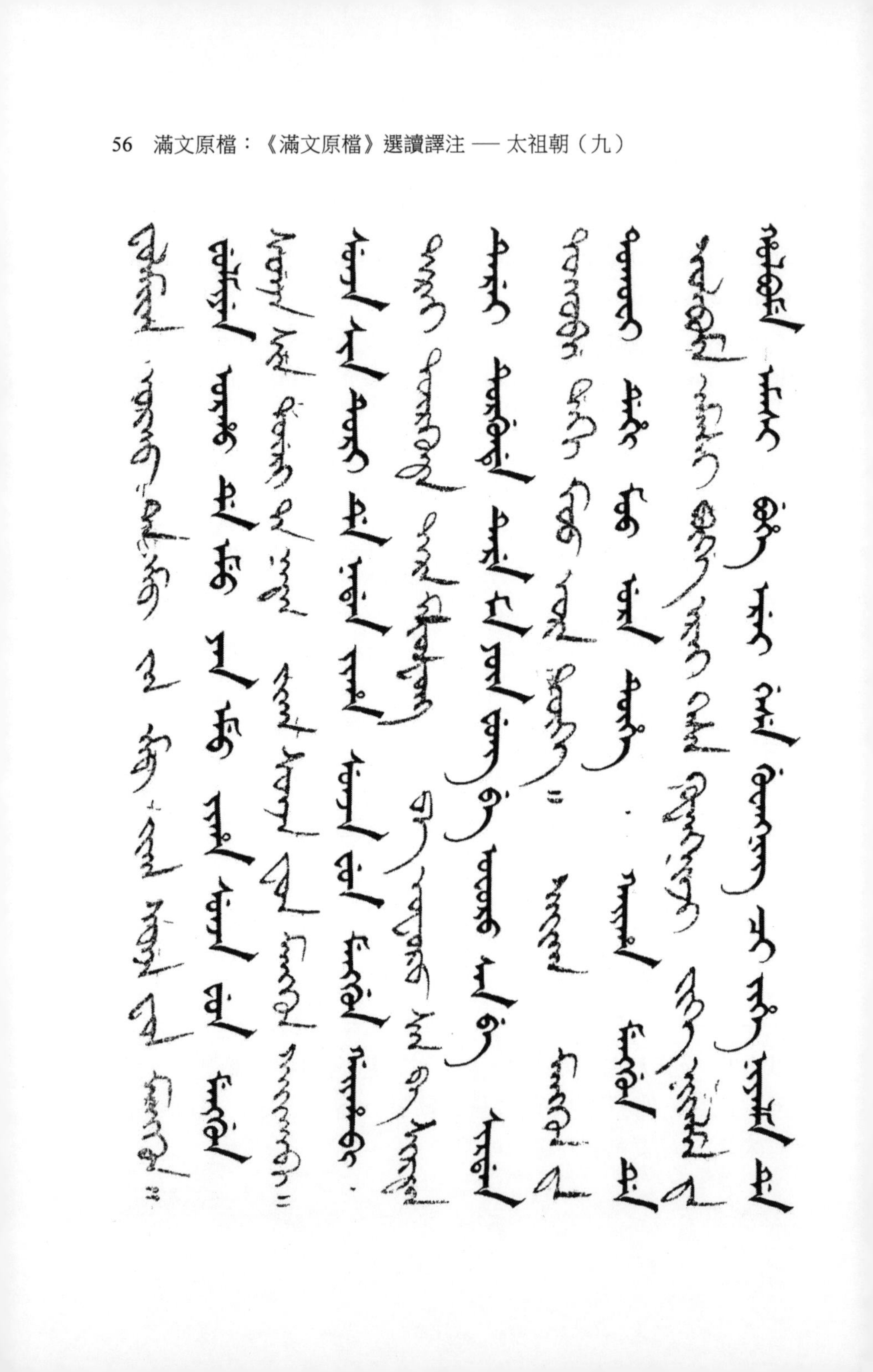

fulmiyen orho de, emu yan emu jiha sunja fun menggun,
sunja sin turi de, nadan jiha sunja fun menggun gaihabi. terei
turgunde, tere ma yūn fung be oforo, šan be sirdan tokofi,
dehi moo ura tūhe, gaiha menggun de, holbome amasi buhe.
erei gese guwangning ci jihe niyalma de

以草六十捆取銀一兩一錢五分，豆五斗取銀七錢五分。因
此，將馬雲峰以箭刺耳、鼻，打屁股四十板，並追還所取
之銀兩。凡有似此與自廣寧前來之人

以草六十捆取银一两一钱五分，豆五斗取银七钱五分。因
此，将马云峰以箭刺耳、鼻，打屁股四十板，并追还所取
之银两。凡有似此与自广宁前来之人

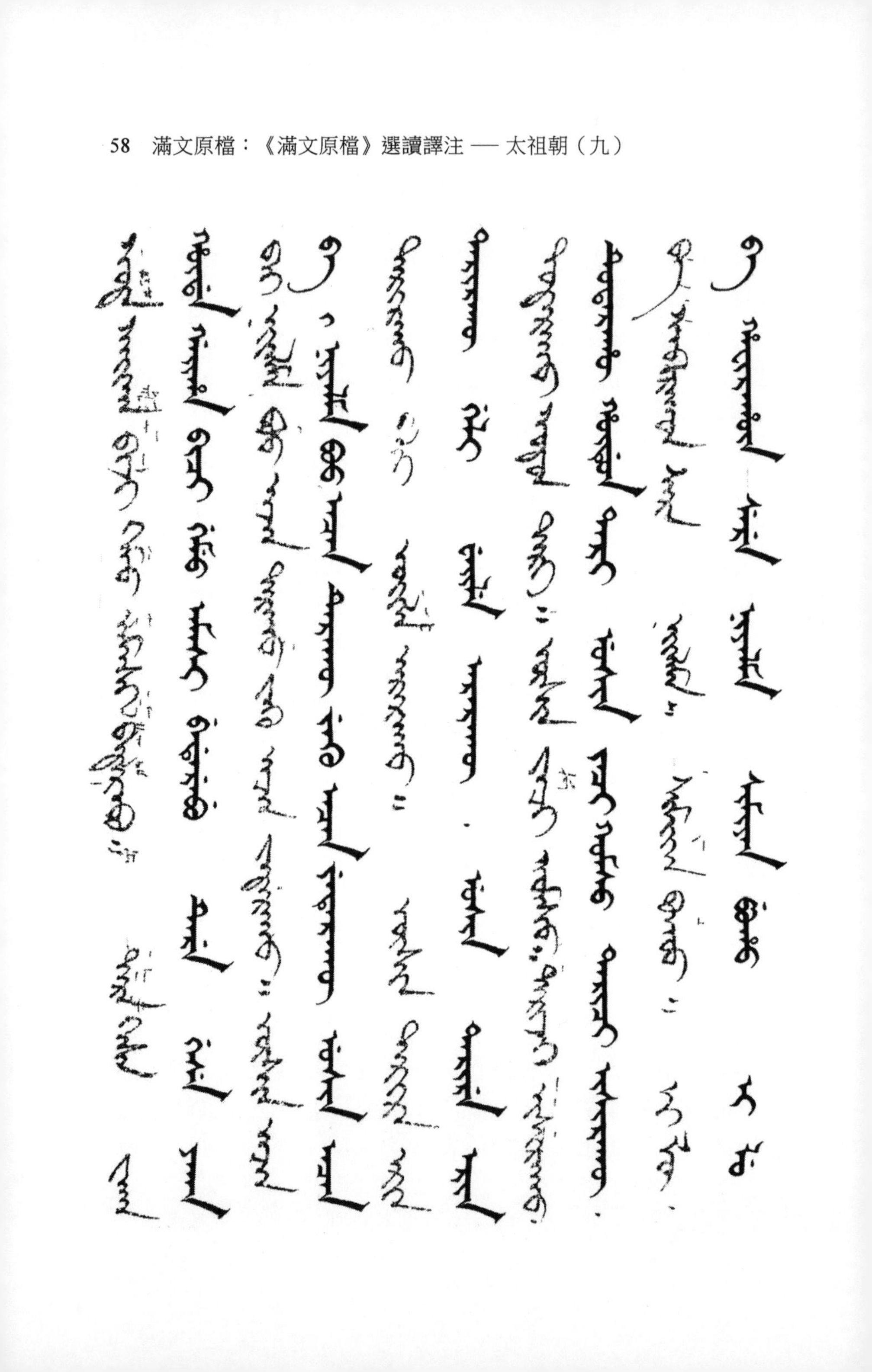

hūda gaiha bici, gemu amasi bederebu. tere gese yaka ba i
niyalma, boo acan terakū, jeku acan jeterakū, usin acan
tarirakū, geli weile ararakū, usin tarire erin tutarahū, hūdun
tari. usin jaci komso, tarici isirakū, ba hafirahūn sere
niyalma, simiyan, puho, i lu,

————————

貿易者，皆令退還。恐有似此地方之人，屋不同住、糧不
同食、田不同耕，又不做事，耽誤農時，著從速耕種。若
有嫌田地很少不足耕種，或地方狹窄者，則瀋陽、蒲河、
懿路、

————————

貿易者，皆令退还。恐有似此地方之人，屋不同住、粮不
同食、田不同耕，又不做事，耽误农时，着从速耕种。若
有嫌田地很少不足耕种，或地方狹窄者，则沈阳、蒲河、
懿路、

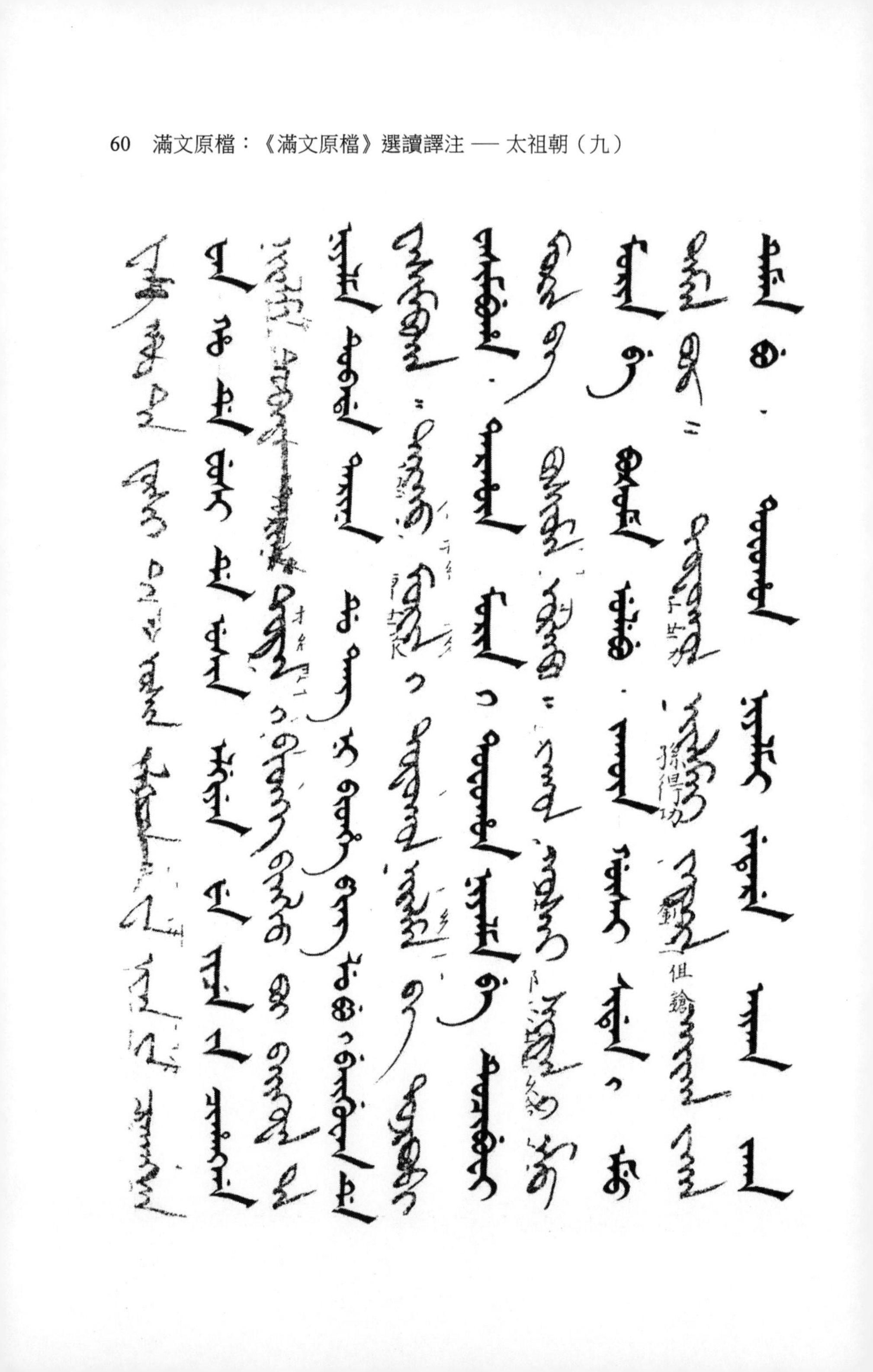

孫得功

劉

俱陞

fan ho de, fusi de, usin elgiyen, fe ice ya cihangga niyalma tubade tarina. du tang ni bithe, ping lu pu i beiguwan de wasimbuha, tarhūn morin i tofohon niyalma be tucibufi, morin be bošome ulebu, jakūn gūsai siden i emu temen bu, tofohon niyalmai jetere aika jaka

范河、撫順等處田地充裕，新舊之人有願住者，可至彼處耕種。」都堂頒書諭平虜堡備禦官曰：「著遣有肥馬者十五人，令其趕餵馬匹，並給八旗公用之駝一隻，以馱十五人食用諸物。

范河、抚顺等处田地充裕，新旧之人有愿住者，可至彼处耕种。」都堂颁书谕平虏堡备御官曰：「着遣有肥马者十五人，令其赶喂马匹，并给八旗公用之驼一只，以驮十五人食用诸物。

四、衣被群生

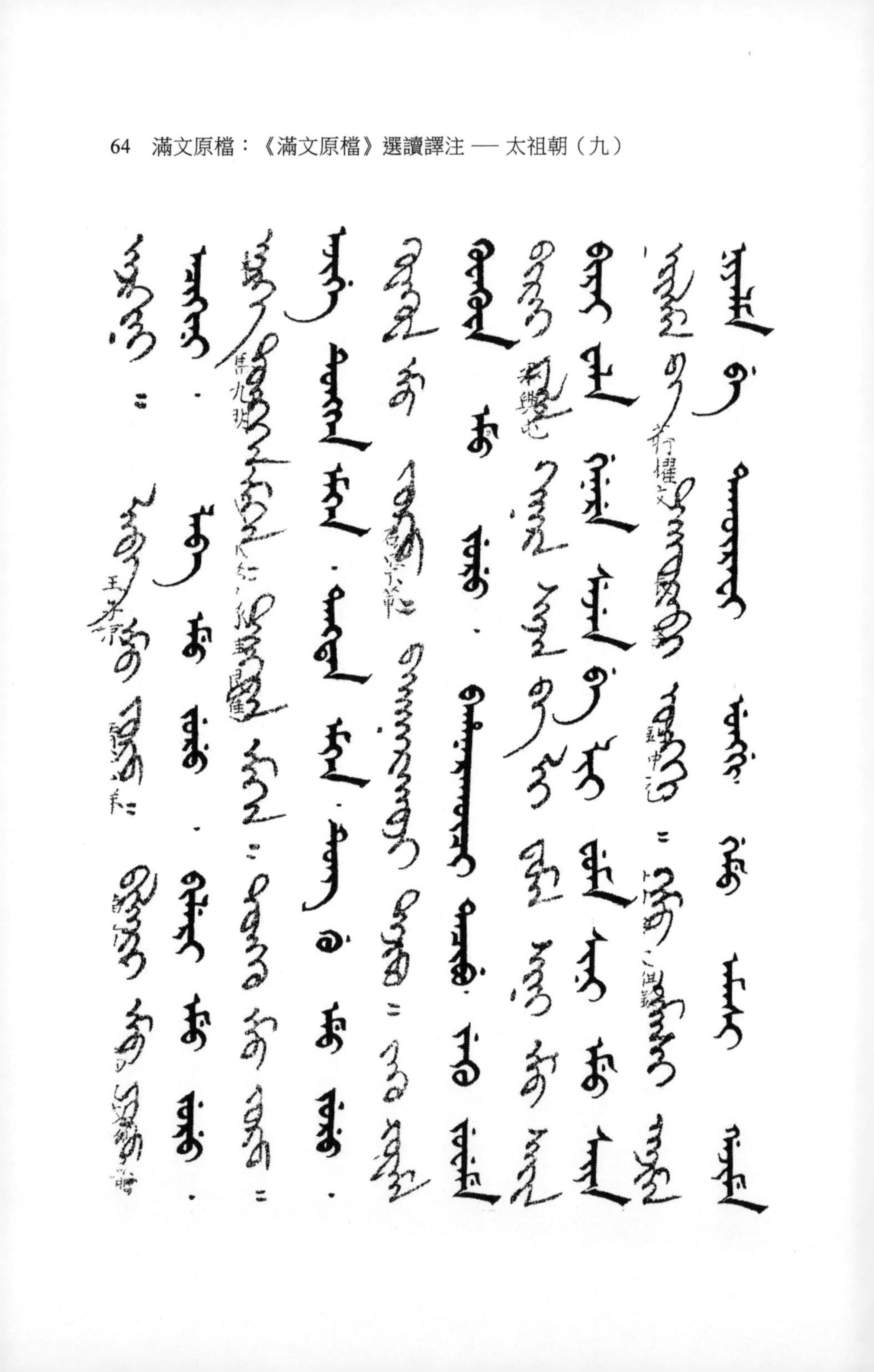

acikini. laba emu juru, bileri emu juru, ajige tungken emken, tangtan emken, tung gu emu juru, kuwakuwa emu juru, bahanarakūci tacibu. jeku juweme birai wala genere sejen be lii fuma sini emu sain niyalma be takūrafi unggi, gemu amasi gajime

---

給喇叭一對、嗩吶一對、小鼓一面、鏜鏜一件、銅鼓一對、哮哮一對[13]，不會，則教之。」著李駙馬遣爾一幹練之人，將前往河西運糧之車輛，俱行帶回，

給喇叭一对、嗩吶一对、小鼓一面、镗镗一件、铜鼓一对、哮哮一对，不会，则教之。」着李驸马遣尔一干练之人，将前往河西运粮之车辆，俱行带回，

---

[13] 鏜鏜、銅鼓、哮哮，《滿文老檔》讀作 "tangtan"、"tung gu"、"kuwakuwa"。按〈簽注〉：「查《清文鑑》一書，並無 tangtan、"tung gu、kuwakuwa，謹思，蓋樂器之漢名也。」茲參照滿文音譯漢文樂器名。

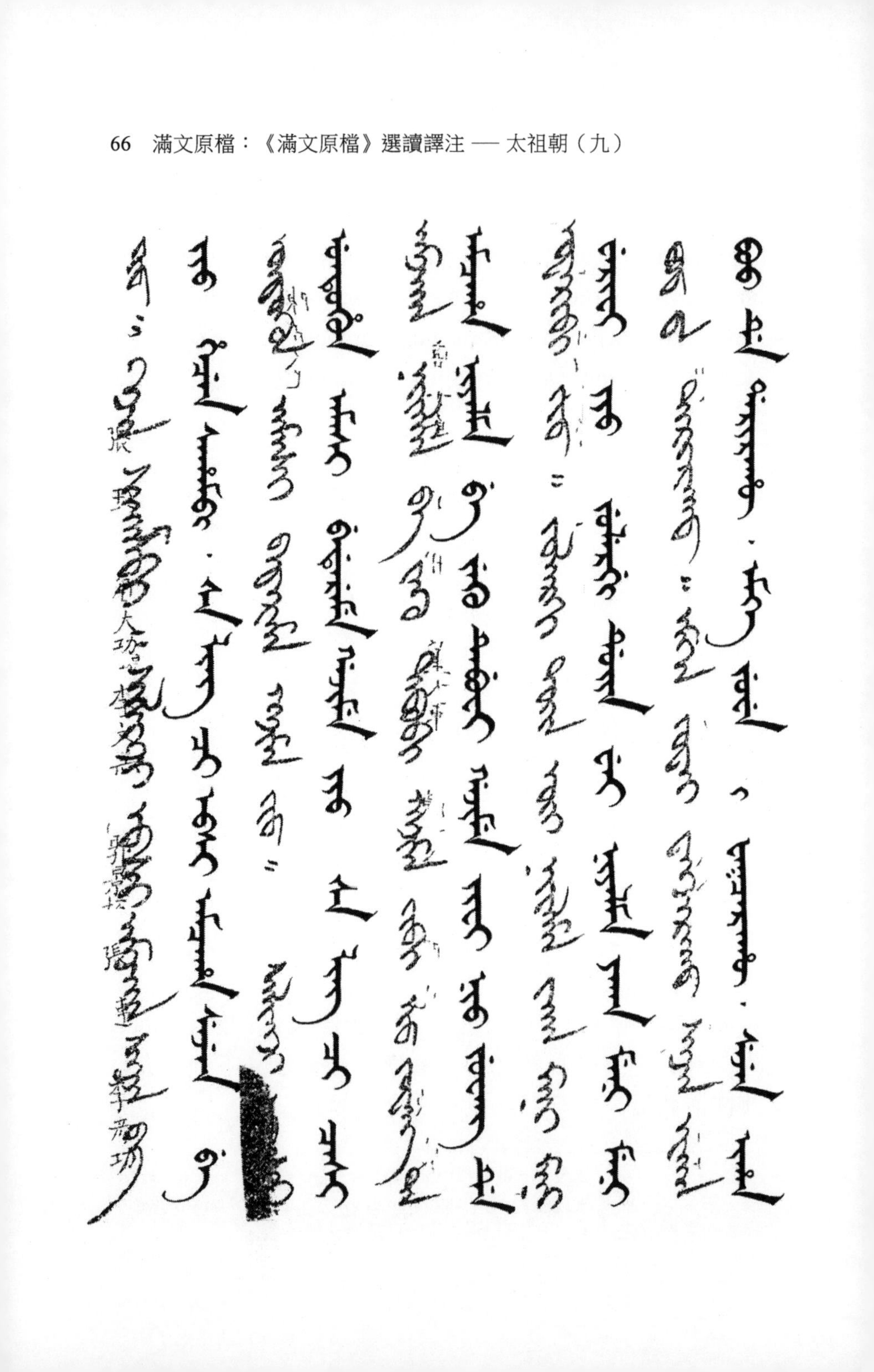

jio, hecen sahambi. ša ling ci ebsi amcaha sejen be untuhun amasi bedereme gajime jio. ša ling ci casi amcaha niyalma be, jeku tebufi gajime jifi, nio juwang de werifi jio. julergi duin wei niyalma, yaka meni meni boo de darirahū, emke juwe i fakcarahū, sejen ihan

---

以便築城。將沙嶺以內追上之車輛，以空車帶回，將沙嶺以外追上之人，令其裝糧帶回，留於牛莊後返回。恐南四衛之人乘便各自返家，或恐有一、二人離散，

以便筑城。将沙岭以内追上之车辆，以空车带回，将沙岭以外追上之人，令其装粮带回，留于牛庄后返回。恐南四卫之人乘便各自返家，或恐有一、二人离散，

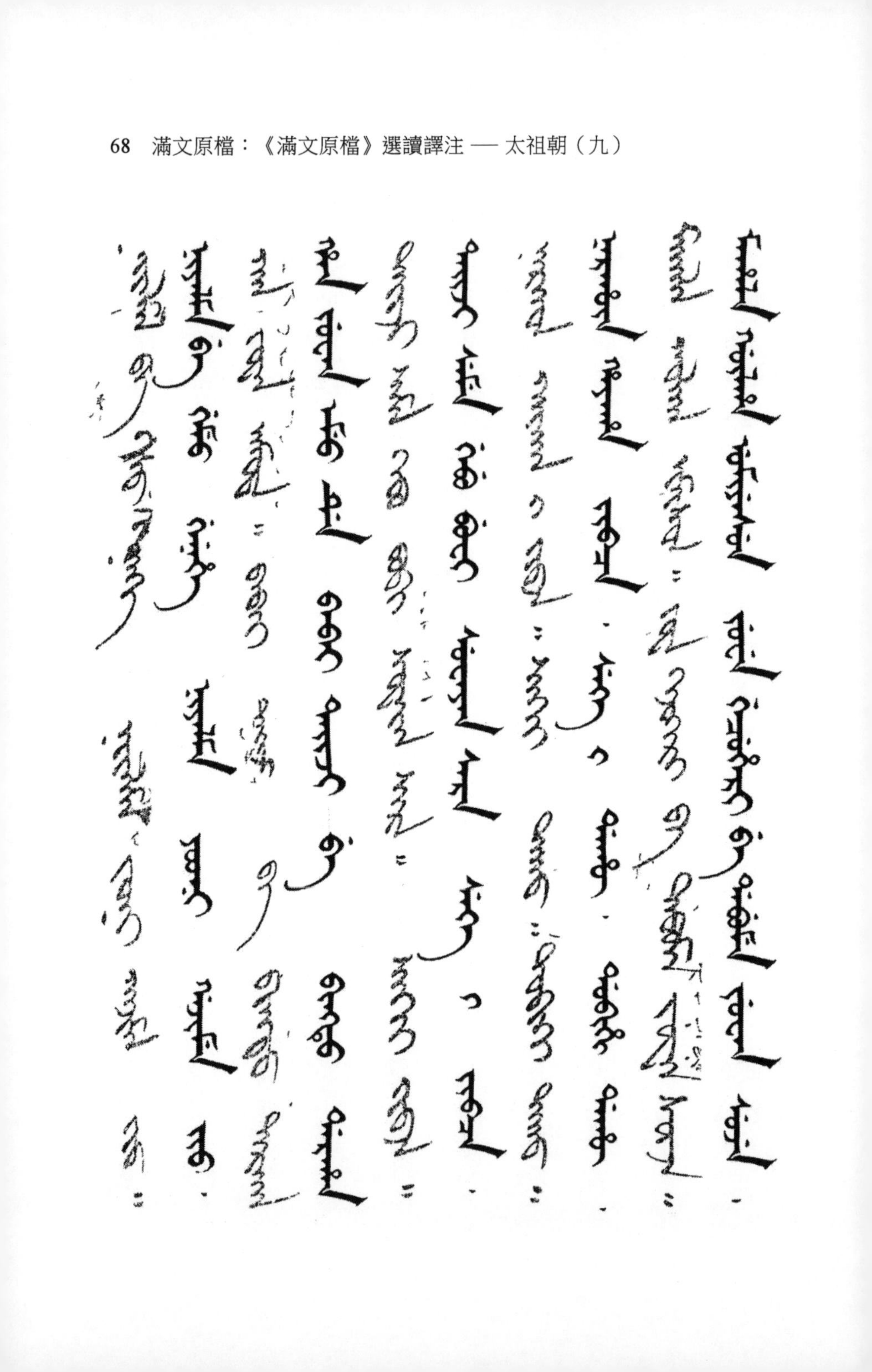

niyalma be, gemu genehe niyalma yooni gajime jio. han
juwan emu de, babai taiji be bingtu darhan taiji seme gebu
bufi, suwayan sara, seke i jibca, narhūn hayaha jibca, seke i
dahū, dobihi dahū, mahala, gūlha, umiyesun, juwe gecuheri
be dabume juwan suje,

著前往之人將車、牛及人，俱皆帶回。十一日，汗賜巴拜
台吉以賓圖達爾漢[14]台吉名號，賞黃傘、貂皮襖、細鑲貂
皮襖、貂皮端罩、狐皮端罩、帽、靴、腰帶、蟒緞二疋、
算入緞十疋、

着前往之人将车、牛及人，俱皆带回。十一日，汗赐巴拜
台吉以宾图达尔汉台吉名号，赏黄伞、貂皮袄、细镶貂皮
袄、貂皮端罩、狐皮端罩、帽、靴、腰带、蟒缎二疋、算
入缎十疋、

---

[14] 賓圖達爾漢，係蒙文榮譽稱號。《滿文原檔》寫作 "bingto tarkan"、
《滿文老檔》讀作 "bingtu darhan" 蒙文讀作 "bingtu darqan"，意
即「敦厚的」(賓圖)、「免除徭役賦稅者」（達爾漢）。

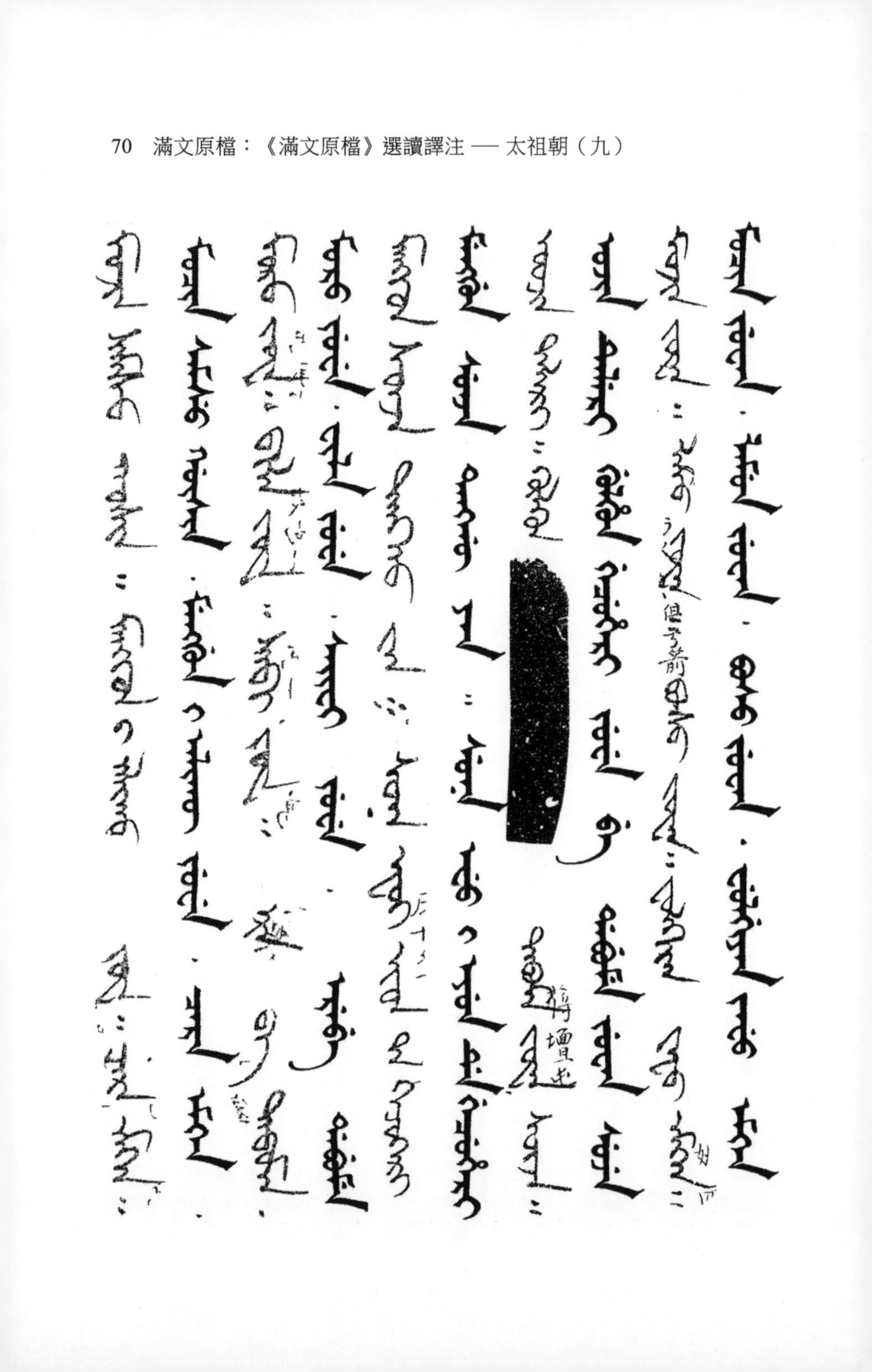

mocin samsu gūsin, menggun i alikū juwe, cara emken, moro juwe, fila juwe, saifi juwe, erebe dabume menggun sunja tanggū yan. suna efu i eyun de, gecuheri ojin teleri, gulhun gecuheri juwe be dabume juwan suje, mocin juwan, lamun juwan, boso juwan, fulgiyan jafu emken,

---

毛青布三十疋、銀盤二個、酒海一個、碗二個、碟二個、匙二支，將此算入，計銀五百兩。賜蘇納額駙之姊蟒緞女朝褂[15]、女朝衣、整蟒緞二疋，算入緞十疋；毛青布十疋、藍布十疋、布十疋、紅氊一塊、

毛青布三十疋、银盘二个、酒海一个、碗二个、碟二个、匙二支，将此算入，计银五百两。赐苏纳额驸之姊蟒缎女朝褂、女朝衣、整蟒缎二疋，算入缎十疋；毛青布十疋、蓝布十疋、布十疋、红毡一块、

---

[15] 女朝褂，《滿文原檔》寫作 "oojin"，《滿文老檔》讀作 "ojin"。按滿文 "ojin"，係蒙文 "uuǰin" 借詞，意即「女用齊肩長褂」。

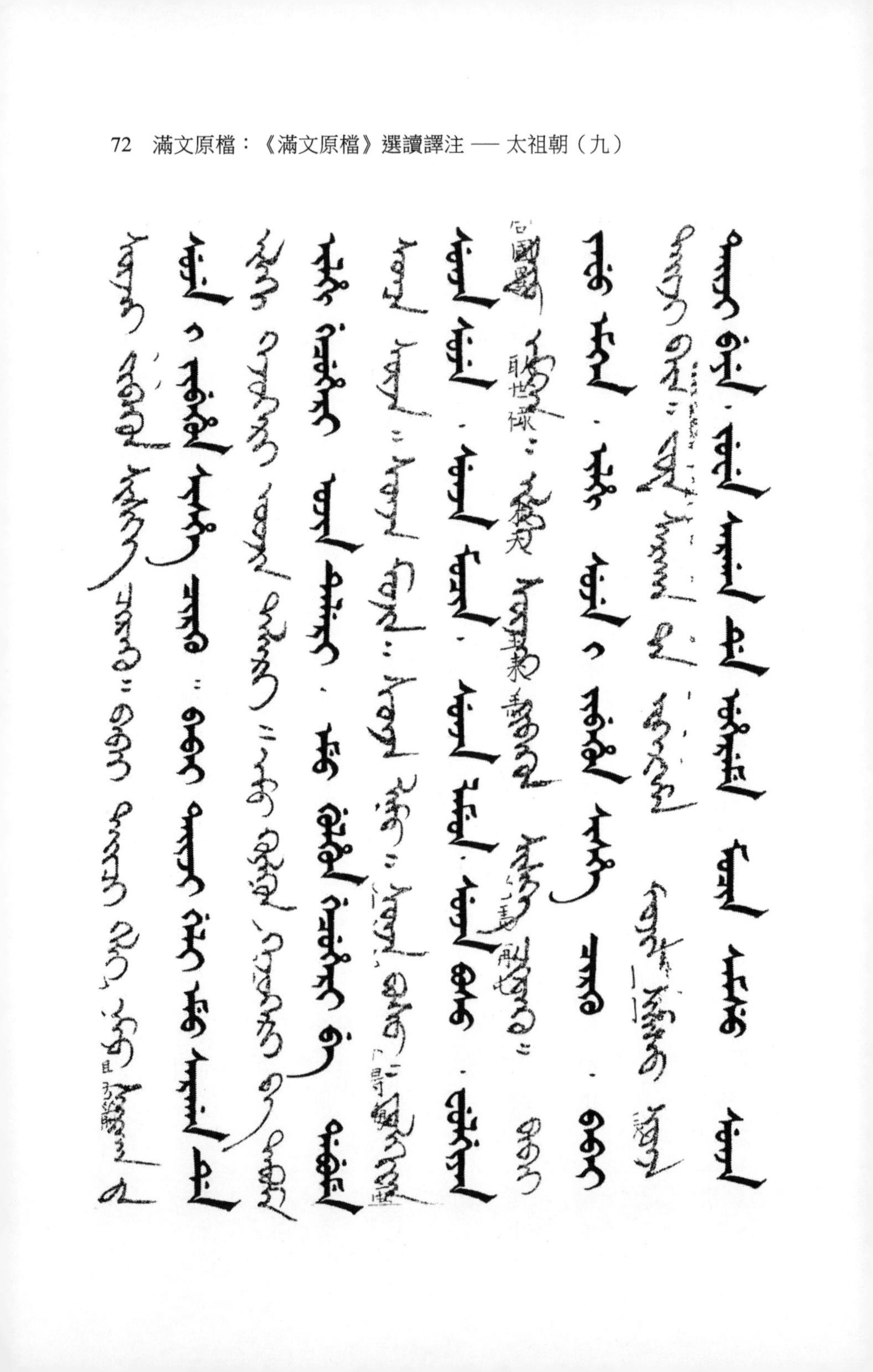

suje i jibehun, sishe, cirku. babai taiji geli emu sargan de ilhi gecuheri ojin, teleri, emu gulhun gecuheri be dabume sunja suje, sunja mocin, sunja lamun, sunja boso, fulgiyan jafu emken, ilhi suje i jibehun sishe, cirku. babai taiji beye, juwe sargan de, uhereme mocin samsu sunja

---

及緞被、緞褥、緞枕。賜巴拜台吉另一妻次蟒緞女朝褂、女朝衣及整蟒緞一疋，算入緞五疋；毛青布五疋、藍布五疋、布五疋、紅氊一塊、次緞被褥、緞枕。賜巴拜台吉本人及二妻共毛青布五百疋。

及緞被、緞褥、緞枕。賜巴拜台吉另一妻次蟒緞女朝褂、女朝衣及整蟒緞一疋，算入緞五疋；毛青布五疋、藍布五疋、布五疋、紅氊一塊、次緞被褥、緞枕。賜巴拜台吉本人及二妻共毛青布五百疋。

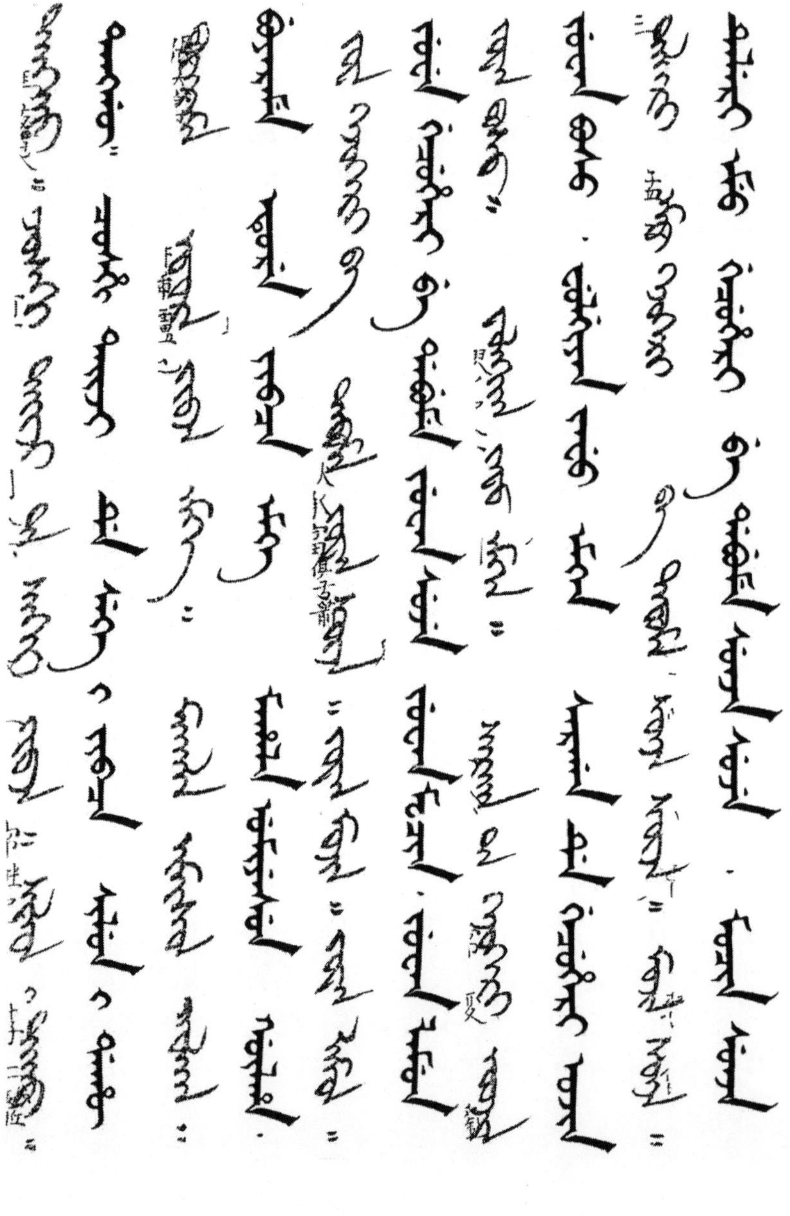

tanggū. coshi taiji de, seke i jibca, silun i dahū, buyarame eture jibca emke, mahala, umiyesun, gūlha, juwe gecuheri be dabume juwan suje, juwan mocin, juwan lamun, juwan boso, fulgiyan jafu emken, sargan de gecuheri ojin teleri, emu gecuheri be dabume, sunja suje, mocin sunja,

---

賜綽斯西台吉貂皮襖、猞猁猻皮端罩、短皮襖各一件、帽、腰帶、靴、蟒緞二疋、算入緞十疋；毛青布十疋、藍布十疋、布十疋、紅氈一塊，並賜其妻蟒緞女朝褂、女朝衣、蟒緞一疋，算入緞五疋；毛青布五疋、

賜绰斯西台吉貂皮袄、猞猁狲皮端罩、短皮袄各一件、帽、腰带、靴、蟒缎二疋、算入缎十疋；毛青布十疋、蓝布十疋、布十疋、红毡一块，并赐其妻蟒缎女朝褂、女朝衣、蟒缎一疋，算入缎五疋；毛青布五疋、

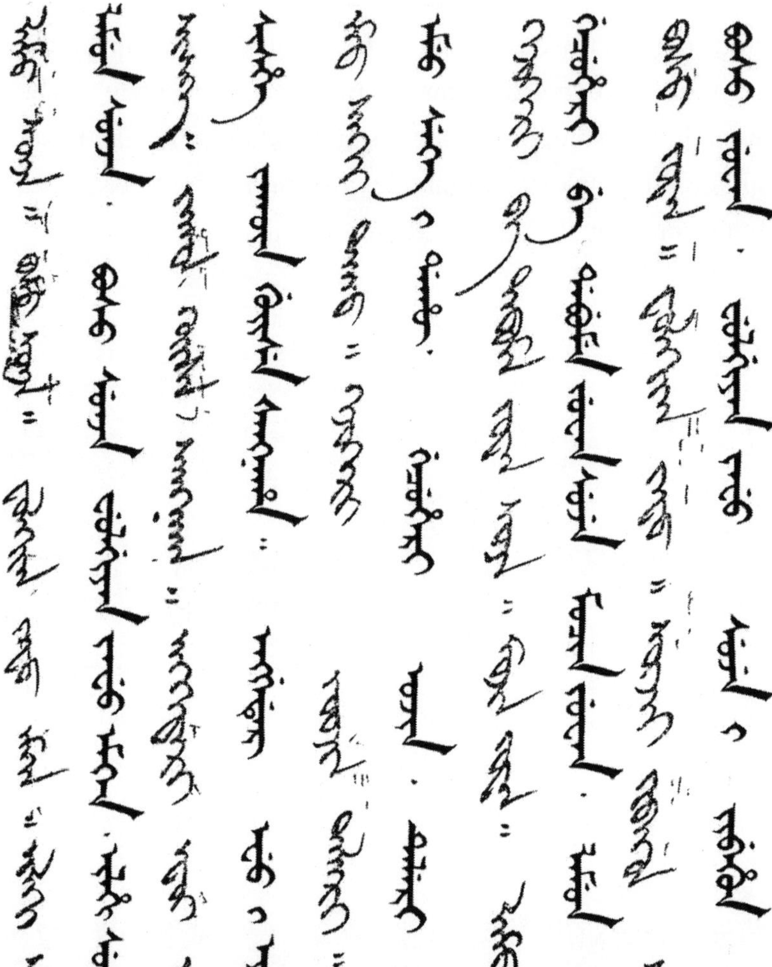

lamun sunja, boso sunja, fulgiyan jafu emken, ilhi suje i
jibehun, sishe, jakūn guise šangnaha. enggeder efu i eyun de,
emu seke i dahū, gecuheri ojin, teleri, juwe gecuheri be
dabume juwan suje, mocin juwan, lamun juwan, boso juwan,
fulgiyan jafu, suje i jibehun, sishe,

藍布五疋、布五疋、紅氈一塊、次緞被、褥、櫃八個。賜
恩格德爾額駙之姊貂皮端罩一件、蟒緞女朝褂、女朝衣、
將蟒緞二疋算入緞十疋；毛青布十疋、藍布十疋、布十疋、
紅氈、緞被、褥、

蓝布五疋、布五疋、红毡一块、次缎被、褥、柜八个。赐
恩格德尔额驸之姊貂皮端罩一件、蟒缎女朝褂、女朝衣、
将蟒缎二疋算入缎十疋；毛青布十疋、蓝布十疋、布十疋、
红毡、缎被、褥、

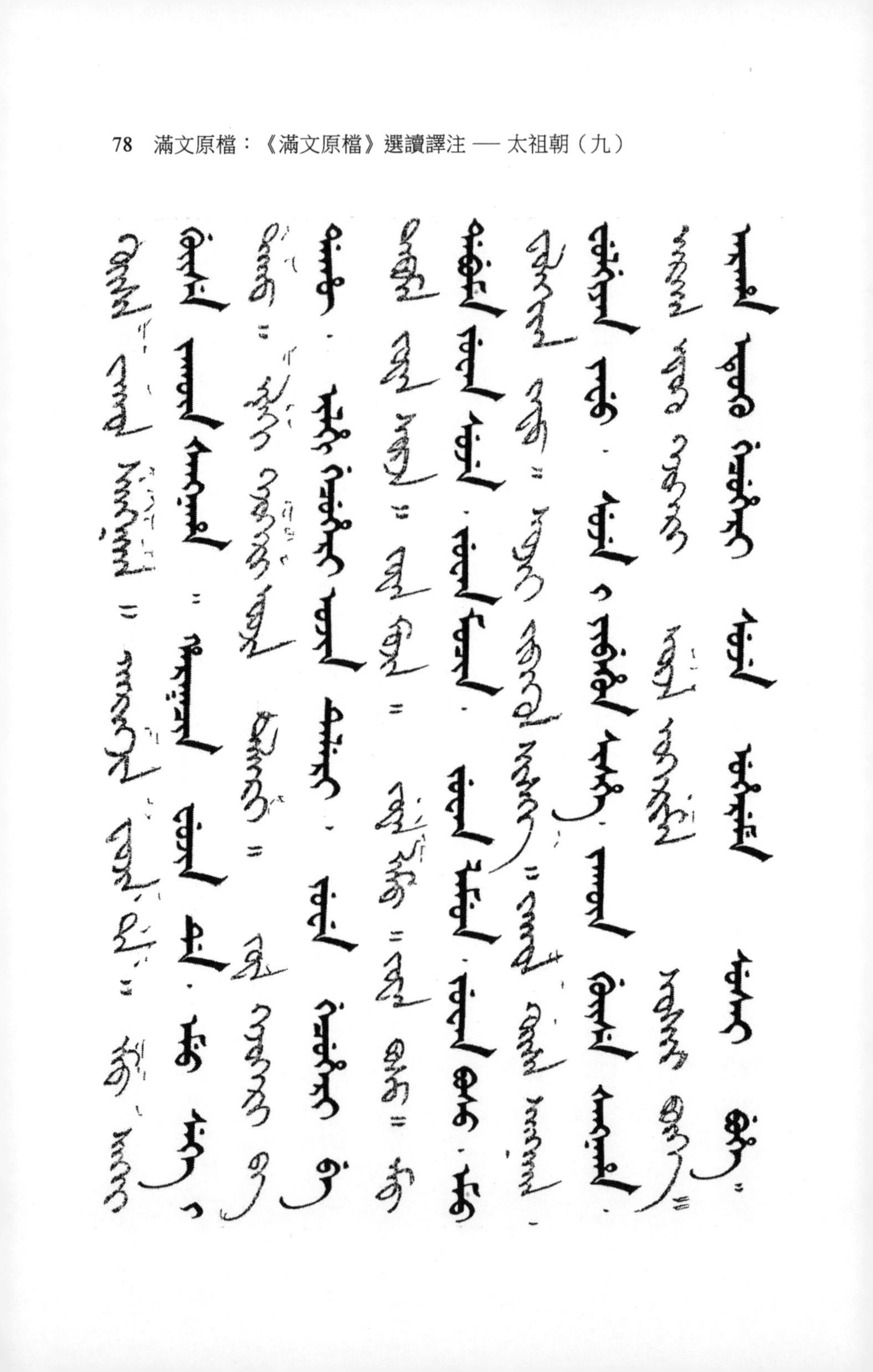

guise jakūn šangnaha. harakcin fujin de, emu seke i dahū,
ilhi gecuheri ojin, teleri, juwe gecuheri be dabume juwan
suje, juwan mocin, juwan lamun, juwan boso, emu fulgiyan
jafu, suje i jibehun, sishe, jakūn guise šangnaha, araha etuku,
gecuheri suje uhereme susai buhe.

櫃八個。賜哈拉克欽福晉貂皮端罩一件、次蟒緞女朝褂、
女朝衣，將蟒緞二疋算入緞十疋；毛青布十疋、藍布十疋、
布十疋、紅氈一塊、緞被、褥、櫃八個，賜成衣、蟒緞、
緞，共五十疋。

柜八个。赐哈拉克钦福晋貂皮端罩一件、次蟒缎女朝褂、
女朝衣，将蟒缎二疋算入缎十疋；毛青布十疋、蓝布十疋、
布十疋、红毡一块、缎被、褥、柜八个，赐成衣、蟒缎、
缎，共五十疋。

五、惡棍肆虐

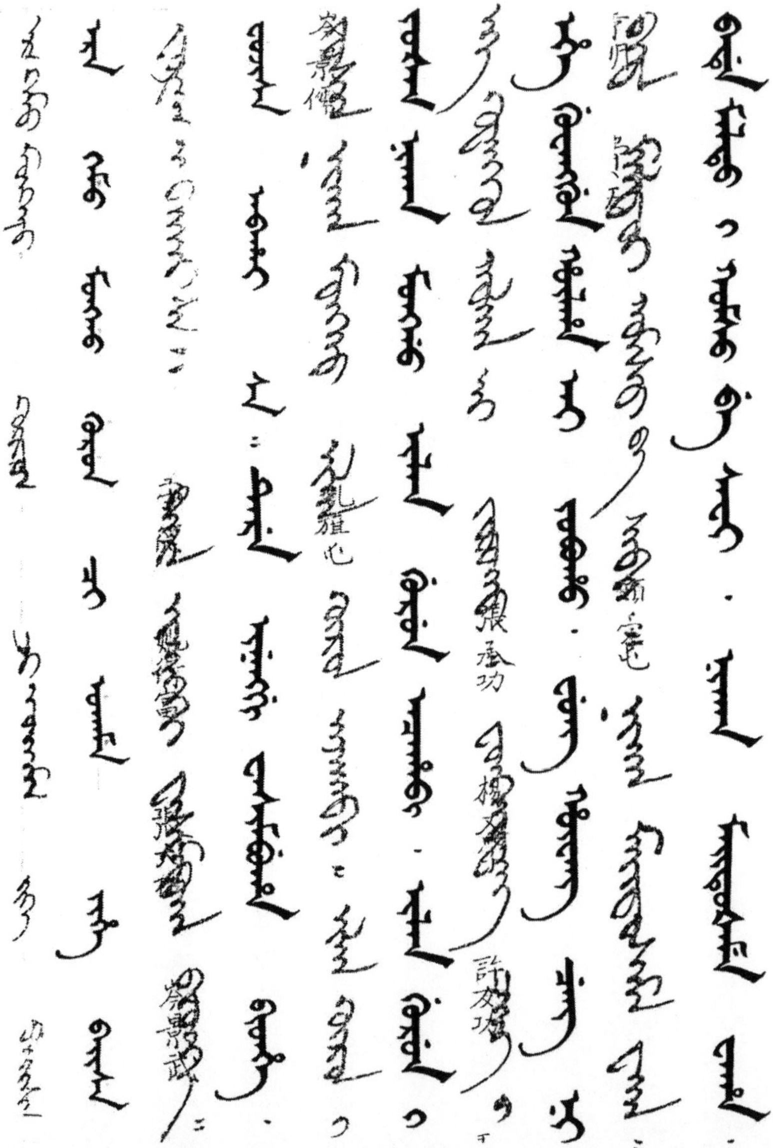

ere gemu monggo gurun ci ukame jihe beise, fujisa, abahai sa. tere inenggi wasimbuha bithe, jušen, nikan, monggo ilan gurun acahabi, ilan gurun i ehe guwanggun, hūlha ai joboho, fung hūwang ceng ni bade maltu i komso be safi, nikan maitušame waha.

此皆自蒙古逃來之諸貝勒、福晉、小姐們。是日，頒書諭曰：「諸申、漢、蒙古三國已和好，然三國之惡棍[16]、盜賊[17]尚無畏忌，鳳凰城地方，漢人見放牧之人少，即用棍棒亂打殺之。

此皆自蒙古逃来之诸贝勒、福晋、小姐们。是日，颁书谕曰：「诸申、汉、蒙古三国已和好，然三国之恶棍、盗贼尚无畏忌，凤凰城地方，汉人见放牧之人少，即用棍棒乱打杀之。

[16] 惡棍，《滿文原檔》寫作"kuwangkun"、《滿文老檔》讀作"guwanggun"。按滿文"guwanggun"原係漢字「光棍」音譯詞，含義有二「單身漢」、「惡棍」；此處作「惡棍」解。
[17] 盜賊，《滿文原檔》寫作"kolka"，《滿文老檔》讀作"hūlha"。按滿文"hūlha"係蒙文"qulaɤai"借詞，意即「盜賊」。

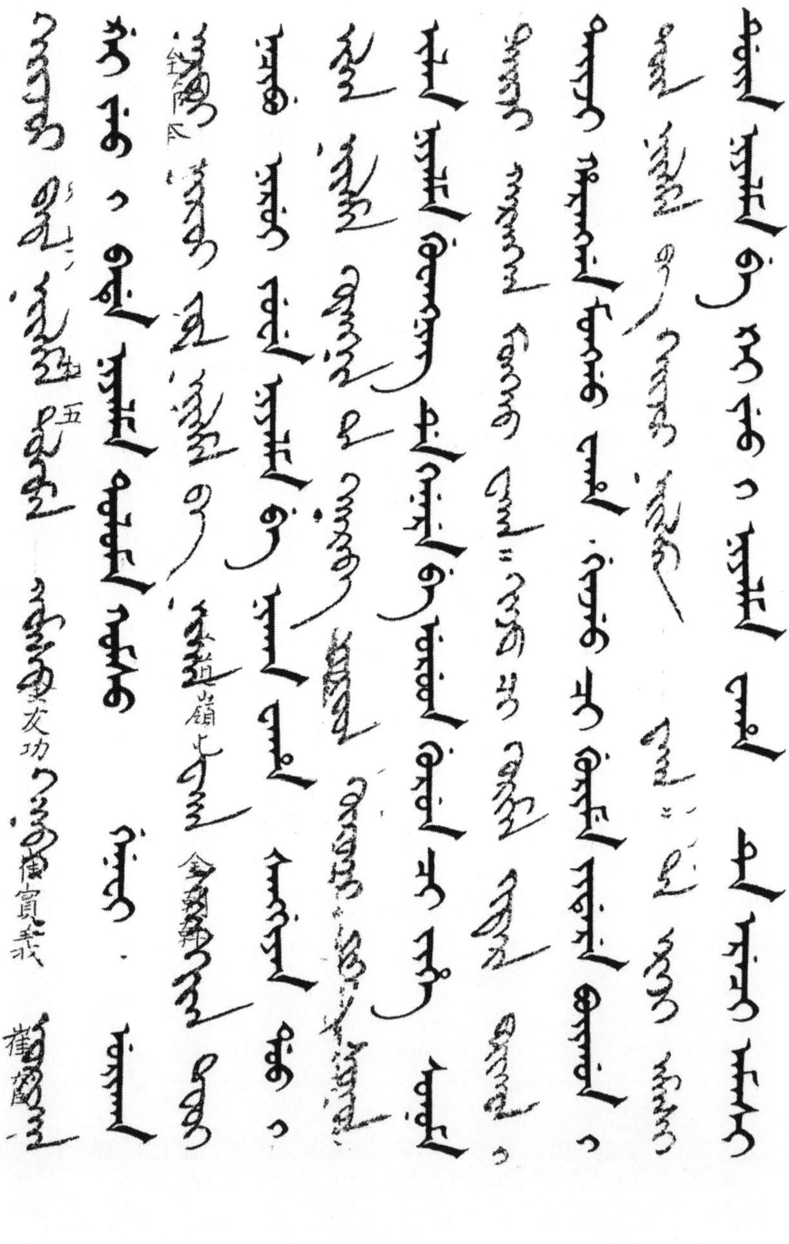

g'ai jeo i bade niyalma tolome komso genefi, urikan nacibu nirui juwe niyalma be nikan waha. šanggiyan doo i ilan niyalma guwangning de genere be, urut gurun ci jihe sonom taiji harangga monggo waha. ginjeo ci gurime jidere boigon i duin niyalma be, g'ai jeo i niyalma waha. te ereci amasi

---

前往蓋州地方清點人數因人少，有烏里堪及納齊布牛彔之二人被漢人殺害。尚間島之三人前往廣寧，被來自兀魯特國之索諾木台吉所屬蒙古人殺害。由錦州遷來人戶之四人，被蓋州之人殺害。自今以後，

前往盖州地方清点人数因人少，有乌里堪及纳齐布牛彔之二人被汉人杀害。尚间岛之三人前往广宁，被来自兀鲁特国之索诺木台吉所属蒙古人杀害。由锦州迁来人户之四人，被盖州之人杀害。自今以后，

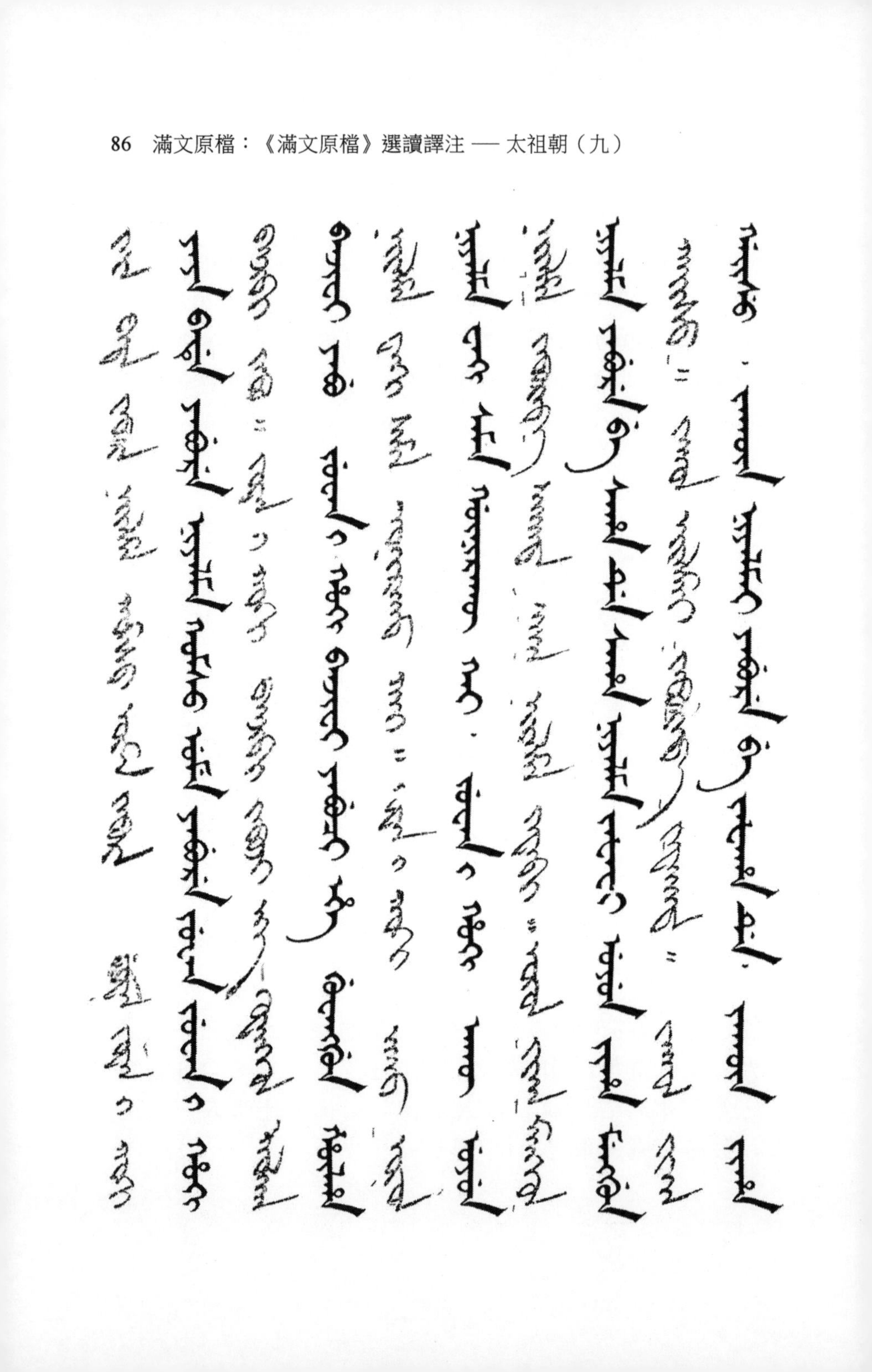

yaya bade yabure niyalma, komso ume yabure, juwan juwan i hoki banjifi yabu. juwan i hoki banjifi yabuci, ehe guwanggun, hūlha, niyalma waki seme gūnirakū kai. juwan i hoki akū uyun niyalma yabure be saha de, saha niyalma jafafi uyun jiha menggun gaisu. jakūn niyalmai yabure be jafaha de, jakūn jiha

---

各處行者之人，人少不可行走，務以十人、十人結夥而行。若十人結夥行走，則惡棍、盜賊不致萌殺人之念也。若結夥不足十人，九人同行，見者即拏之，罰銀九錢；拏獲八人行走時，則罰銀八錢；

各处行者之人，人少不可行走，务以十人、十人结伙而行。若十人结伙行走，则恶棍、盗贼不致萌杀人之念也。若结伙不足十人，九人同行，见者即拏之，罚银九钱；拏获八人行走时，则罚银八钱；

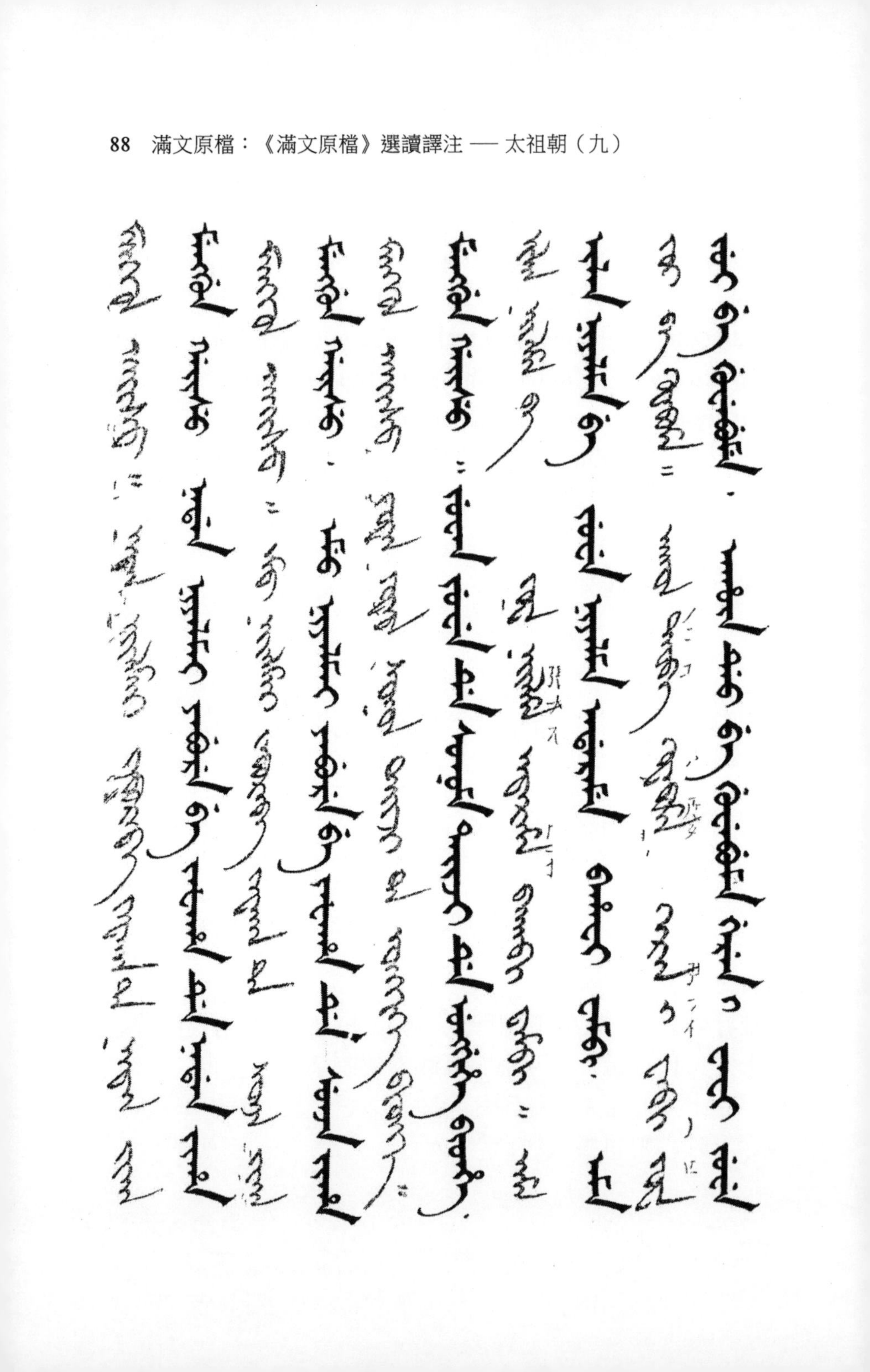

menggun gaisu. nadan niyalmai yabure be jafaha de, nadan
jiha menggun gaisu. emu niyalmai yabure be jafaha de, sunja
jiha menggun gaisu. juwan juwe de, sonom taiji de unggihe
bithe, ilan niyalma be, juwe niyalma adarame bahafi wambi.
ama jui be guwebume, ahūn deo be guwebume, geren i wafi
juwe

拏獲七人行走時，則罰銀七錢；拏獲一人行走時，則罰銀
五錢。」十二日，致書諭索諾木台吉曰：「二人如何殺得
三人？恐父親庇護[18]其子，兄長庇護其弟，

拏获七人行走时，则罚银七钱；拏获一人行走时，则罚银
五钱。」十二日，致书谕索诺木台吉曰：「二人如何杀得
三人？恐父亲庇护其子，兄长庇护其弟，

---

[18] 庇護，《滿文原檔》寫作 "kuwabo(u)ma(e)"，《滿文老檔》讀作
"guwebume"，意即「赦免」；漢滿文義略有出入。庇護，規範滿
文讀作"haršame daldambi"。

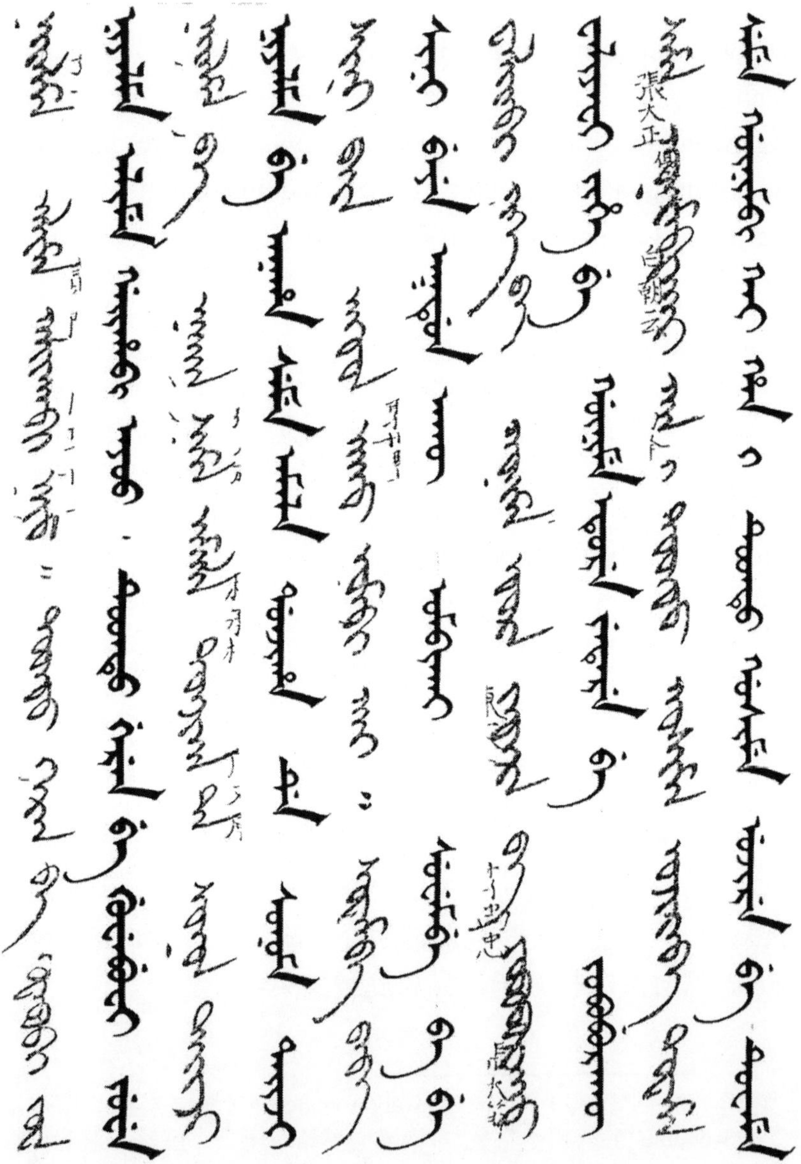

niyalma alime gaihabi ayoo. tuttu geren be guwebufi juwe
niyalma be anaha seme amala donjiha de, sonom taiji sini
beye akdun akū ombikai. suwembe ba be waliyafi jihe be
gūnime eture jetere be joboburakū seme gūnimbi kai. han i
tuttu gosime ujire be tuwame

眾人殺害而由二人承當也。即使赦免眾人，推給二人，後
被聞知，索諾木台吉爾本人必不可信也。念爾等棄地而
來，使爾等不愁衣食也。汗如此恩養，

众人杀害而由二人承当也。即使赦免众人，推给二人，后
被闻知，索诺木台吉尔本人必不可信也。念尔等弃地而来，
使尔等不愁衣食也。汗如此恩养，

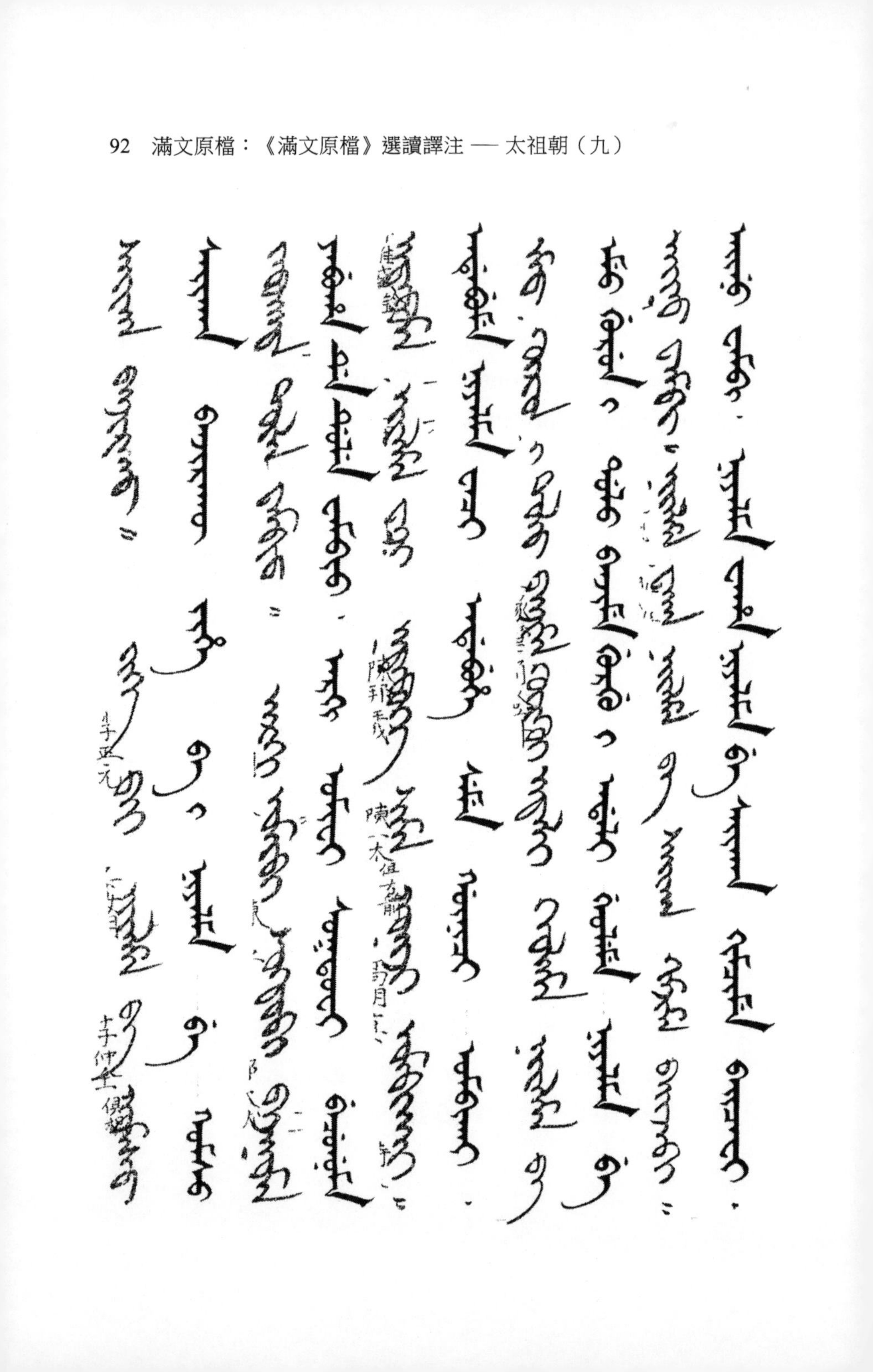

saikan banjirakū, jihe ba i niyalma be komso yabuha de dule
wambio. arki omifi soktofi becunume endebume niyalma
waci endebuhe seme gūnici ombikai. emu gurun i dolo
banjime gurgu i adali geoleme niyalma be ainu wambi.
niyalma waha niyalma be saikan kimcime baicafi,

爾視而不見，不善自度日，見來處之人行人少竟殺之，可
乎？若喝酒後酒醉鬥毆，可以為過失也。同在一國之內度
日，為何殺人猶如射殺野獸耶？著善加詳查殺人者，

尔视而不见，不善自度日，见来处之人行人少竟杀之，可
乎？若喝酒后酒醉斗殴，可以为过失也。同在一国之内度
日，为何杀人犹如射杀野兽耶？着善加详查杀人者，

六、築城駐防

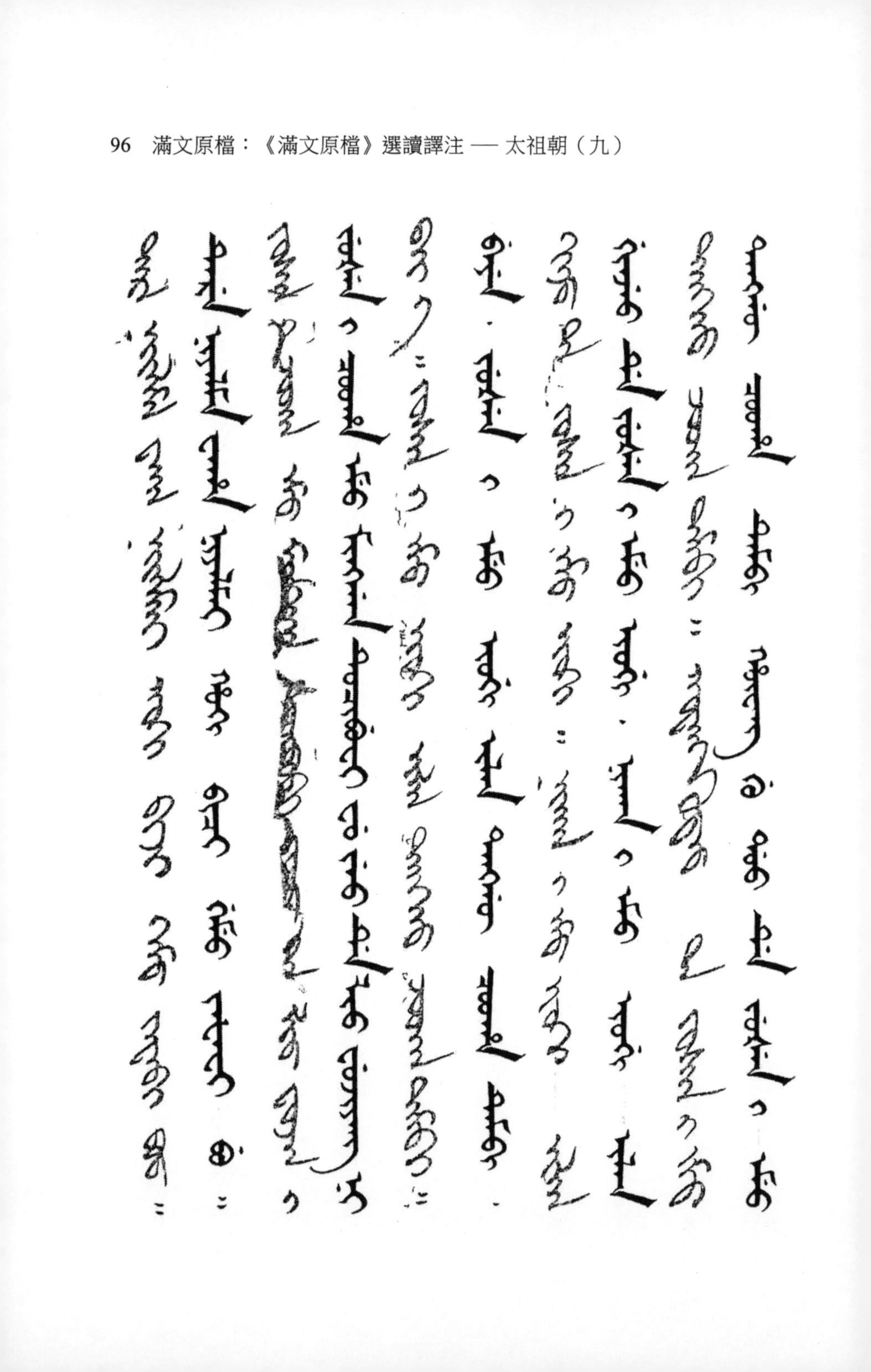

ᠪᠠ ᠠᠯᡳᠶᠠᠯᠢ

tere niyalma waha niyalmai hoki bici, gemu jafafi bu. jušen i cooha emu minggan tucibufi, fu jeo de lio fujiyang ni beye, jušen i emu iogi, ilan tanggū cooha tembi. ginjeo de jušen i emu iogi, nikan i emu iogi, ilan tanggū cooha tembi. hūwang gu doo de jušen i emu

---

其殺人者若有同夥，則皆擒拏以獻。」派出諸申兵一千名，劉副將本人及諸申遊擊一員，兵三百名，駐紮復州；諸申遊擊一員，漢遊擊一員，兵三百名，駐紮金州；

其杀人者若有同伙，则皆擒拏以献。」派出诸申兵一千名，刘副将本人及诸申游击一员，兵三百名，驻扎复州；诸申游击一员，汉游击一员，兵三百名，驻扎金州；

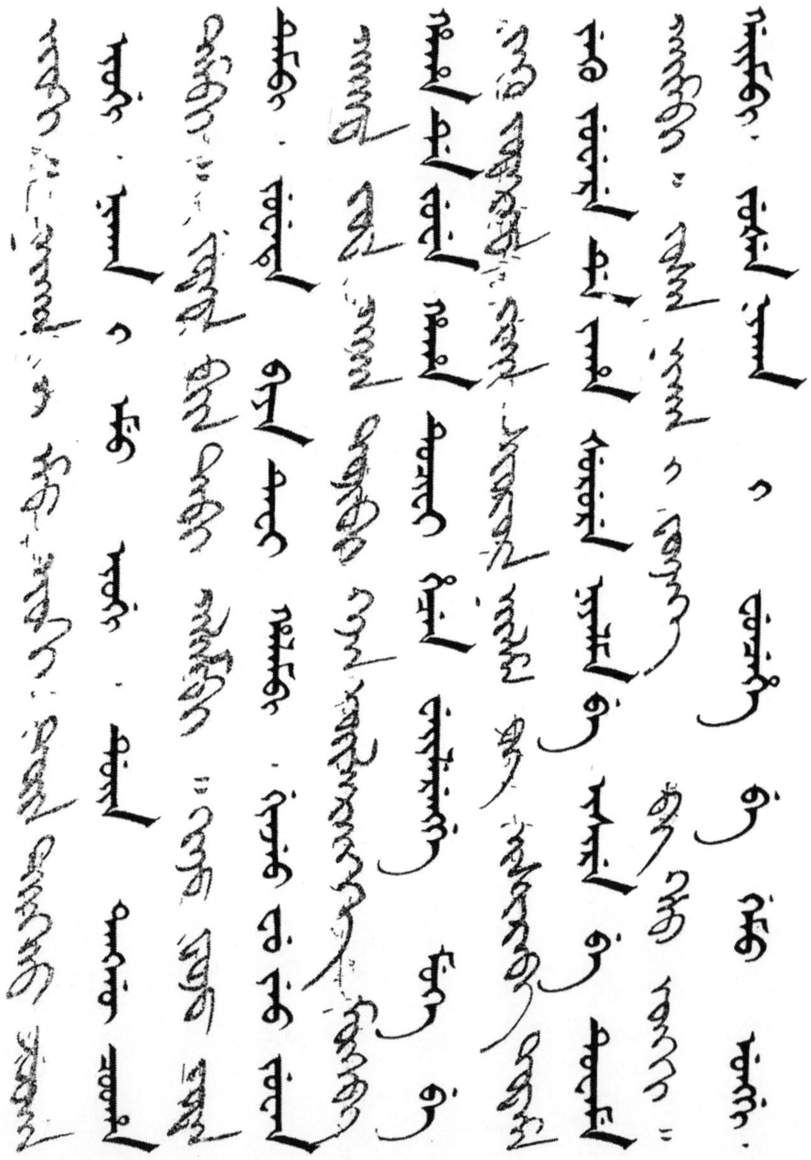

iogi, nikan i emu iogi, duin tanggū cooha tembi, juwete biya tefi halambi. ginjeo, fu jeo juwan haha de juwe haha tucifi hecen weilerengge, muke be jeku juwere de, jaha šurure niyalma be isire be tuwame gaimbi, jušen, nikan i funcehe be gemu unggi.

諸申遊擊一員、漢遊擊一員、兵四百名，駐紮黃姑島，駐紮各兩月換防。金州、復州每十丁派出二丁築城，除由水路運糧時留足操舟之人外，其餘諸申、漢人皆遣之。

诸申游击一员、汉游击一员、兵四百名，驻扎黄姑岛，驻扎各两月换防。金州、复州每十丁派出二丁筑城，除由水路运粮时留足操舟之人外，其余诸申、汉人皆遣之。

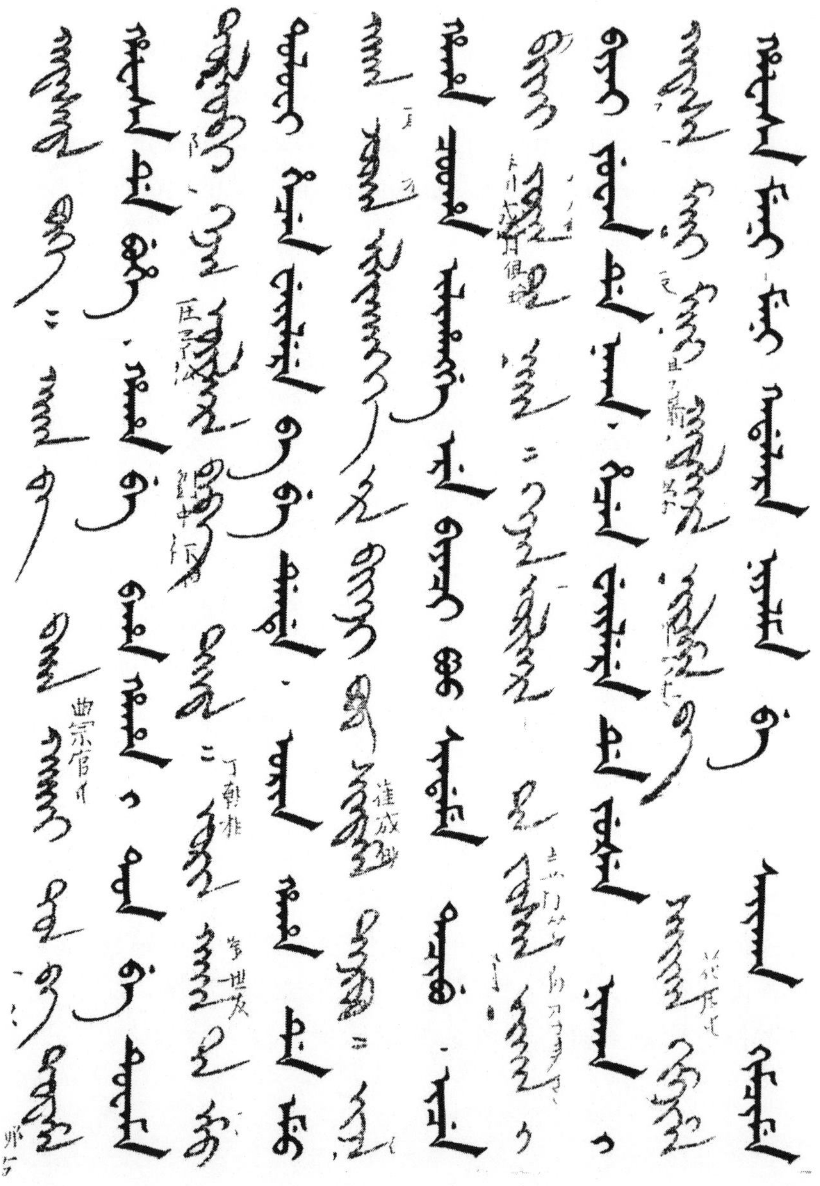

hafasa de buhe haha be, baha haha i ton be tuwame tolofi hecen weilere ba be dende, orin haha de emu haha cooha ilihangge, ere biyaci poo sindame tacibu, ice biyai juwan de naka. hecen weilere de, jušen nikan i hafasa, meni meni kadalara niyalma be saikan kimcime

將分給官員之男丁及俘獲之男丁點明數目，分派築城之地。每二十人，以一丁充兵，自是月起教練放礮，至來月初十日停止。築城之時，諸申、漢官等當善加詳查管束各自屬下之人

將分給官員之男丁及俘获之男丁点明数目，分派筑城之地。每二十人，以一丁充兵，自是月起教练放炮，至来月初十日停止。筑城之时，诸申、汉官等当善加详查管束各自属下之人

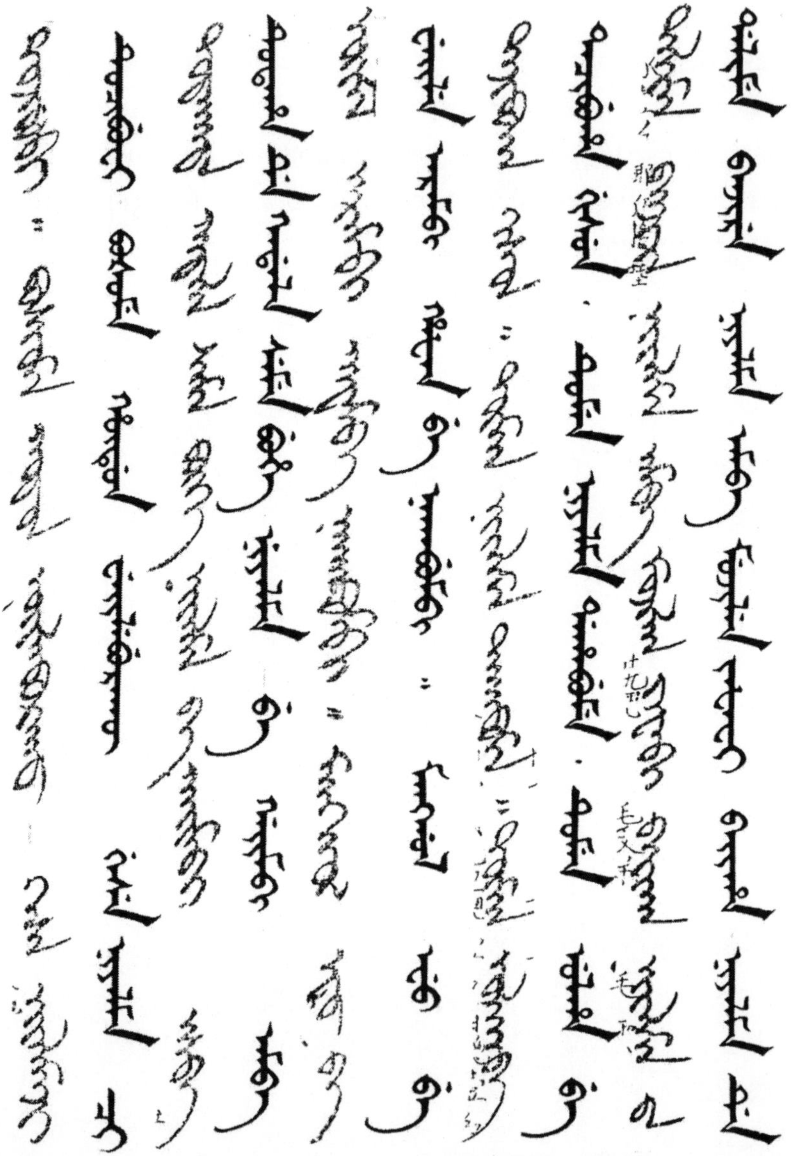

tucibufi bošome hūdun weileburakū, gese niyalma ci tutaha
de, kadala seme buhe niyalma be gaimbi, amba weile arambi,
hafan be nakabumbi. manggol efu be tacibuha gisun, tumen
niyalma dahabume, tumen ulha be dalime banjire niyalma
amba mujilen jafafi, baiha niyalma de

其不催促速行築城，落後於他人，管束不力，則奪所給之
人，治以重罪，並革其官職。訓誨莽古勒額駙之諭曰：「招
撫萬人，牧養萬畜之人，宜懷寬大之心，

其不催促速行筑城，落后于他人，管束不力，则夺所给之
人，治以重罪，并革其官职。训诲莽古勒额驸之谕曰：「招
抚万人，牧养万畜之人，宜怀宽大之心，

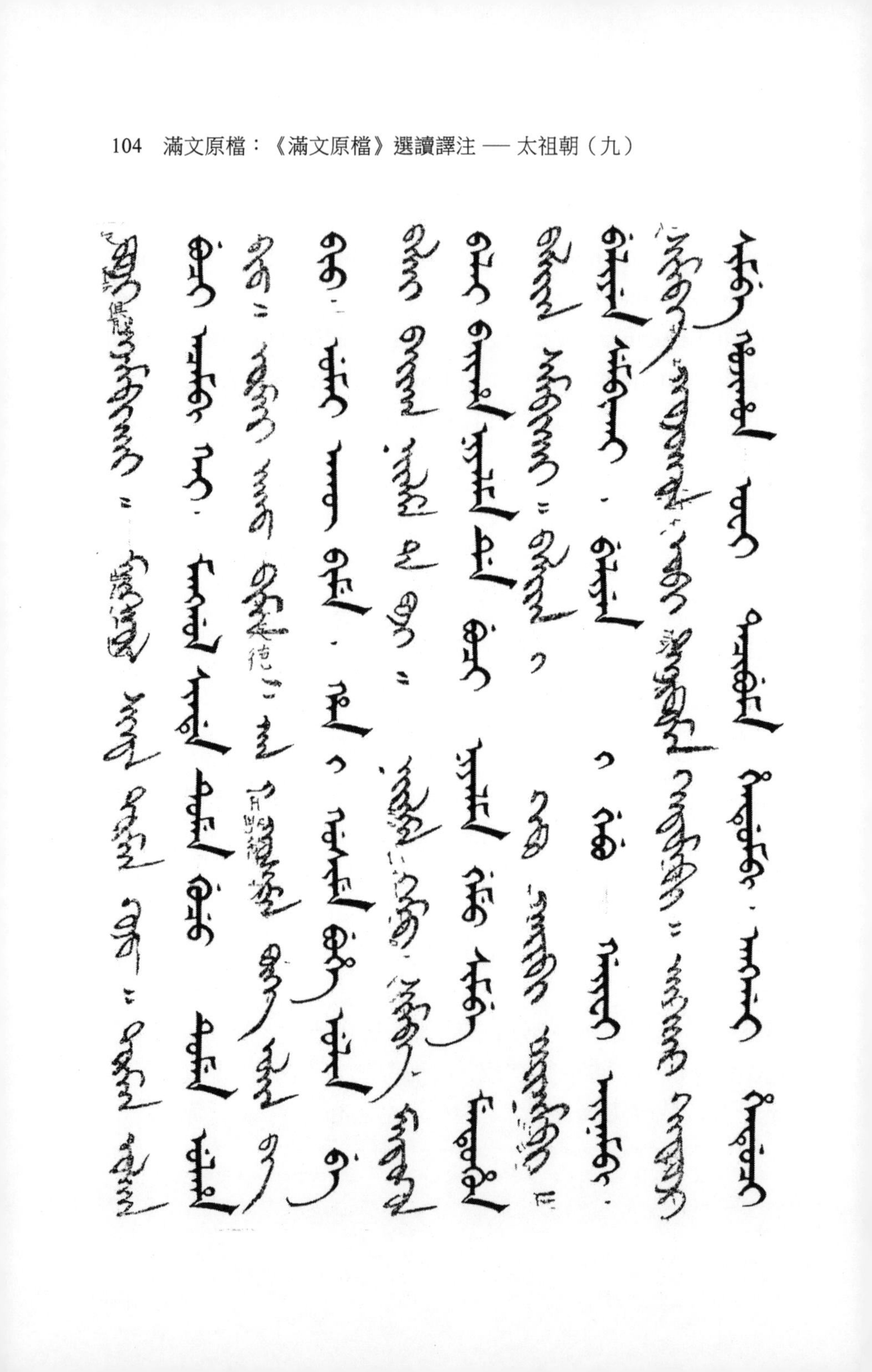

buci acambi kai. manggol sinde tumen gucu, tumen ulha bio, umai akū bime, han i gosime buhe ulin be balai baiha niyalma de buci, niyalma gemu simbe mentuhun beliyen sembikai. beliyen i gebu gaifi ainambi. simbe hojihon ofi tacibume, hendumbi. anggai henduci

---

應給與來求的人有求必應也。莽古勒爾有萬友、萬畜乎？並無也，然爾竟以汗恩賜之財妄給所求之人，人皆以爾為癡愚也。何必背此癡愚之名耶？因爾為我婿，故此諄諄訓誨。

应给与来求的人有求必应也。莽古勒尔有万友、万畜乎？并无也，然尔竟以汗恩赐之财妄给所求之人，人皆以尔为痴愚也。何必背此痴愚之名耶？因尔为我婿，故此谆谆训诲。

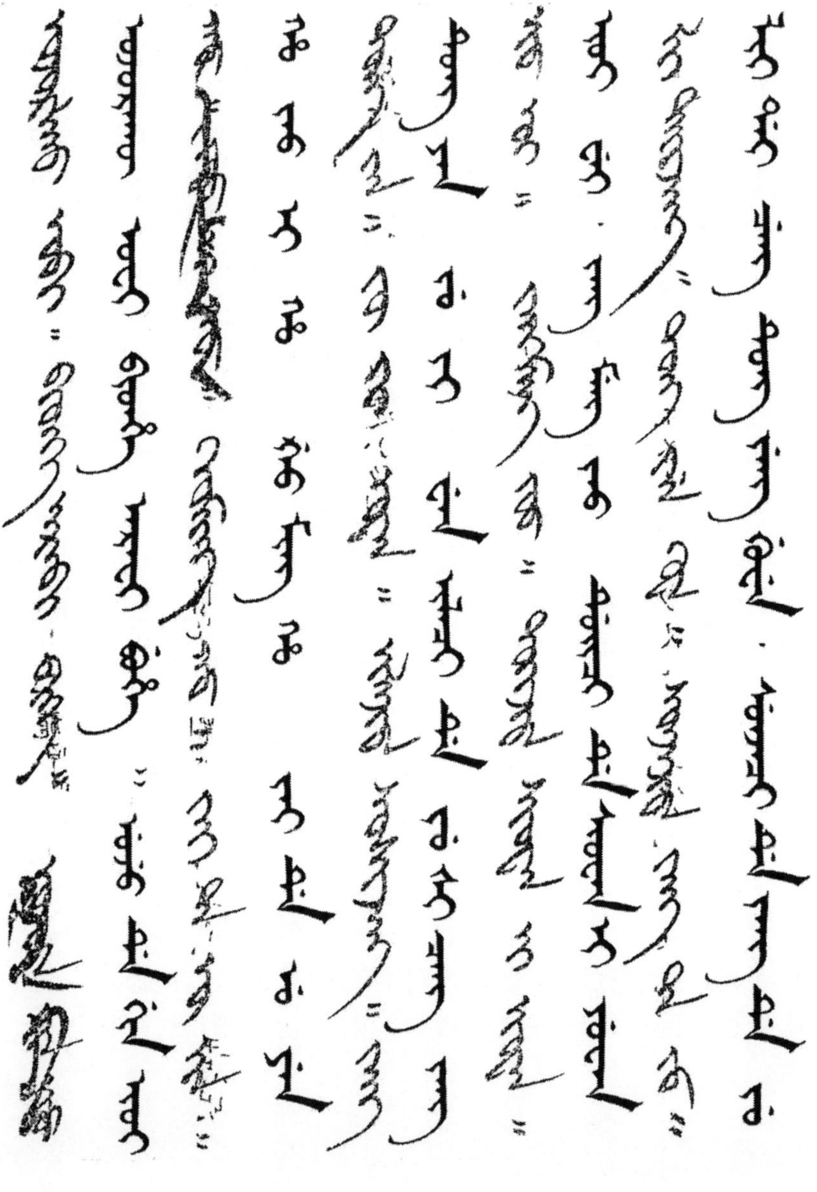

ojorakū ofi, bithe arafi buhe. uju de gin ioi ho, jao i ho, g'ao ming ho. jai de, u yen, tung yan, ju ji wen. ilaci de ju ši cang, jang ioi wei, jang meng jao. duici de, siowan i yuwan, lii dai ceng, tung jeng guwe. sunjaci de, jang de ju,

因未便面諭，故作書賜之。」第一，金玉和、趙義和、高明和；第二，吳印、佟岩、朱繼文；第三，朱世昌、張玉偉、張夢兆；第四，宣義元、李大成、佟鎮國；第五，張德柱、

因未便面谕，故作书赐之。」第一，金玉和、赵义和、高明和；第二，吴印、佟岩、朱继文；第三，朱世昌、张玉伟、张梦兆；第四，宣义元、李大成、佟镇国；第五，张德柱、

七、耕稼耒耜

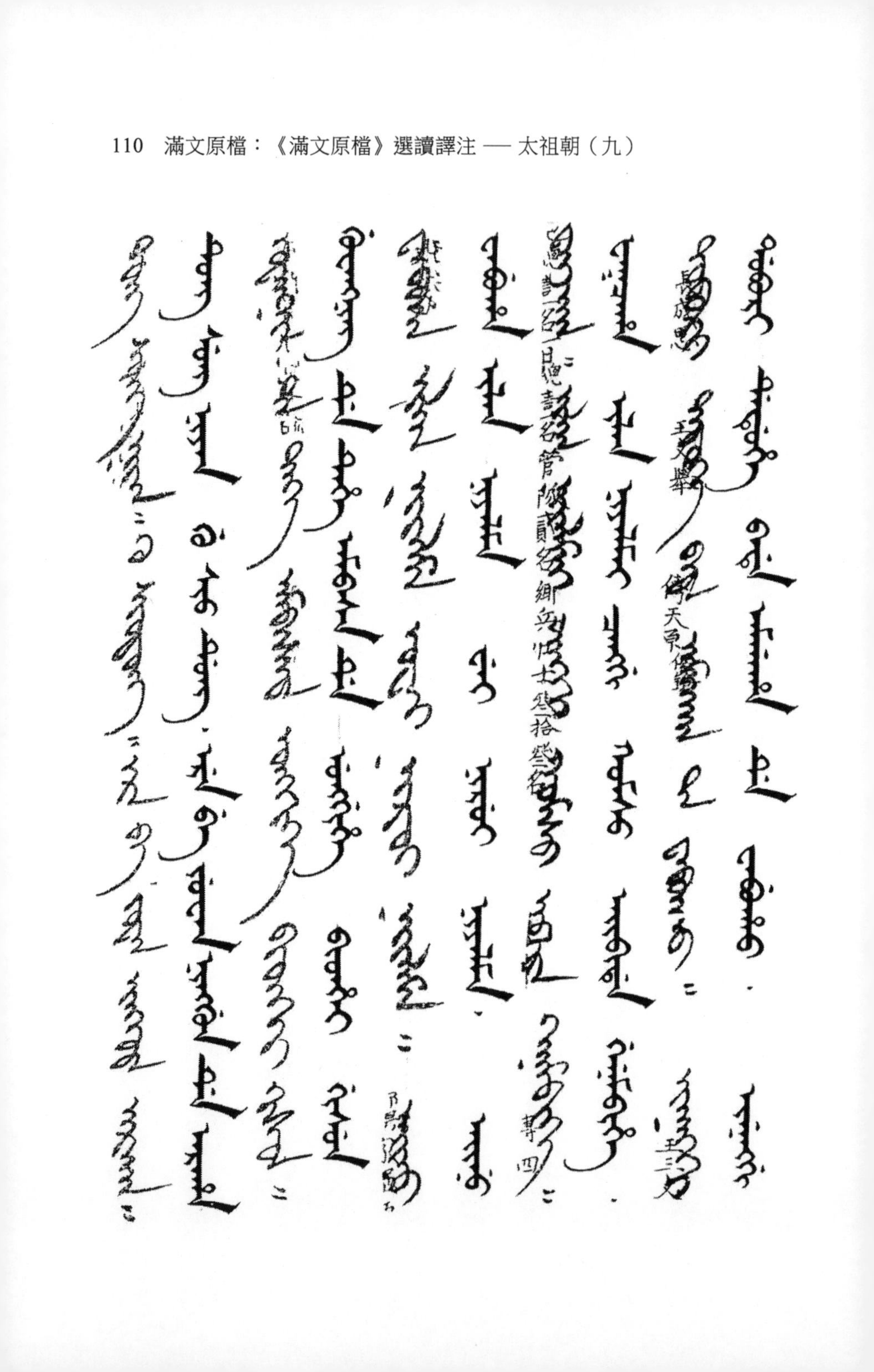

tung sung niyan, gu sio dung, ere be juwan ninggun de araha. guwangning de tehe ambasa de unggihe bithei gisun, wabuha ilan niyalma, wei nirui niyalma. ainu fakcaha. ilan niyalmai canggi komso aibide genembihe. dobori deduhe bade amgaha de wabuhao. inenggi

佟松年、谷秀東。此書於十六日。致書駐守廣寧諸大臣等諭曰：「被殺三人，係何牛彔之人？為何離散？僅此三人，欲往何處？係夜宿地方睡眠時被殺耶？

佟松年、谷秀东。此书于十六日。致书驻守广宁诸大臣等谕曰：「被杀三人，系何牛彔之人？为何离散？仅此三人，欲往何处？系夜宿地方睡眠时被杀耶？

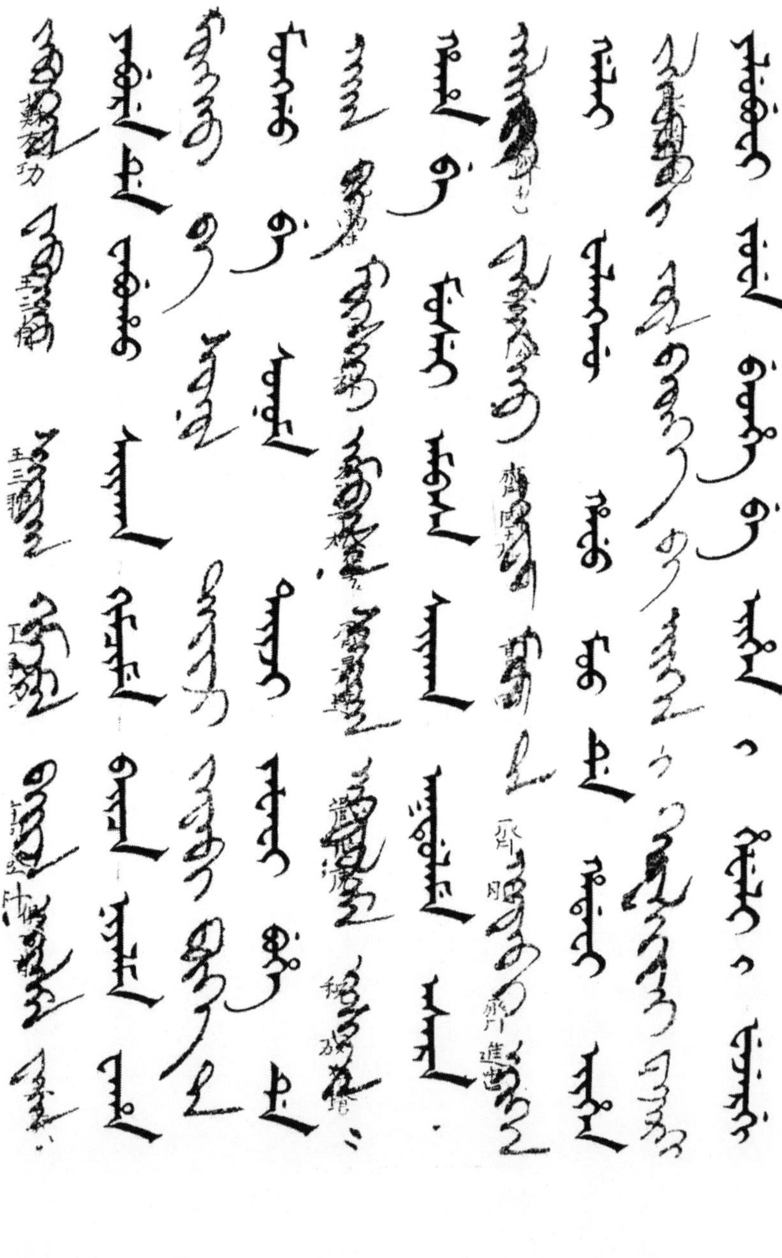

yabure de wabuhao. saikan kimcime baica. niyalma waha
monggo be sonom taiji jafafi buhe de, haha be musei ambasa
saikan akdulame asara, galai falanggū hafu moo de hadafi,
eihen yalubufi, juwe bethe be eihen i hefeli i fejergi

或白晝行走時被殺耶？著善加詳查。索諾木台吉執送殺人
之蒙古時，我諸大臣將男犯嚴加看守，釘掌於木，騎驢而
行，並從驢腹下繫其雙足，

或白昼行走时被杀耶？着善加详查。索诺木台吉执送杀人
之蒙古时，我诸大臣将男犯严加看守，钉掌于木，骑驴而
行，并从驴腹下系其双足，

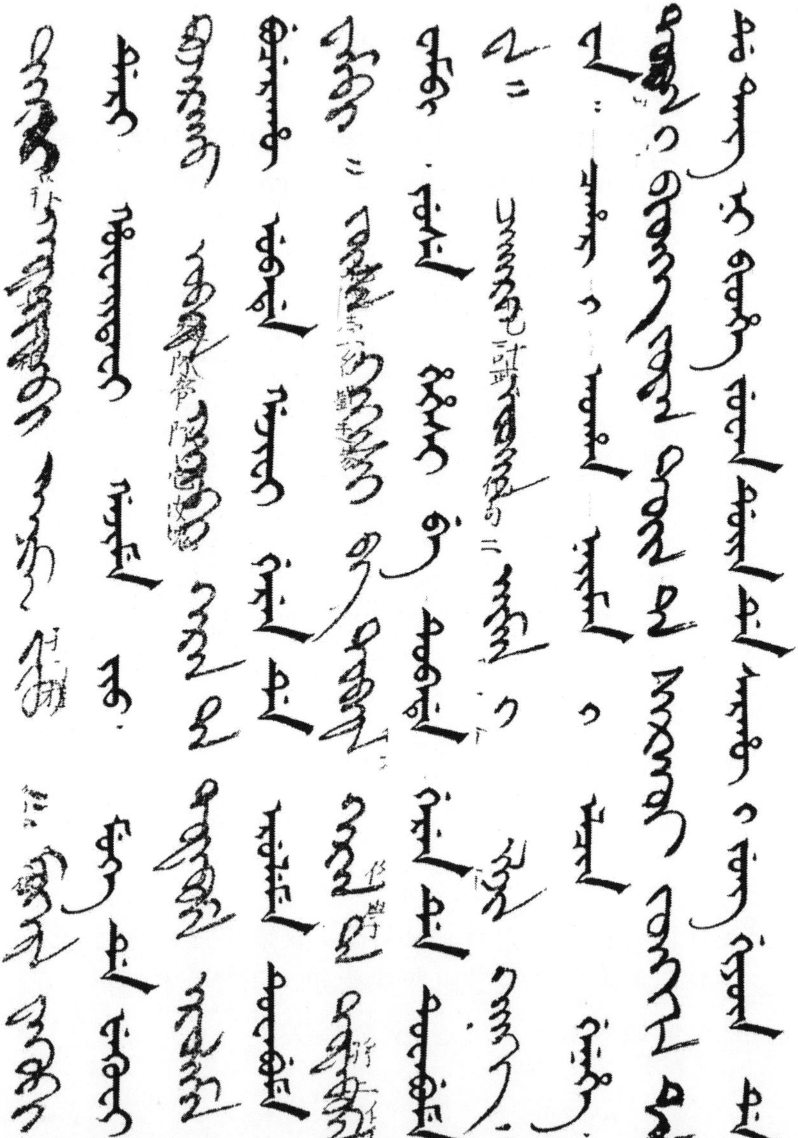

deri hūwaitafi gajime jio, muke de fekufi bucerahū, ubade
gajifi geren de tuwabume eruleme wambi, juse hehesi be
tubade geren de tuwabume wa. cahar i aohan, naiman i elcin
genehe. du tang ni bithe, juwan duin de sarhū i jung giyūn de

押解前來，恐其投水而死。押至此處，刑殺示眾。其婦孺
亦於該處斬首示眾。」察哈爾之敖漢、奈曼之使者回去。
十四日，都堂頒書於薩爾滸中軍諭曰：

押解前来，恐其投水而死。押至此处，刑杀示众。其妇孺
亦于该处斩首示众。」察哈尔之敖汉、奈曼之使者回去。
十四日，都堂颁书于萨尔浒中军谕曰：

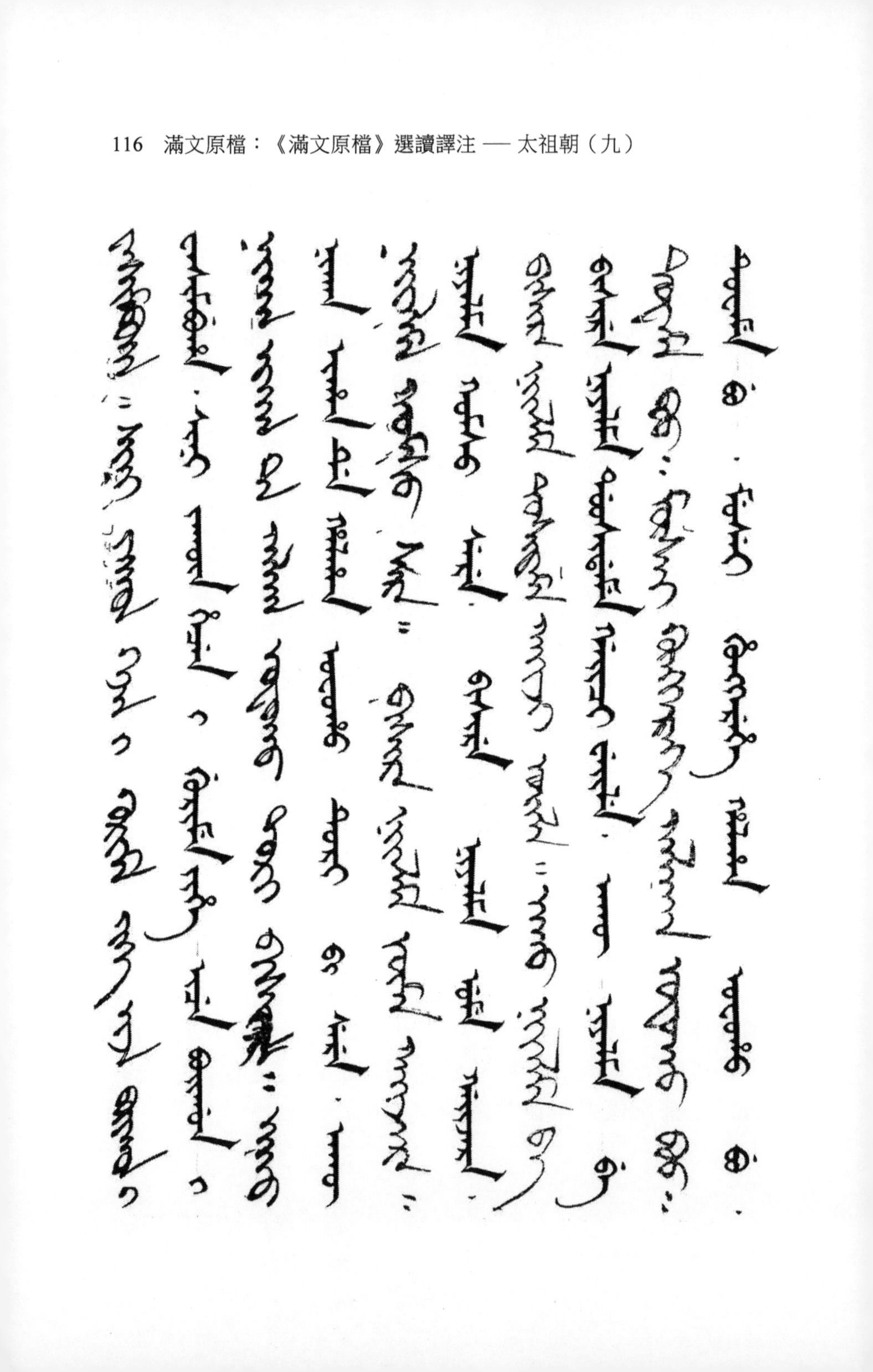

wasimbuha, sini jakūn hecen i gurime jihe ice boigon i nikan,
ihan de halhan ofoho turi bi sere, akū niyalma komso sere,
bisire niyalma ume gaijara, bisire niyalma doosidame gaici
weile, akū niyalma be tuwame bu, musei hungkerehe halhan
ofoho bu,

「據聞爾八城遷來新戶漢人，其耕牛已配有耒耜、豆種，
無者甚少。其已有者不得再領，已有者若貪取，則治罪。
無者，酌情發給我所鑄耒耜，

「据闻尔八城迁来新户汉人，其耕牛已配有耒耜、豆种，
无者甚少。其已有者不得再领，已有者若贪取，则治罪。
无者，酌情发给我所铸耒耜，

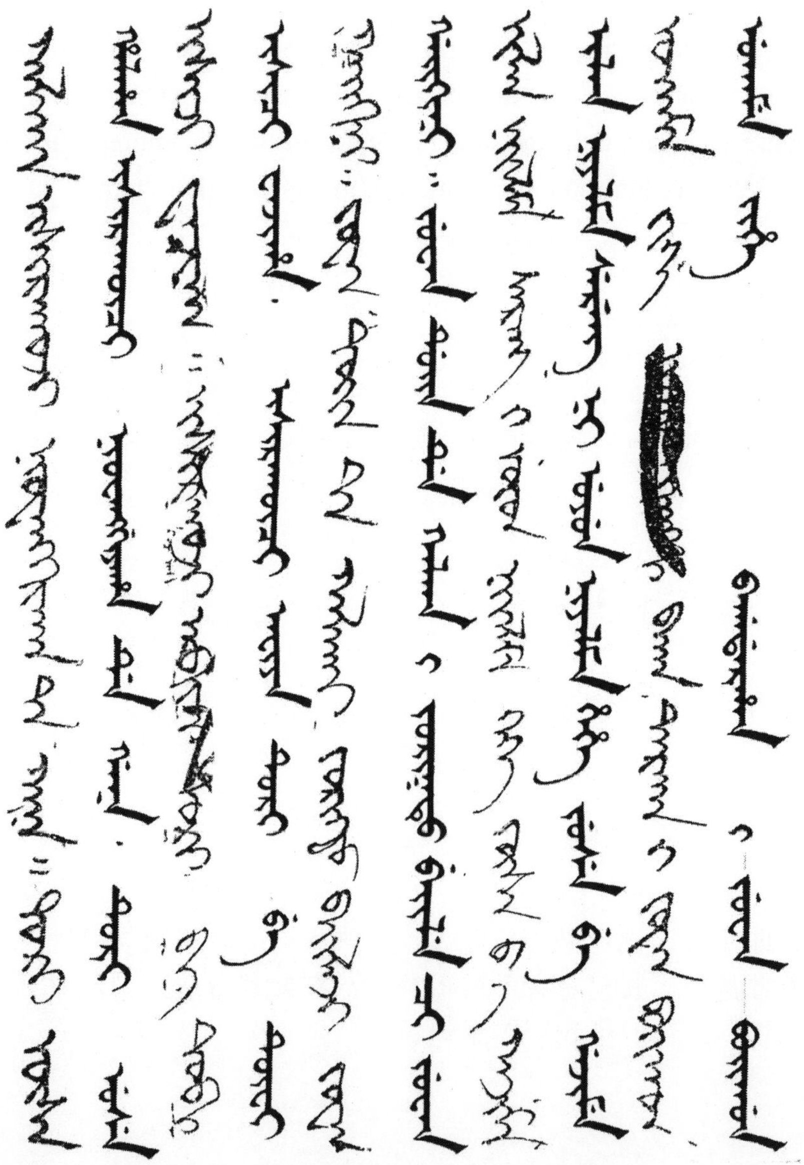

halhan isirakūci, niowanggiyaha de gana. turi use isici wajiha, isirakūci, afiya turi be tūfi gaikini. juwan duin de kalka i joriktu beile ci juwan ilan niyalma, sereng ni uyun niyalma, hehe juse be gajime ukame jihe. bagadarhan i juwan boigon

---

耒耜倘若不足，則往清河取之。豆種足用則已，倘若不足，則捶打連角豆稭取之。」十四日，有喀爾喀卓里克圖貝勒之十三人，及色楞之九人攜婦孺逃來。巴噶達爾漢屬下十戶

耒耜倘若不足，則往清河取之。豆种足用則已，倘若不足，則捶打连角豆秸取之。」十四日，有喀尔喀卓里克图贝勒之十三人，及色楞之九人携妇孺逃来。巴噶达尔汉属下十戶

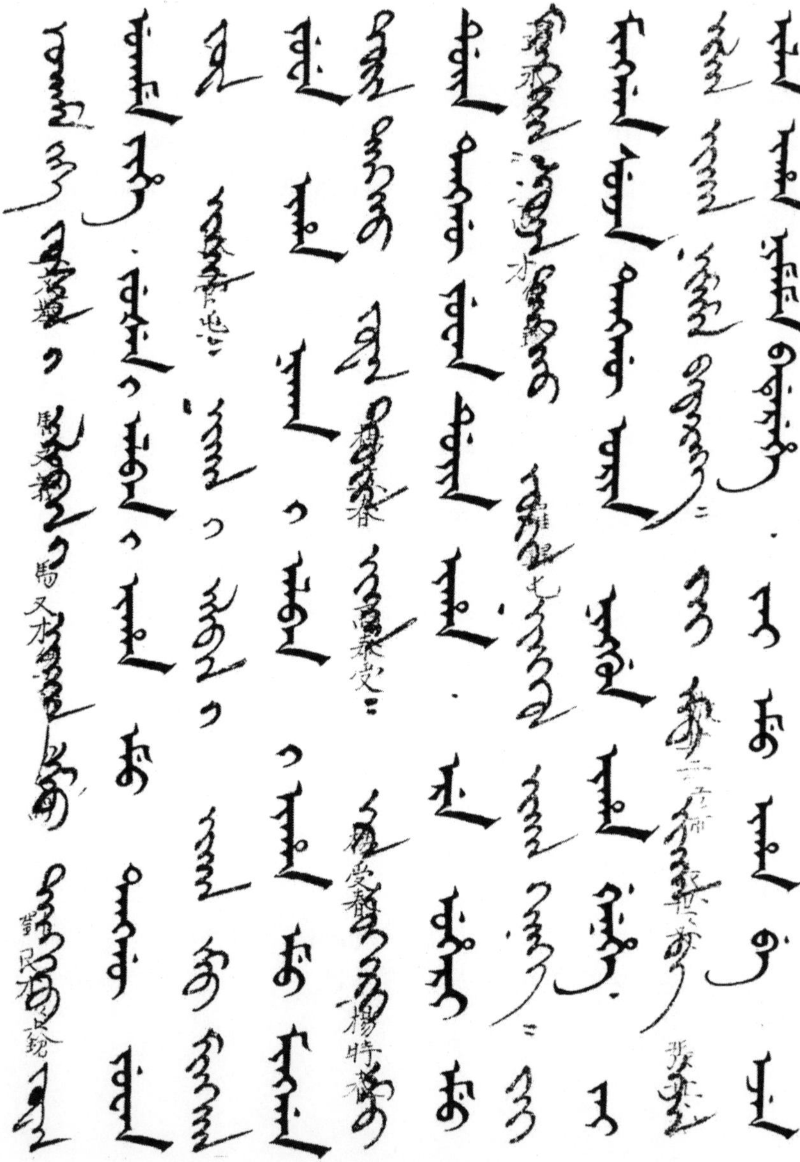

ukame jihe. jušen i alban i ihan emu tanggū juwan juwe ihan, nikan i alban i ihan emu minggan duin tanggū juwan duin ihan, ere uheri emu minggan sunja tanggū orin ninggun ihan genehe. jai ilan ihan nimeme bederehe. jai emu ihan be ejen

逃來。有諸申官牛一百一十二頭牛，漢人官牛一千四百一十四頭牛，共一千五百二十六頭牛前往。再者，牛三頭因病退回。又有牛一頭

逃来。有诸申官牛一百一十二头牛，汉人官牛一千四百一十四头牛，共一千五百二十六头牛前往。再者，牛三头因病退回。又有牛一头

八、滿漢一家

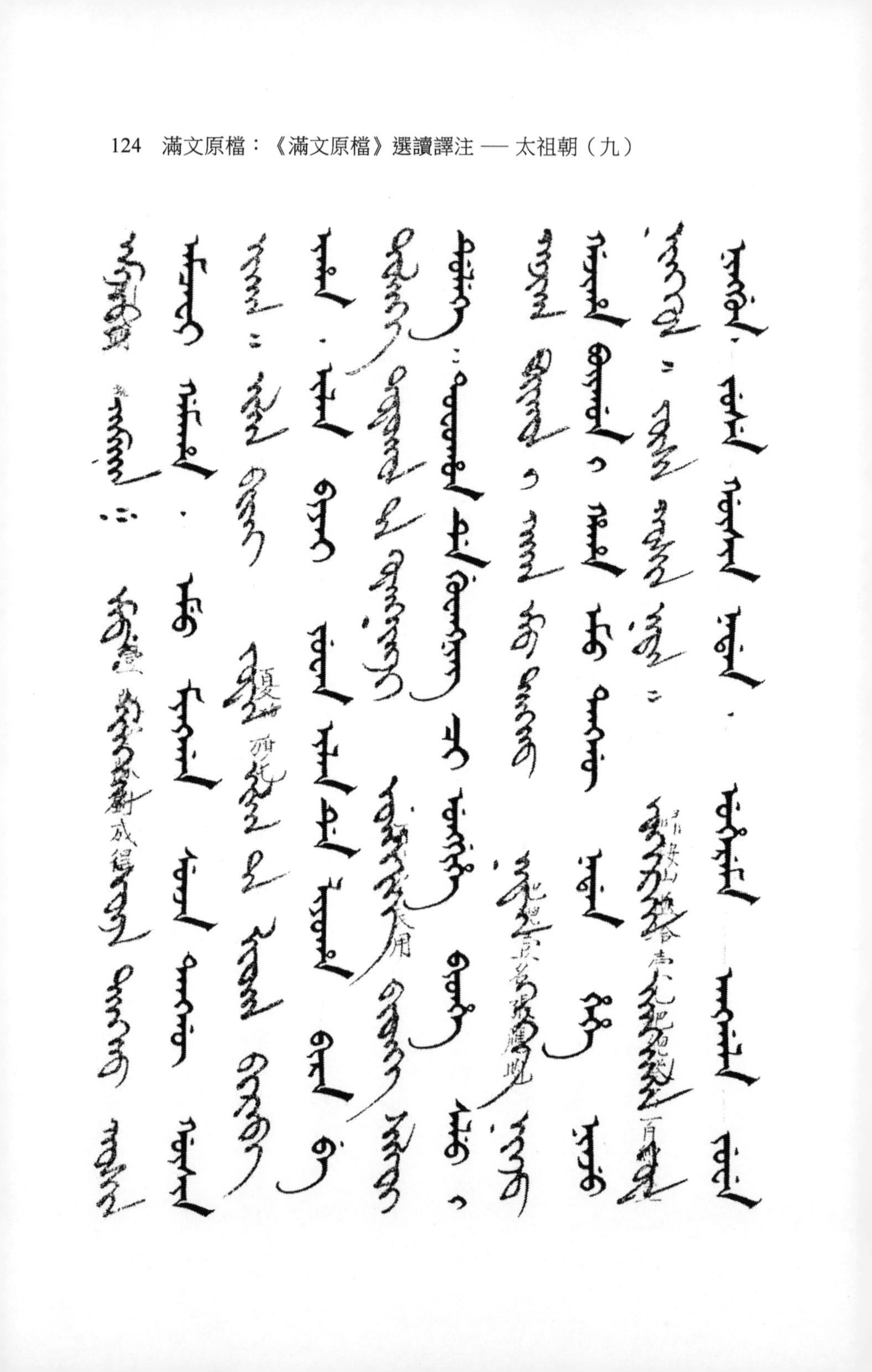

amcafi gamaha. emu minggan sunja tanggū gūsin ihan, ilan biyai juwan ilan de liyoha bira be duleke. tofohon de guwangning ci unggihe bithe, salu i gajiha boigon i haha emu tanggū nadan, hehe ninju ninggun, juse gūsin nadan, uhereme anggala juwe

---

被其主人驅趕而去。牛一千五百三十頭，於三月十三日渡過遼河。十五日，自廣寧來書云：「薩祿攜來戶口男丁一百零七人、婦女六十六人、子女三十七人，

被其主人驱赶而去。牛一千五百三十头，于三月十三日渡过辽河。十五日，自广宁来书云：「萨禄携来户口男丁一百零七人、妇女六十六人、子女三十七人，

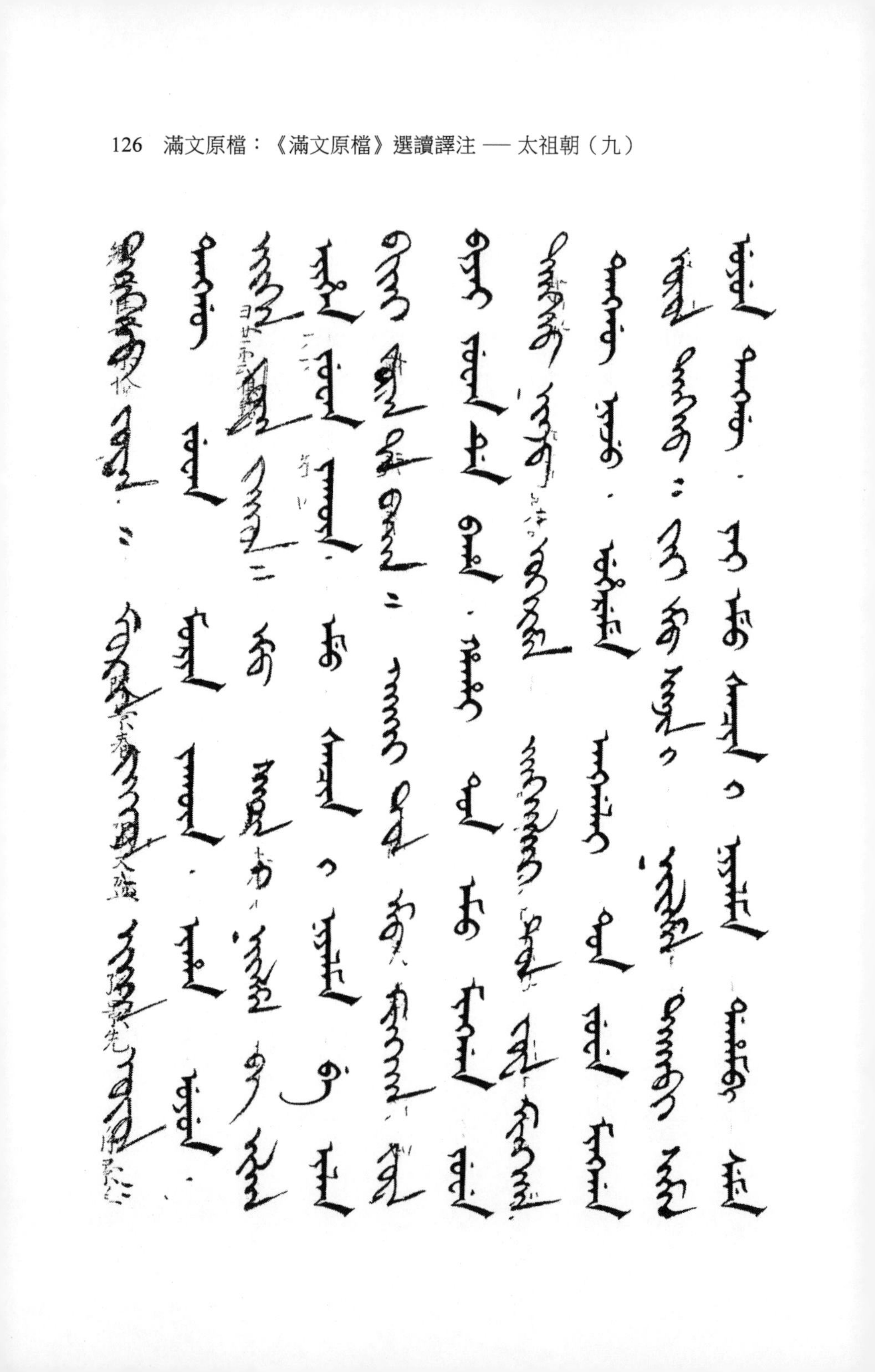

tanggū juwan, morin jakūn, ihan uyun, eihen juwan jakūn.
emu šancin i niyalma be ilan biyai juwan de baha, hahai ton,
emu minggan juwe tanggū ninju, uhereme anggalai ton, juwe
minggan uyun tanggū. jai emu šancin i niyalma dahambi
seme

共二百一十口，馬八匹、牛九頭、驢十八隻。三月初十日，獲一山寨之人，男丁數一千二百六十人，口數共二千九百人。又一山寨之人欲降，

共二百一十口，马八匹、牛九头、驴十八只。三月初十日，获一山寨之人，男丁数一千二百六十人，口数共二千九百人。又一山寨之人欲降，

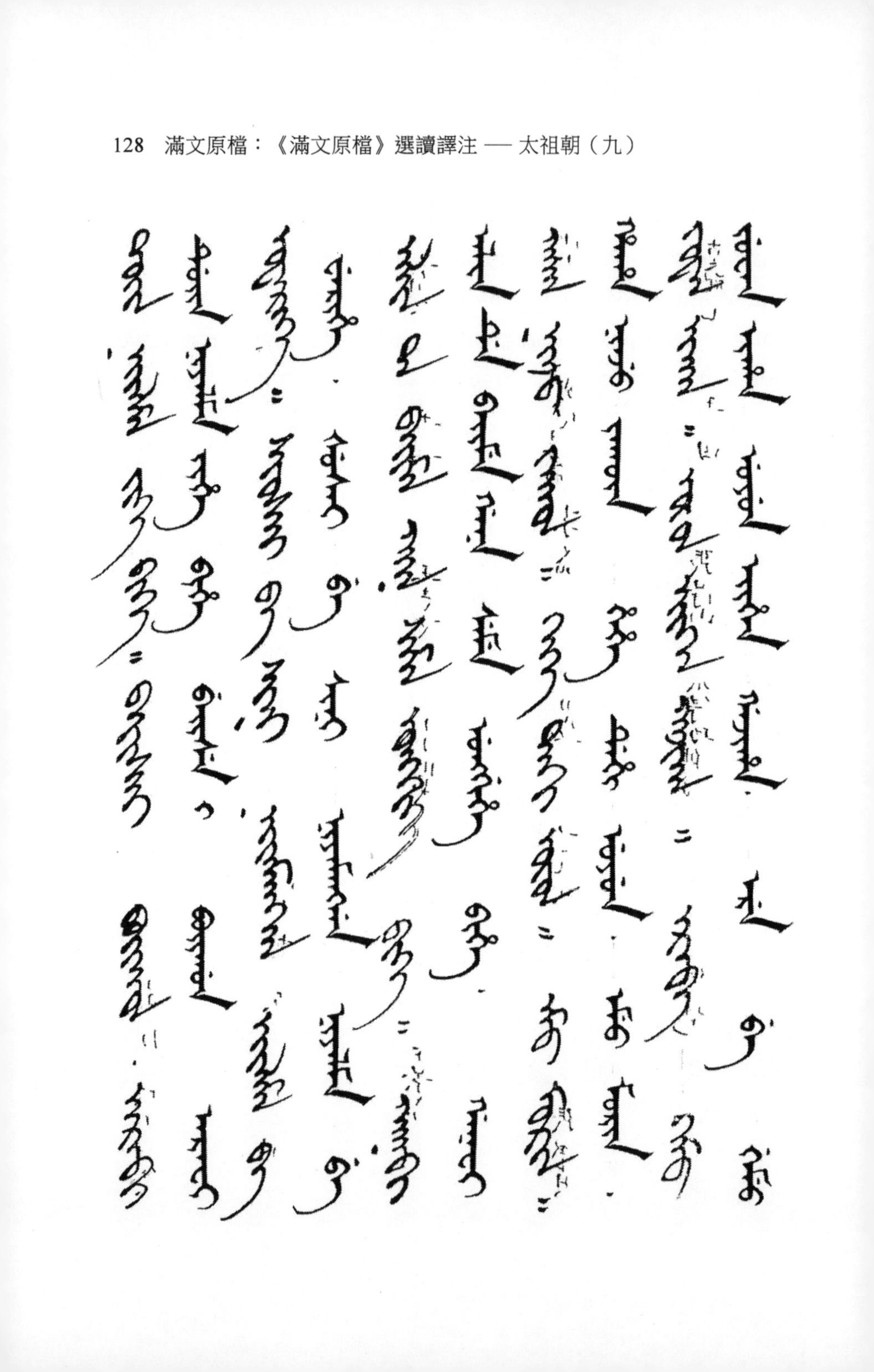

duin niyalma jihe bihe. beise i boigon arafi werihe, šusai be sini niyamangga niyalma be, alin de baime gana seme unggihe bihe, ganafi haha ninju jakūn, hehe dehi uyun, emu morin, juwan ihan, uyun eihen gajiha, ere be gemu

曾遣四人前來。曾遣貝勒編戶內所留生員上山尋覓爾親人，攜來男丁六十八人、女四十九人、馬一匹、牛十頭、驢九隻，

曾遣四人前来。曾遣贝勒编户内所留生员上山寻觅尔亲人，携来男丁六十八人、女四十九人、马一匹、牛十头、驴九只，

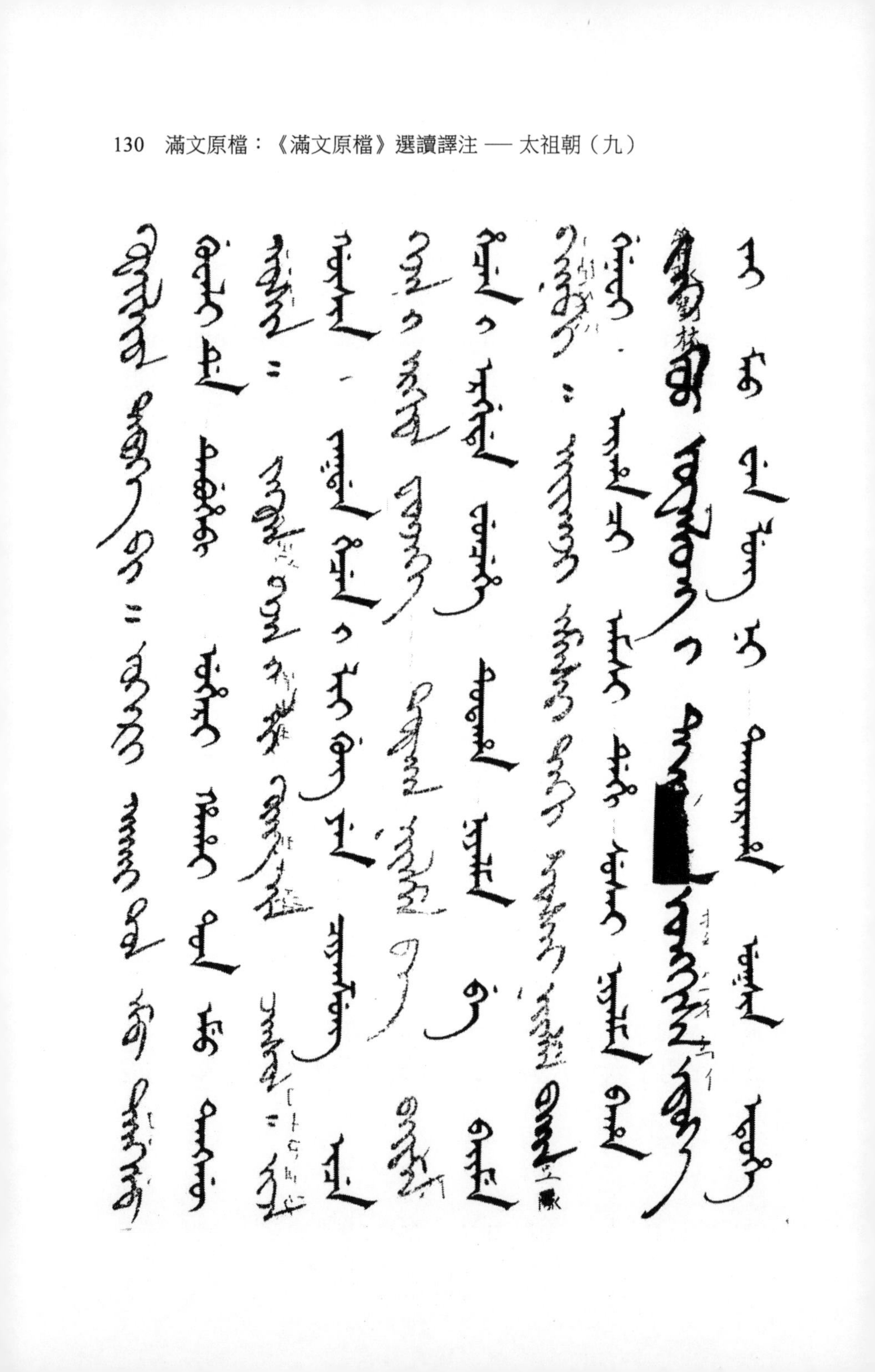

guwali de tebuhebi, uheri hahai ton emu tanggū gūsin.
jakdan hecen i lii gung yen ciyandzung, ice hecen i ergide
funcehe tutaha niyalma be baime genefi, aiha ci amasi dehi
susai niyalma baha, jai mao wen lung ni takūraha uksin
etuhe

皆令住於關廂，男丁數共一百三十人。扎克丹城千總李恭
寅前往尋覓新城一帶餘留之人，自靉河返回，獲四十、五
十人。又俘獲毛文龍所遣披甲

皆令住于关厢，男丁数共一百三十人。扎克丹城千总李恭
寅前往寻觅新城一带余留之人，自靉河返回，获四十、五
十人。又俘获毛文龙所遣披甲

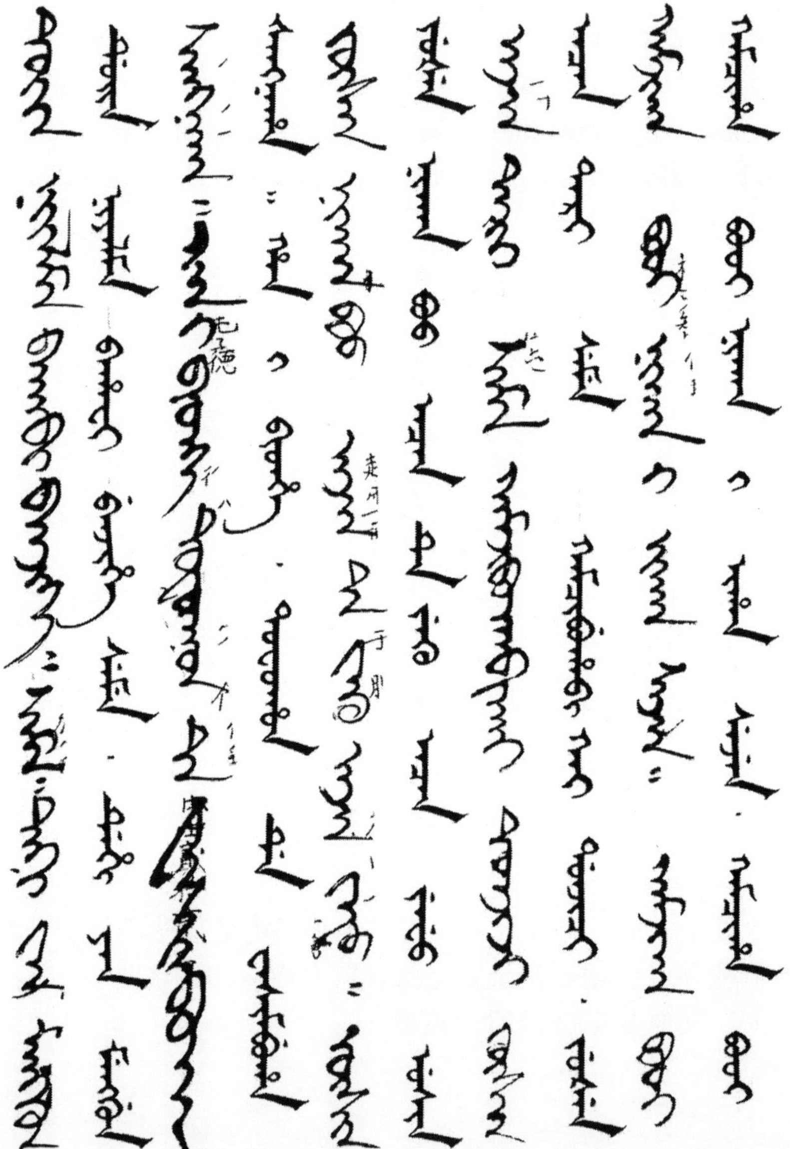

duin niyalma bahafi benjihe seme, dehi yan menggun
šangnaha. han i bithe, tofohon de wasimbuha, jušen nikan
boo acan te, jeku acan jefu, usin acan tari seme kamcibuhabi
kai. donjici, jušen, kamciha booi nikan i ihan sejen, kamciha
booi

四人來獻，賞銀四十兩。十五日，汗頒書諭曰：「曾命諸
申、漢人有屋同住、有糧同食、有田同耕也。今聞諸申命
同住漢人之牛車，

四人来献，赏银四十两。十五日，汗颁书谕曰：「曾命诸
申、汉人有屋同住、有粮同食、有田同耕也。今闻诸申命
同住汉人之牛车，

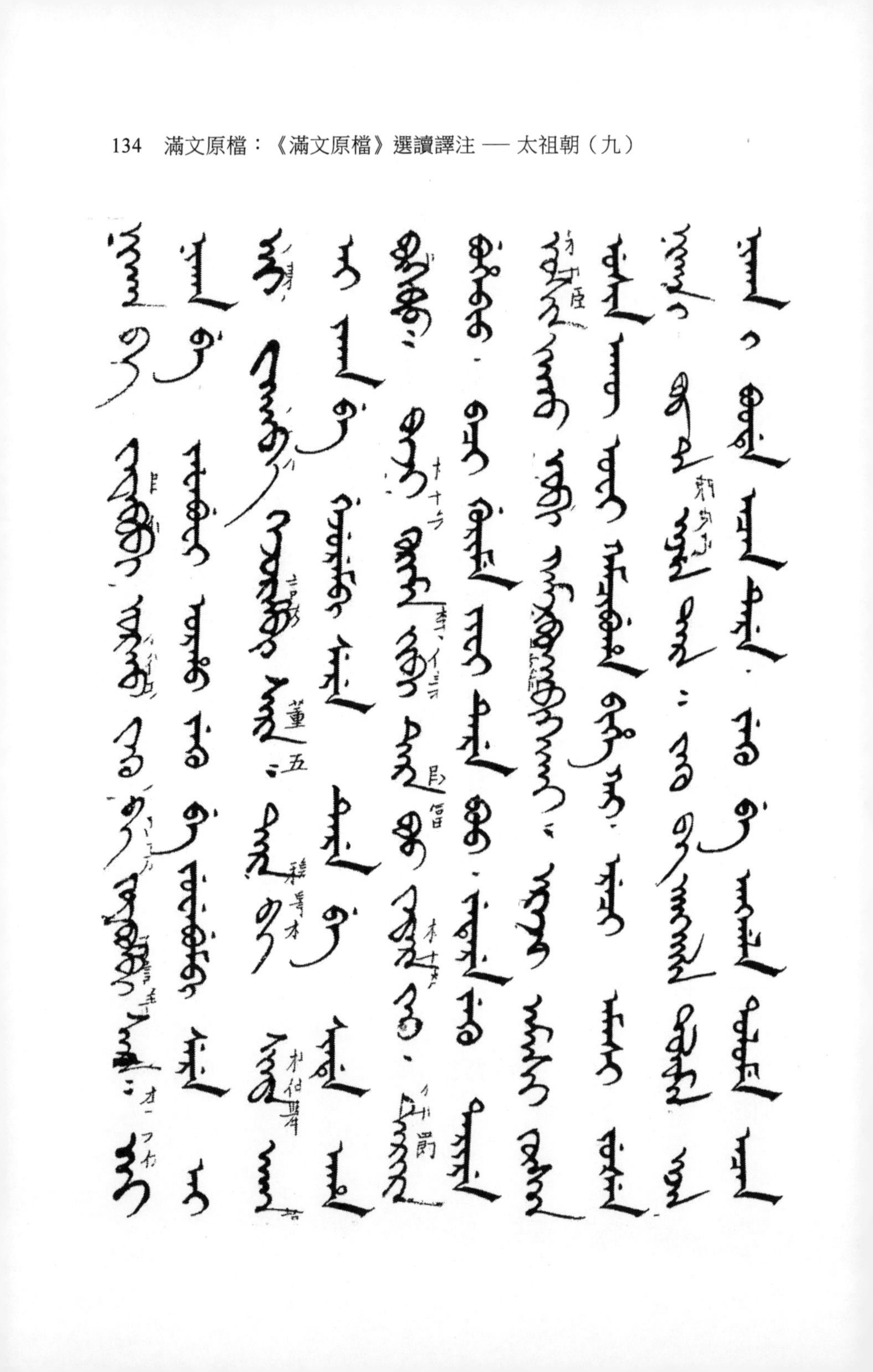

nikan be jafabufi orho jeku be juwebumbi sere, ai ai jaka be
gejurembi sere. tere be sinde aha buhebio. baci gurime jifi,
tere boo, jetere jeku, tarire usin akū ofi kamcibuha bihe kai.
ereci amasi, jušen, nikan i boode acan tere, jeku be anggala
tolome acan

為其運送糧草，並需索諸物等語。該漢人豈是給爾為奴
耶？只因由地方遷來，無住屋、食糧、耕田，故令同住、
同食、同耕也。嗣後，諸申、漢人除房屋同住，糧米計口
同食外，

为其运送粮草，并需索诸物等语。该汉人岂是给尔为奴
耶？只因由地方迁来，无住屋、食粮、耕田，故令同住、
同食、同耕也。嗣后，诸申、汉人除房屋同住，粮米计口
同食外，

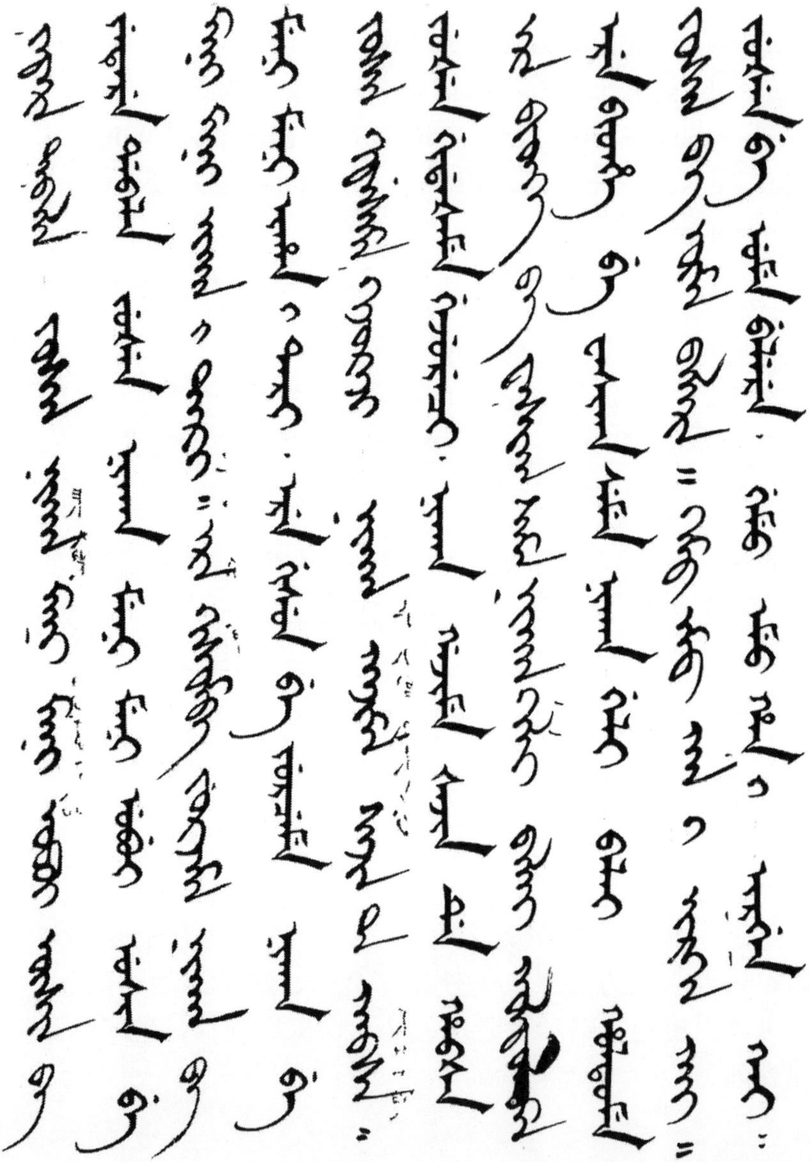

jetere dabala, jušen, nikan, meni meni ubui usin be meni meni ihan i tari. ere gisun be jurceme nikan be jušen gidašame gejureci, nikan gajime šajin de habša. ere bithe be wasika seme nikan geli balai holtome jušen be ume belere, gemu emu han i irgen kai.

諸申、漢人各自所得分內之田，以各自之牛耕種。諸申若違此諭，欺壓需索漢人，則漢人可執之告於法司。漢人亦不可因頒有此諭，胡亂誣枉諸申，諸申、漢人皆為一汗之民也。」

诸申、汉人各自所得分内之田，以各自之牛耕种。诸申若违此谕，欺压需索汉人，则汉人可执之告于法司。汉人亦不可因颁有此谕，胡乱诬枉诸申，诸申、汉人皆为一汗之民也。」

九、服飾同異

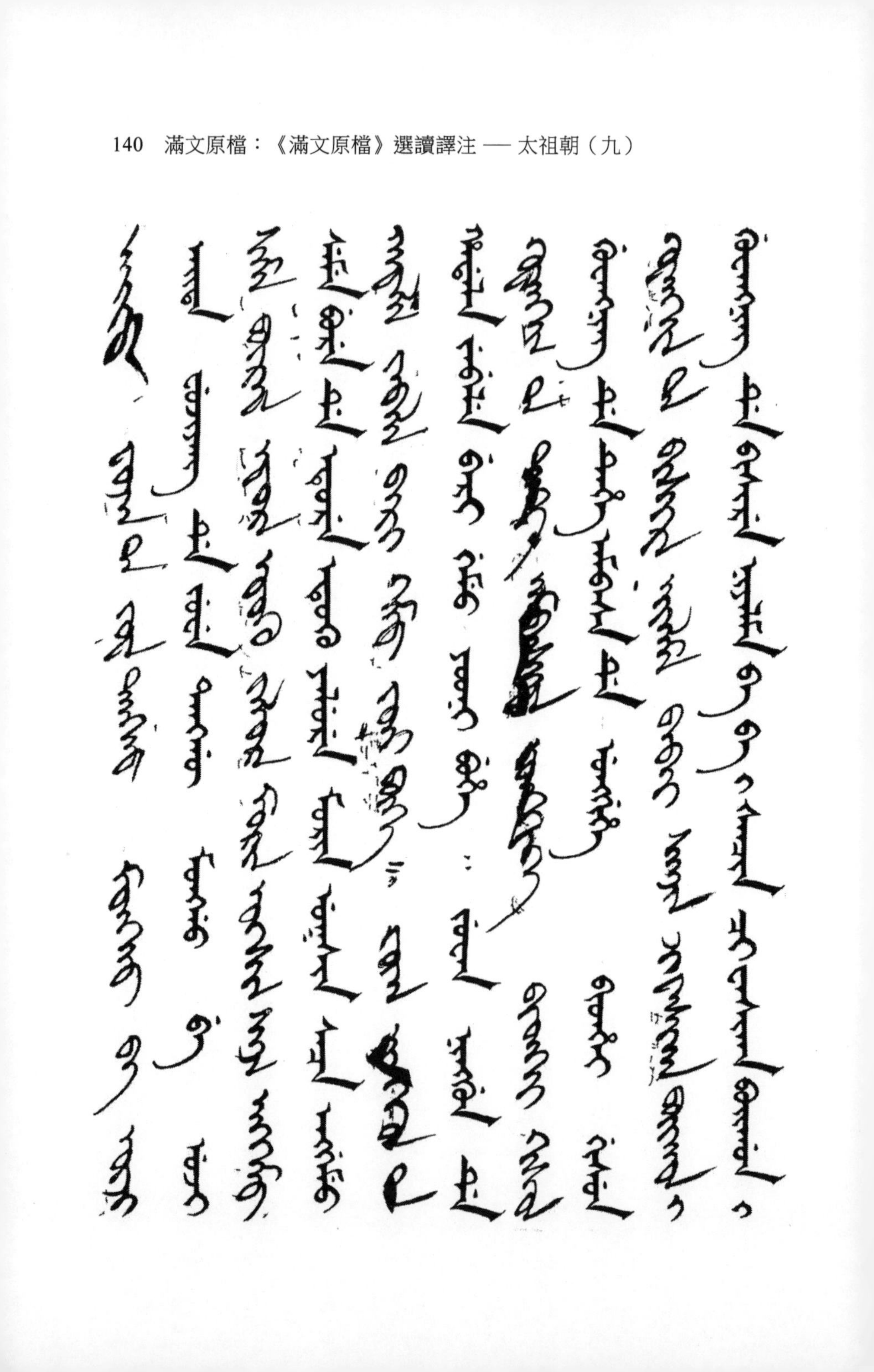

aita fujiyang de juwe tanggū monggo be uji seme, bure de
eture etuku, yalure morin, uksin saca, enggemu hadala,
jebele beri gemu yooni buhe. juwan ninggun de, guwangning
de tehe ambasa de unggihe bithei gisun, guwangning de
bisire niyalma, ba ba i šancin ci wasika boigon i

以二百蒙古交付愛塔副將豢養，並將所穿衣服、所騎馬
匹、盔甲、鞍轡、撒袋、弓矢，俱皆給之。十六日，致書
駐廣寧諸臣曰：「在廣寧之人及自各山寨下來戶口之漢人，

以二百蒙古交付爱塔副将豢养，并将所穿衣服、所骑马匹、
盔甲、鞍辔、撒袋、弓矢，俱皆给之。十六日，致书驻广
宁诸臣曰：「在广宁之人及自各山寨下来户口之汉人，

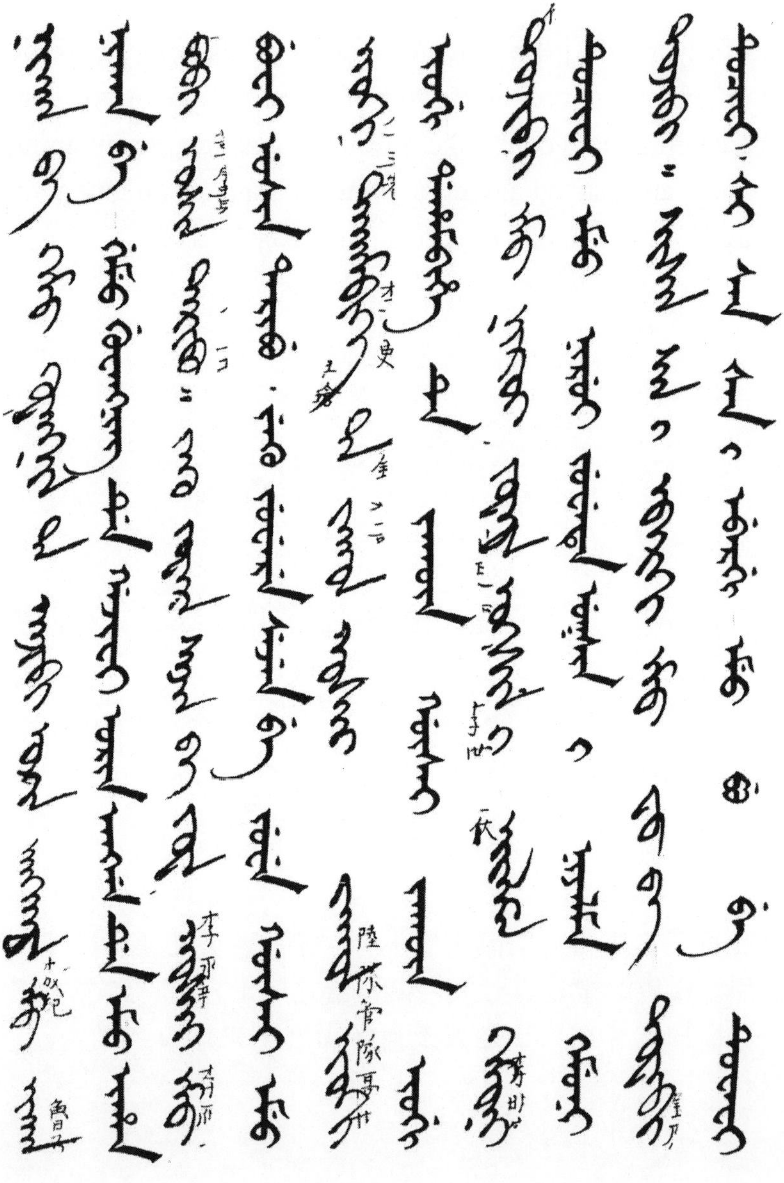

nikan be, gemu guwangning de gajifi, orin angga de emu
ihan bufi usin taribu. jeku juwere sejen be juwe gūsai emu
iogi dahambihe, te jakūn gūsai jakūn iogi tucifi, emu nirui
juwete uksin i niyalma kemuni tucifi, ši san šan i ebergi emu
pu be tuwafi

皆攜來廣寧，每二十口給牛一頭，令其耕田。先前以二旗
合派一遊擊隨車運糧，如今八旗派出八遊擊，每牛彔仍派
出各二甲之兵，於十三山以內一堡

皆携来广宁，每二十口给牛一头，令其耕田。先前以二旗
合派一游击随车运粮，如今八旗派出八游击，每牛彔仍派
出各二甲之兵，于十三山以内一堡

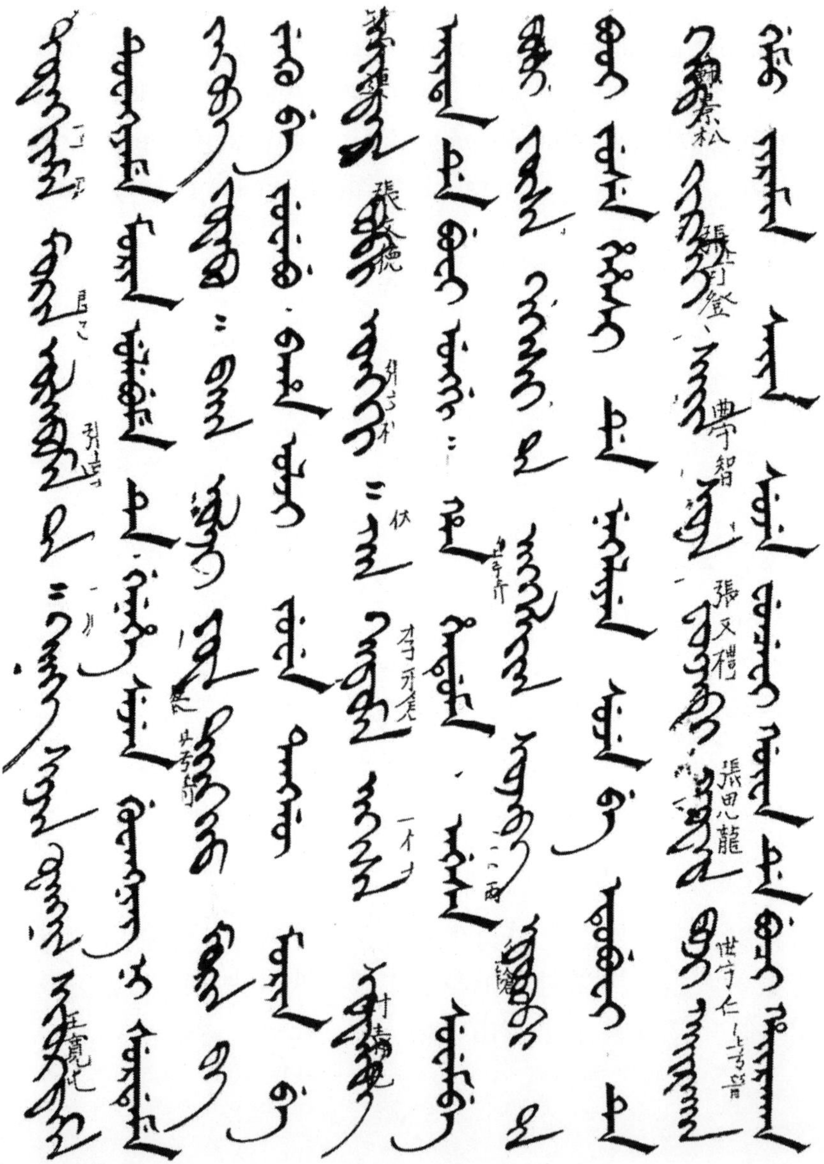

tuwakiyame morin ulebume te, genehe sejen guwangning ni
šurdeme jeku be juwebu, baha olji juwe tanggū morin be aita
de bufi unggi. han hendume, agesa suwembe booi juse
hehesi de nekeliyen suje be etubufi, te gemu jiramin sain
suje funcefi, gūwa de buci hairakan.

餵馬駐防。令遣往之車輛運輸廣寧周圍一帶之糧食。所俘
獲之馬二百匹，交給愛塔遣來。」汗曰：「諸阿哥，先前
令爾等家中婦孺穿戴薄緞[19]，今之所餘皆為精美厚緞，給
與他人，實屬可惜。

喂马驻防。令遣往之车辆运输广宁周围一带之粮食。所俘
获之马二百匹，交给爱塔遣来。」汗曰：「诸阿哥，先前
令尔等家中妇孺穿戴薄缎，今之所余皆为精美厚缎，给与
他人，实属可惜。

---

[19] 薄緞，句中「薄」，《滿文原檔》寫作 "nenkelijen"，《滿文老檔》
讀作 "nekeliyen"。按此為無圈點滿文 "je" 與 "ye" 之混用現象。

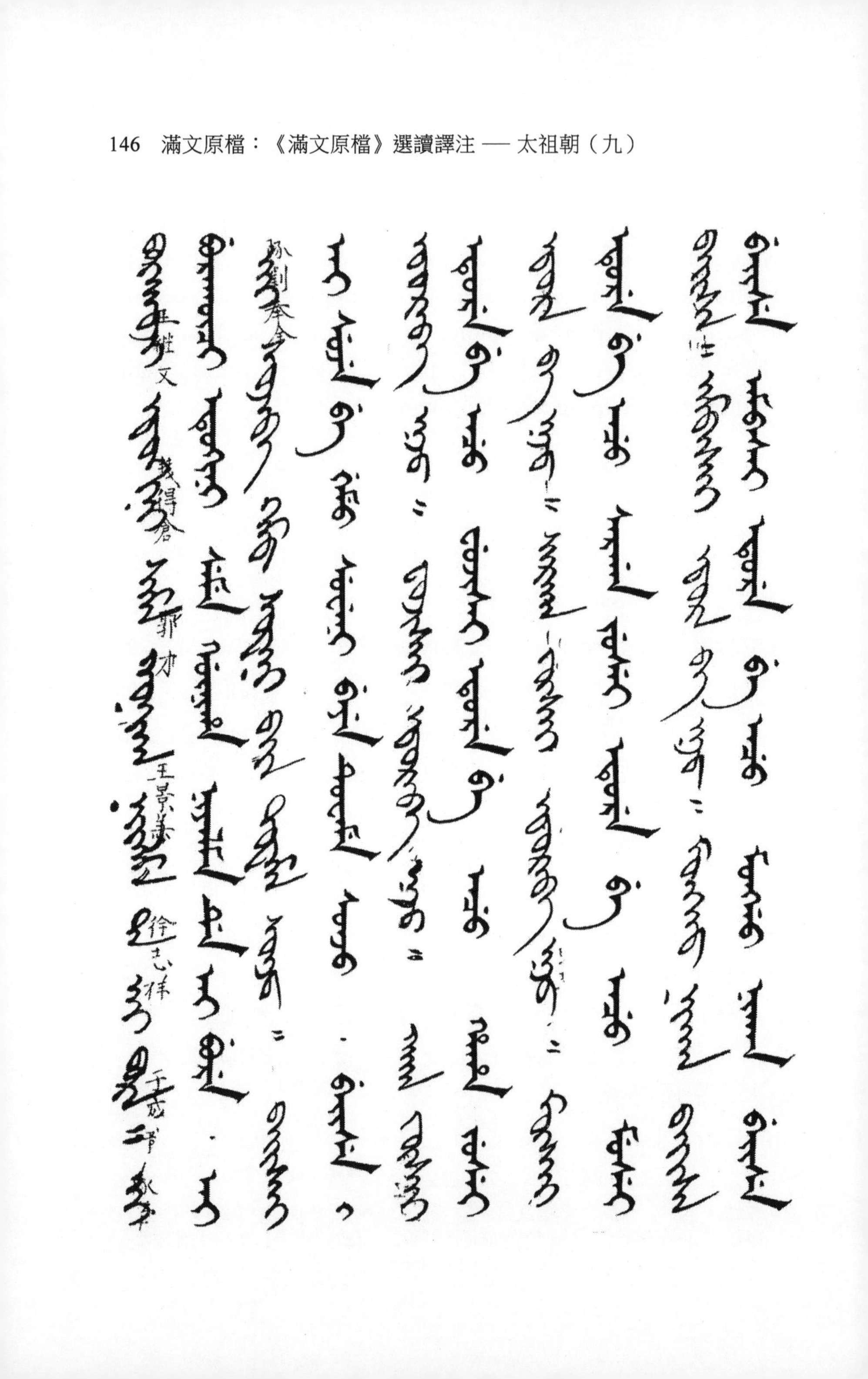

burakūci, etukini seme gūniha niyalma de ai bure. ai ai suje be gemu suweni beye tuwame sonjo, beise i eture be encu, fujisai eture be encu, haha jusei eture be encu, sargan jusei eture be encu, musei beise ambasai eture be encu, monggo, nikan beise

若是不給，則以何物賞給想要之人令其穿著？著爾等皆親自挑選各色綢緞，諸貝勒所穿不同，福晉們所穿不同，男子所穿不同，女子所穿不同，我諸貝勒大臣所穿不同，蒙古、漢人諸貝勒大臣

若是不给，则以何物赏给想要之人令其穿着？着尔等皆亲自挑选各色绸缎，诸贝勒所穿不同，福晋们所穿不同，男子所穿不同，女子所穿不同，我诸贝勒大臣所穿不同，蒙古、汉人诸贝勒大臣

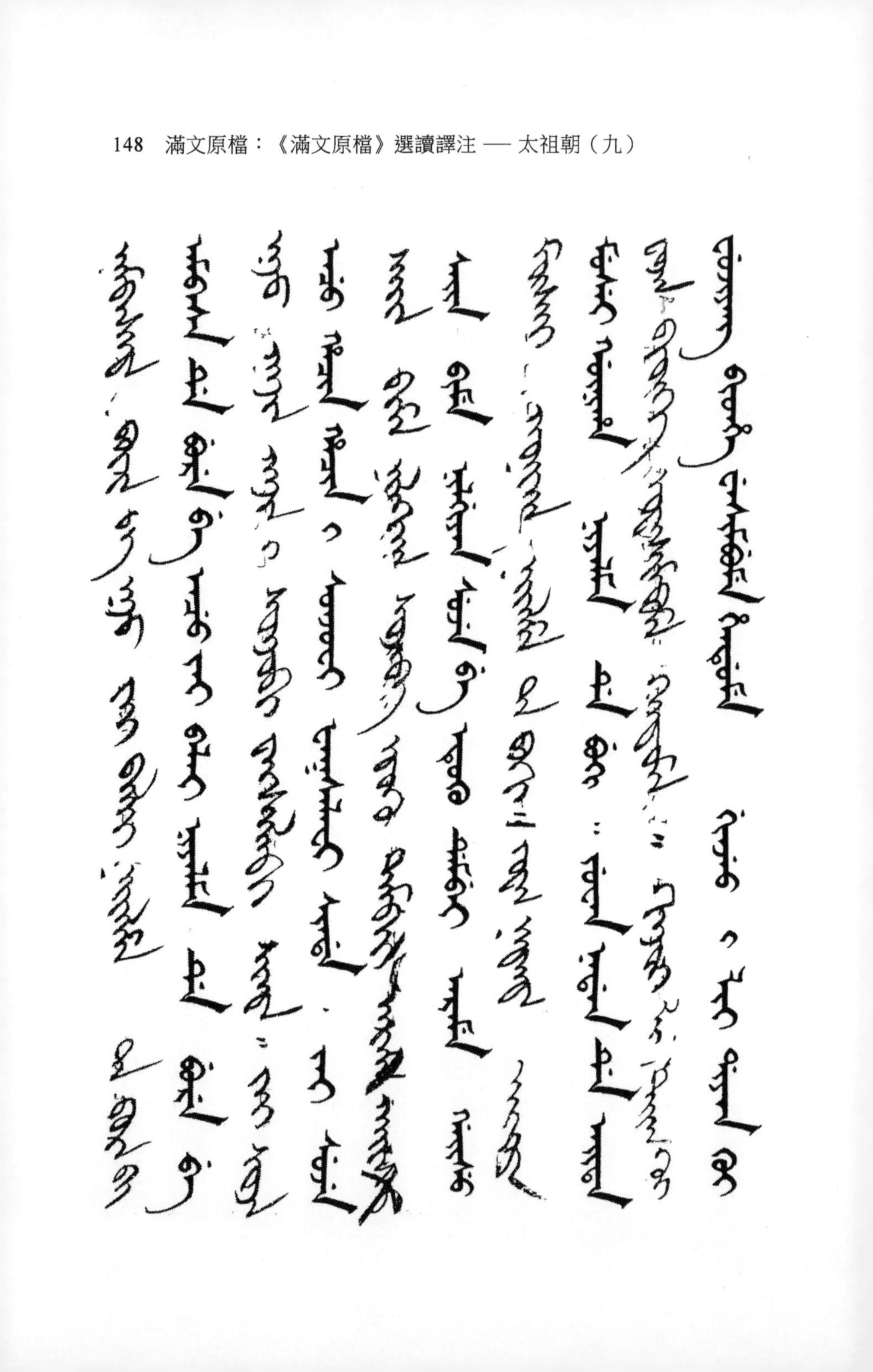

ambasa de bure be encu, jai balai niyalma de bure be encu, hacin hacin i sonjofi faksalafi sinda, jai suje sain bime nilgiyan suje be etuku dembei arame gaisu, musei gūniha niyalma de buki. juwan nadan de, aita fujiyang bithe wesimbume hendume, ginjeo i lii diyan kui,

所穿不同。再者，隨意饋贈者所穿不同，所選各樣分別發放；並以精美之緞且光澤洋緞精製成衣，賞給我等想要之人。」十七日，愛塔副將奏書曰：「金州之李殿魁

所穿不同。再者，随意馈赠者所穿不同，所选各样分别发放；并以精美之缎且光泽洋缎精制成衣，赏给我等想要之人。」十七日，爱塔副将奏书曰：「金州之李殿魁

十、索取財物

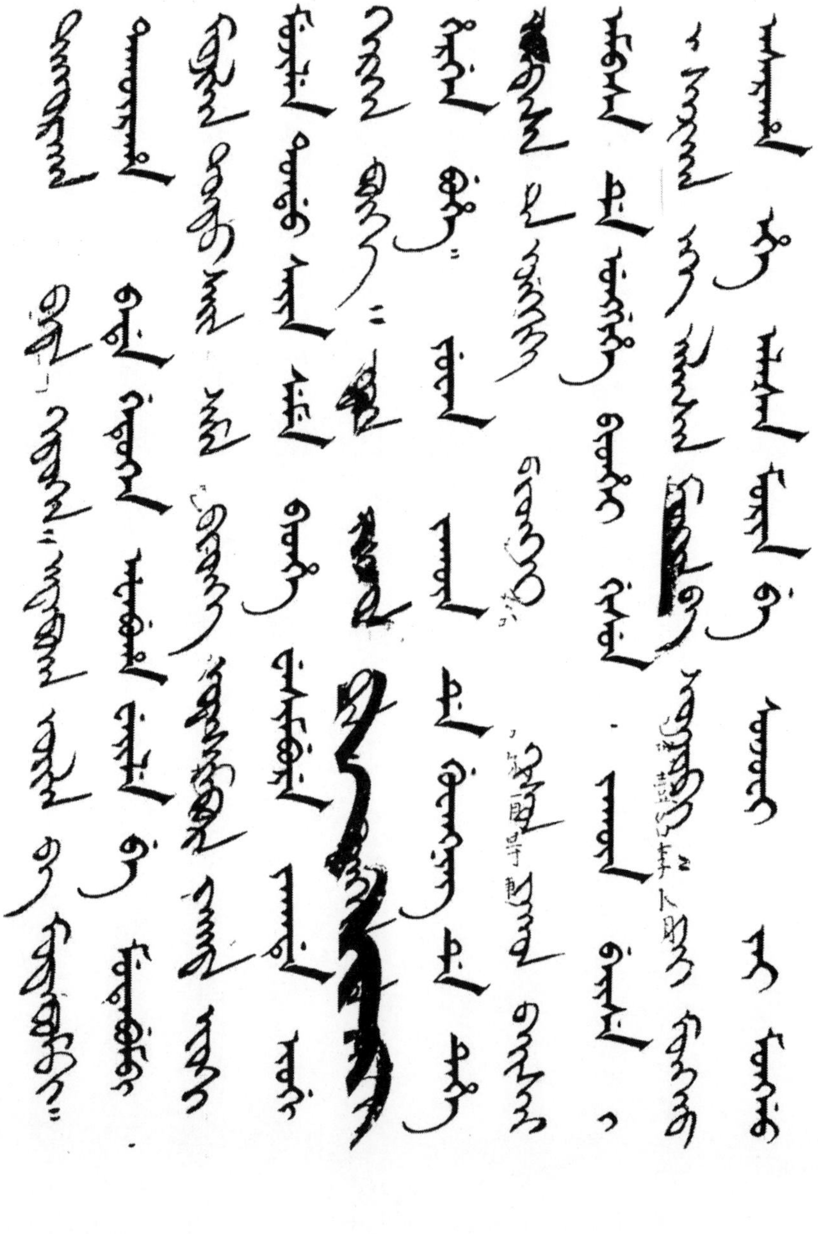

takūraha bade getuken, afabuha weile be mutebumbi, mujilen tondo sain seme bithe wesimbure jakade, iogi hergen buhe. juwan jakūn de, guwangning de tehe ambasa de unggihe bithei gisun, jakūn beise i asaraha ehe alašan morin be sonjofi, jai monggo,

奉差遣明白，恪盡所委之事，居心忠善。」故授為遊擊。
十八日，致書駐廣寧諸大臣曰：「著選八貝勒所收養之劣
等駑馬，

奉差遣明白，恪尽所委之事，居心忠善。」故授为游击。
十八日，致书驻广宁诸大臣曰：「着选八贝勒所收养之劣
等驽马，

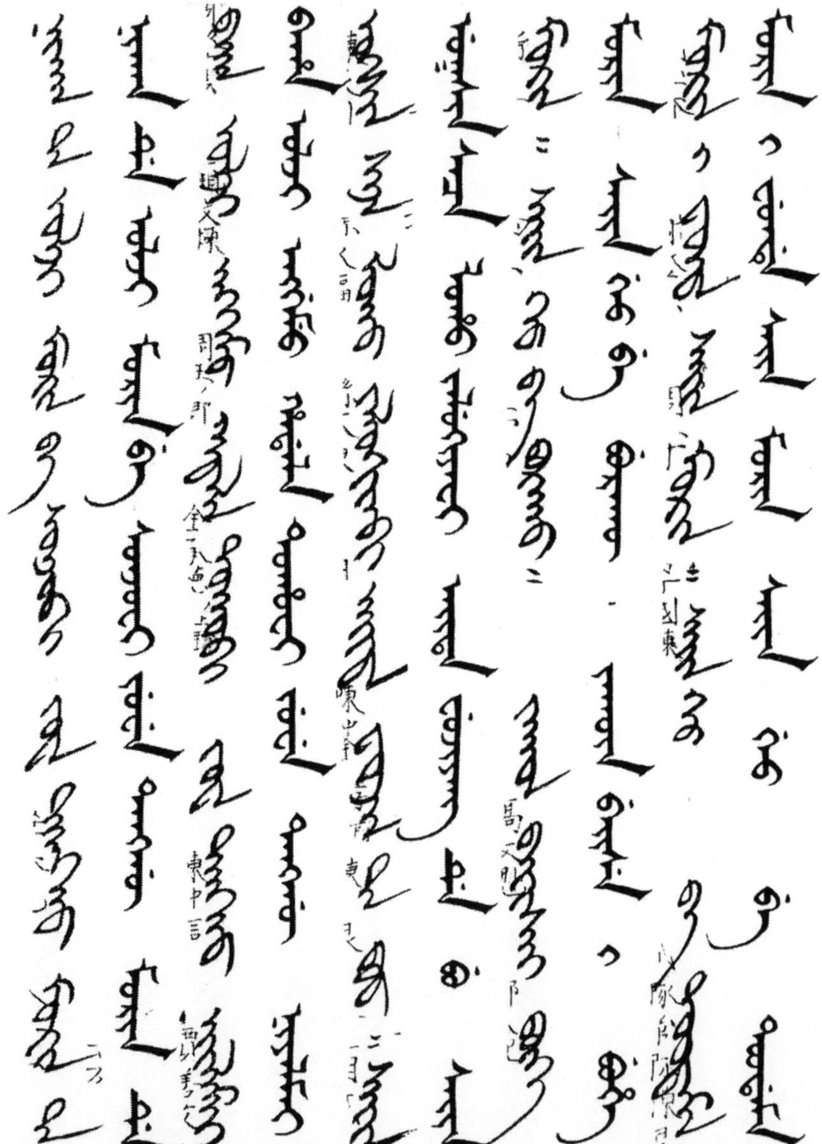

nikan de olji morin be sonjofi, juwe tanggū morin de baha olji enggemu hadala tohofi, juwe tanggū niyalmai uksin saca, loho jalukiyafi, aita fujiyang de bu, sain morin, sain geo be burakū. jakūn beise i buhe morin i funde sain morin, sain geo be toodame

及俘獲蒙古、漢人之馬匹，共二百匹，皆套備俘獲之鞍轡，並二百人之盔甲、腰刀，賜給愛塔副將，不給良馬、良騍[20]。俟還馬給與八貝勒時，須取良馬、良騍。

及俘获蒙古、汉人之马匹，共二百匹，皆套备俘获之鞍辔，并二百人之盔甲、腰刀，赐给爱塔副将，不给良马、良骒。俟还马给与八贝勒时，须取良马、良骒。

---

[20] 良騍，句中「騍」，《滿文原檔》寫作"keo"，《滿文老檔》讀作"geo"。按滿文"geo"係蒙文"gegüü"借詞，意即「騍馬」。

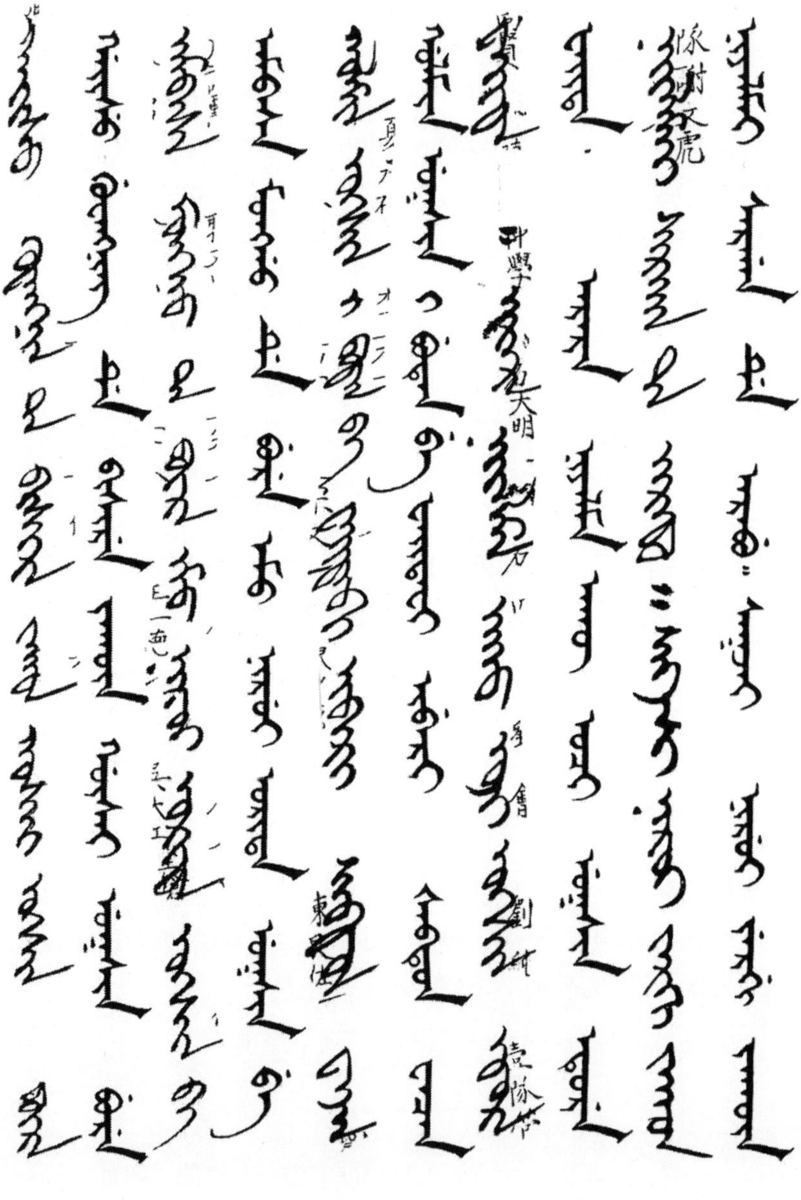

gaisu. guwangning de bisire jakūn gūsai uksin bure ambasa, monggo de bure emu nirui orita uksin be, golmin uksin i buten be faitafi, iberi, šabtun, wacan faita, arara niyalma akū oci, uksin eture niyalmai sargan de arabu. sakjai nirui jergi jakūn

---

著在廣寧給甲之八旗諸大臣，將賜給蒙古每牛彔甲各二十副，裁取長甲之邊緣及盔尾、遮耳、遮窩。若無製作之人，則令披甲人之妻製作。令薩克寨牛彔等八家

着在广宁给甲之八旗诸大臣，将赐给蒙古每牛彔甲各二十副，裁取长甲之边缘及盔尾、遮耳、遮窝。若无制作之人，则令披甲人之妻制作。令萨克寨牛彔等八家

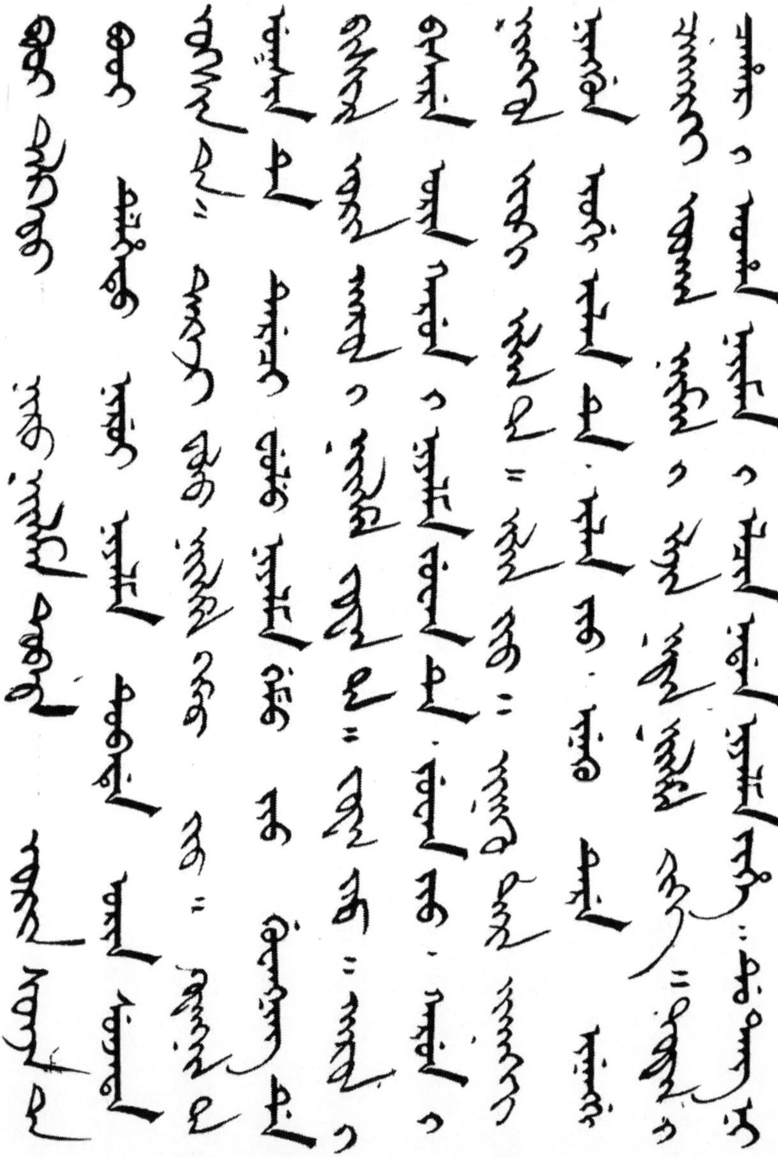

booi delhetu nirui niyalma, tubade orin sunjata uksin te, tereci fulu niyalma gemu jio. guwangning de bisire orin karun i niyalma juwan te, juwan jio. karun i ninggun iogi ilan te, ilan jio. ineku tere inenggi, cahar i aohan, naiman i elcin nadan niyalma jihe. du tang ni

---

之德勒赫圖牛彔之人，以各二十五甲駐紮於彼處，其餘之人皆前來。著在廣寧之二十卡倫之人，十人駐紮，十人前來，卡倫之六遊擊，三遊擊駐紮，三遊擊前來。是日，察哈爾敖漢、奈曼之使者七人前來。

之德勒赫图牛彔之人，以各二十五甲驻扎于彼处，其余之人皆前来。着在广宁之二十卡伦之人，十人驻扎，十人前来，卡伦之六游击，三游击驻扎，三游击前来。是日，察哈尔敖汉、奈曼之使者七人前来。

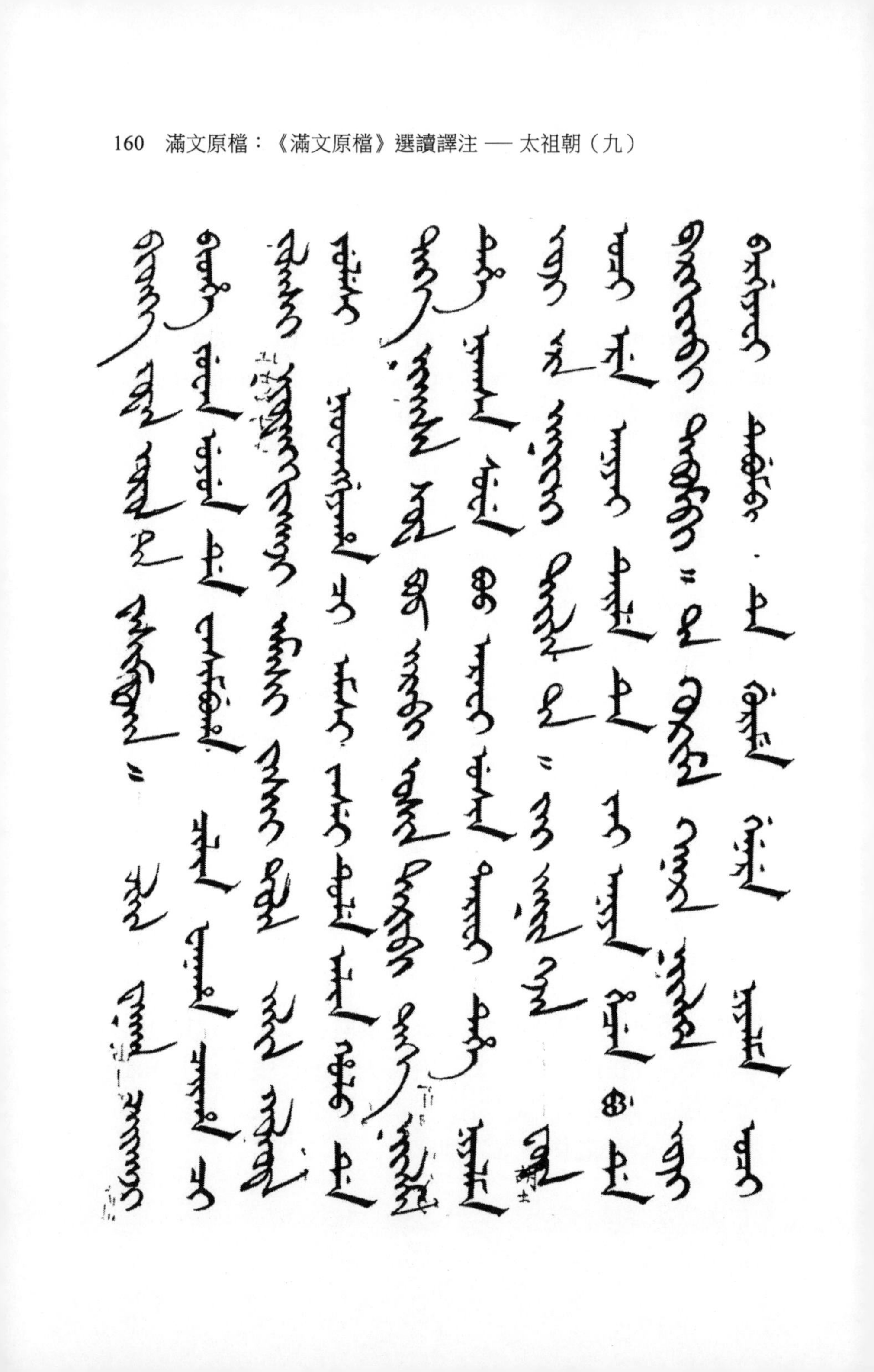

bithe, juwan uyun de wasimbuha, cilin, fanaha, caiha ci julesi, niowanggiyaha ci amasi, jasei tule alin holo de tehe nikasa, suwe boo arafi usin tarifi tehe niyalma oci ere aniyai teile te, jai aniya hecen pu de bargiyafi tebumbi. te gurime genere niyalma oci,

---

十九日，都堂頒書諭曰：「凡在鐵嶺、法納哈、柴河以南，清河以北界外山谷居住之漢人們，爾等蓋屋耕田居住之人，僅限於本年，來年將收攬於城堡居住。今若是遷往之人，

十九日，都堂颁书谕曰：「凡在铁岭、法纳哈、柴河以南，清河以北界外山谷居住之汉人们，尔等盖屋耕田居住之人，仅限于本年，来年将收揽于城堡居住。今若是迁往之人，

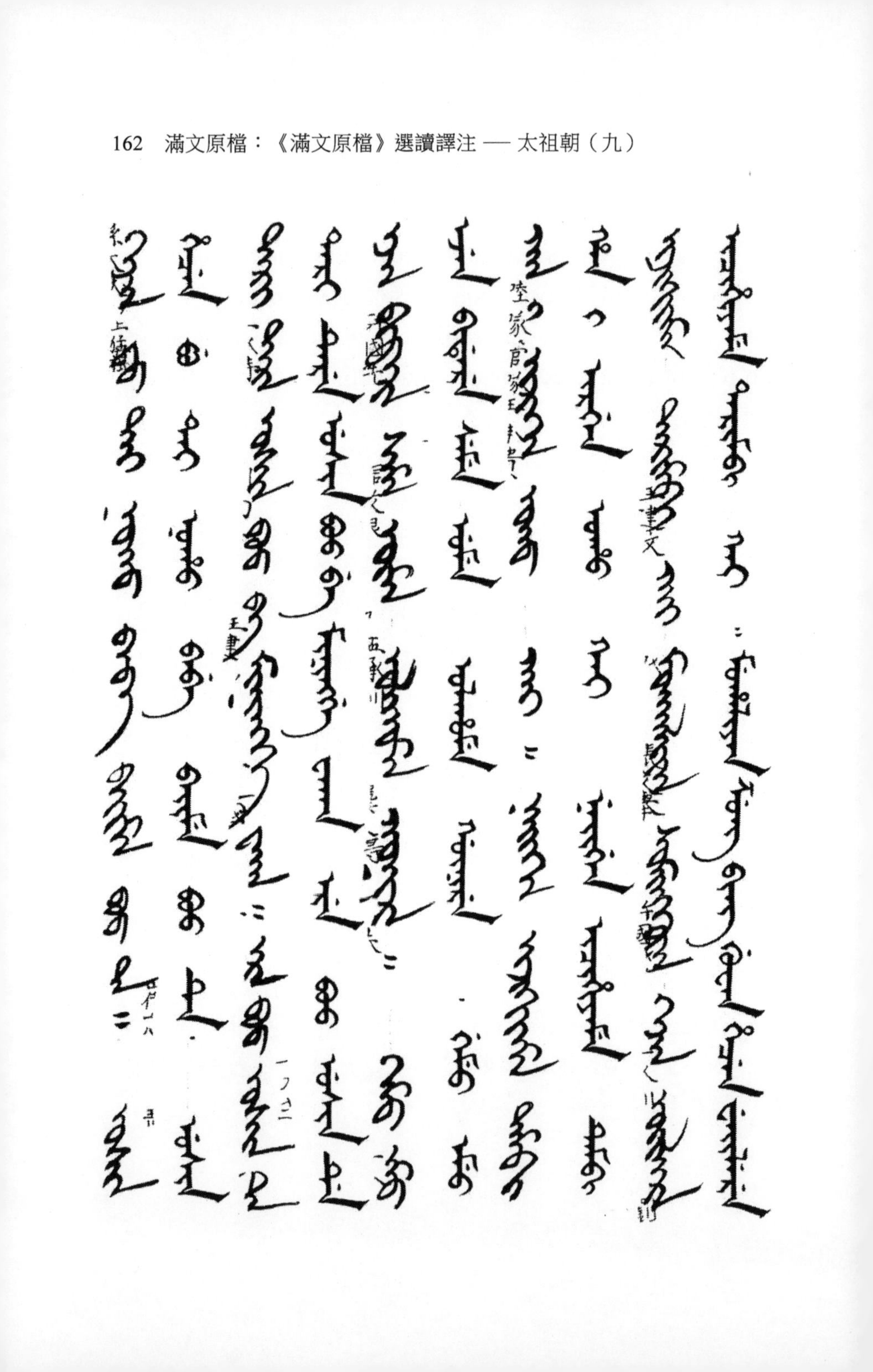

hecen pu tai noho babe baime boo te, usin tari, tere usin boo be miningge waka, ere boo usin de ejen bidere seme ume olhome gūnire, gemu emu han i irgen oho kai. neigen icihiyame tembi, icihiyame tarimbi kai. muhaliyan dzung bing guwan, hecen weilere

---

可找尋有城堡、台站處居住、耕田，勿多慮此田舍非我所有，此田舍皆有其主，皆為同一汗之民也。可均勻辦理居住、辦理耕種也。」總兵官穆哈連

可找寻有城堡、台站处居住、耕田，勿多虑此田舍非我所有，此田舍皆有其主，皆为同一汗之民也。可均匀办理居住、办理耕种也。」总兵官穆哈连

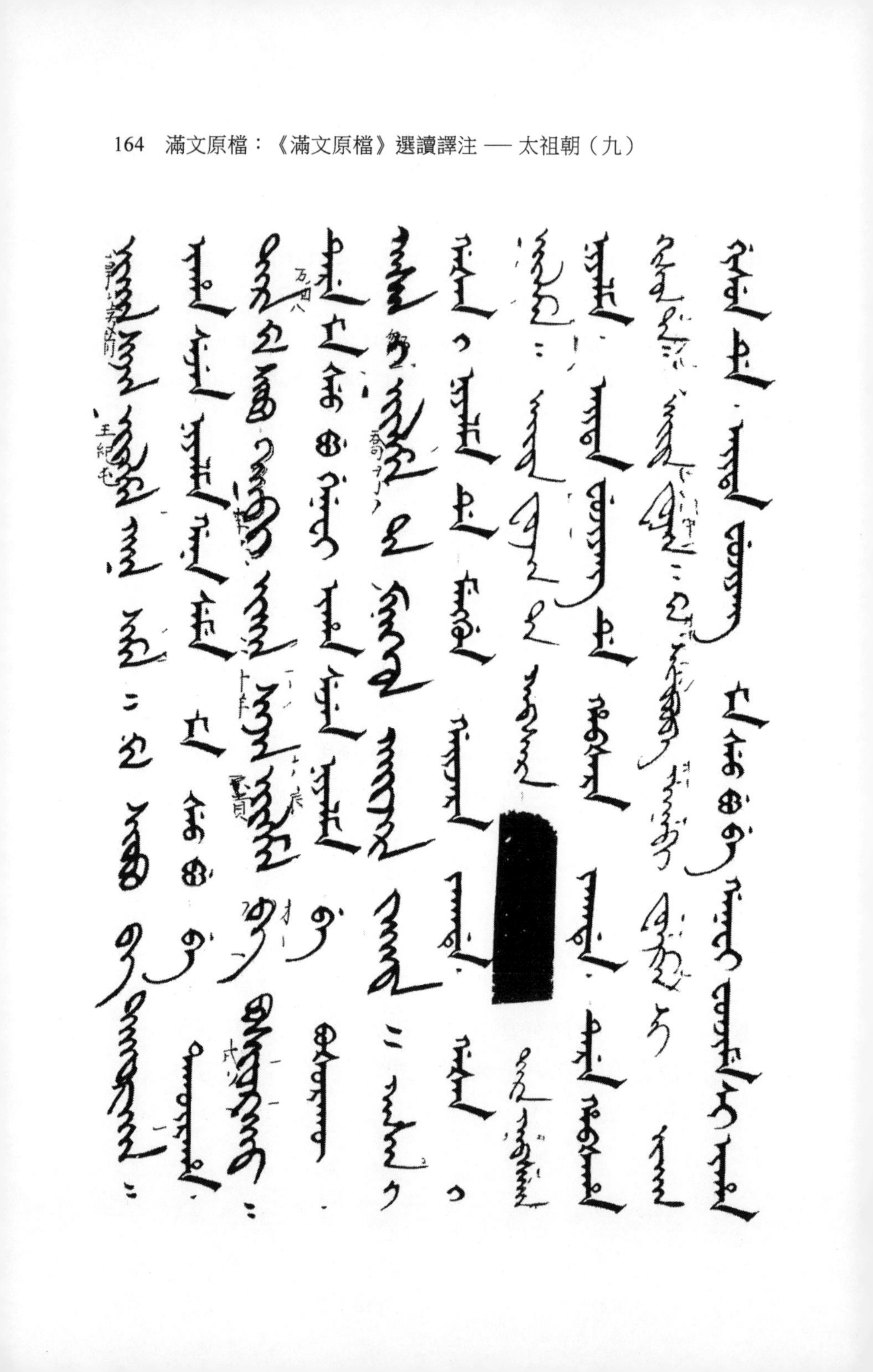

ihan sejen, niyalma gana seme ma šeo pu be takūraha. tere
ma šeo pu genefi ihan sejen, niyalma be bošorakū, gašan i
niyalma de menggun gaijara jakade, gašan i niyalma aita
fujiyang de habšara jakade, tere habšaha gisun de, aita
fujiyang, ma šeo pu be ganafi fonjime, si ihan

遣馬守堡往取築城之牛車及人。該馬守堡前往後因不催取
牛車及人，反而索取鄉人銀兩，鄉人告於愛塔副將，因其
告訴，愛塔副將召馬守堡前來問曰：

遣马守堡往取筑城之牛车及人。该马守堡前往后因不催取
牛车及人，反而索取乡人银两，乡人告于爱塔副将，因其
告诉，爱塔副将召马守堡前来问曰：

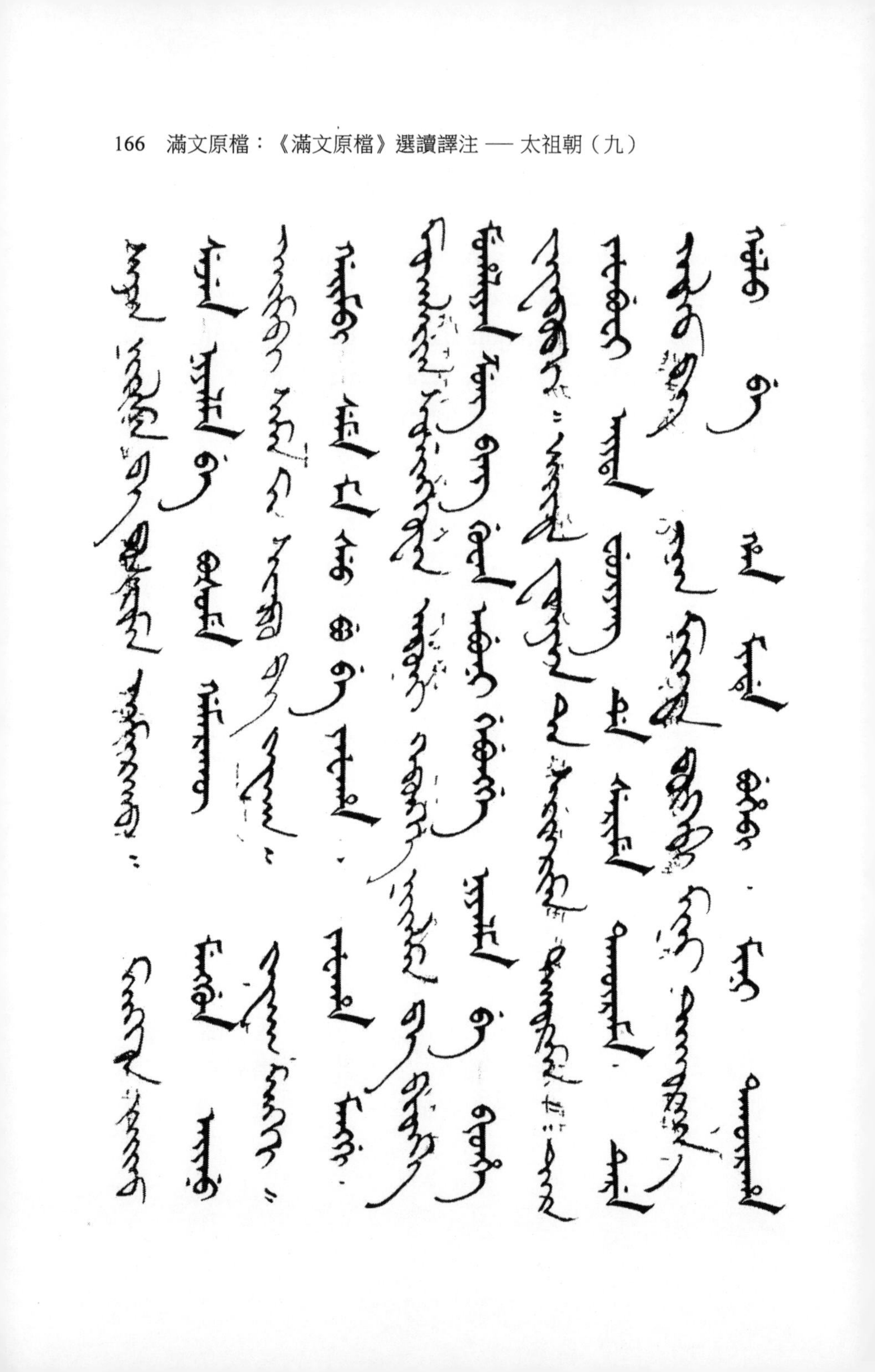

sejen, niyalma be bošome gamarakū, menggun ainu gaimbi
seme, ma šeo pu be jafaha. jafaha manggi, muhaliyan dzung
bing guwan, abuni gebungge niyalma be bithe jafabufi aita
fujiyang de šerime takūrame, tere golo be han, minde buhebi,
mini takūraha

「爾不催取牛車及人，為何索取鄉人銀兩耶？」遂執拏馬
守堡。執拏後，總兵官穆哈連遣名阿布尼之人持書訛詐[21]
愛塔副將曰：「汗已將其路賜我，我所遣之人，

「尔不催取牛车及人，为何索取乡人银两耶？」遂执拏马
守堡。执拏后，总兵官穆哈连遣名阿布尼之人持书讹诈爱
塔副将曰：「汗已将其路赐我，我所遣之人，

---

[21] 訛詐，《滿文原檔》寫作 "sijerime"，讀作 "siyerime"，《滿文
老檔》讀作 "šerime"。

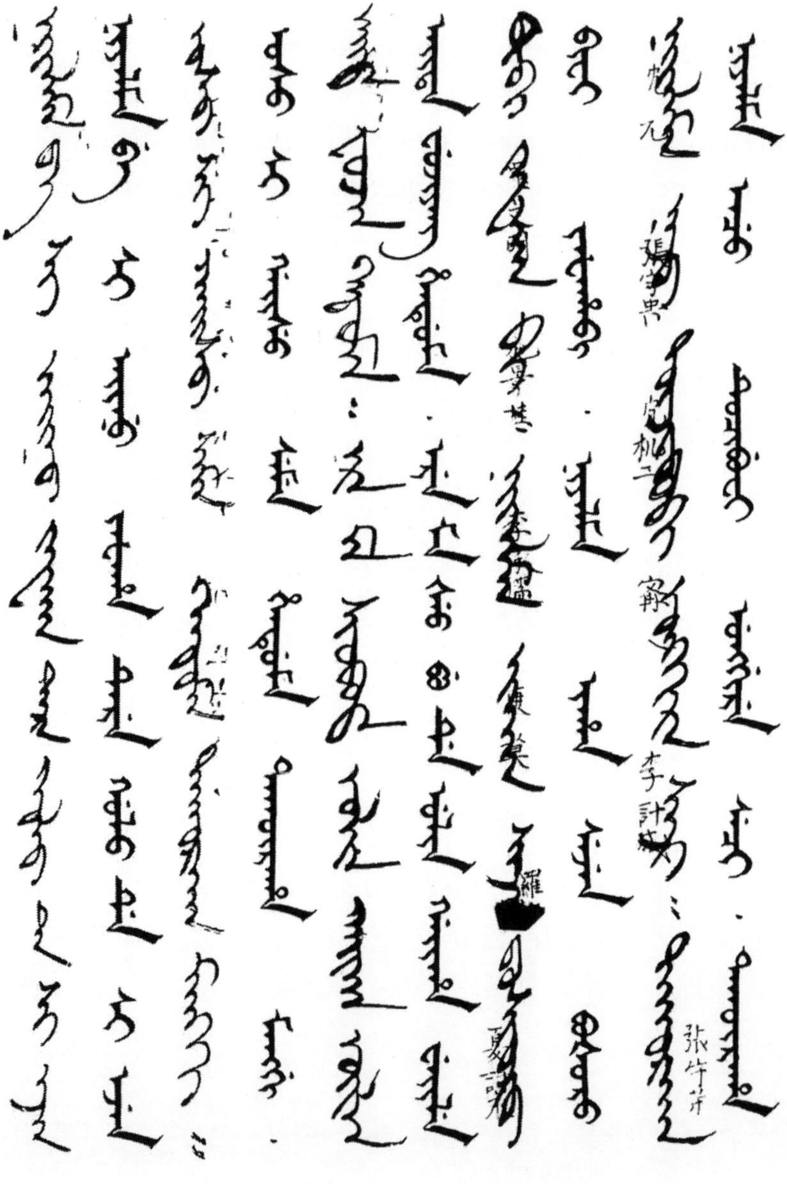

niyalma be si ainu jafaha. tere golo de si ejen oso, si gaisu
seme hendume takūraha manggi, aita fujiyang hendume, ere
ma šeo pu de ulin gaiha weile bifi jafahabi, niyalma, ihan,
sejen bošoro niyalma encu tucibufi unggire seci. takūraha

爾為何執拏？係爾主此路，爾取之耶？」愛塔副將曰：「該
馬守堡有索取財物之罪，故執拏之，當另遣人催取人及
牛、車。」

尔为何执拏？系尔主此路，尔取之耶？」爱塔副将曰：「该
马守堡有索取财物之罪，故执拏之，当另遣人催取人及牛、
车。」

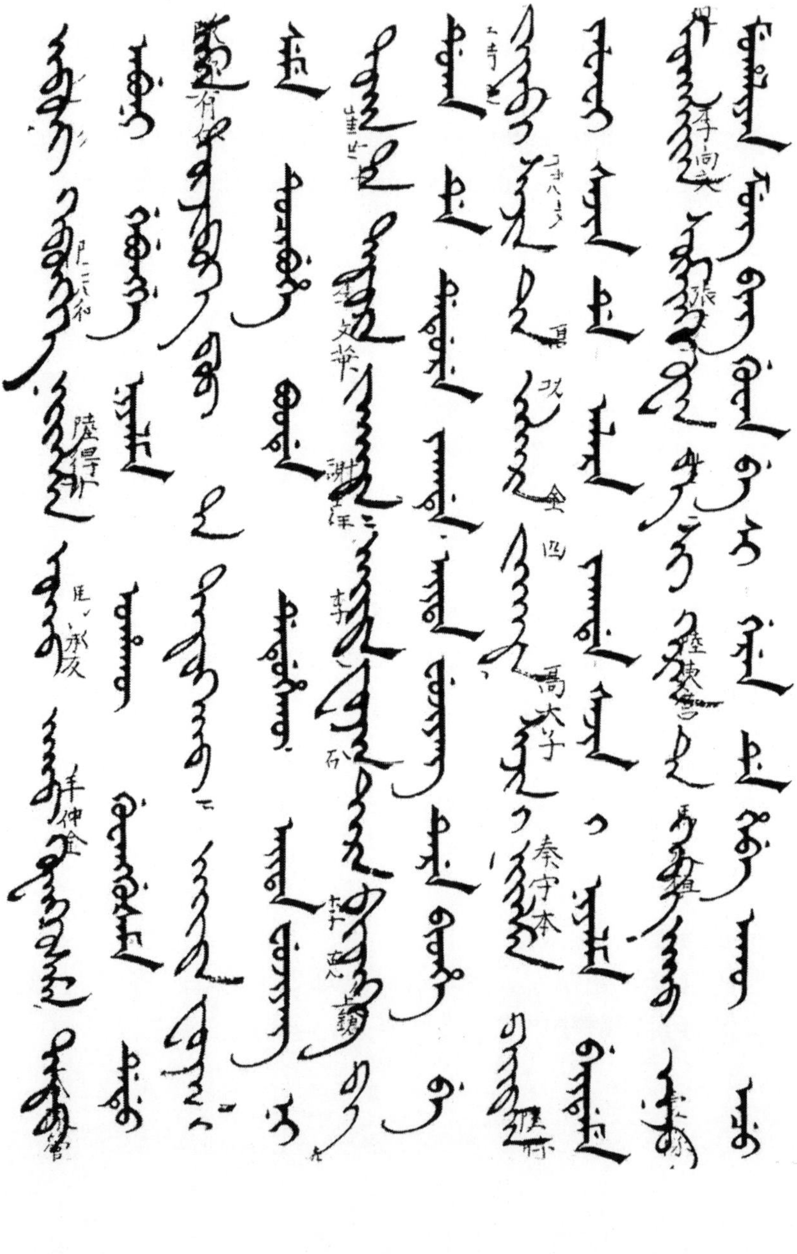

abuni gebungge niyalma ohakū, guwanggušame dedu seme tucibuhe. boode deduhekū, aita fujiyang ni duka de dedure jakade, aita fujiyang tere bithe be jafafi šajin de alara jakade, šajin i niyalma beideme, muhaliyan dzung bing guwan be, si geren de hebe akū, encu

所遣名阿布尼之人未從，仍行橫暴撒賴，不宿於屋裡，而宿於愛塔副將之門首。愛塔副將執其書告於法司。執法之人審問總兵官穆哈連曰：「爾不與衆人商議，

所遣名阿布尼之人未从，仍行横暴撒赖，不宿于屋里，而宿于爱塔副将之门首。爱塔副将执其书告于法司。执法之人审问总兵官穆哈连曰：「尔不与众人商议，

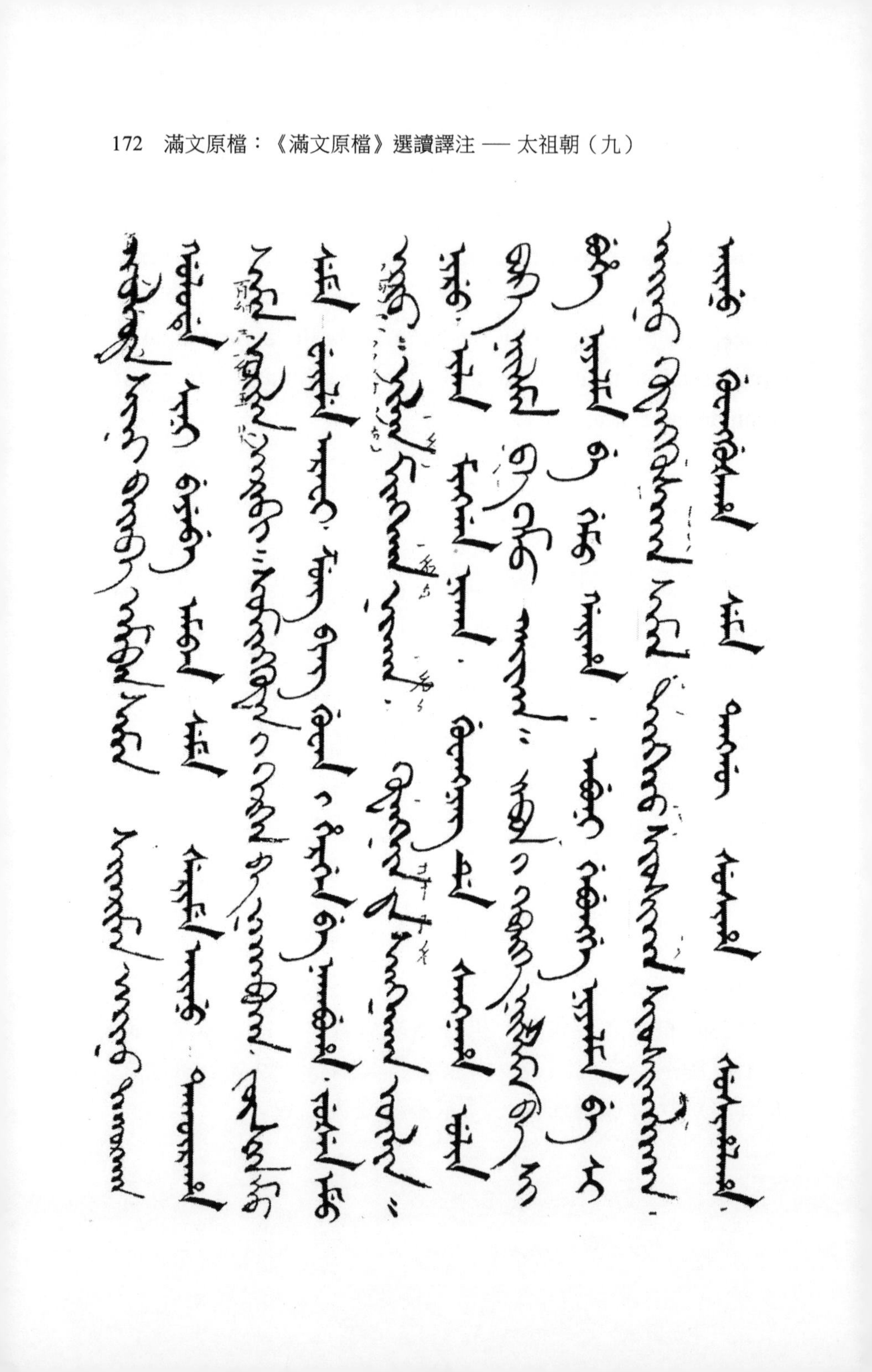

golode sini beyebe amban seme šerime ainu takūraha seme weile arafi, dzung bing guwan i hergen be nakabuha, jušen emu niru, ilan minggan nikan, guwangning de šangnaha ulin, buhe niyalma be gemu gaiha. abuni gebungge niyalma be, si ainu guwanggušaha seme, tanggū šusiha šusihalaha.

為何倚仗自己為大臣遣人至他處訛詐？」故治其罪，革其總兵官之職，俱沒收其諸申一牛彔、漢人三千名，於廣寧所賞之財物及所賜之人。又審名阿布尼之人曰：「爾為何橫暴撒賴？」遂鞭打一百鞭。

为何倚仗自己为大臣遣人至他处讹诈？」故治其罪，革其总兵官之职，俱没收其诸申一牛彔、汉人三千名，于广宁所赏之财物及所赐之人。又审名阿布尼之人曰：「尔为何横暴撒赖？」遂鞭打一百鞭。

十一、招撫漢人

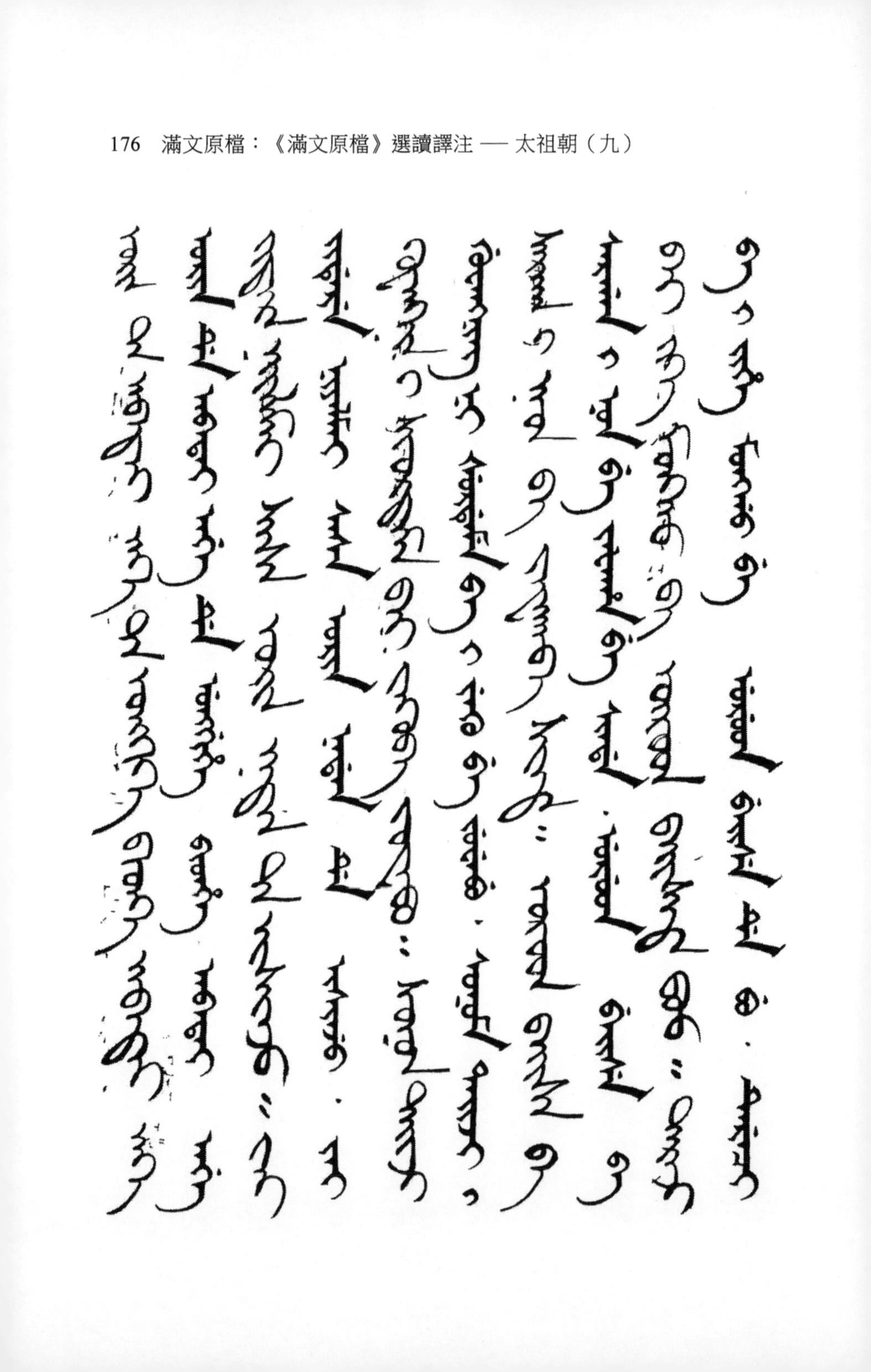

orin de, abatai age de unggihe bithe, abatai age, jidere niyalmai sasa orin nadan de isinju. jai guwangning ni šurdeme ba i jeku be juwebu, sonom taiji i sargan i non be jafaha be sinda. urut beise ba ba i jihe monggo be urut beise de bu, tereci

---

二十日，致書阿巴泰阿哥曰：「著阿巴泰阿哥與前來之人一同於二十七日抵達。並令其運送廣寧周圍一帶地方糧食，釋放所挐獲之索諾木台吉之妻妹。將自兀魯特諸貝勒所屬各處來歸之蒙古，給還兀魯特諸貝勒，

二十日，致书阿巴泰阿哥曰：「着阿巴泰阿哥与前来之人一同于二十七日抵达。并令其运送广宁周围一带地方粮食，释放所挐获之索诺木台吉之妻妹。将自兀鲁特诸贝勒所属各处来归之蒙古，给还兀鲁特诸贝勒，

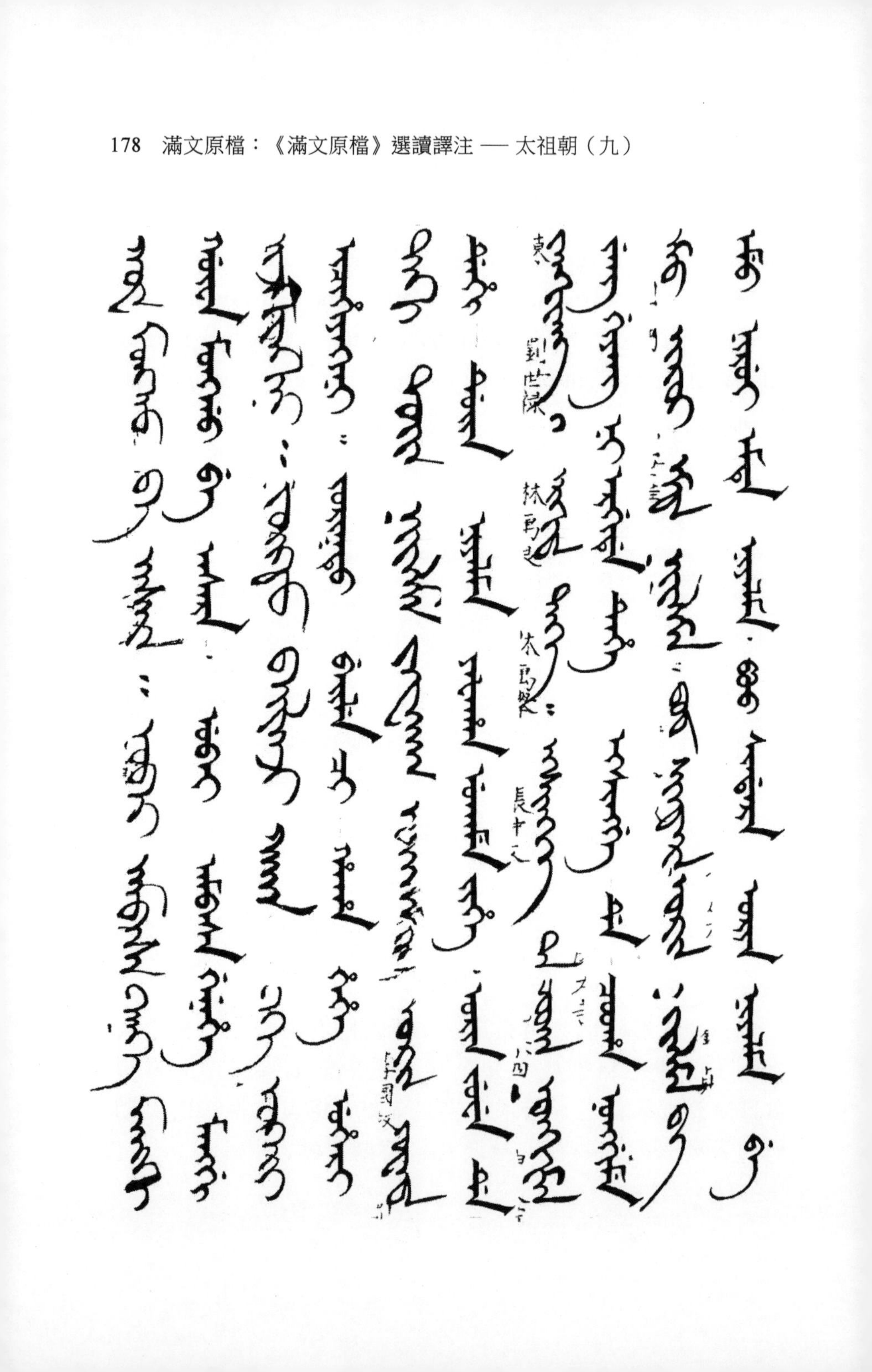

劉世祿

林烏里

朴烏察

長串二

全串

其串四

溪串汶

gūwa monggo be asara, ubai ambasa genehe manggi
icihiyakini. joriktu beile ci, haha hehe uheri dehi duin
niyalma yafahan ukame jihe. orin juwe de, jeng giyang ni
ergide tehe eksingge de cooha nonggime emu nirui emte
niyalma, poo sindara orin niyalma be

其餘蒙古皆收留之，俟此處大臣前往後再行辦理。」有男、
女共四十四人自卓里克圖貝勒處徒步逃來。二十二日，駐
鎮江邊一帶之額克興額增兵，派每牛彔各一人、礮手二十
人前往。

其余蒙古皆收留之，俟此处大臣前往后再行办理。」有男、
女共四十四人自卓里克图贝勒处徒步逃来。二十二日，驻
镇江边一带之额克兴额增兵，派每牛彔各一人、炮手二十
人前往。

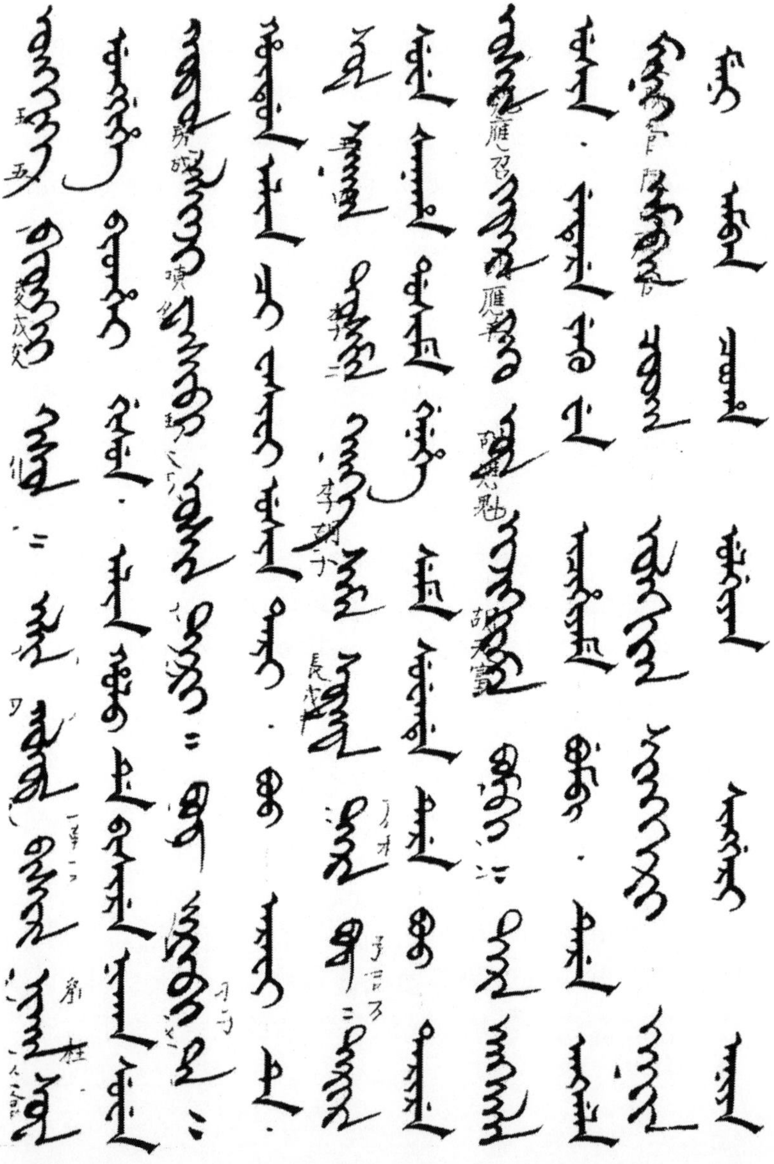

unggihe bithei gisun, alin holo de bisire nikan, suwe hūdun
alin ci wasifi usin tari, boo arafi te. suwe šanaha dosime
genehe seme, suwende tere boo, tarire usin, jetere jeku we
icihiyame bumbi. tere anggala, meni amban cooha ulgiyan,
singgeri aniya

並致書曰：「爾等居住山谷之漢人，著速下山耕田，蓋屋
居住。爾等前往進入山海關，爾等所需住屋、耕田、食糧，
孰予辦理之？況我大軍將於亥年或子年

并致书曰：「尔等居住山谷之汉人，着速下山耕田，盖屋
居住。尔等前往进入山海关，尔等所需住屋、耕田、食粮，
孰予办理之？况我大军将于亥年或子年

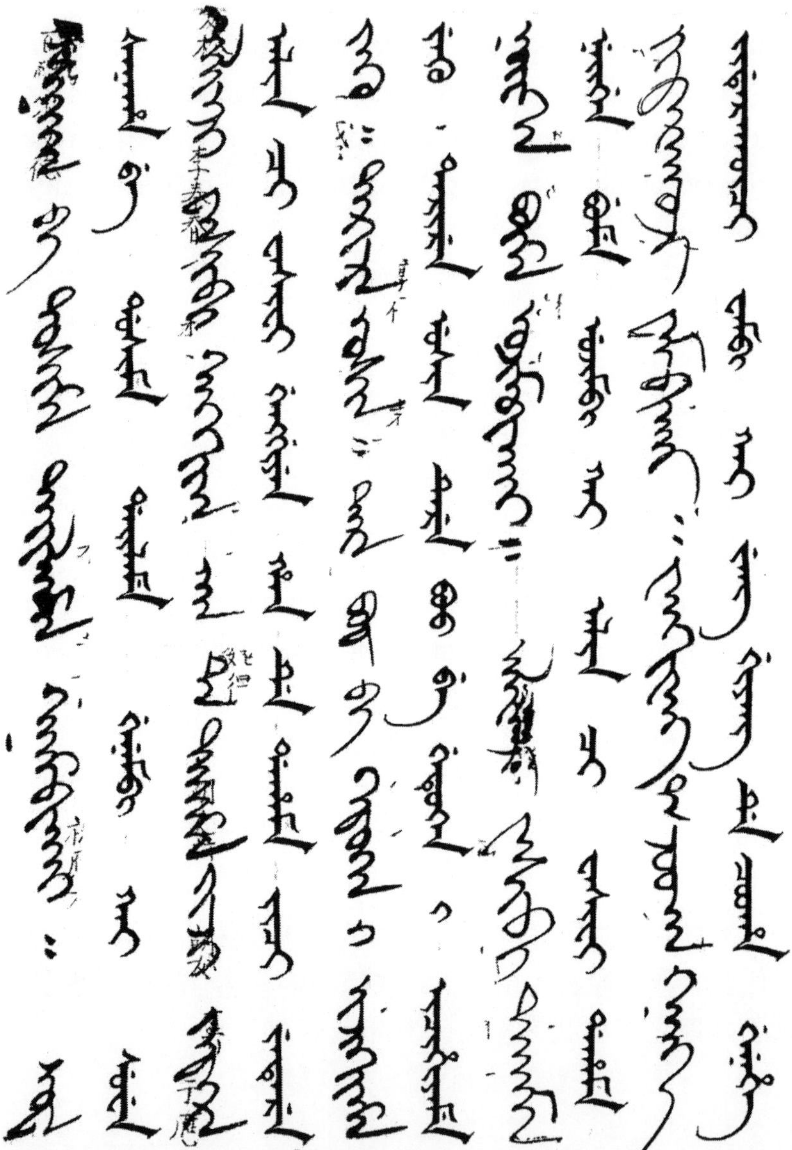

šanaha be dosime dailame genembi kai. suwe alin ci wasifi genggiyen han de dahame jici, jetere jeku, tarire usin, tere boo be getuken i icihiyame neigen bume ujimbi kai. alin ci wasifi dahame jiderakūci, wambi kai. jeng giyang de cooha genehe

---

入山海關征伐也。爾等若下山來降英明汗，則均勻給與食糧、耕田、住屋，明白辦理，加以豢養也。爾等若不下山來降，則必剿殺也。」

入山海关征伐也。尔等若下山来降英明汗，则均匀给与食粮、耕田、住屋，明白办理，加以豢养也。尔等若不下山来降，则必剿杀也。」

十二、供奉喇嘛

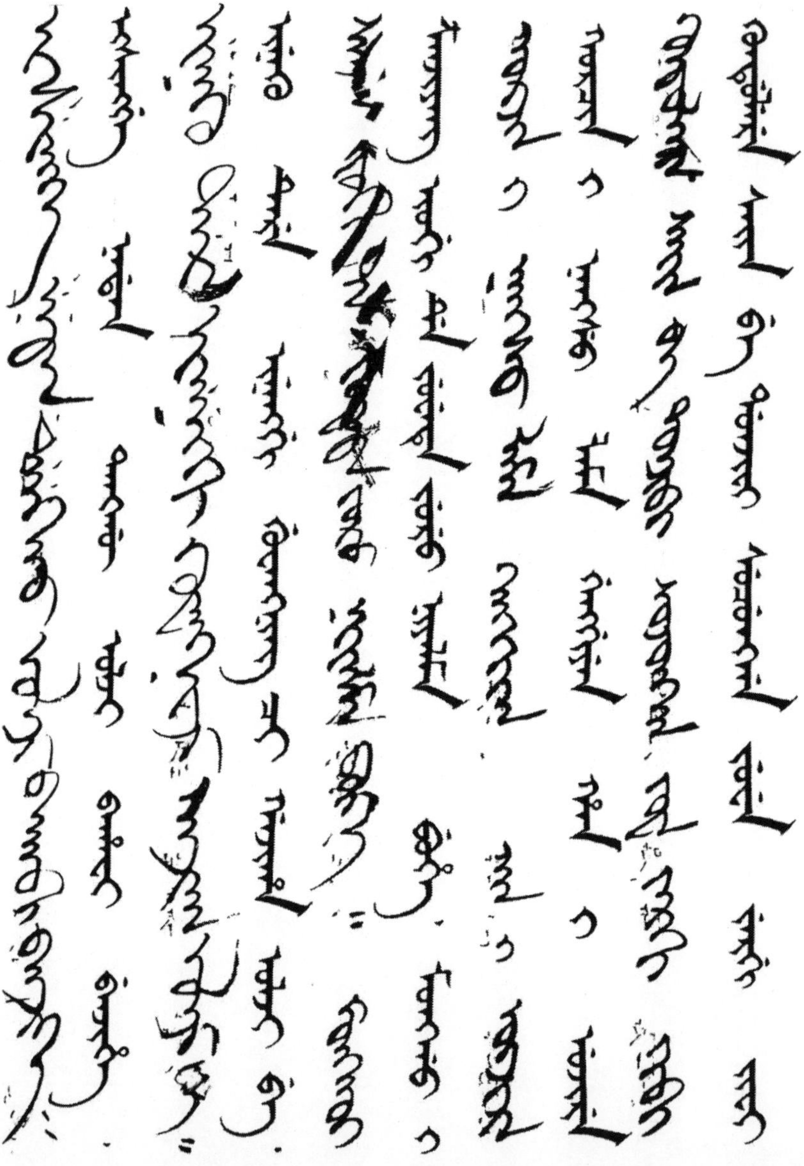

eksingge, nadan tanggū olji bahafi benjihe. ineku tere inenggi guwangning ci gajiha olji be, ts'anjiyang, iogi de juwete juru niyalma buhe. monggo i korcin i nangsu lama genggiyen han i ujire kundulere sain be donjifi, sucungga juwe jergi jifi

率兵前往鎮江之額克興額俘獲七百解至。是日，將廣寧解至俘虜賜參將、遊擊各二對人。蒙古科爾沁之囊素喇嘛[22]聞英明汗豢養恭敬良善，初曾二次往來。

率兵前往镇江之额克兴额俘获七百解至。是日，将广宁解至俘虏赐参将、游击各二对人。蒙古科尔沁之囊素喇嘛闻英明汗豢养恭敬良善，初曾二次往来。

---

[22] 囊素喇嘛，《滿文原檔》寫作"nangso lama"、《滿文老檔》讀作 "nangsu lama"，據天聰四年（1630）四月**敕**建滿漢二體《大金喇嘛法師寶記》碑文，滿文作"urluk darhan nangsu lama"，漢文作「法師幹祿打兒罕囊素」，句中喇嘛稱號滿文作"urluk darhan"，係蒙文 "örlög darqan" 借詞，意即「英勇的」（幹祿）、「免除徭役賦稅者」（打兒罕）。

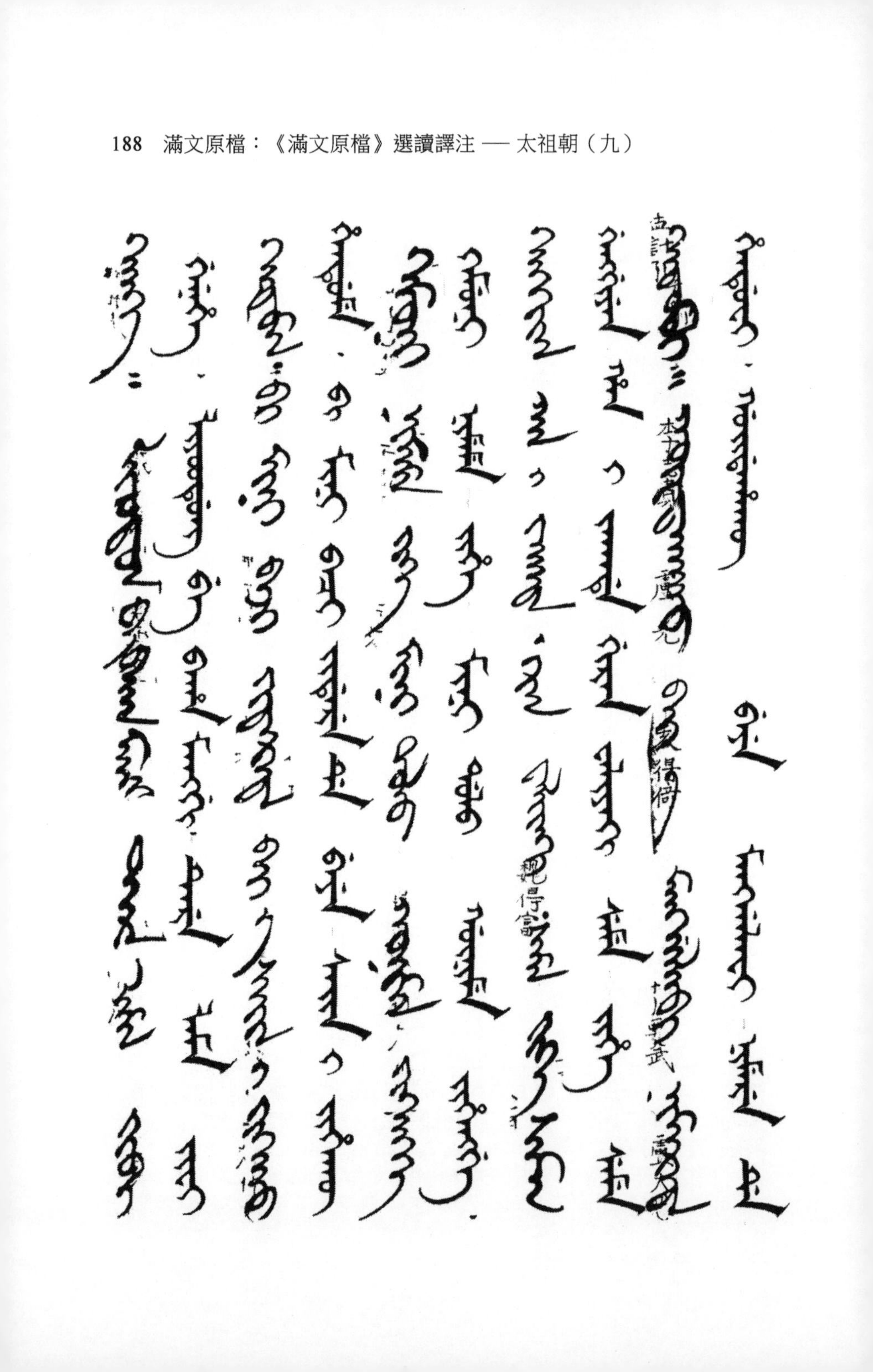

genehe. liyoodung be baha manggi, tere lama jifi hendume, bi mini baci jidere de beye sain i jihekū kemuni nimeme jihe, mini dolo gūnime jihengge, genggiyen han i jakade giran waliyaki seme jihe seme hendufi, goidahakū beye manggalafi nimere de,

---

得遼東後，該喇嘛來曰：「我身體好時未從我處前來，抱病後仍然前來，我內心想來英明汗處棄我骸骨。」不久身體惡化，病篤時

得辽东后，该喇嘛来曰：「我身体好时未从我处前来，抱病后仍然前来，我内心想来英明汗处弃我骸骨。」不久身体恶化，病笃时

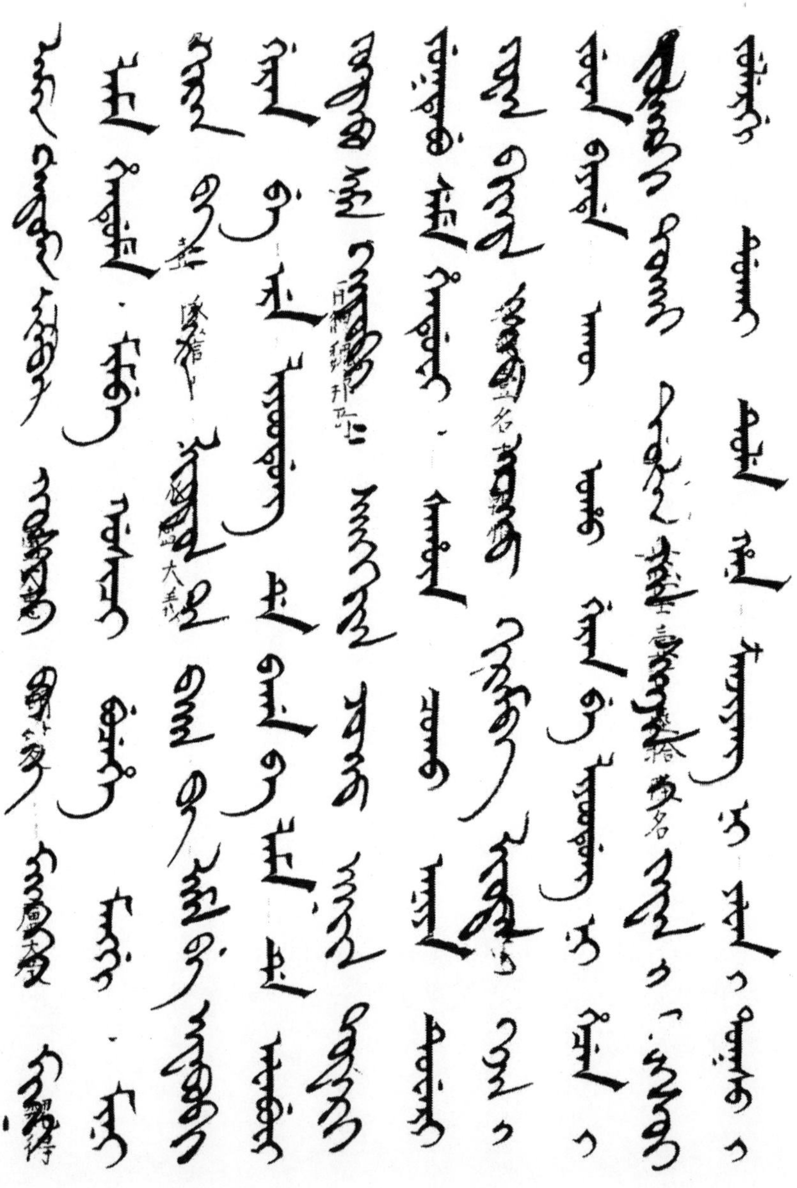

lama hendume, mimbe gosici bucehe manggi mini giran be,
ere liyoodung de baga ba lama de afabufi juktebu seme
hendufi, šahūn coko aniya tuweri juwan biyade akū oho
giran be liyoodung ni hecen i julergi dukai tule han
ts'anjiyang ni yafan i tokso i

喇嘛囑曰：「如蒙垂愛，待我死後，將我屍骨交遼東巴噶
巴喇嘛[23]供奉。」於辛酉年[24]冬十月圓寂，將屍骨於遼東
城南門外韓參將之園屯內

喇嘛囑曰：「如蒙垂爱，待我死后，將我尸骨交辽东巴噶
巴喇嘛供奉。」于辛酉年冬十月圆寂，將尸骨于辽东城南
门外韩参将之园屯内

---

[23] 巴噶巴喇嘛，《滿文原檔》寫作"baka ba lama"，《滿文老檔》讀
作"baga ba lama"，句中"baga"係蒙文"baɤ-a"借詞，意即「小的」。
按巴噶巴喇嘛，滿漢二體《大金喇嘛法師寶記》碑文，漢文作「法
弟白喇嘛」，滿文作"emu šajin i deo ba lama"，意即「同門法弟白
喇嘛」。

[24] 辛酉年，句中「辛酉」，《滿文原檔》寫作"sangkijan coko"，讀作
"šanggiyan coko"（庚酉），訛誤；《滿文老檔》讀作"šahūn coko"
（辛酉），改正。又滿漢二體《大金喇嘛法師寶記》碑文，記囊素
喇嘛「至天命辛酉年（六年，1621）八月廿一日，法師示寂歸西」，
《滿文原檔》、《滿文老檔》此處作「辛酉年冬十月圓寂」，月份日
期詳略不同。

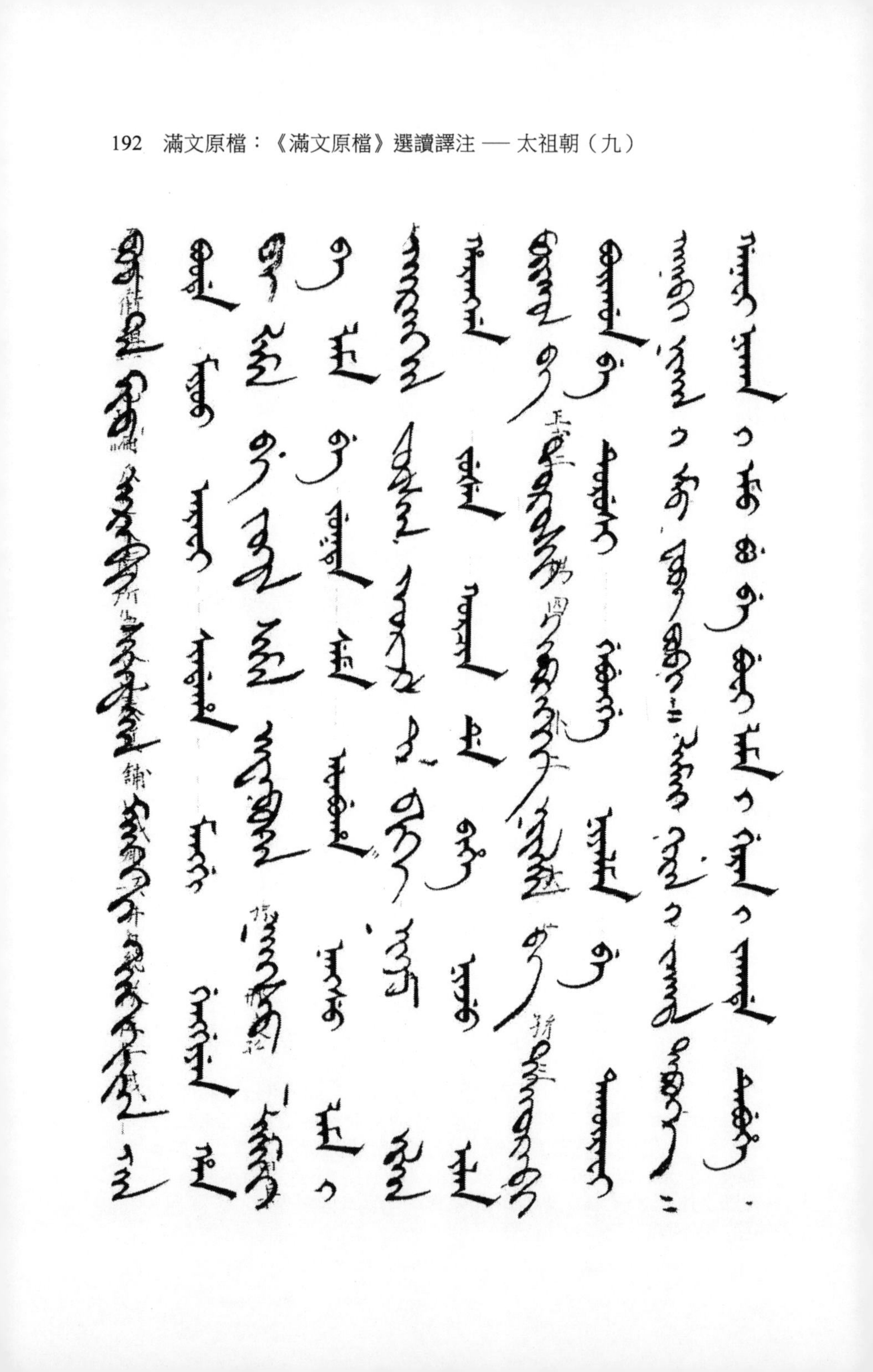

boode miyoo arafi sindaha manggi, genggiyen han ba lama be jukte seme afabuha, nangsu lama i harangga jušen korcin de bihe ninju ilan boigon be, turusi gebungge niyalma be takūrafi ganafi, nikan i emu pu be bufi lama i giran i jakade tebuhe.

———————

家裡蓋廟安放後，英明汗命白喇嘛供奉，將囊素喇嘛所屬科爾沁諸申六十三戶，遣名圖魯什之人攜至，賜一漢人屯堡，安置於喇嘛屍骨跟前。

———————

家里盖庙安放后，英明汗命白喇嘛供奉，将囊素喇嘛所属科尔沁诸申六十三户，遣名图鲁什之人携至，赐一汉人屯堡，安置于喇嘛尸骨跟前。

十三、清點男丁

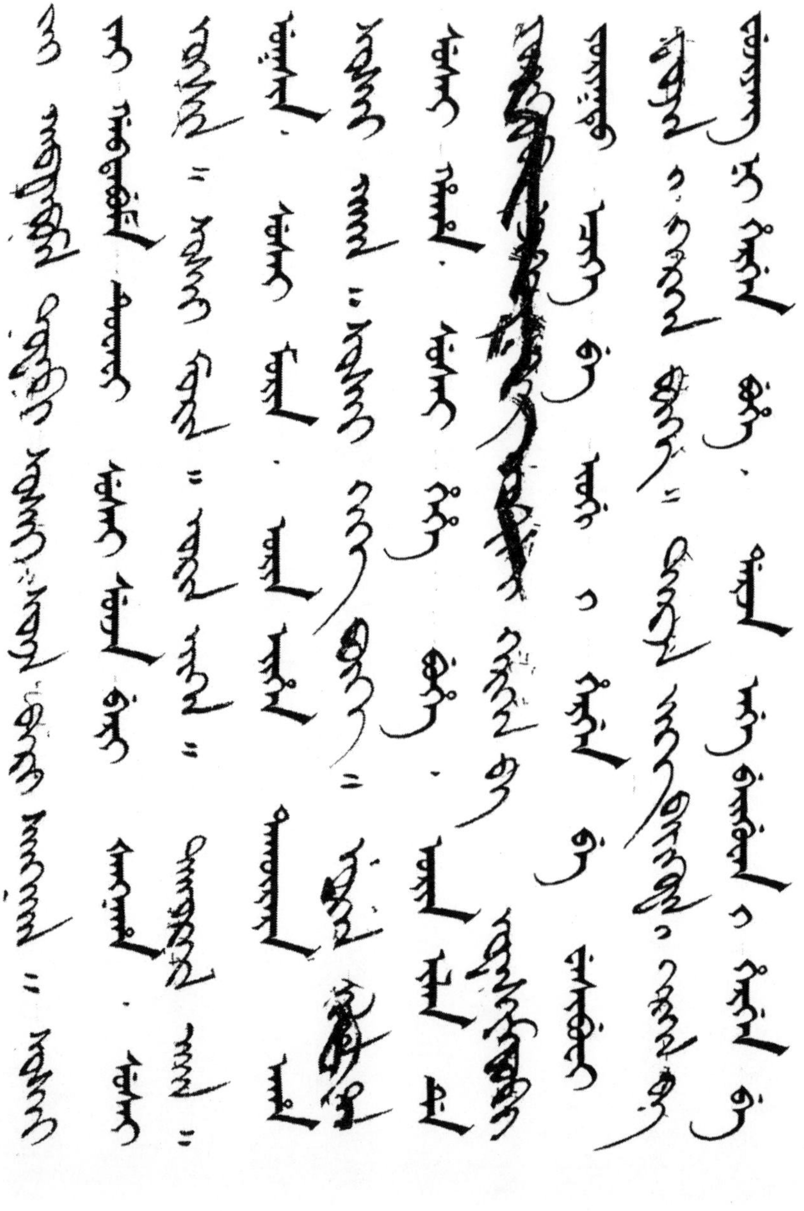

jai gabtabume tuwafi susai sunja beri šangnaha, susai uksin, susai morin, orin eihen, takūrara aha susai haha, susai hehe buhe. orin ilan de, joriktu ecike be iogi i hergen be wesibufi fujiyang ni hergen buhe. darja age beiguwan i hergen be

又賞已驗射弓五十五張，並賜甲五十副、馬五十匹、驢二十隻及差使之奴僕男五十人、女五十人。二十三日，陞卓里克圖叔父遊擊之職，賜副將之職。陞達爾札阿哥備禦官之職，

又赏已验射弓五十五张，并赐甲五十副、马五十匹、驴二十只及差使之奴仆男五十人、女五十人。二十三日，升卓里克图叔父游击之职，赐副将之职。升达尔札阿哥备御官之职，

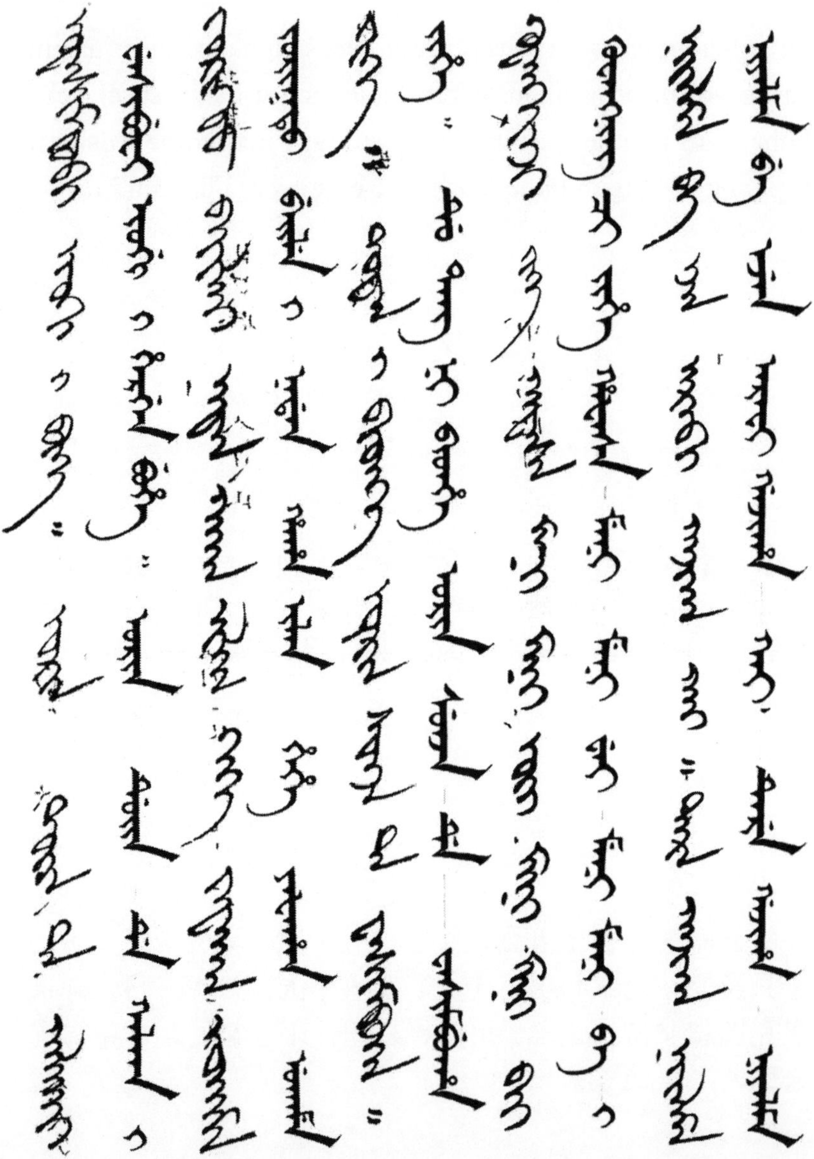

wesibufi iogi i hergen buhe. orin duin de, kalka i joriktu beile i nadan haha, ilan hehe yafahan ukame jihe. du tang ni bithe, orin sunja de wasimbuha, guwangning ci jihe hafasa, meni meni wei, meni meni ba i niyalma be ejen arafi gajiha kai. tere gajiha niyalma

賜遊擊之職。二十四日，喀爾喀卓里克圖貝勒所屬男七人、女三人徒步逃來。二十五日，都堂頒書諭曰：「自廣寧前來之官員已將各該衛、各該地之人設主管首領攜至也。

賜游击之职。二十四日，喀尔喀卓里克图贝勒所属男七人、女三人徒步逃来。二十五日，都堂颁书谕曰：「自广宁前来之官员已将各该卫、各该地之人设主管首领携至也。

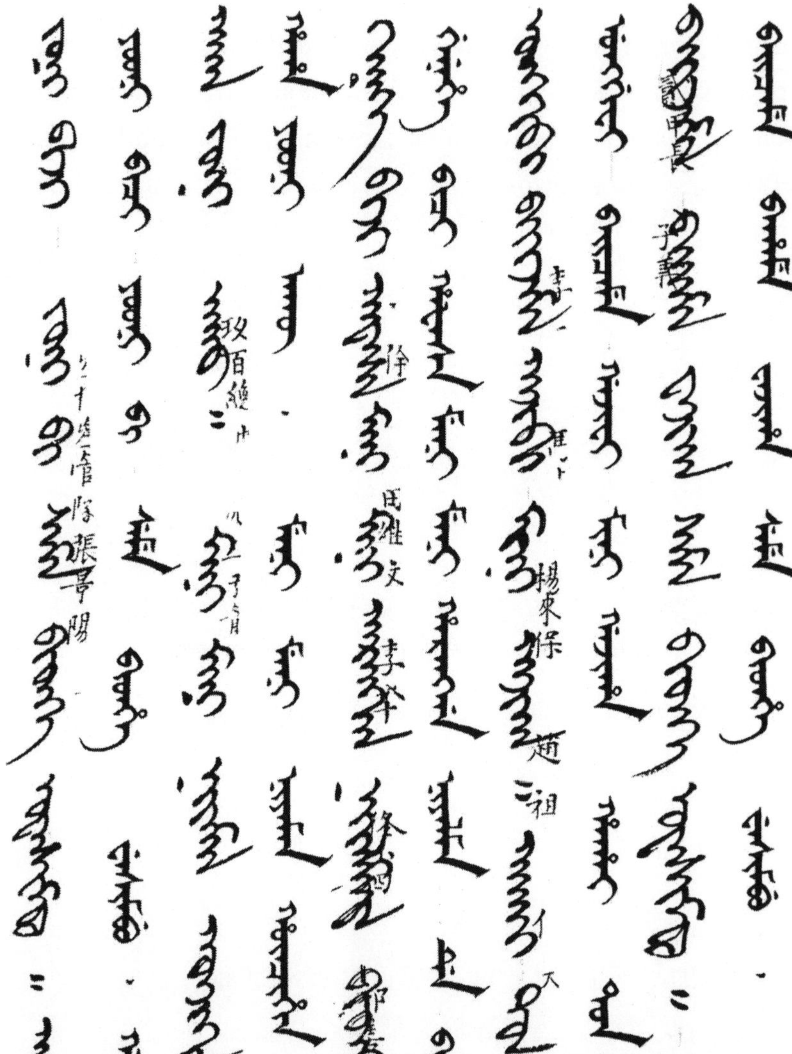

yooni bici, yooni bi seme bithe wesimbu. gajiha haha yooni
akū, meni meni niyaman hūncihin de genehe bici, hafasa
meni meni harangga niyalma de bithe unggifi baicame gajifi,
mini gajiha hahai ton be baicame bahame wajiha seme bithe
wesimbu. ba

若其攜來之人俱在，則繕文具奏俱在。若攜來之男丁俱不
在，或往投各該親族，則由該官員行文各該所屬之人查拏
而來，並以我攜來之男丁盡數查獲繕文具奏。

若其携来之人俱在，则缮文具奏俱在。若携来之男丁俱不
在，或往投各该亲族，则由该官员行文各该所属之人查拏
而来，并以我携来之男丁尽数查获缮文具奏。

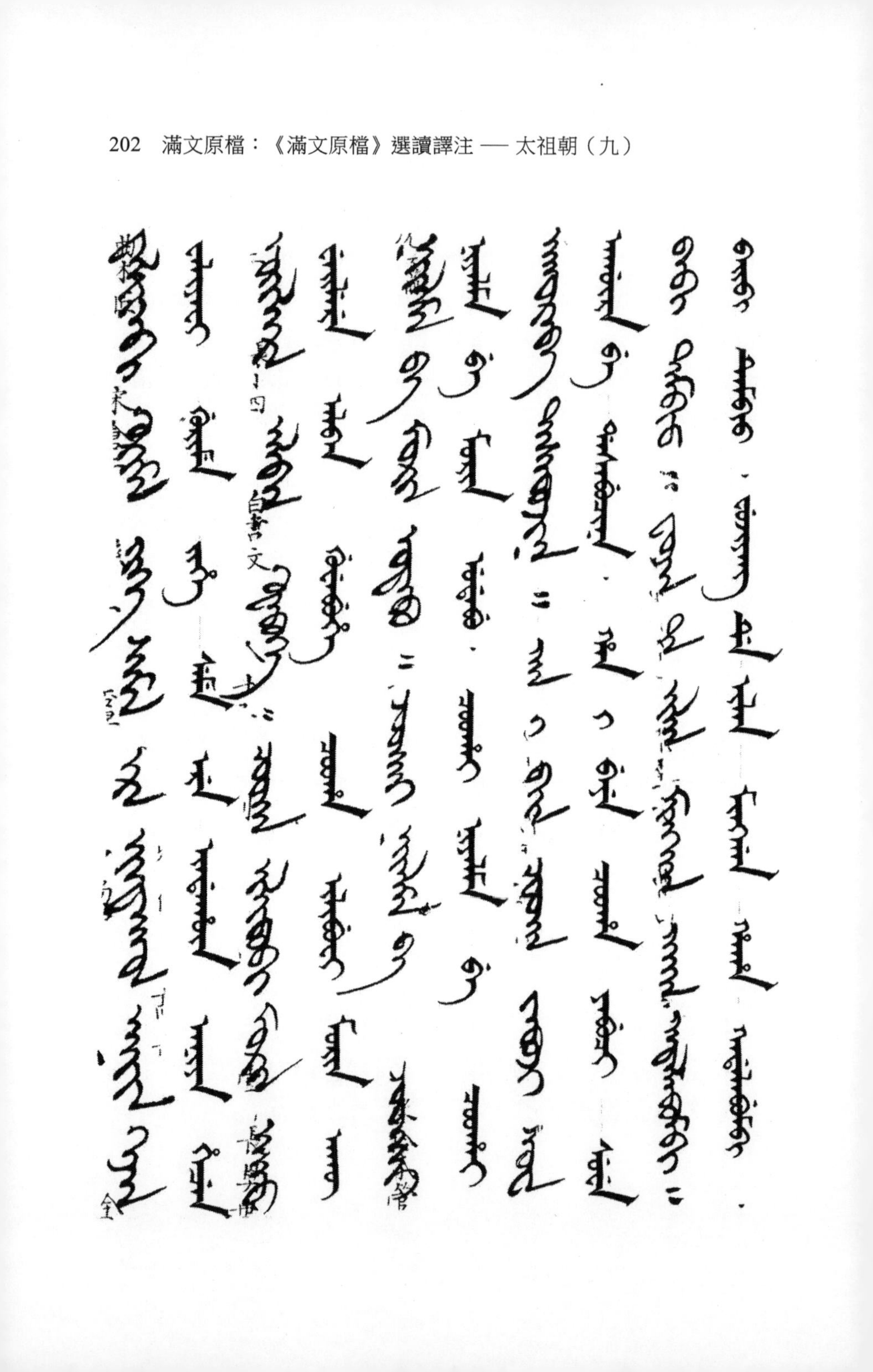

waliyafi gurime jihe seme ere indahūn aniya hecen weilere alban guwebuhe. cooha ilibufi, morin akū niyalma be morin udabu, coohai niyalma be coohai agūra be dasabucina. han i beye cooha yabuci, suwe baibi tembio. fujiyang de ilan minggan haha kadalabumbi,

因係棄地移來，已免其本戌年築城之役。其充兵無馬之人，令其購馬，並令兵丁修理軍械。若汗親自行軍，爾等可閒居乎？令副將管男丁三千名，

因系弃地移来，已免其本戌年筑城之役。其充兵无马之人，令其购马，并令兵丁修理军械。若汗亲自行军，尔等可闲居乎？令副将管男丁三千名，

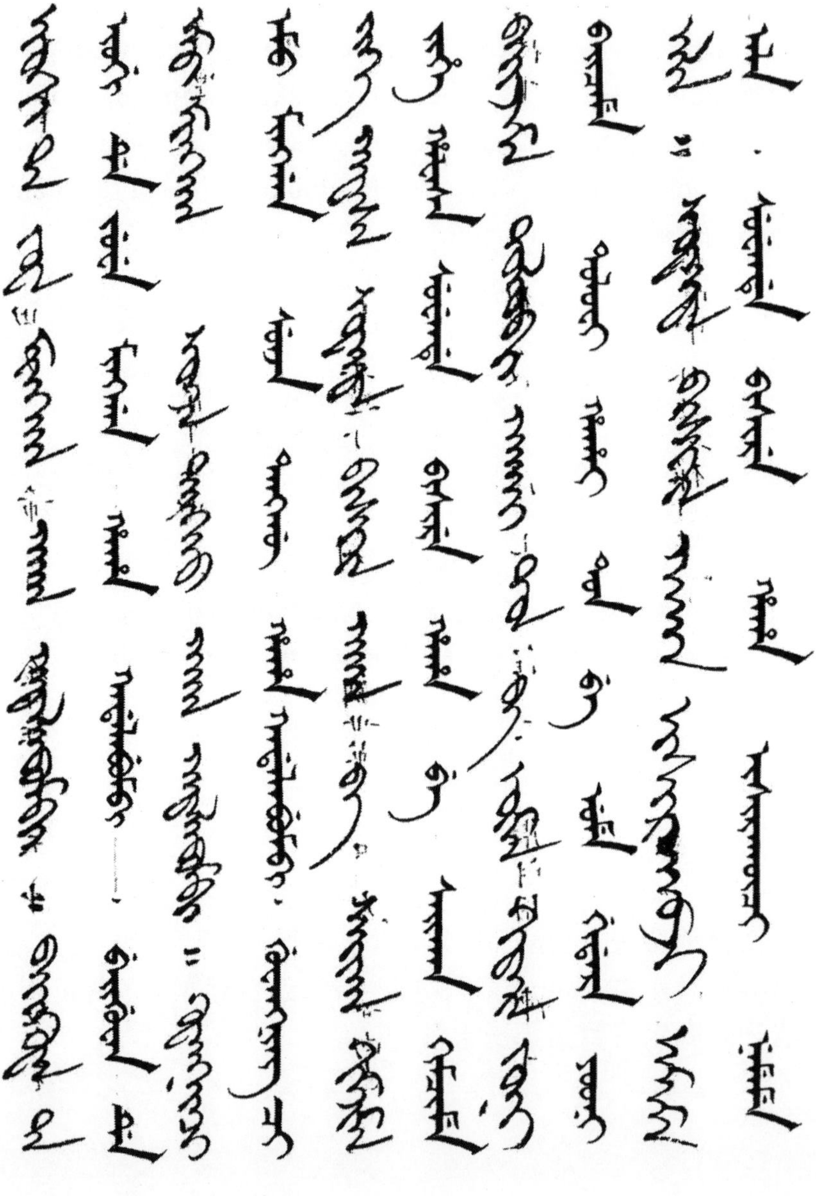

iogi de juwe minggan haha kadalabumbi, beiguwan de emu minggan sunja tanggū haha kadalabumbi. guwangning ci jihe hafasa suwende bisire haha be saikan kimcime baicame tolofi, hahai ton be ume gidara yooni ala. suwende bisire haha isirakūci, nememe

遊擊管男丁二千名，備禦官管男丁一千五百名。著自廣寧前來官員妥善詳察清點爾等所有男丁，不得隱匿男丁數目，俱行呈報。爾等所有男丁，如有不足，

游击管男丁二千名，备御官管男丁一千五百名。着自广宁前来官员妥善详察清点尔等所有男丁，不得隐匿男丁数目，俱行呈报。尔等所有男丁，如有不足，

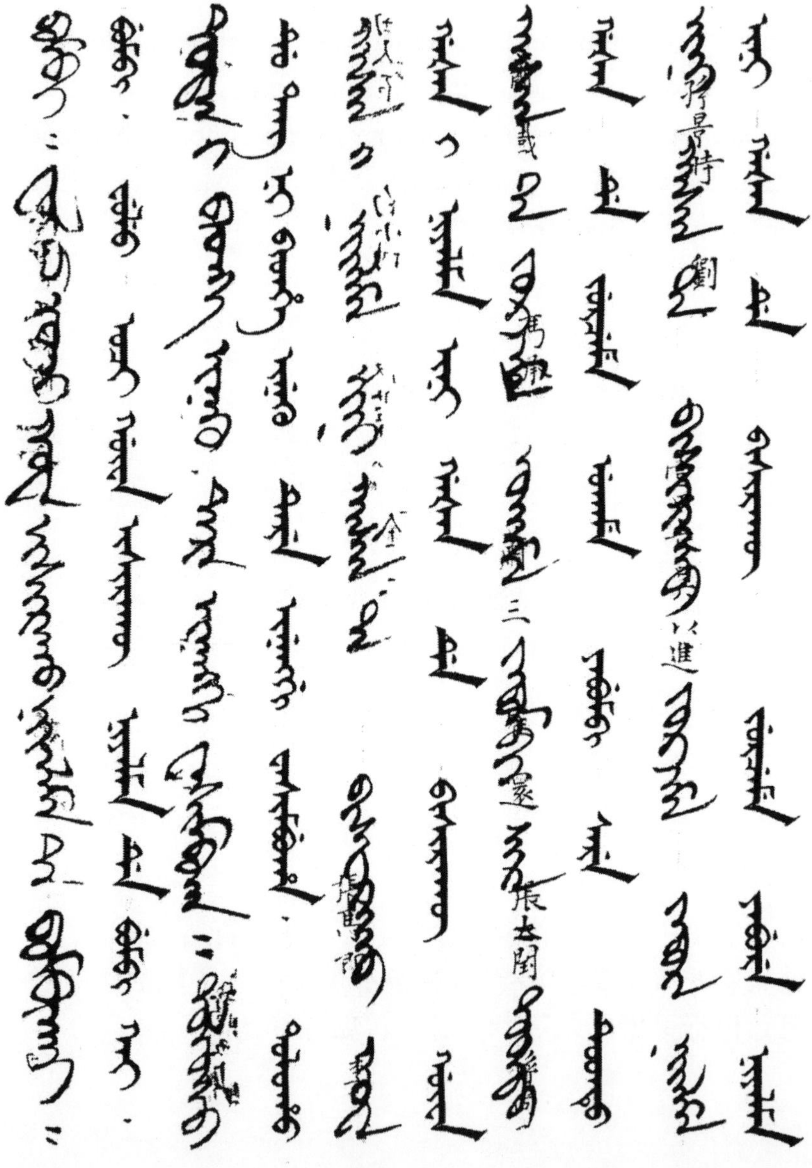

bumbi, fulu oci gūwa isirakū niyalma de bumbi kai. du tang ni bithe, ineku tere inenggi wasimbuha, toloho gašan i niyalma, ini gašan de bisirakū gūwa gašan de jurceme ukame yabumbi sere, tuttu ini gašan de bisirakū jurceme yabure niyalma

即行加給；如若有餘，則給他不足之人也。是日，都堂頒書諭曰：「據知，有已清點之屯人，不在其本屯，而違令逃往他屯等語。其違令不在其本屯之游人，

即行加给；如若有余，则给他不足之人也。是日，都堂颁书谕曰：「据知，有已清点之屯人，不在其本屯，而违令逃往他屯等语。其违令不在其本屯之游人，

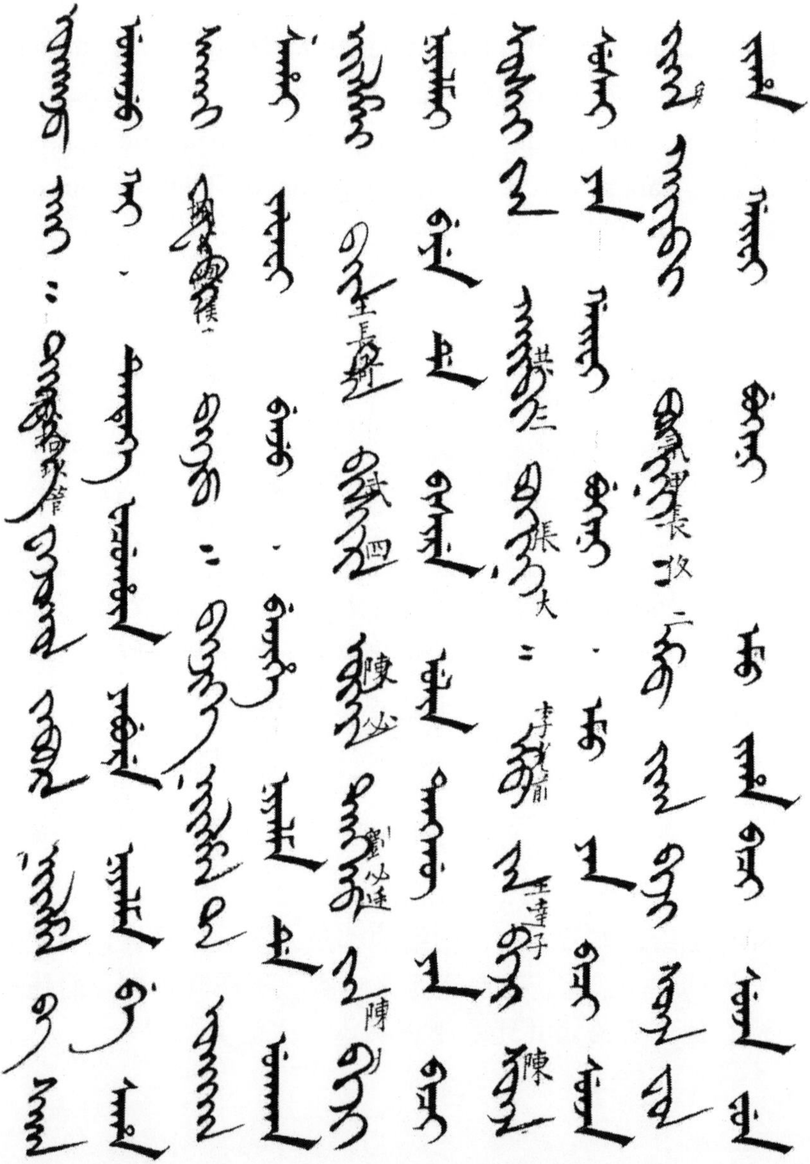

ukanju kai. tenteke facuhūn yabure niyalma be saha sahai jafafi benju. benjihe niyalma de, ukaka niyalmai beye de bisire ulin tanggū yan bici, susai yan gaifi bukini. emu yan bici, sunja jiha gaifi bukini. emu jiha bici, sunja fun

---

乃逃人也。見如此悖亂之游人，既見即捕拏送來。其送來之人，逃人身上若有錢百兩，則令取五十兩給之；若有一兩，令取五錢給之；若有一錢，

乃逃人也。见如此悖乱之游人，既见即捕拏送来。其送来之人，逃人身上若有钱百两，则令取五十两给之；若有一两，令取五钱给之；若有一钱，

（滿文原檔）

員拾揚普隊全志孜予前
陳奴力
周担子
金二
劉
李能籛
韓丁
金幃

gaifi bukini. tere ukaka niyalma be, hafan same bibuci, hafan
i beyede tuhere weile, ba i ejen bejang same bibuci, bejang
ni ini beyede tuhere weile arambi. meni meni toloho gašan i
niyalma be, gūwa gašan de ainu unggimbi. ukame geneci
ainu baicarakū. gūwa i

令取五分給之。其逃人，官員若知而留之，則定官員本人
應得之罪；地方主管百長若知而留之，則定百長其本人應
得之罪。各自清點之屯人，為何遣往他屯耶？若係逃走，
為何不查明？

令取五分給之。其逃人，官員若知而留之，則定官員本人
应得之罪；地方主管百长若知而留之，则定百长其本人应
得之罪。各自清点之屯人，为何遣往他屯耶？若系逃走，
为何不查明？

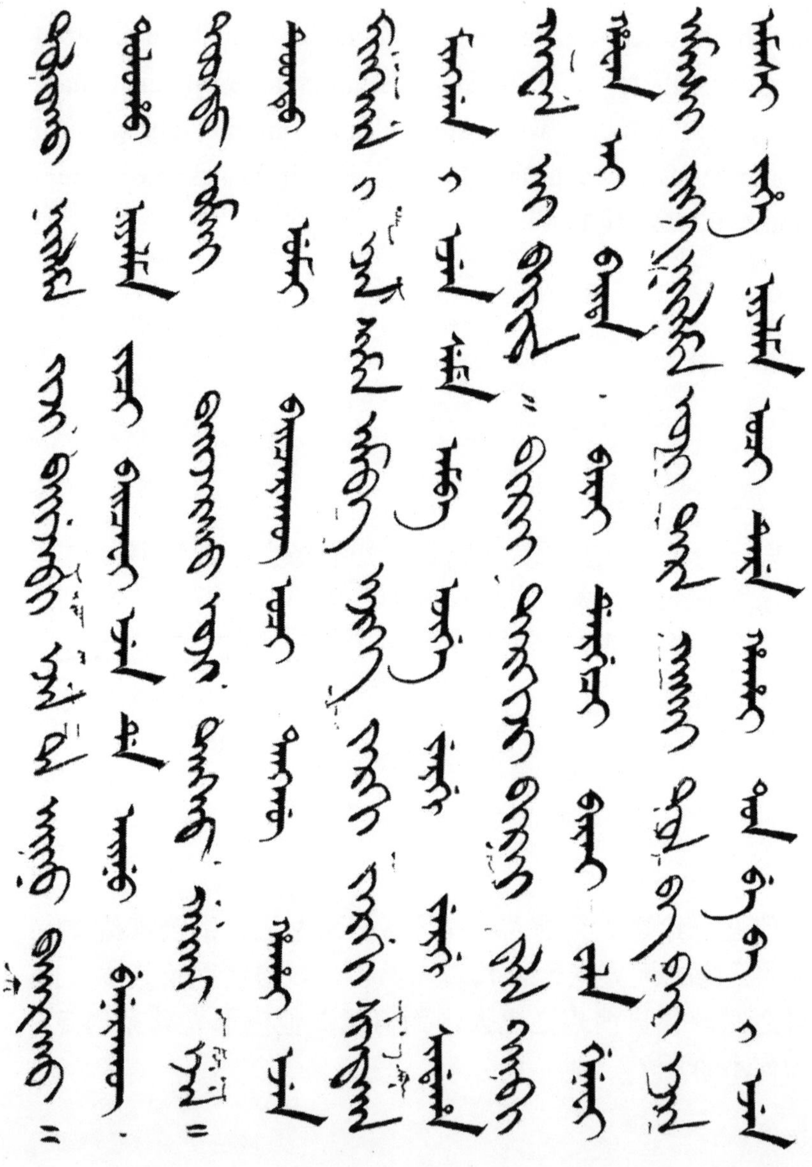

toloho niyalma jici, baicafi ejen de ainu beneraků. tuttu umai
baicaraků oci, tanggů hahai ejen, minggan i ejen seme amba
ajige jergi jergi sindaha hafan ai baita. birai dergici birai
wala genefi amasi jihe niyalma oci, tere hahai ton be ba i
ejen

若他屯清點之人前來，為何不查送其主耶？倘若不如此查
明，設百丁之主管、千丁之主管等大小各官為何用？如係
自河東前往河西返回之人，則將其丁數有男丁幾人，

若他屯清点之人前来，为何不查送其主耶？倘若不如此查
明，设百丁之主管、千丁之主管等大小各官为何用？如系
自河东前往河西返回之人，则将其丁数有男丁几人，

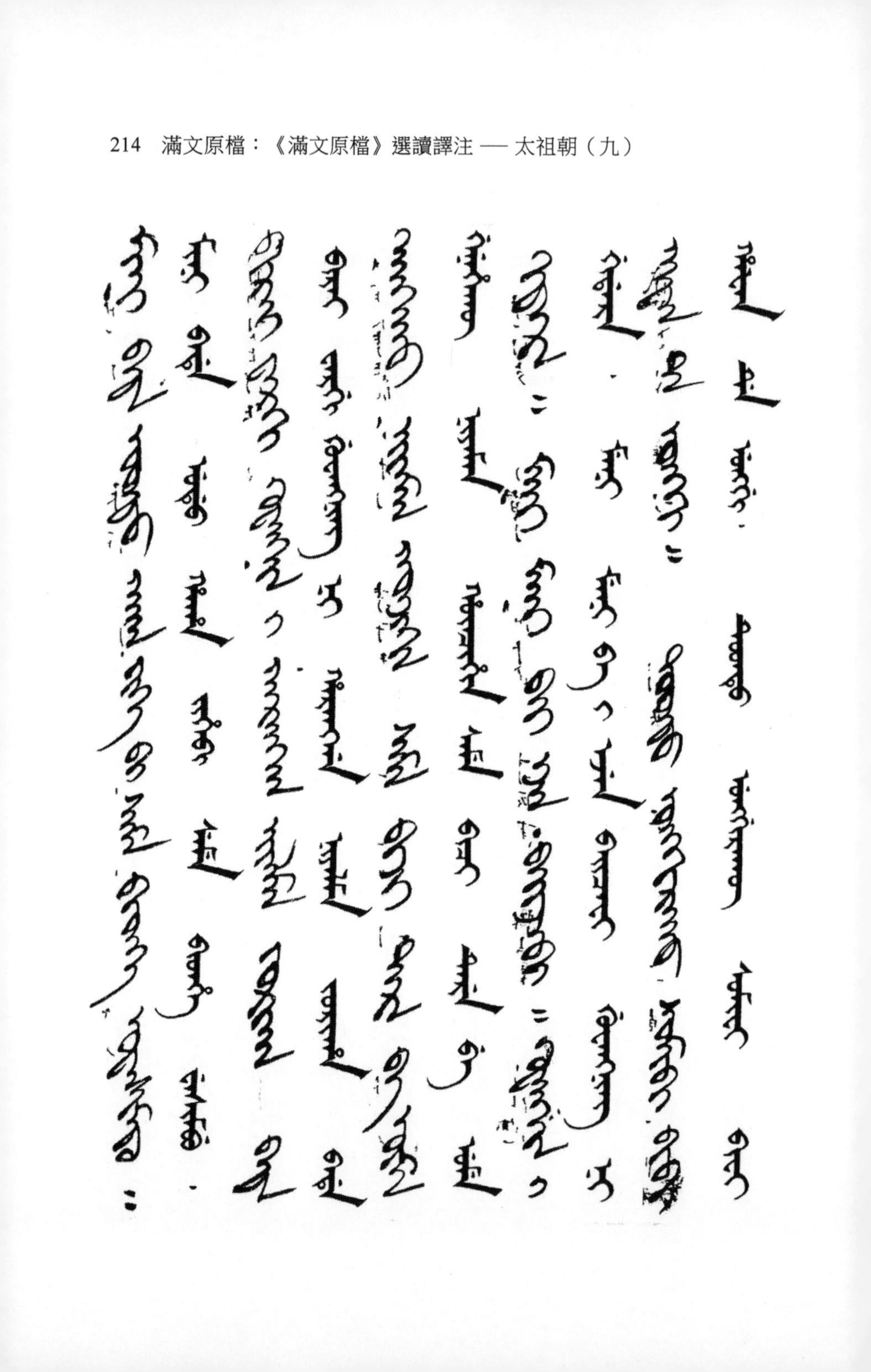

mini bade udu haha jihebi seme bithe wesimbu. birai wargi guwangning ni harangga niyalma joriha bade genehekū niyaman hūncihin same bici, tere be ume gidara, meni meni ba i ejen baicafi, guwangning ni hafan de unggi. tuttu unggirakū somifi bifi

由地方主管繕文具奏。河西廣寧所屬之人，未赴指定地方，親戚若知之，勿得隱匿，由各該地方主管查獲後，解交廣寧官員。若有隱匿不送[25]，

由地方主管缮文具奏。河西广宁所属之人，未赴指定地方，亲戚若知之，勿得隐匿，由各该地方主管查获后，解交广宁官员。若有隐匿不送，

---

[25] 若有隱匿不送，句中「若有」，《滿文原檔》寫作 "bibi"，《滿文老檔》讀作 "bifi"，俱作肯定句，訛誤，應改正作 "bici"，假設句。

十四、催徵官牛

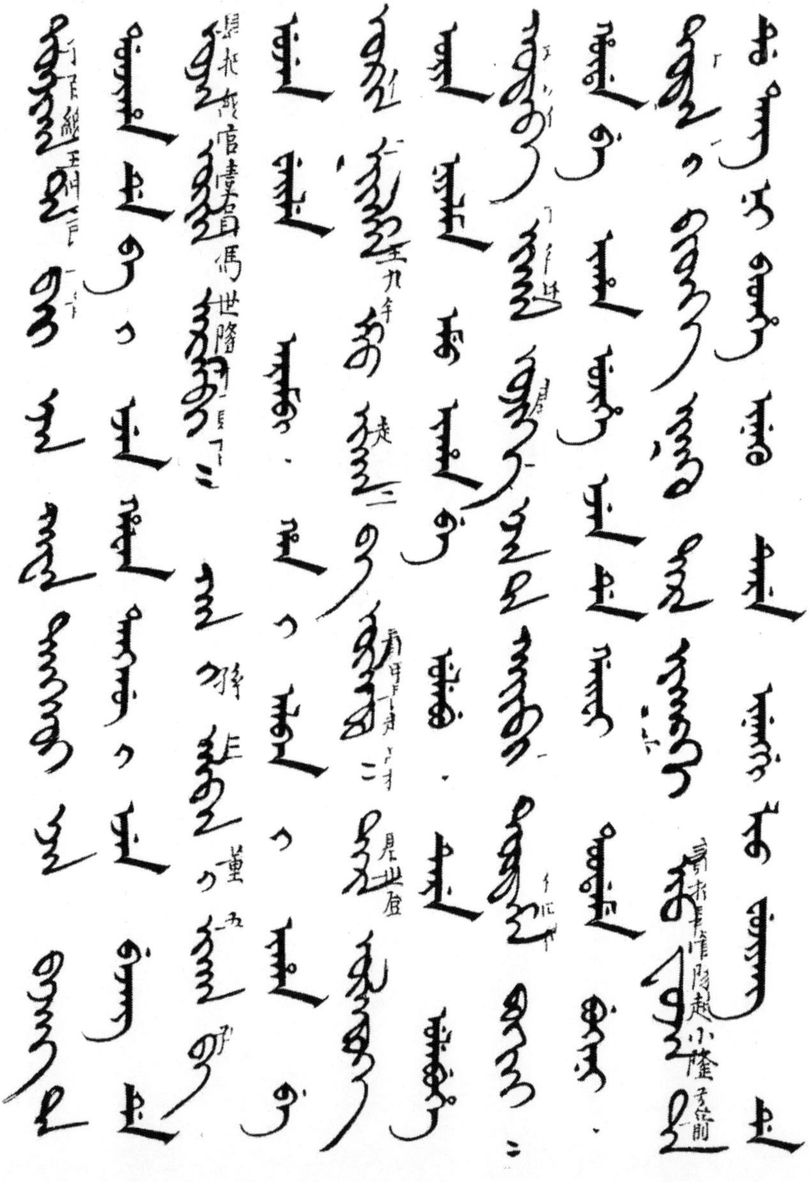

donjiha de, ba i ejen hafan, tanggū i ejen bejang de ujen
weile arambi. han i alban i ihan be orin niyalma emu ihan be
ulebu, tere ulebuhe hūda be ihan ujihe ejen de gaifi toodame
bukini. du tang ni bithe, ineku tere inenggi lio fujiyang de

而被聞知時，則將地方主管官員、百人主管百長治以重
罪。汗之官牛，令二十人飼養一頭，其飼養之價錢，由養
牛飼主償還。是日，都堂頒書諭劉副將：

而被闻知时，则将地方主管官员、百人主管百长治以重罪。
汗之官牛，令二十人饲养一头，其饲养之价钱，由养牛饲
主偿还。是日，都堂颁书谕刘副将：

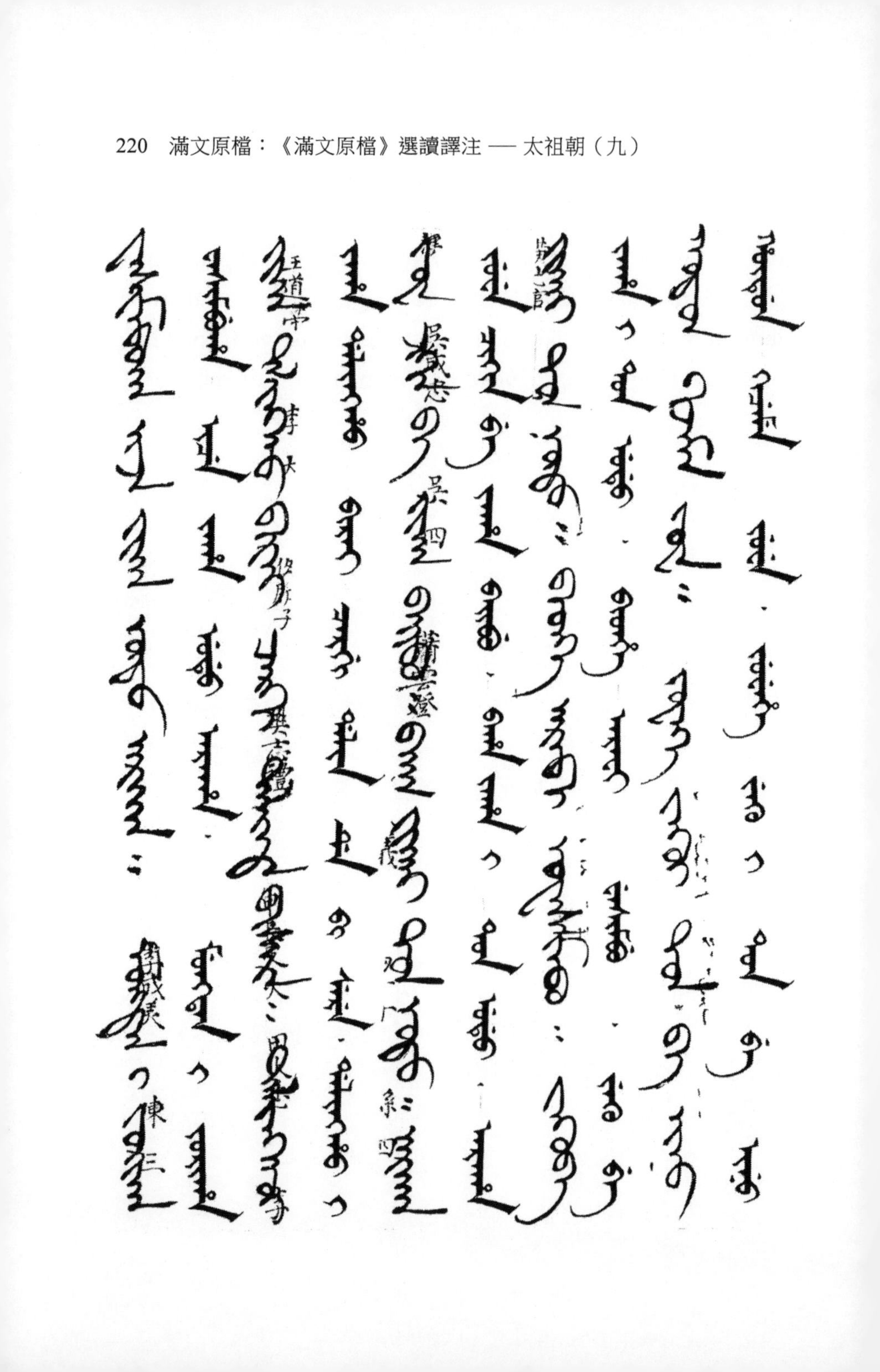

wasimbuha, ice jaha udu araha, mungtan i joriha jaha dalingho birai cargi dalin de bi sere, dalingho i juwe cikin be jaha baibu, baha jaha i ton udu, araha jaha i ton udu, bithe arafi wesimbu. jeku be hūdun kiceme juwe, juwehe jeku i ton be inu

----

「新造刀船若干？據悉孟坦所指刀船在大凌河彼岸，著派人沿大凌河兩岸尋覓刀船。將所獲刀船之數若干，所造刀船之數若干，繕文具奏。務須速行勤運糧穀，並將所運糧穀數目

「新造刀船若干？据悉孟坦所指刀船在大凌河彼岸，着派人沿大凌河两岸寻觅刀船。将所获刀船之数若干，所造刀船之数若干，缮文具奏。务须速行勤运粮谷，并将所运粮谷数目

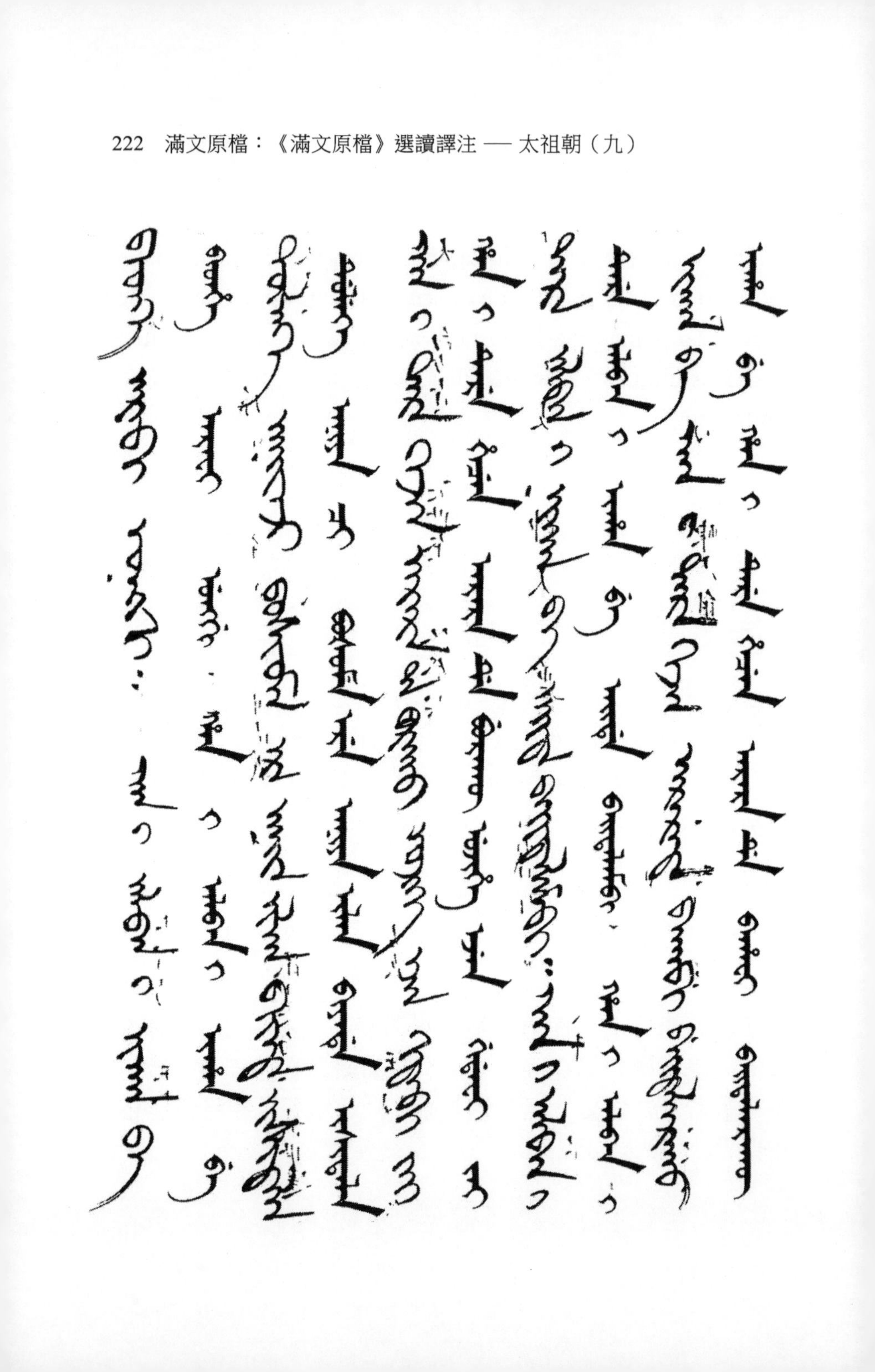

bithe arafi unggi. han i alban i ihan be, duleke aniya ci bošome ere aniya ilan biyade isitala han i tere hecen arara de burakū, ujihe ejen gidafi jai tere alban i ihan be aide baitalambi. han i alban i ihan be han i tere hecen arara de bahafi baitalarakū

亦繕文呈送。汗之官牛，自去年催至今年三月，不供給修築汗所居之城，飼主隱匿，其官牛又作何用？汗之官牛，若未得用於修築汗所居之城，

亦缮文呈送。汗之官牛，自去年催至今年三月，不供给修筑汗所居之城，饲主隐匿，其官牛又作何用？汗之官牛，若未得用于修筑汗所居之城，

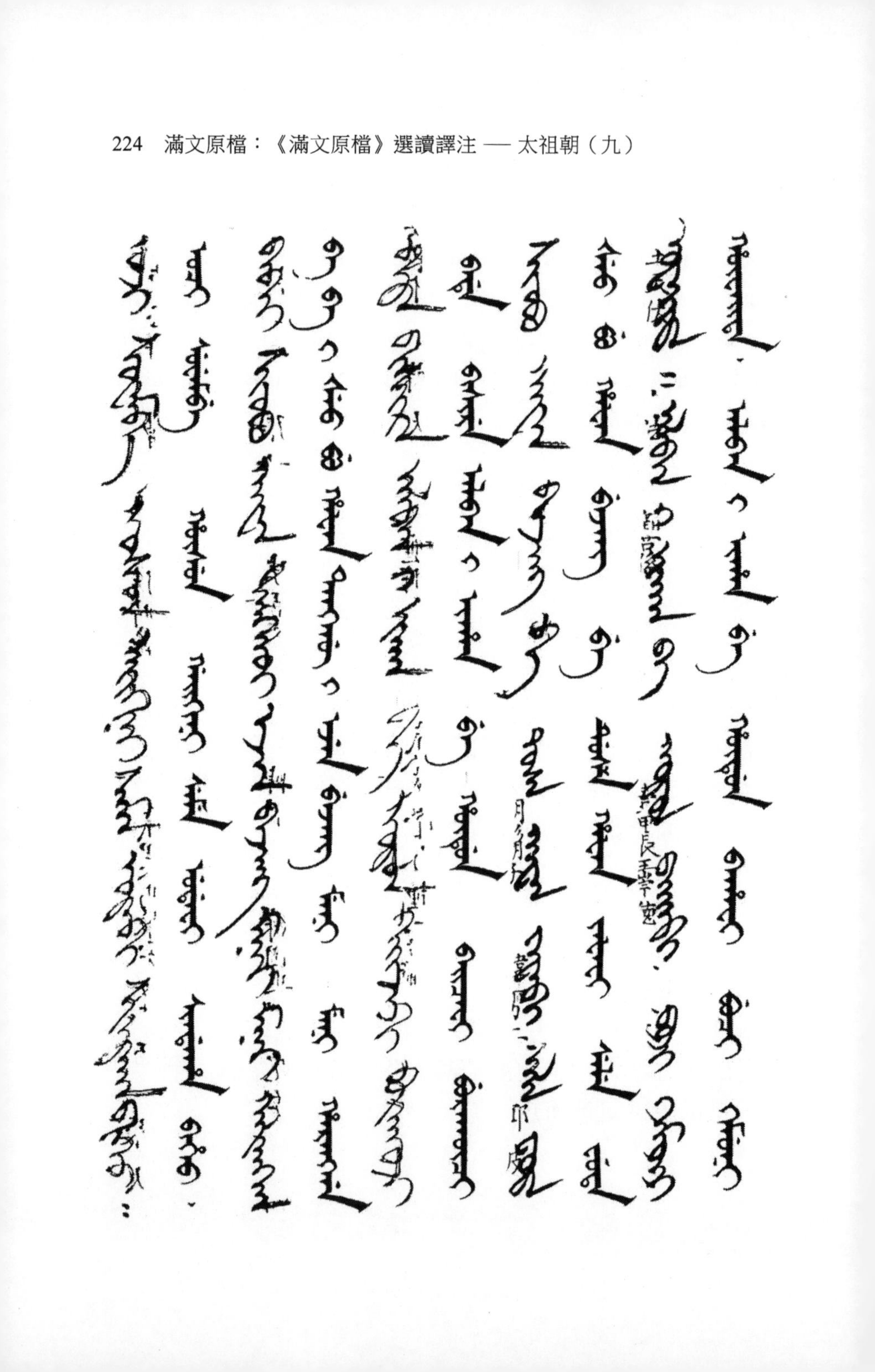

oci, suwembe hūsun gaikini seme udafi sindaha biheo. ba ba
i šeo pu hafan, tanggū i ejen bejang meni meni harangga
bade bisire alban i ihan be hūdun baicafi burakūci, šeo pu
hafan, bejang be dusy hafan jafafi sele futa hūwaita. alban i
ihan be hūdun bahafi buci, kemuni

則購之供爾等自用乎？各處守堡官、百人主管百長，若不
將所屬地方之官牛速行查給，則令都司官擒拏守堡官、百
長，縛以鐵鏈。若得速行查給官牛，

則购之供尔等自用乎？各处守堡官、百人主管百长，若不
将所属地方之官牛速行查给，则令都司官擒拏守堡官、百
长，缚以铁链。若得速行查给官牛，

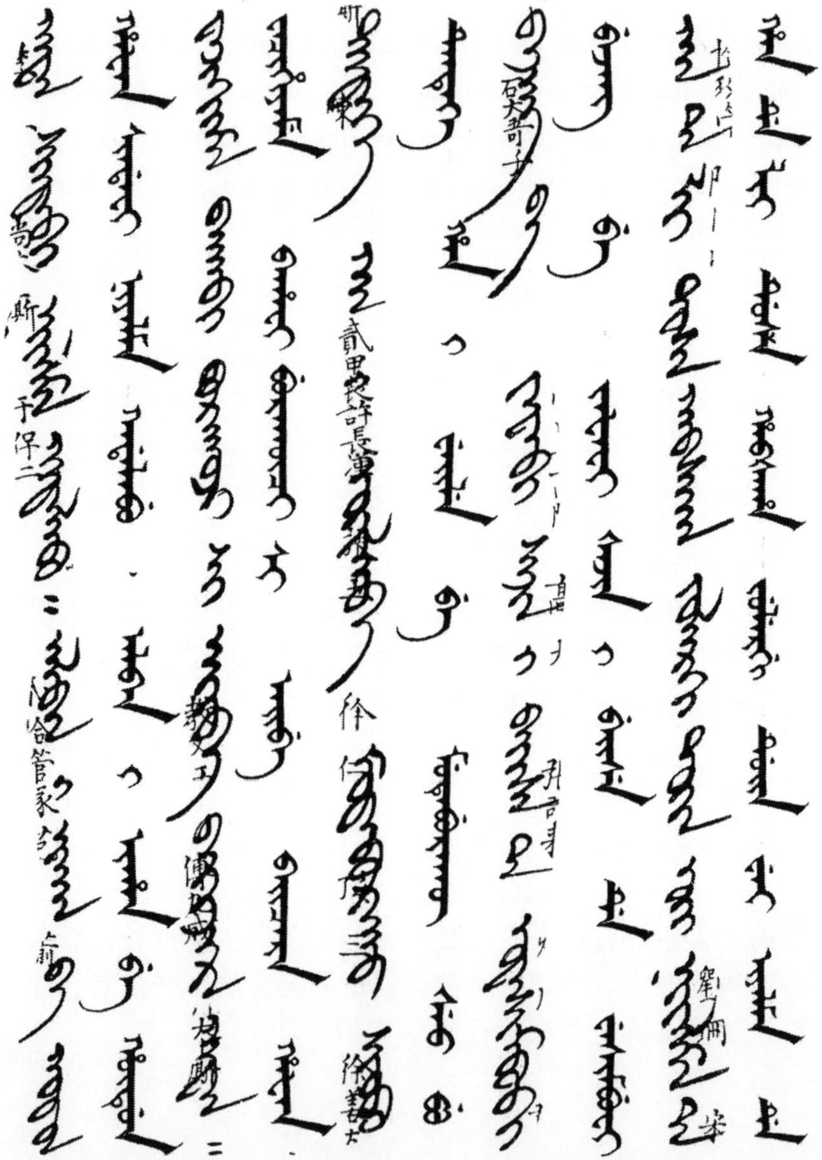

hafan sindafi niyalma kadalabu. alban i ihan be hūdun wacihiyame bahafi burakūci, si aibe baicara hafan. tenteke han i weile be muteburakū šeo pu, bejang be jafafi šajin i beise de wesimbufi han de lii dusy habšaha, julergi duin wei niyalma de

---

則仍委以官，令其管人。若不將官牛速行查畢送給，則爾為何為訪察官？如此不能勝任汗事之守堡、百長，則捕拏奏聞執法諸貝勒。據聞，經李都司告知於汗，

則仍委以官，令其管人。若不將官牛速行查畢送給，則爾為何為訪察官？如此不能勝任汗事之守堡、百長，則捕拏奏聞執法諸貝勒。據聞，經李都司告知於汗，

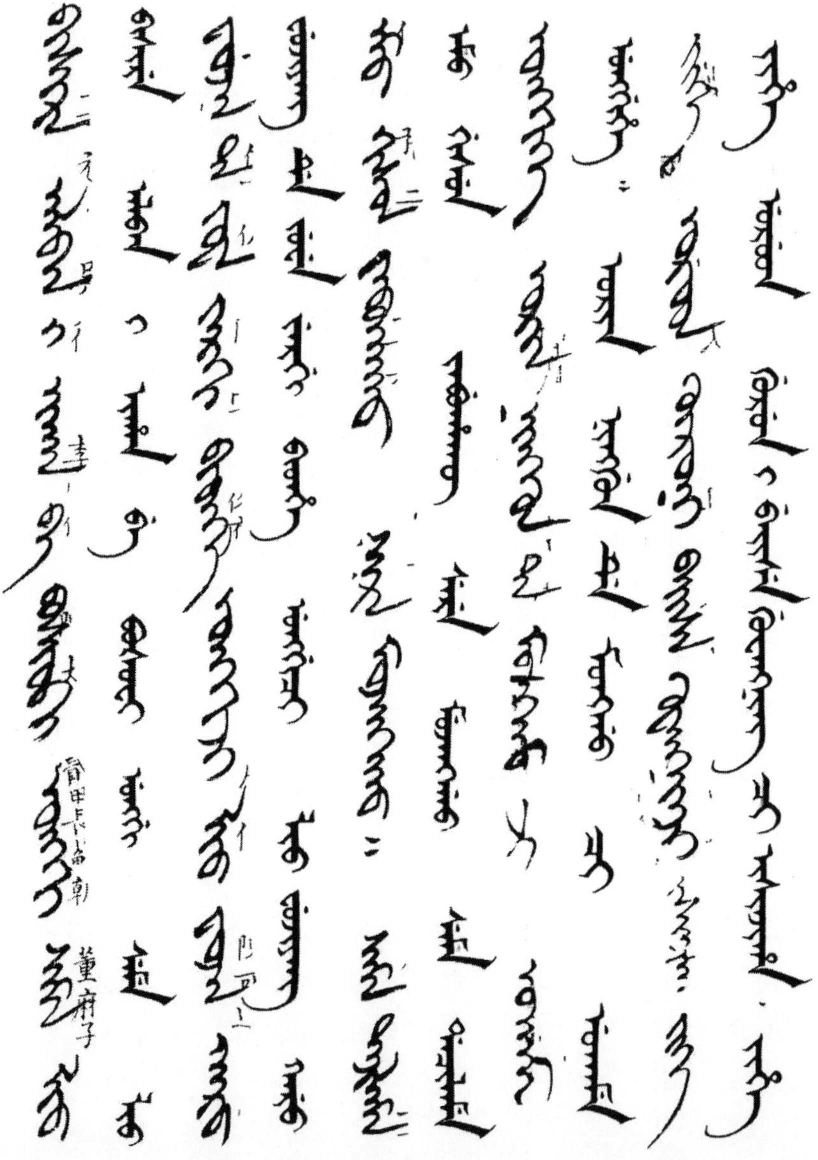

bisire alban i ihan be bošofi unggi seme, lio fujiyang de juwe
jergi bithe unggici lio fujiyang karu emu gisun jabuhakū sere
mujanggao seme dacilame unggihe. orin ninggun de monggo
ci ukame jihe urut gurun i beise guwangning ci isinjiha. jihe

---

著令催送南四衛人所有官牛前來。然劉副將未有一言回
復[26]，故此移咨探詢是否屬實？」二十六日，自蒙古逃來
之兀魯特部諸貝勒經由廣寧到來。

着令催送南四卫人所有官牛前来。然刘副将未有一言回
复，故此移咨探询是否属实？」二十六日，自蒙古逃来之
兀鲁特部诸贝勒经由广宁到来。

---

[26] 回復，《滿文原檔》寫作 "karo"，《滿文老檔》讀作 "karu"。按滿
文 "karu"，係蒙文"qariɣu"借詞，意即「答覆、報答、報應」。

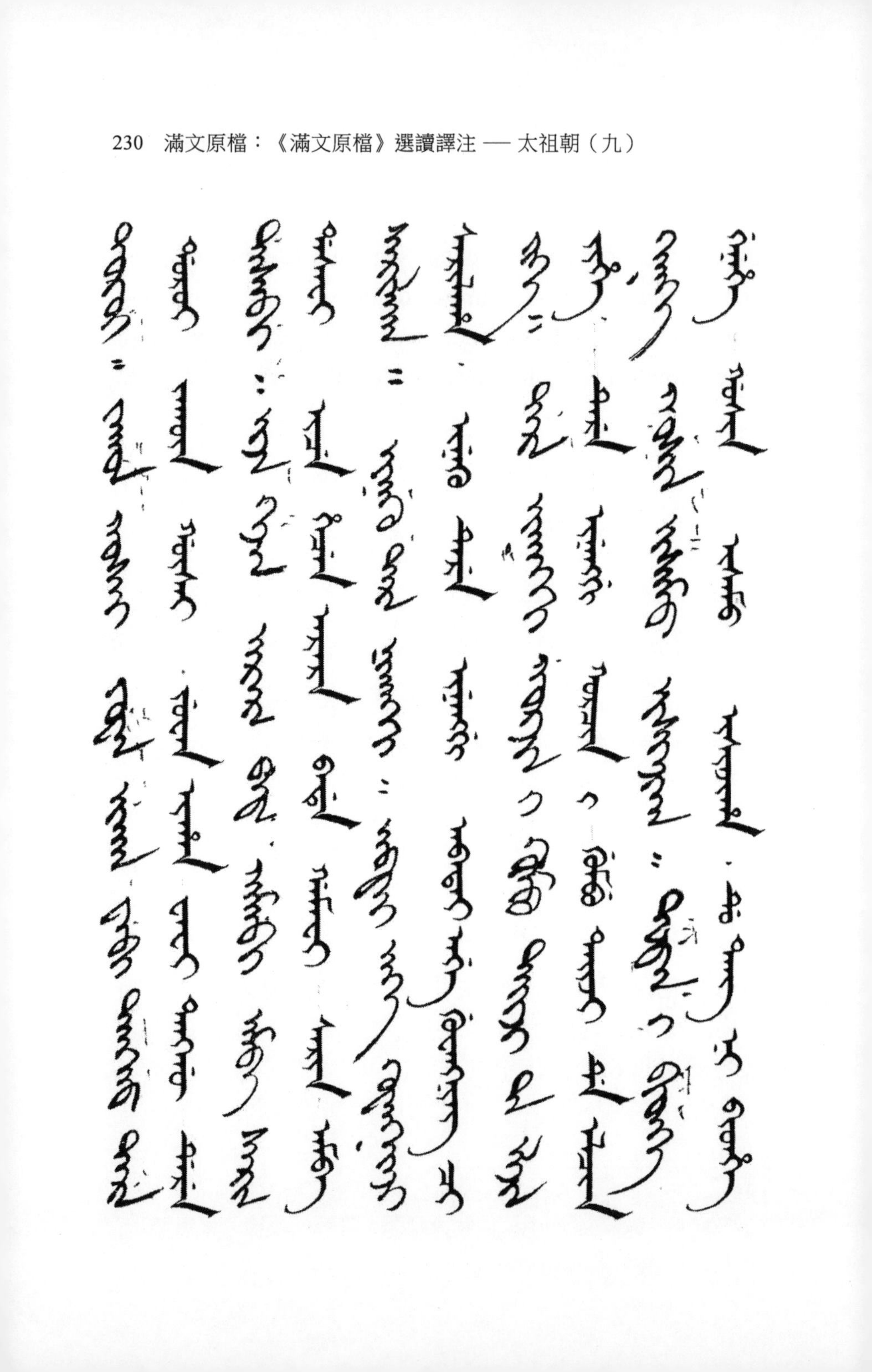

doroi jakūn gūsai juwan ihan wafi, tanggū dere dasafi, ice hecen arara bade gamafi amba sarin sarilaha. ineku tere inenggi, abatai age guwangning ci jihe. tere inenggi, korcin i gumbu taiji de elcin genehe gosin, isamu isinjiha. du tang ni bithe

---

遂以來投之禮，由八旗宰牛十頭，設筵百席，帶至所築新城地方大宴之。是日，阿巴泰阿哥自廣寧前來。是日，遣往科爾沁古木布台吉處之使者郭忻、伊薩穆歸來。

遂以来投之礼，由八旗宰牛十头，设筵百席，带至所筑新城地方大宴之。是日，阿巴泰阿哥自广宁前来。是日，遣往科尔沁古木布台吉处之使者郭忻、伊萨穆归来。

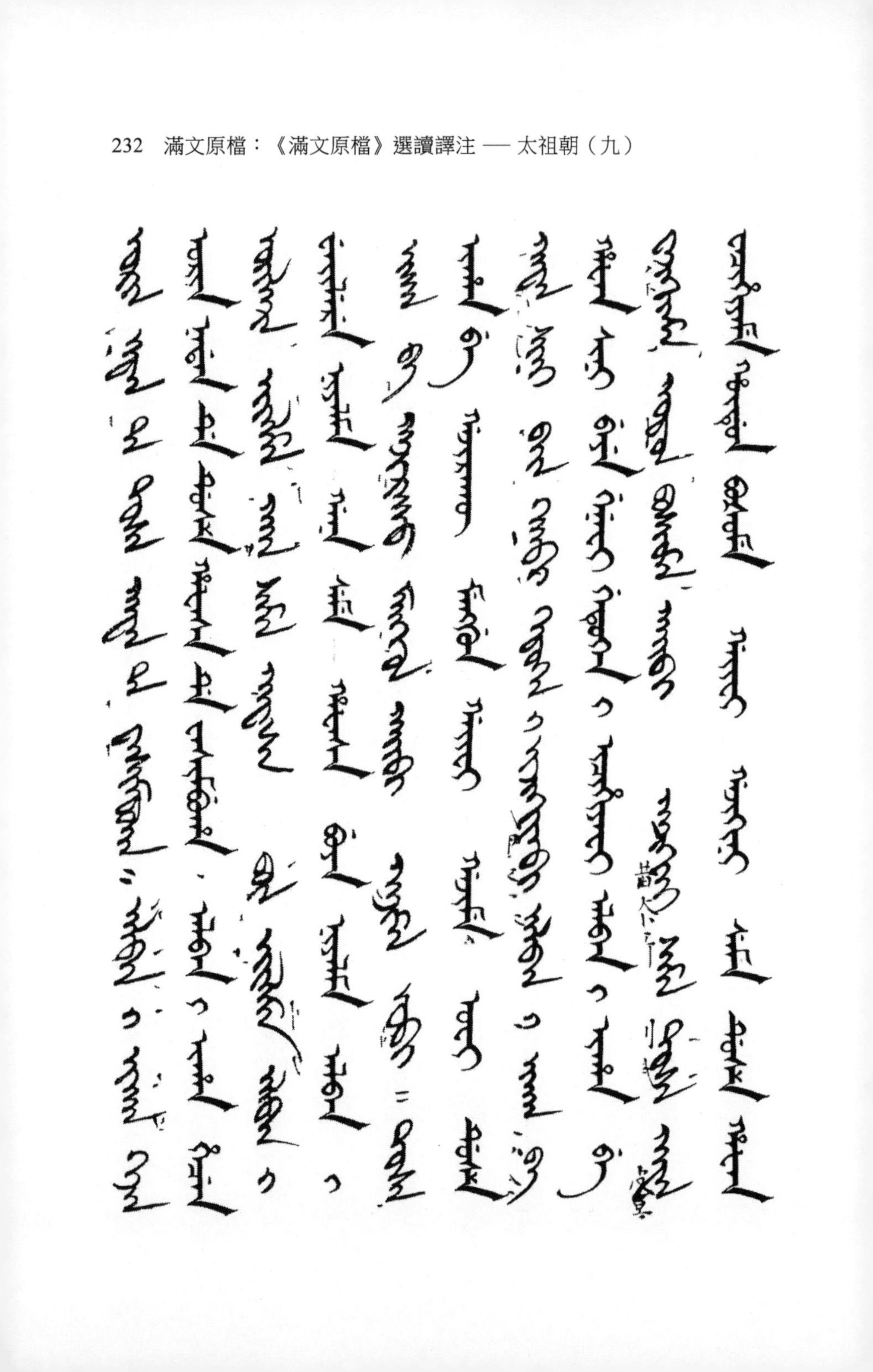

orin nadan de dusy hafasa de wasimbuha, alban i ihan hecen weilere niyalma gana seme, hafasa, buya niyalma alban i ihan be gajirakū menggun gaifi gajime ofi dusy hafan sini beye genefi getuken i icihiyafi, alban i ihan be wacihiyame hūdun bošome gaifi gajikini seme, dusy hafan

二十七日，都堂頒書諭都司官員：「遣往催徵官牛及築城人眾之官員等，因未徵官牛及小人僅徵銀兩帶回，故遣爾都司官親自前往，明白辦理，速將官牛盡數催徵攜來。」

二十七日，都堂颁书谕都司官员：「遣往催征官牛及筑城人众之官员等，因未征官牛及小人仅征银两带回，故遣尔都司官亲自前往，明白办理，速将官牛尽数催征携来。」

十五、滿蒙聯姻

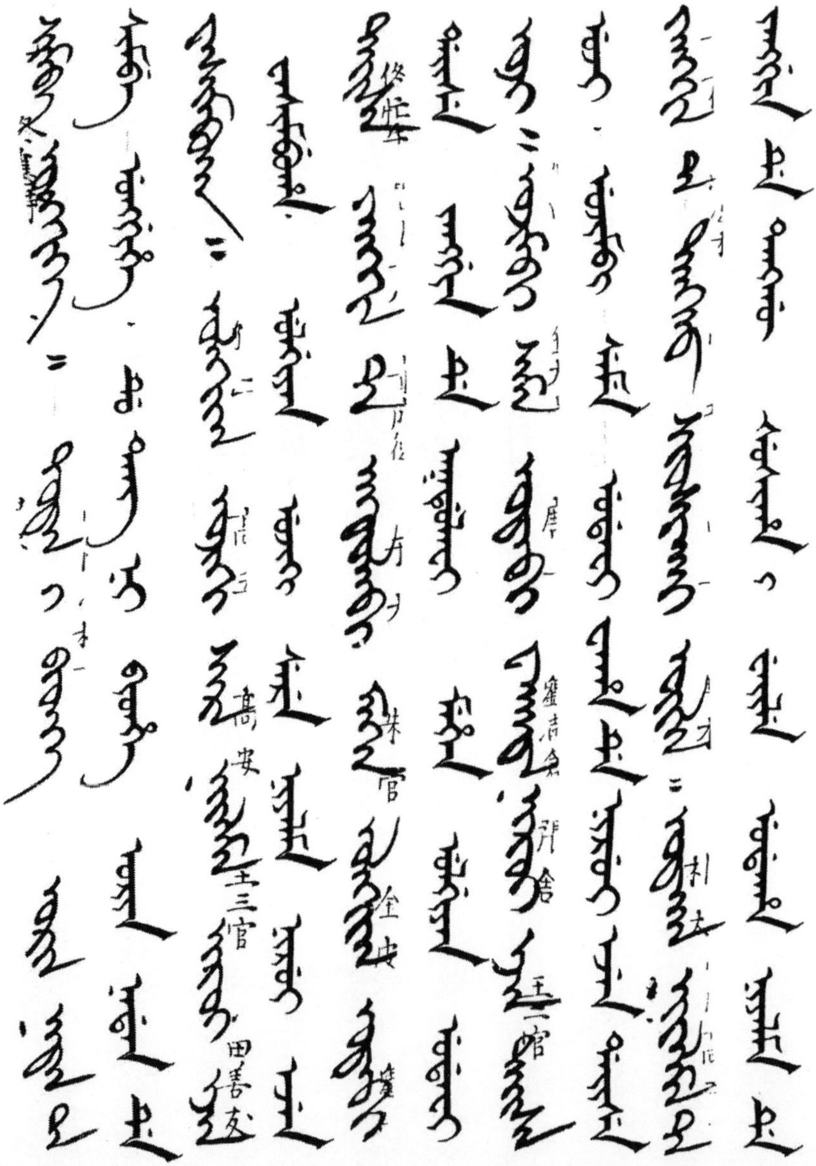

simbe unggihe. du tang ni bithe, orin nadan de wasimbuha, ulgiyan ujiki sere niyalma, nirui ejen, daise janggin de akdulafi, mehen ulgiyan udafi uji. ujimbi seme udafi waha de, nirui ejen, daise janggin de tanggū šusiha i weile, udaha niyalma de

諭畢遂遣爾都司官。二十七日，都堂頒書諭曰：「有欲養豬之人，可向牛彔額真、代理章京出具甘結，購買母豬餵養。若以餵養為名購買殺之，即治該牛彔額真、代子章京一百鞭之罪；購買之人，

谕毕遂遣尔都司官。二十七日，都堂颁书谕曰：「有欲养猪之人，可向牛彔额真、代理章京出具甘结，购买母猪喂养。若以喂养为名购买杀之，即治该牛彔额真、代子章京一百鞭之罪；购买之人，

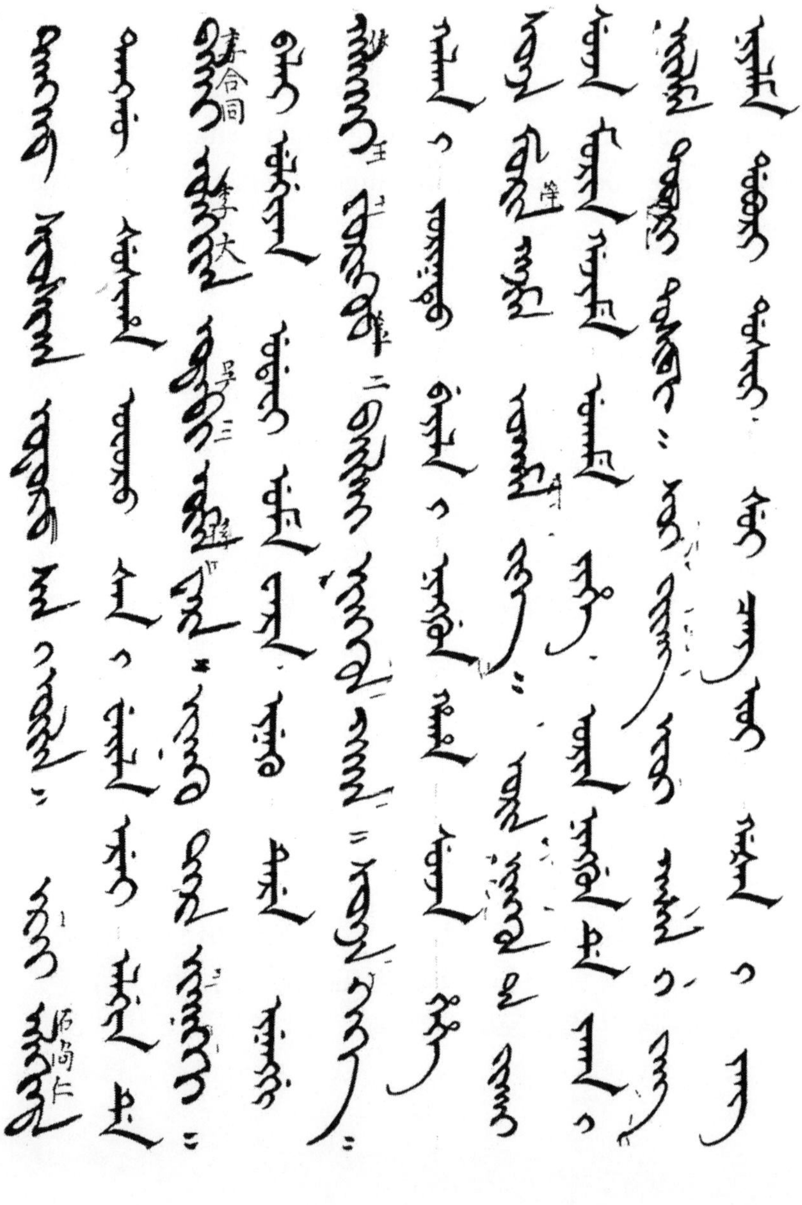

tanggū šusiha oforo, šan i weile, erei algin de balai ulgiyan udafi ume wara. ineku tere inenggi, kalka i joriktu beile i ninggun haha, sunja hehe, sunja morin gajime ukame jihe. orin ninggun de, jaka i niyalma dobori dosifi, šui cang ioi gašan i jang

亦治以一百鞭、刑耳、鼻之罪。為此聲名，不得胡亂買豬而妄加宰殺也。」是日，喀爾喀卓里克圖貝勒之男丁六人、婦女五人，攜馬五匹逃來。二十六日，札喀之人乘夜進入，綁縛水長峪屯

亦治以一百鞭、刑耳、鼻之罪。为此声名，不得胡乱买猪而妄加宰杀也。」是日，喀尔喀卓里克图贝勒之男丁六人、妇女五人，携马五匹逃来。二十六日，札喀之人乘夜进入，绑缚水长峪屯

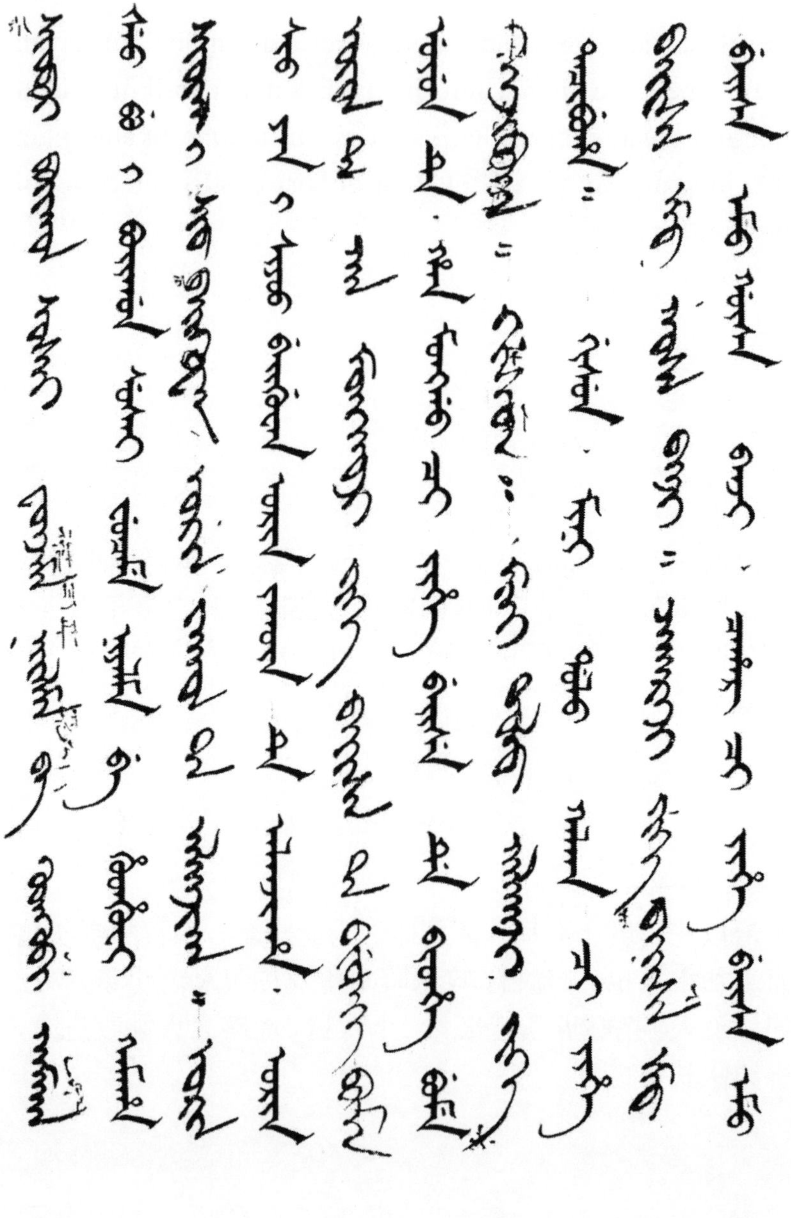

šeo pu boigon susai funceme niyalma be huthufi gamaha, sio yan i siyoo beiguwan orin jakūn de alanjiha. orin uyun de, han monggo ci jihe beise de bithe bume tacibuha gisun, mini dolo kalka ci jihe beise emu gūsa banji, cahar ci jihe beise emu

---

張守堡戶口五十餘人，攜之而去，岫岩蕭備禦官於二十八日來告。二十九日，汗頒書訓諭自蒙古前來之諸貝勒曰：「我想，自喀爾喀前來之諸貝勒編為一旗，自察哈爾前來之諸貝勒

张守堡户口五十余人，携之而去，岫岩萧备御官于二十八日来告。二十九日，汗颁书训谕自蒙古前来之诸贝勒曰：「我想，自喀尔喀前来之诸贝勒编为一旗，自察哈尔前来之诸贝勒

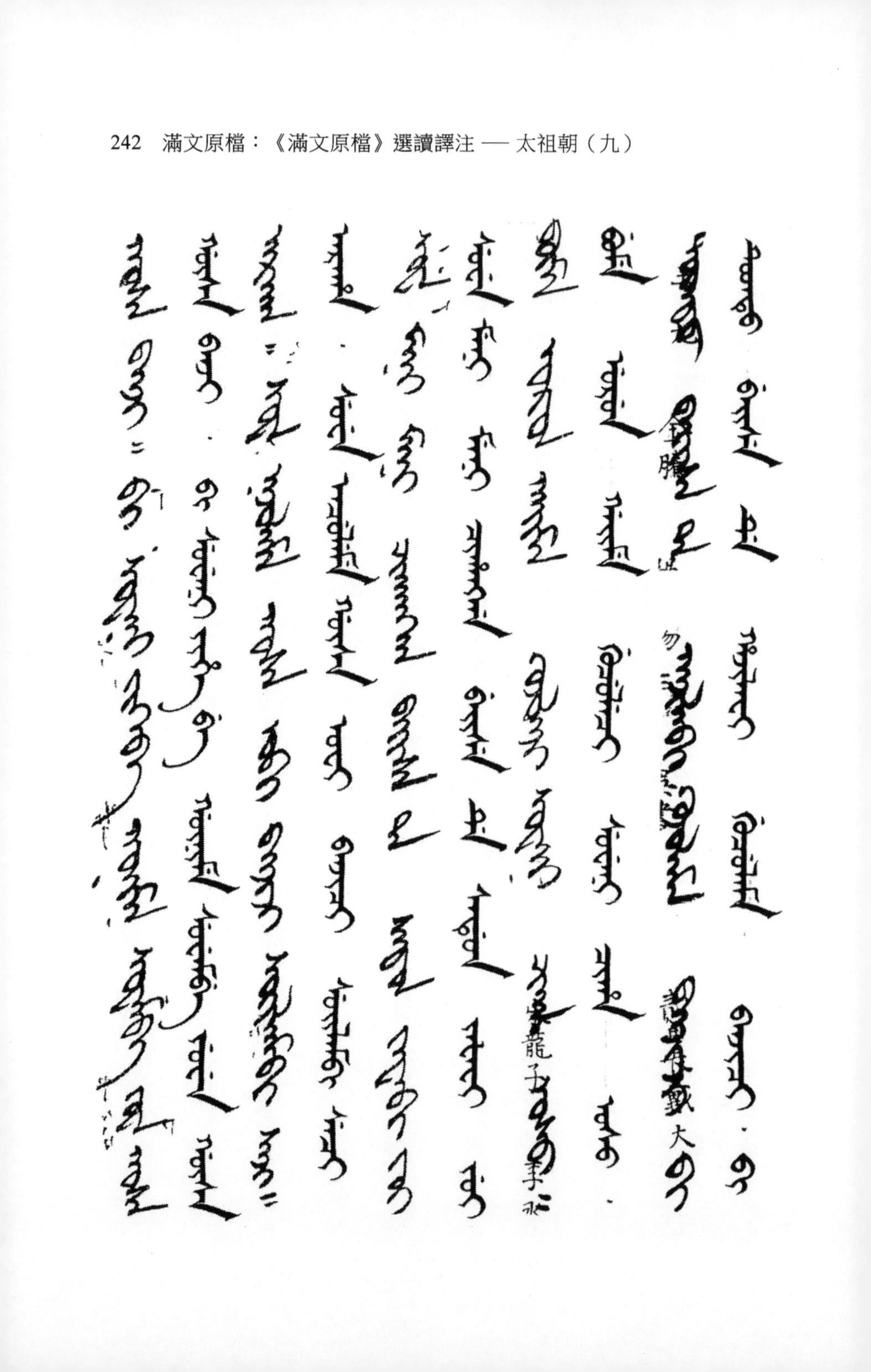

gūsa banji. bi suweni jihe be gūnime suwembe juwe gūsa
araha, suwe enculeme gūsa ofi banjici suilambi seci, suwe
meni meni cihangga beise de sadun jafafi jui bume urun
gaime guculeci, suweni ciha oso. tuttu beise de hajilafi
guculeme banjici, bi

編為一旗。我念爾等前來，將爾等編為二旗。爾等若謂因
不同旗度日辛苦，爾等各自願與諸貝勒聯結姻親[27]，嫁女
娶媳，則聽爾便。若與諸貝勒結親相好度日，

編为一旗。我念尔等前来，将尔等编为二旗。尔等若谓因
不同旗度日辛苦，尔等各自愿与诸贝勒联结姻亲，嫁女娶
媳，则听尔便。若与诸贝勒结亲相好度日，

---

[27] 姻親，《滿文原檔》寫作 "saton"，《滿文老檔》讀作 "sadun"。又，
蒙文讀作"sadun"，韓文讀作"sadon"，滿蒙韓文俱為同源語，意即
「親戚、親家、姻親」。

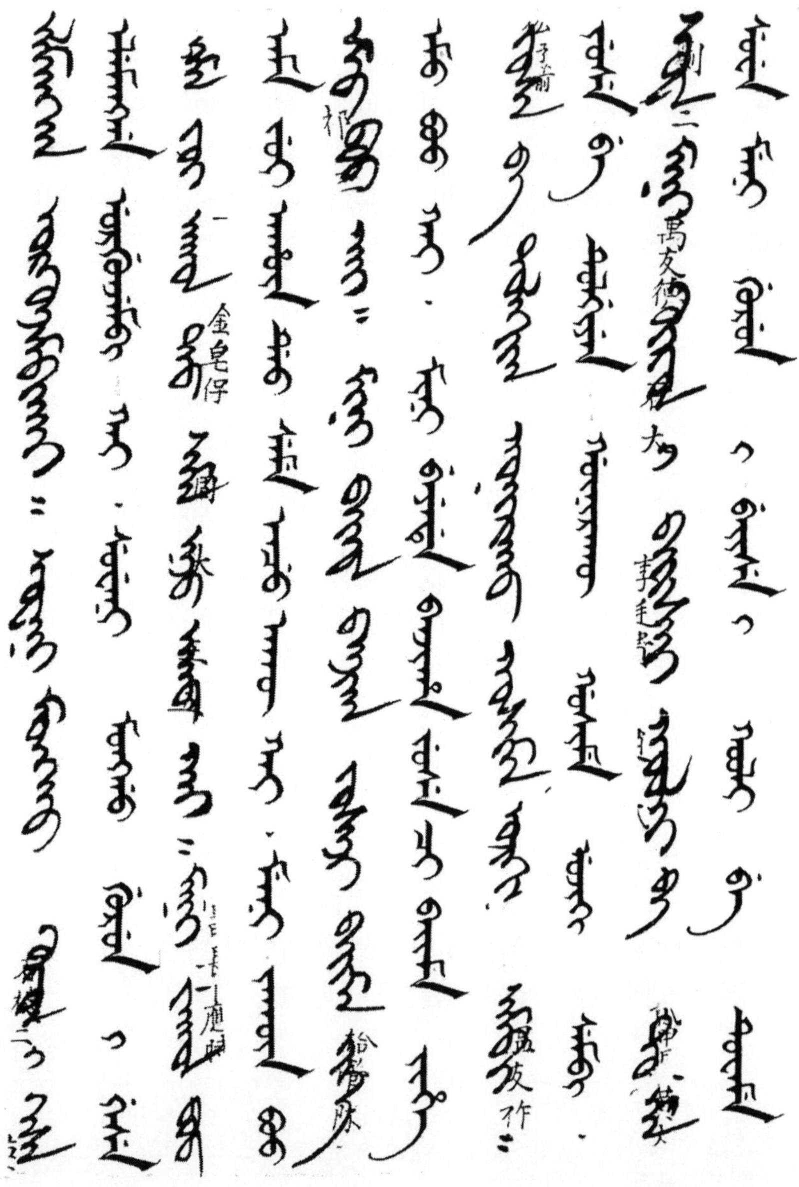
劉二
馬友德
金皂保

elemangga urgunjembi kai. suweni monggo gurun i gese ama jui, ahūn deo seme encu akū kai. meni jakūn boo emu boo kai, mini beyede banjiha juse ci, baime jihe juse be, tulgiyen gūnirakū gosime ujiki sembi. suwe meni gurun i beise i kooli be tuwame

---

則我益加欣悅也。一如爾等蒙古國之父子、兄弟而無異也。我八家乃一家也，我親生之諸子，與貝勒等攜至之諸子，一視同仁，同加恩養。爾等須視我國諸貝勒之例度日，

則我益加欣悦也。一如尔等蒙古国之父子、兄弟而无异也。我八家乃一家也，我亲生之诸子，与贝勒等携至之诸子，一视同仁，同加恩养。尔等须视我国诸贝勒之例度日，

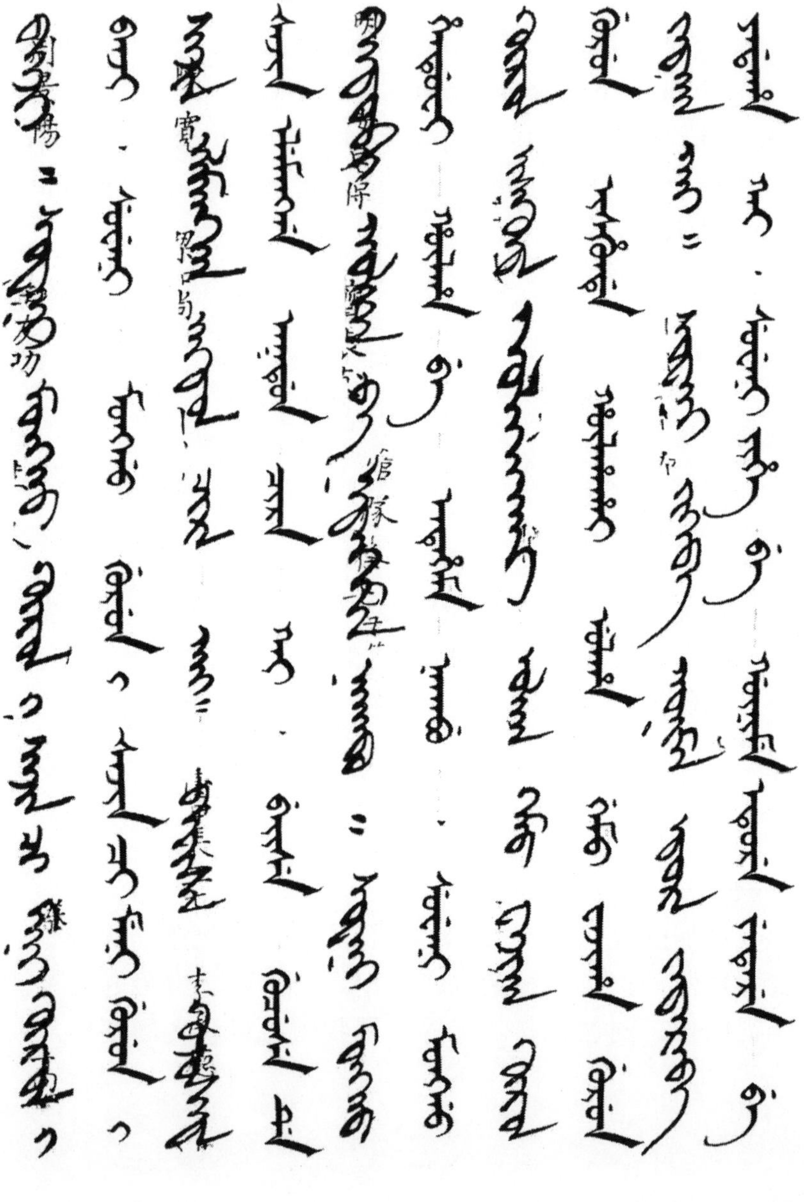

banji, suweni monggo gurun i šajin ci, meni gurun i šajin elemangga akdun cira kai. beise gucuse de hendufi, hūlha be enteheme nakabu. suweni monggo gurun ishunde hūlhahai ulha gemu wajiha, gurun yadaha kai. suweni jihe be gūnime eture jetere be

---

我國之法度較爾等蒙古國之法度，更加嚴明也。諸貝勒務曉諭衆友，永禁盜賊。爾等蒙古國彼此竊盜，以致牲畜皆盡，國人貧困也。茲念爾等前來，將恩賜衣食也。

我国之法度较尔等蒙古国之法度，更加严明也。诸贝勒务晓谕众友，永禁盗贼。尔等蒙古国彼此窃盗，以致牲畜皆尽，国人贫困也。兹念尔等前来，将恩赐衣食也。

十六、天示異兆

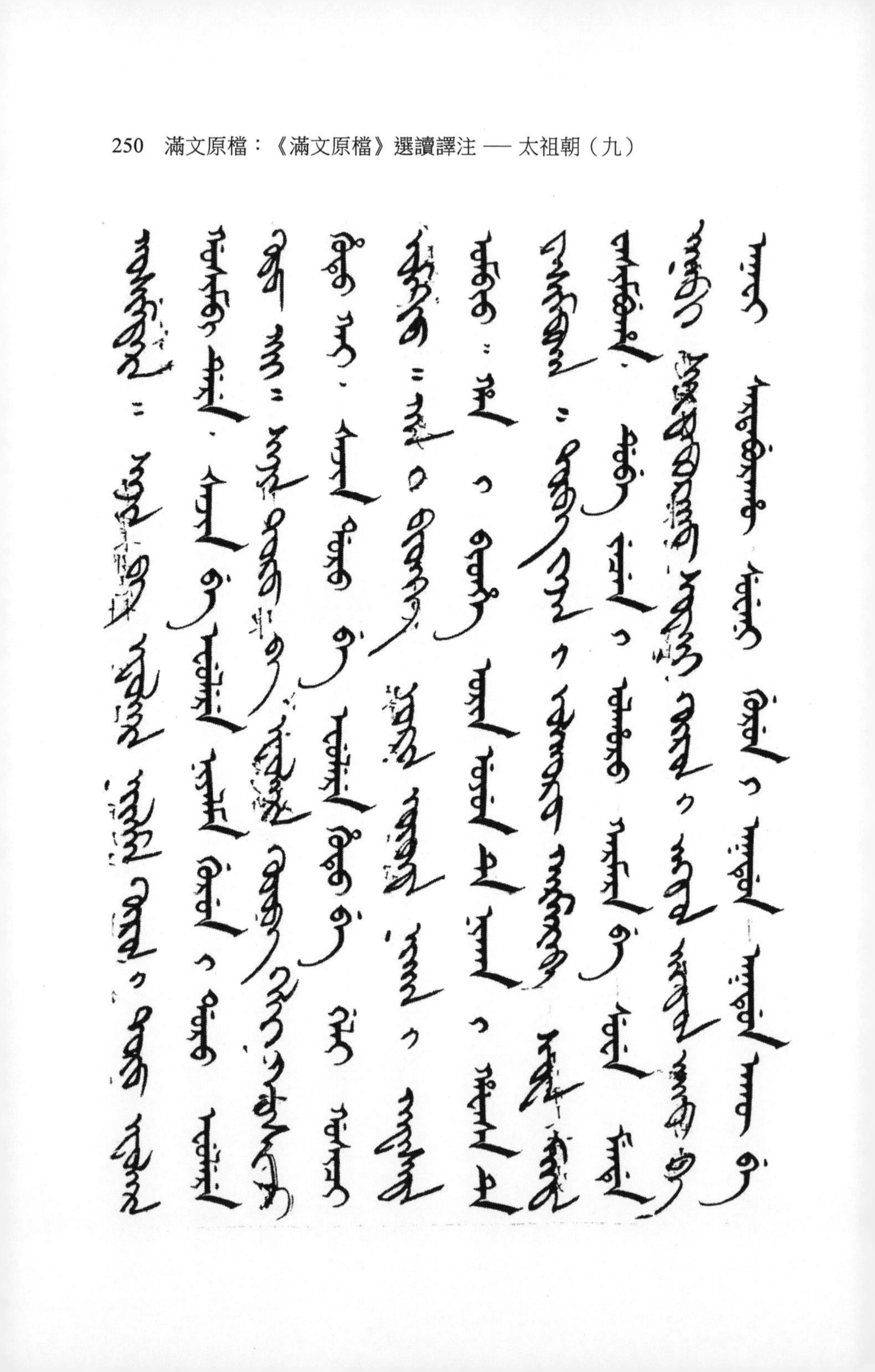

gosimbi dere. šajin be efulere niyalma, gurun i doro efulere
hutu kai. šajin doro be efulere hutu be geli gosici ombio. han
i bithe, orin uyun de nikan i hafasa de wasimbuha, dube
jecen i olhoro karmara be suwe mende anafi sartaburahū.
suweni gurun i akdun, akdun akū be

毀法之人，乃毀國道之鬼也。如此毀法毀道之鬼，又可憐
之乎？」二十九日，汗頒書諭衆漢官曰：「邊境防衞之事，
爾等推諉於我，恐將誤事。爾等國人之可信，或不可信，

毀法之人，乃毀国道之鬼也。如此毀法毀道之鬼，又可怜
之乎？」二十九日，汗颁书谕众汉官曰：「边境防卫之事，
尔等推诿于我，恐将误事。尔等国人之可信，或不可信，

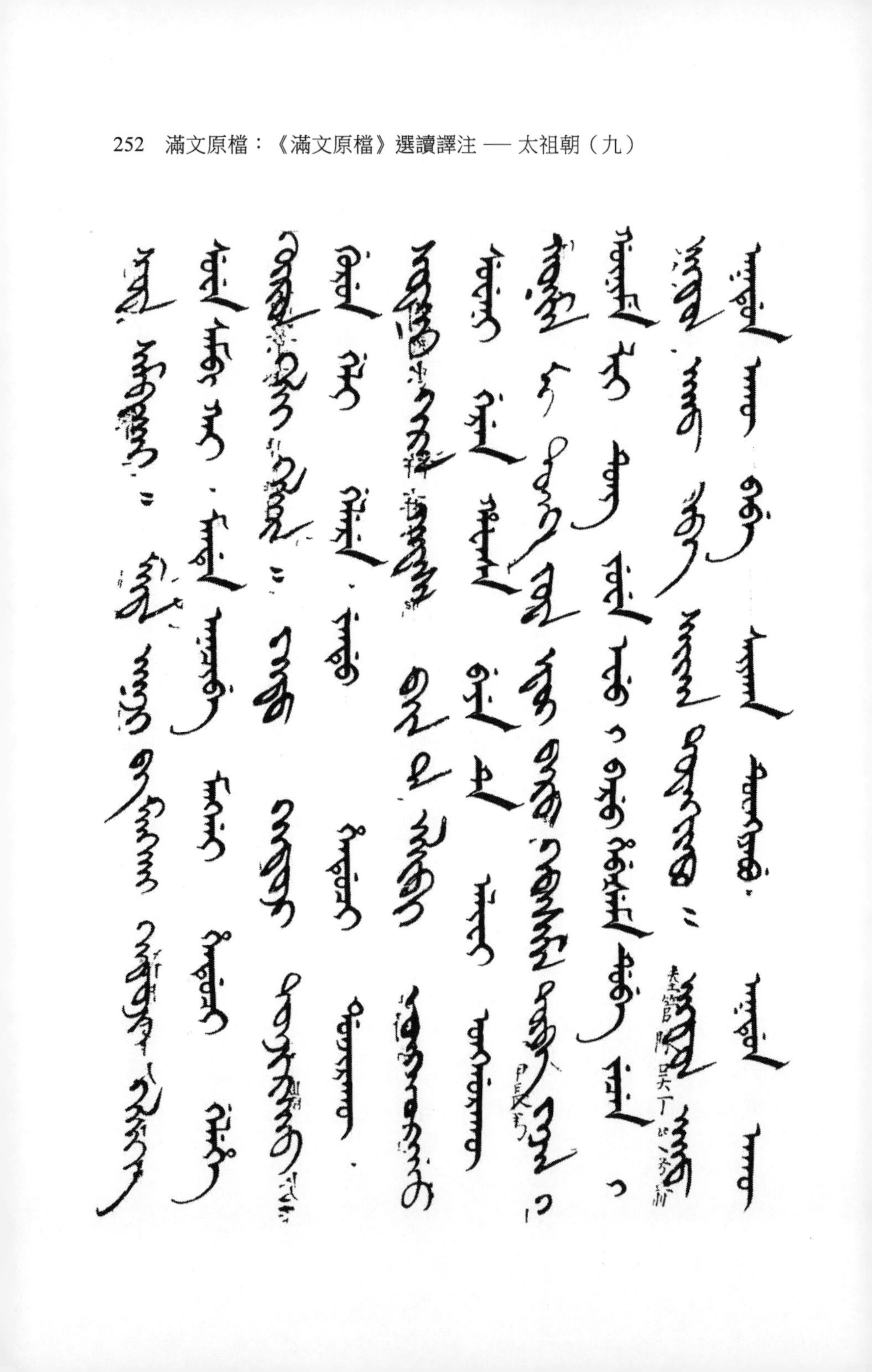

suwe sambi kai. mende anacibe manggai henduci gelehe gurun geli gelere, jendu henduci donjirakū. suweni geren hafasa beye de alifi onggorakū gūnime, lii, tung juwe efu i baru hebešeme dube jecen i akdun akū babe saikan tuwakiyabu, akdun akū

───────

爾等知之也。若推諉於我，裝腔作勢，則畏懼之國人又更加畏懼。悄然言之，則有不從。爾等眾官自己牢記不忘，與李、佟二額駙商議，妥善戍守邊境不堅固之處，

───────

尔等知之也。若推诿于我，装腔作势，则畏惧之国人又更加畏惧。悄然言之，则有不从。尔等众官自己牢记不忘，与李、佟二额驸商议，妥善戍守边境不坚固之处，

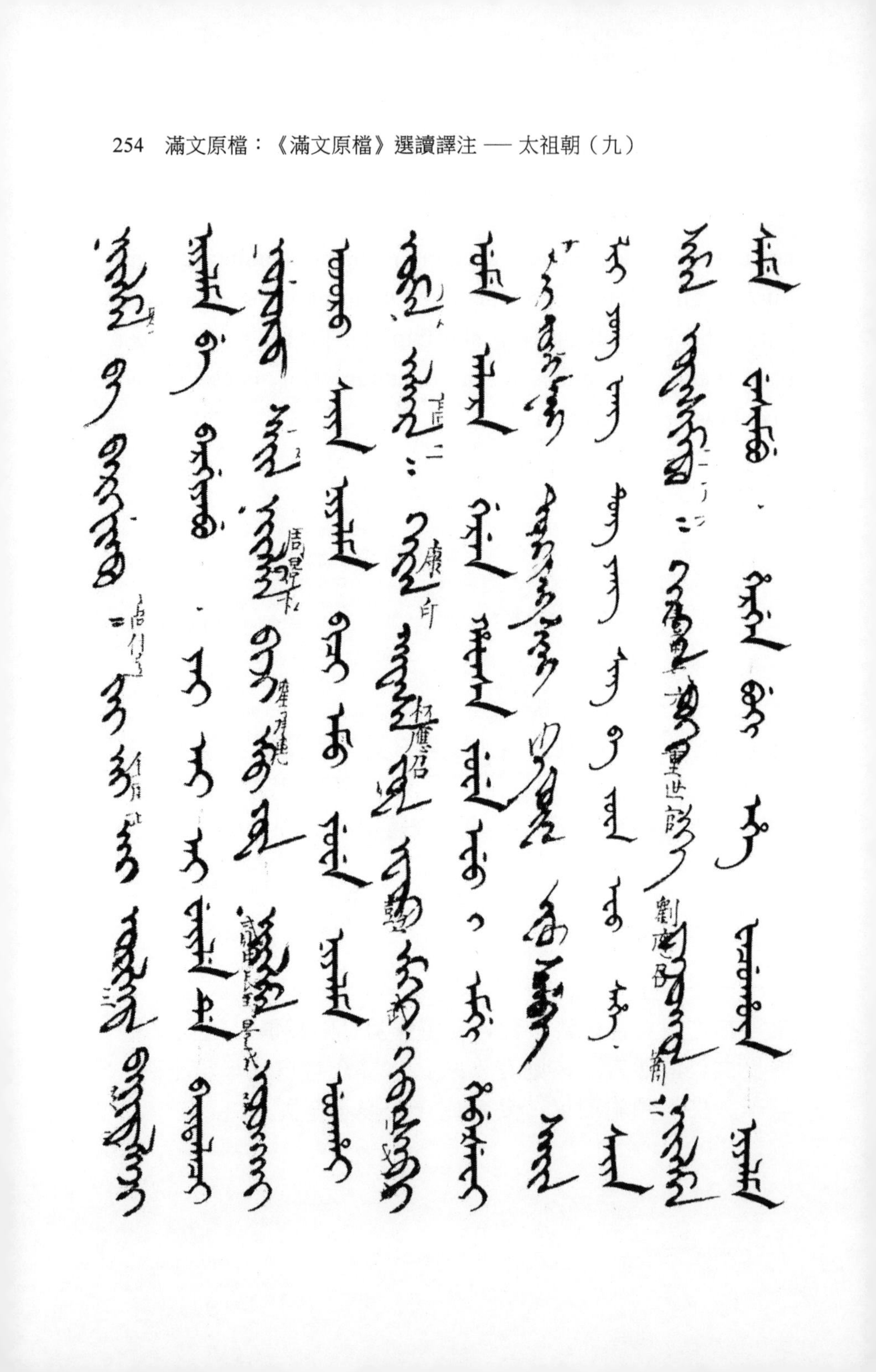

niyalma be bargiyabu, jai ai ai weile de baitalaci ojoro sain niyalma bici, emu juwe niyalma uthai ume alara, geren hafasa, juwe efu i emgi hebešefi (*lii yung fang, tung yang sing be, juwe efu sehe.*) sain seme wesimbu, hergen buki. ehe facuhūn niyalma

收攬不可靠之人。再者，若有可用於諸事賢善之人，不得一、二人即行入告，須與眾官員、二額駙商議（李永芳、佟養性二額駙也），具奏舉荐賢善，授以職銜。若有兇惡悖亂之人，

收揽不可靠之人。再者，若有可用于诸事贤善之人，不得一、二人即行入告，须与众官员、二额驸商议（李永芳、佟养性二额驸也），具奏举荐贤善，授以职衔。若有凶恶悖乱之人，

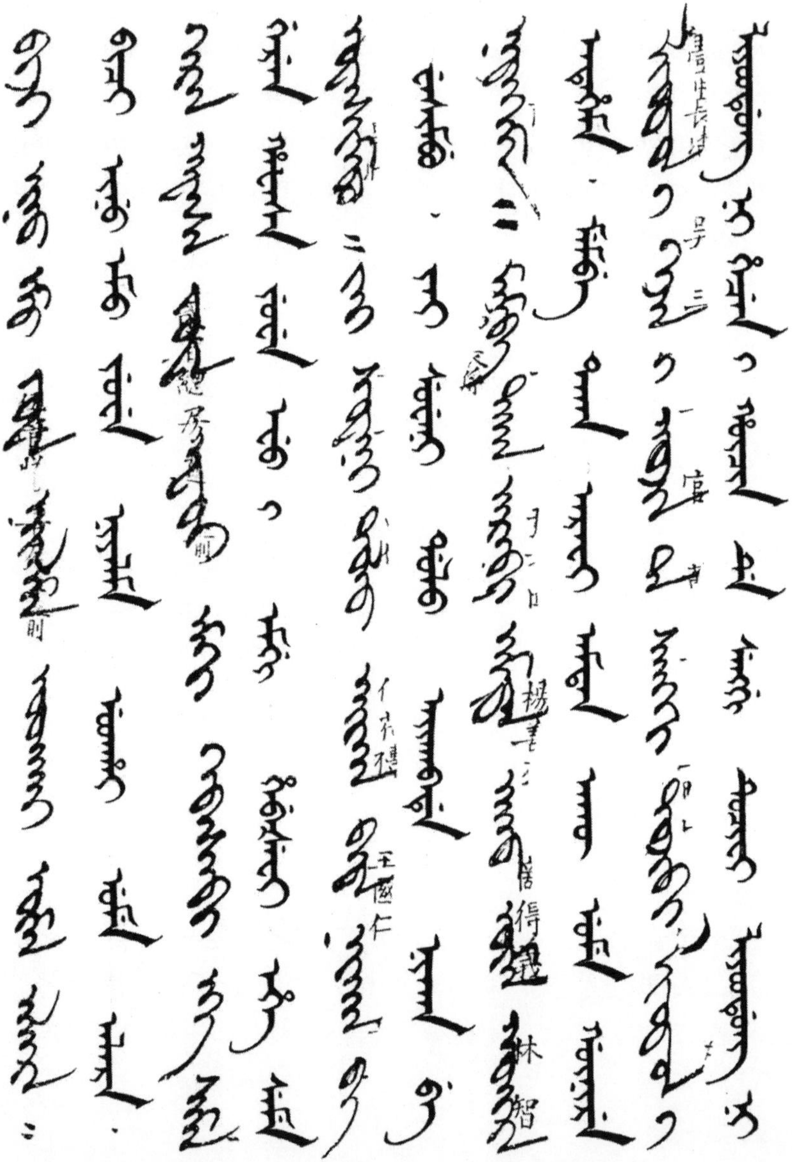

bici, inu emu juwe niyalma uthai ume alara, geren hafasa, juwe efu i emgi hebešefi, ehe seme wesimbu. jai suweni dolo aikabade nikan be enteheme, membe taka arafi amtan akū ume gūnire. liyoodung ni hecen i hūcin de senggi tucifi liyoodung ni

---

亦不得一、二人即行入告，須與眾官員、二額駙商議，奏陳其兇惡。再者，爾等內心勿存明國長久，我等存暫時等無趣之念。遼東城井中出血，

亦不得一、二人即行入告，须与众官员、二额驸商议，奏陈其凶恶。再者，尔等内心勿存明国长久，我等存暂时等无趣之念。辽东城井中出血，

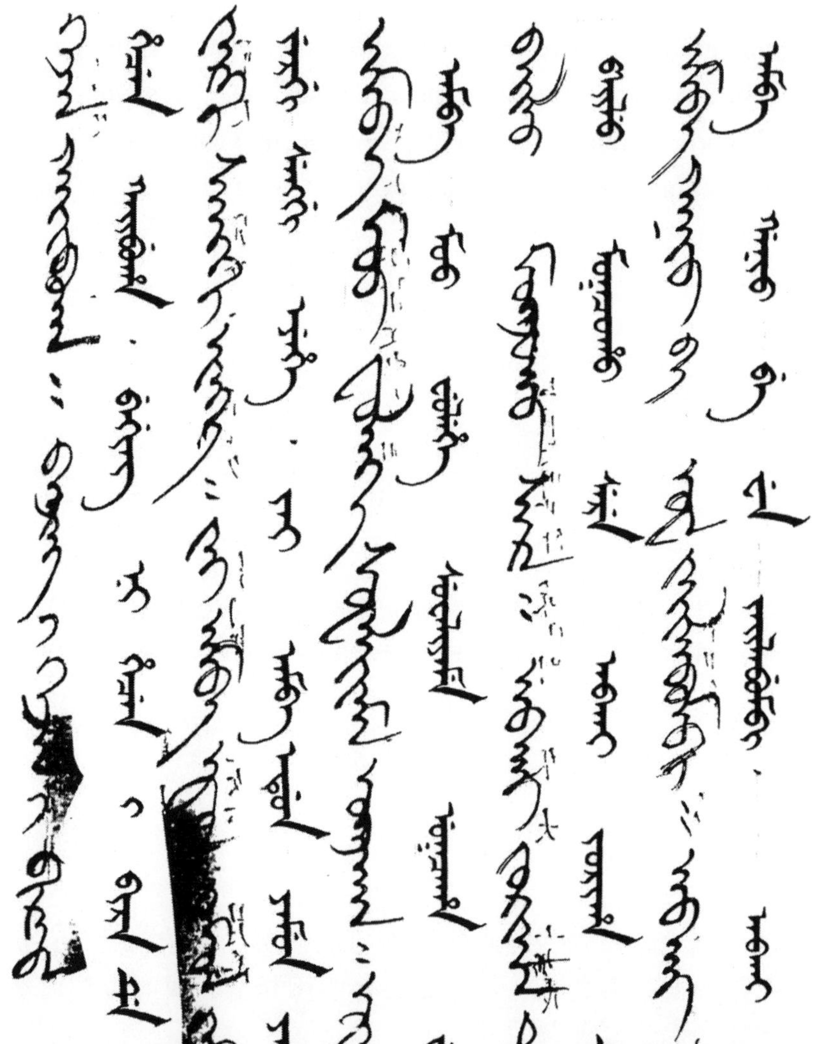

hecen gaibuha. beging ni hecen i bira de juwe jergi senggi eyehe, jai amba edun yamun yamun i amba moo fulehe suwaliyame ukcaha, wehei pailu mokcoho sere, abkai joriha tere amba ganio be we jailabumbi. abkai ciha

---

遼東城被攻陷。據悉北京城河中二次流血，又各衙門之大樹被大風連根拔出，石牌樓折斷。天示此大異兆，孰能避之？此乃天意也。

辽东城被攻陷。据悉北京城河中二次流血，又各衙门之大树被大风连根拔出，石牌楼折断。天示此大异兆，孰能避之？此乃天意也。

十七、厚賞親家

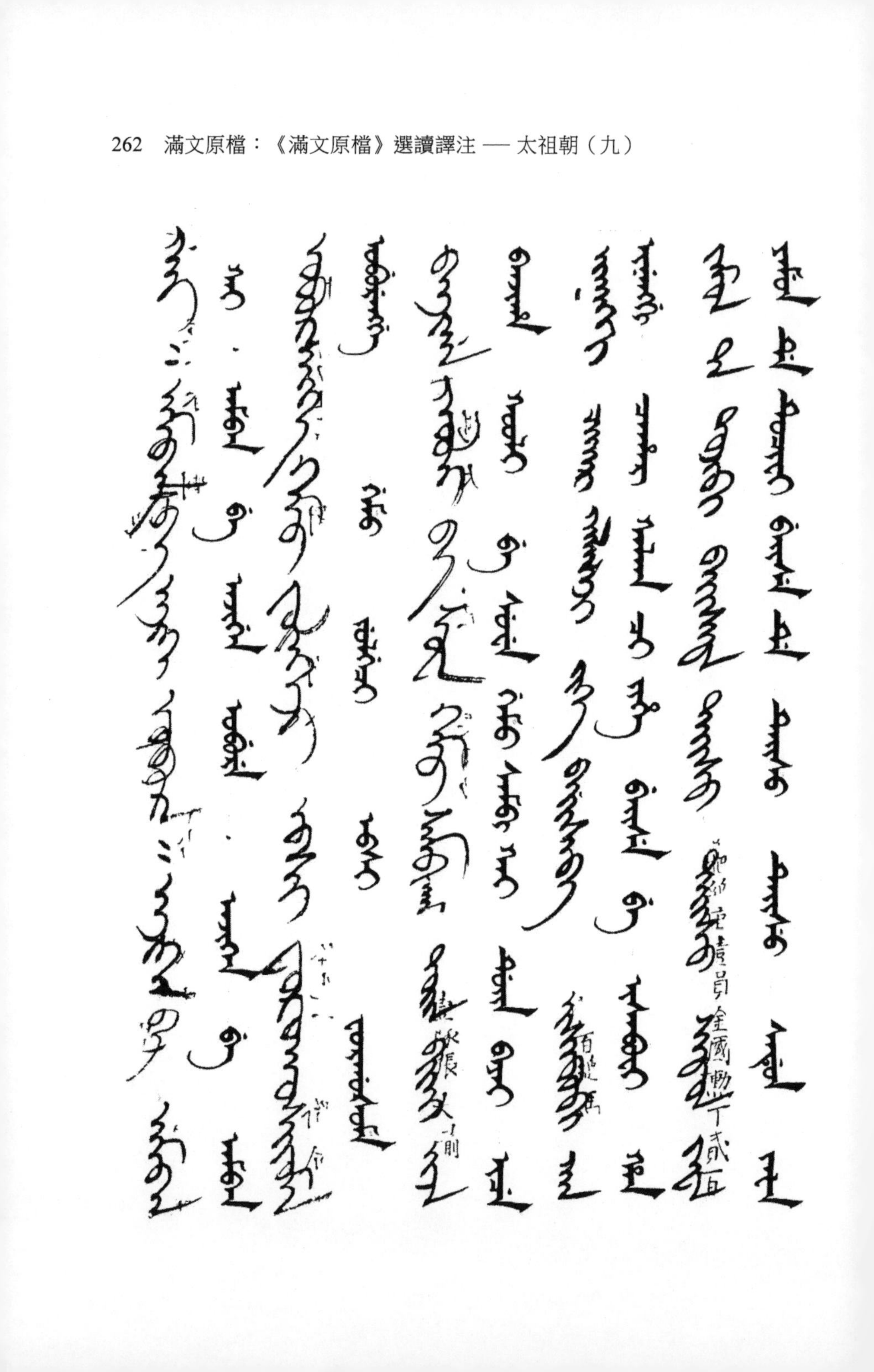

kai. amban be ajigen obure, ajigen be amban oburengge, gemu julgeci ebsi forgošome banjiha kooli be, suwe gemu sambi kai. duin biyai ice inenggi, cahar, kalka ci jihe beise be isabufi, han yamun de tucifi, beise de teisu teisu sadun jafa

以大為小[28]，以小為大者，皆自古以來循環之例，爾等皆知之也。」四月初一日，召集察哈爾、喀爾喀前來之諸貝勒，汗御衙門，諭諸貝勒各通婚媾。

以大为小，以小为大者，皆自古以来循环之例，尔等皆知之也。」四月初一日，召集察哈尔、喀尔喀前来之诸贝勒，汗御衙门，谕诸贝勒各通婚媾。

[28] 以大為小，句中「大」，《滿文原檔》、《滿文老檔》俱讀作 “amban”。按無圈點滿文 “amban”，有「大的」、「大臣」二義；規範滿文將 “amba” 作「大的」解，“amban” 作「大臣」解。

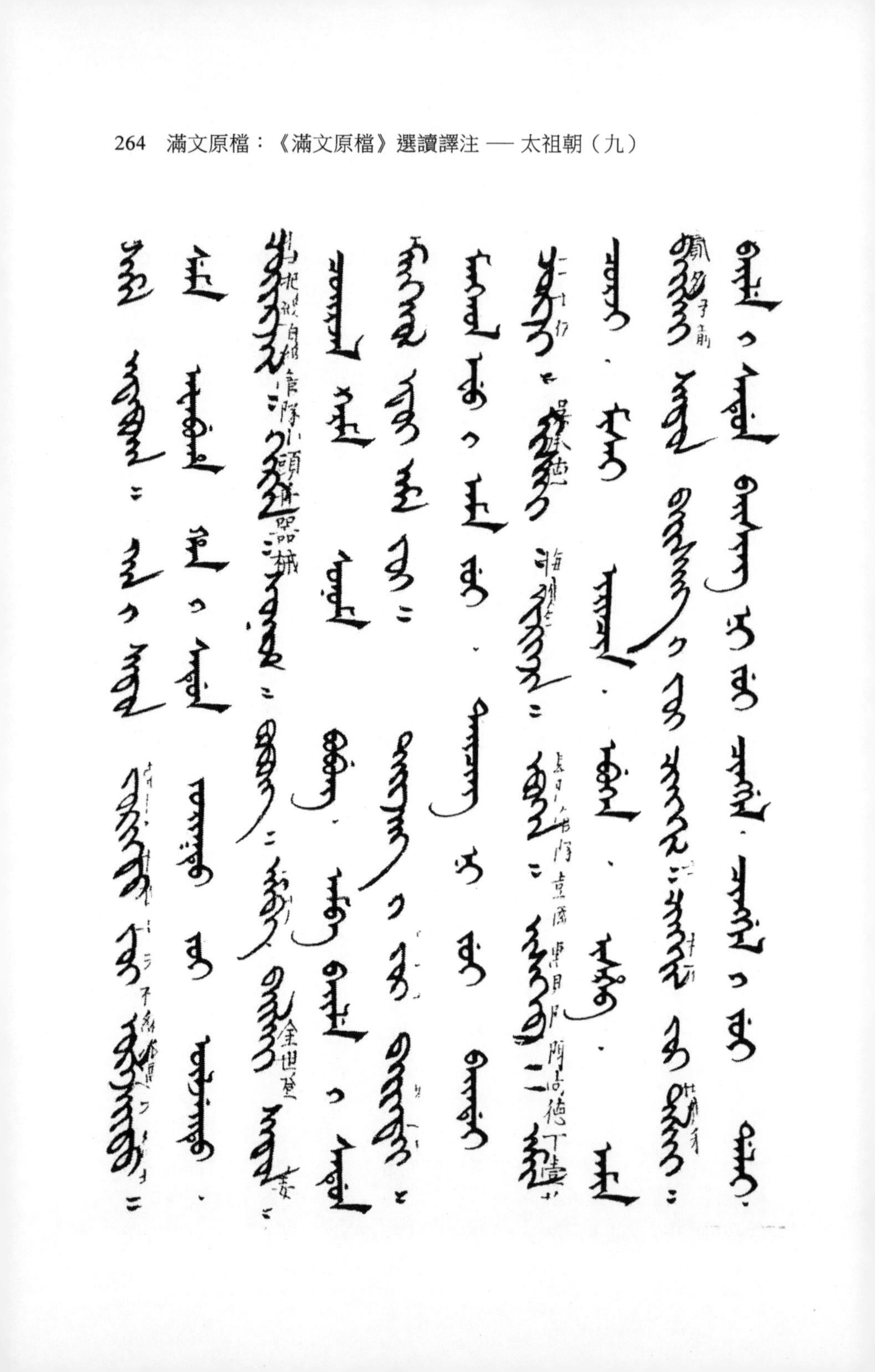

seme afabuha. han i sadun, joriktu jui ūljeitu, coirjal, g'arma, sonom, bobung. amba beile i sadun, manggol efu i ama jui, daicing ni jui baindai, corji, misai, irincin, ebugen, ish'ab. amin beile i sadun, baising ni jui cinggil, cinggil i jui dalai.

汗之親家為卓里克圖之子鄂勒哲依圖，綽依爾札勒、噶爾瑪、索諾木、博琫。大貝勒之親家為莽古勒額駙之父子、岱青之子巴音岱、綽爾吉、米賽、伊林沁、額布根、伊斯哈布。阿敏貝勒之親家為拜興之子青吉勒、青吉勒之子達賴。

汗之亲家为卓里克图之子鄂勒哲依图，绰依尔札勒、噶尔玛、索诺木、博琫。大贝勒之亲家为莽古勒额驸之父子、岱青之子巴音岱、绰尔吉、米赛、伊林沁、额布根、伊斯哈布。阿敏贝勒之亲家为拜兴之子青吉勒、青吉勒之子达赖。

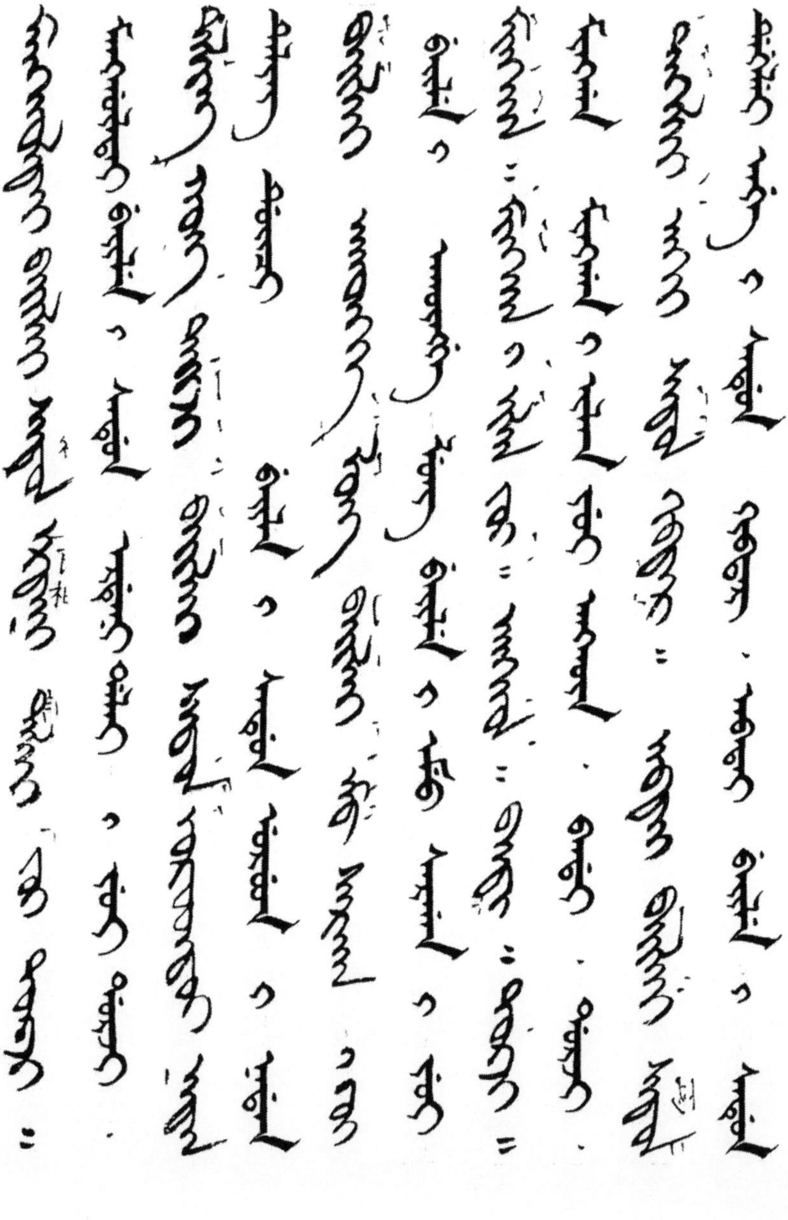

manggūltai beile i sadun, erdeni dalai i jui dorji, teling. hong taiji beile i sadun, urut i nadan beile i akūngge lung beile i emu sargan i jui minggan, minggan i ilan jui angkūn, bandi, dorji. degelei age i sadun, kibtar. abatai beile i sadun,

---

莽古爾泰貝勒之親家為額爾德尼達賴之子多爾濟、特陵。洪台吉貝勒之親家為兀魯特七貝勒中已故隆貝勒一妻之子明安、明安之三子昂昆、班第、多爾濟。德格類阿哥之親家為奇布塔爾。阿巴泰貝勒之親家為

莽古尔泰贝勒之亲家为额尔德尼达赖之子多尔济、特陵。洪台吉贝勒之亲家为兀鲁特七贝勒中已故隆贝勒一妻之子明安、明安之三子昂昆、班第、多尔济。德格类阿哥之亲家为奇布塔尔。阿巴泰贝勒之亲家为

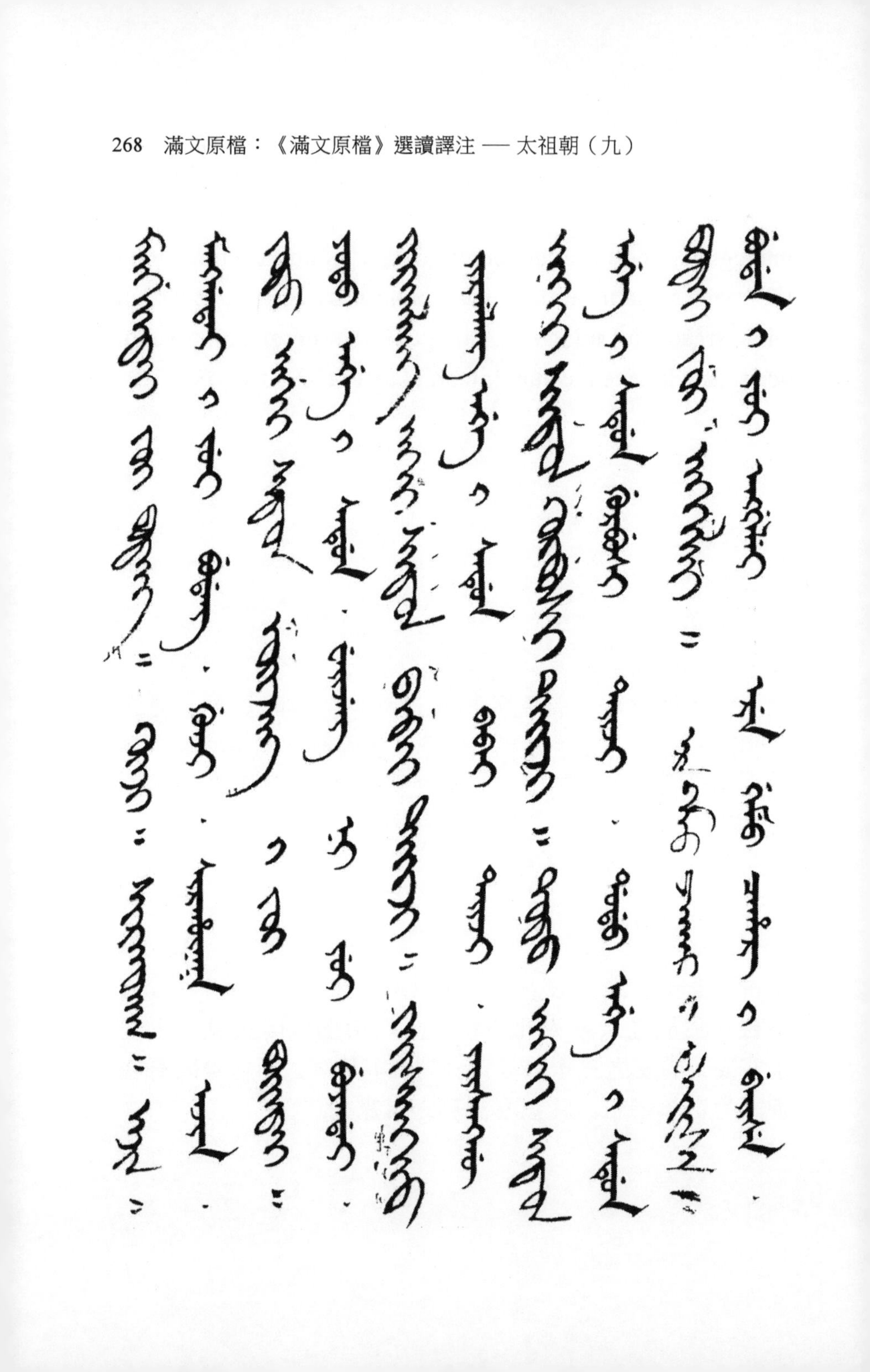

manggatai i jui budang, gunji, sirhūnak, ajin. yoto age i
sadun, weijeng ni jui buyandai. jirgalang age i sadun, babai
taiji. jaisanggū age i sadun, gurbusi taiji. dodo age i sadun,
buda i jui enggelei. ere gemu cahar i beise,

莽噶泰之子布當、袞濟、希爾胡納克、阿金。岳托阿哥之
親家為衛徵之子布彥岱。濟爾哈朗阿哥之親家為巴拜台
吉。齋桑古阿哥之親家為固爾布什台吉。多鐸阿哥之親家
為布達之子恩額類。此皆察哈爾諸貝勒，

莽噶泰之子布当、袞济、希尔胡纳克、阿金。岳托阿哥之
亲家为卫征之子布彦岱。济尔哈朗阿哥之亲家为巴拜台
吉。斋桑古阿哥之亲家为固尔布什台吉。多铎阿哥之亲家
为布达之子恩额类。此皆察哈尔诸贝勒，

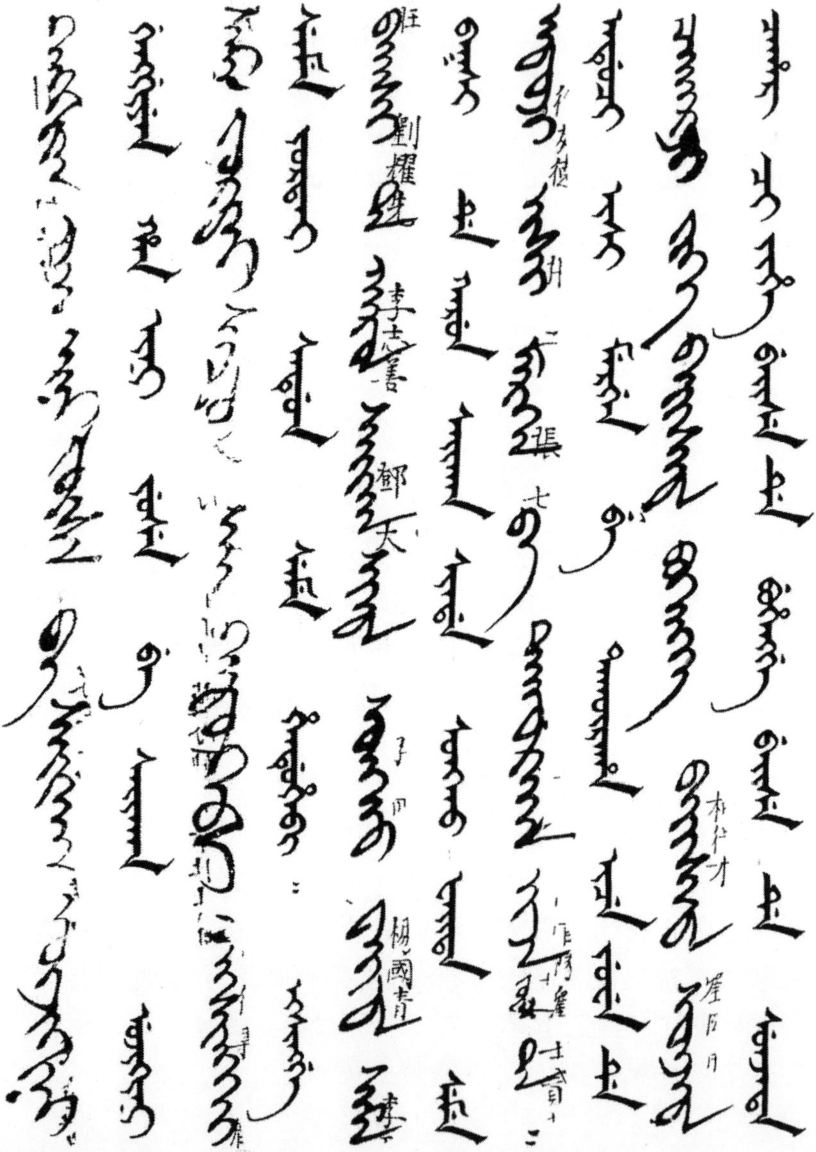

genggiyen han, ini juse be saikan ujikini seme jortai sadun seme henduhebi. eksingge baksi de karun saikan sinda songko faita seme, aduci isi mergen be takūraha. ice juwe de, cahar ci jihe beise de buhengge, beise de sunjata

英明汗冀望善養其諸女，故有意稱之為親家。遣牧人伊希莫爾根往告額克興額巴克什，著妥善設哨卡，躧探踪跡。初二日，賞賜自察哈爾前來之諸貝勒。賜諸貝勒金各五兩、

英明汗冀望善养其诸女，故有意称之为亲家。遣牧人伊希穆尔根往告额克兴额巴克什，着妥善设哨卡，躧探踪迹。初二日，赏赐自察哈尔前来之诸贝勒。赐诸贝勒金各五两、

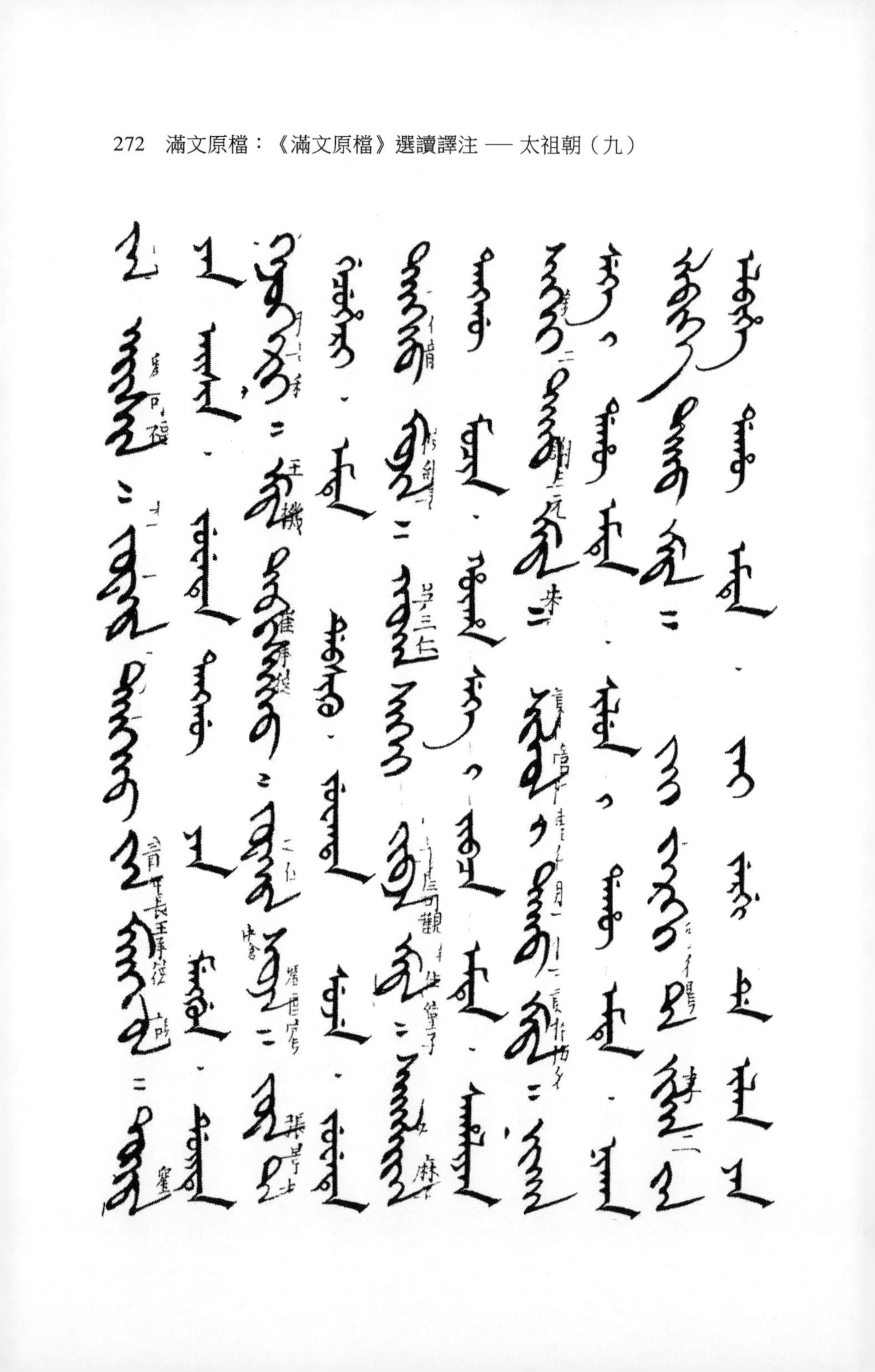

yan aisin, juwete tanggū yan menggun, duite gecuheri, emte debsiku, juwanta suje, juwete tanggū mocin, hūha seke i jibca emte, sahaliyan seke i dahū emte, silun i dahū emte, nikan elbihe dahū emte. jai jergi de ilan yan

---

銀各二百兩、蟒緞各四疋、翎扇[29]各一把、緞各十疋、毛青布各二百疋、綿索子貂皮襖各一件、黑貂皮端罩各一件、猞猁猻皮端罩各一件、漢人貉皮端罩各一件。再賜二等者金三兩、

银各二百两、蟒缎各四疋、翎扇各一把、缎各十疋、毛青布各二百疋、绵索子貂皮袄各一件、黑貂皮端罩各一件、猞猁狲皮端罩各一件、汉人貉皮端罩各一件。再赐二等者金三两、

---

[29] 翎扇，《滿文原檔》寫作"tabisako"，《滿文老檔》讀作"debsiku"。

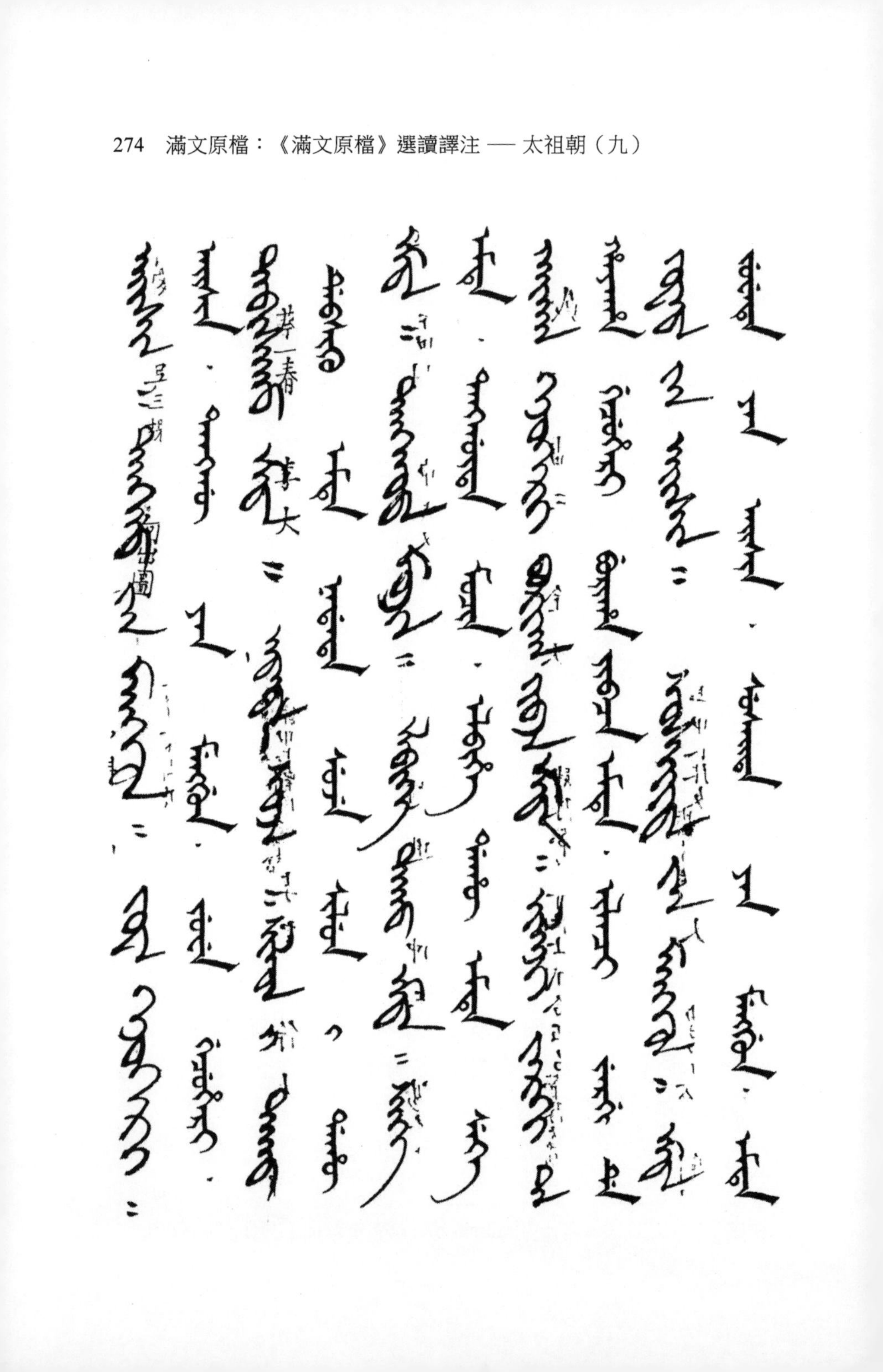

aisin, tanggū yan menggun, juwe gecuheri, debsiku emte, nadata suje, silun i dahū emte, tanggūta mocin, elbihe dahū emte, seke hayaha gecuheri buriha jibca emte. ilaci jergi de juwete yan aisin, susaita yan menggun, emte

---

銀百兩、蟒緞二疋、翎扇各一把、緞各七疋、猞猁猻皮端各一件、毛青布各百疋、貉皮端罩各一件、鑲貂蟒緞鞔皮襖各一件。賜三等者金各二兩、銀各五十兩、

銀百兩、蟒緞二疋、翎扇各一把、緞各七疋、猞猁猻皮端各一件、毛青布各百疋、貉皮端罩各一件、鑲貂蟒緞鞔皮袄各一件。賜三等者金各二兩、銀各五十兩、

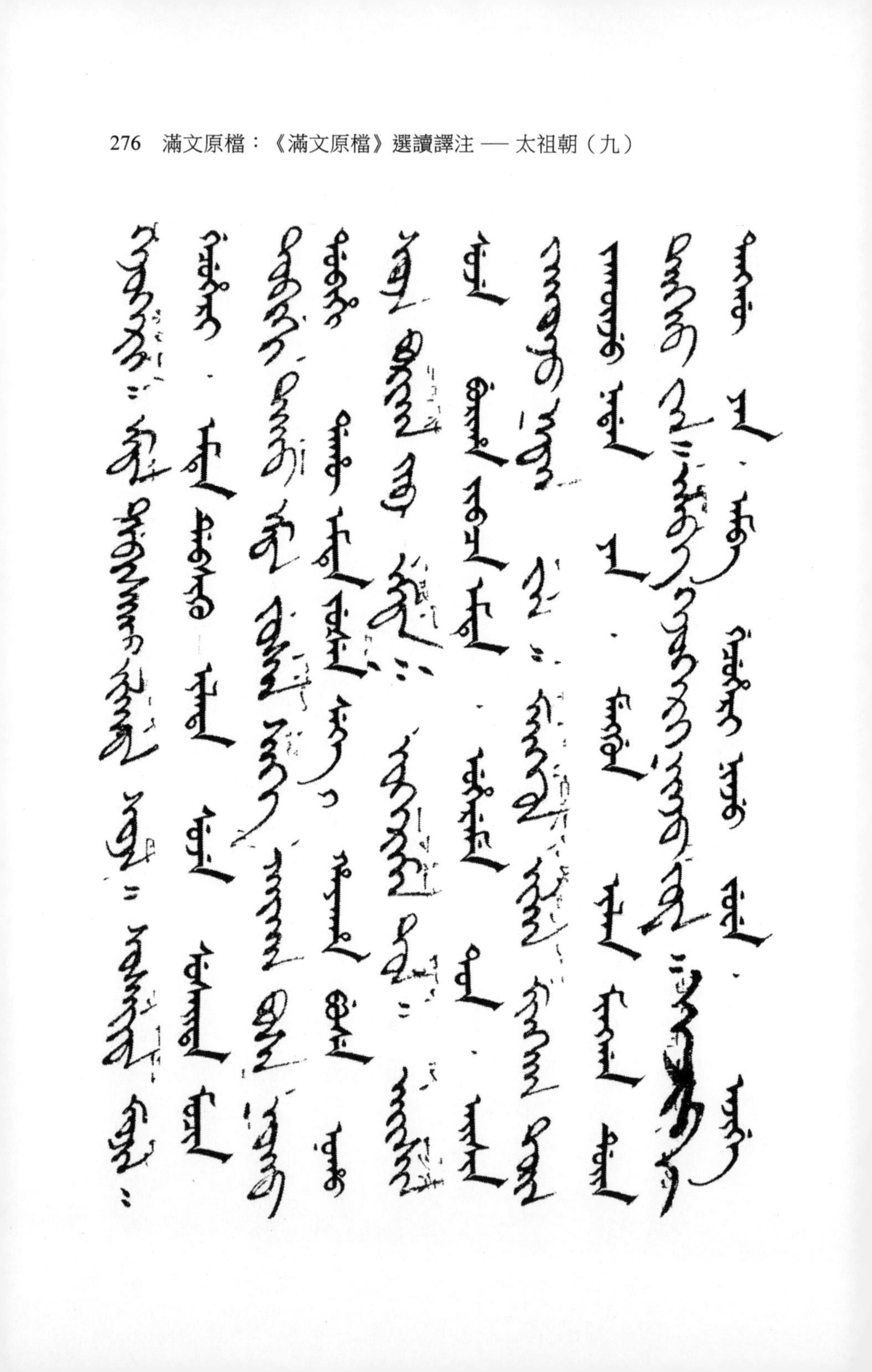

gecuheri, emte debsiku, ilata suje, susaita mocin, dobihi
dahū emte, jušen seke i hayaha puse noho, suje buriha jibca
emte. uhereme ton aisin jakūnju nadan yan, menggun ilan
minggan duin tanggū yan, amba gecuheri ninju juwe, ajige

蟒緞各一疋、翎扇各一把、緞各三疋、毛青布各五十疋、
狐皮端罩各一件、諸申貂鑲純補子及鞍緞襖各一件。共計
金八十七兩、銀三千四百兩、大蟒緞六十二疋、

蟒缎各一疋、翎扇各一把、缎各三疋、毛青布各五十疋、
狐皮端罩各一件、诸申貂镶纯补子及鞍缎袄各一件。共计
金八十七两、银三千四百两、大蟒缎六十二疋、

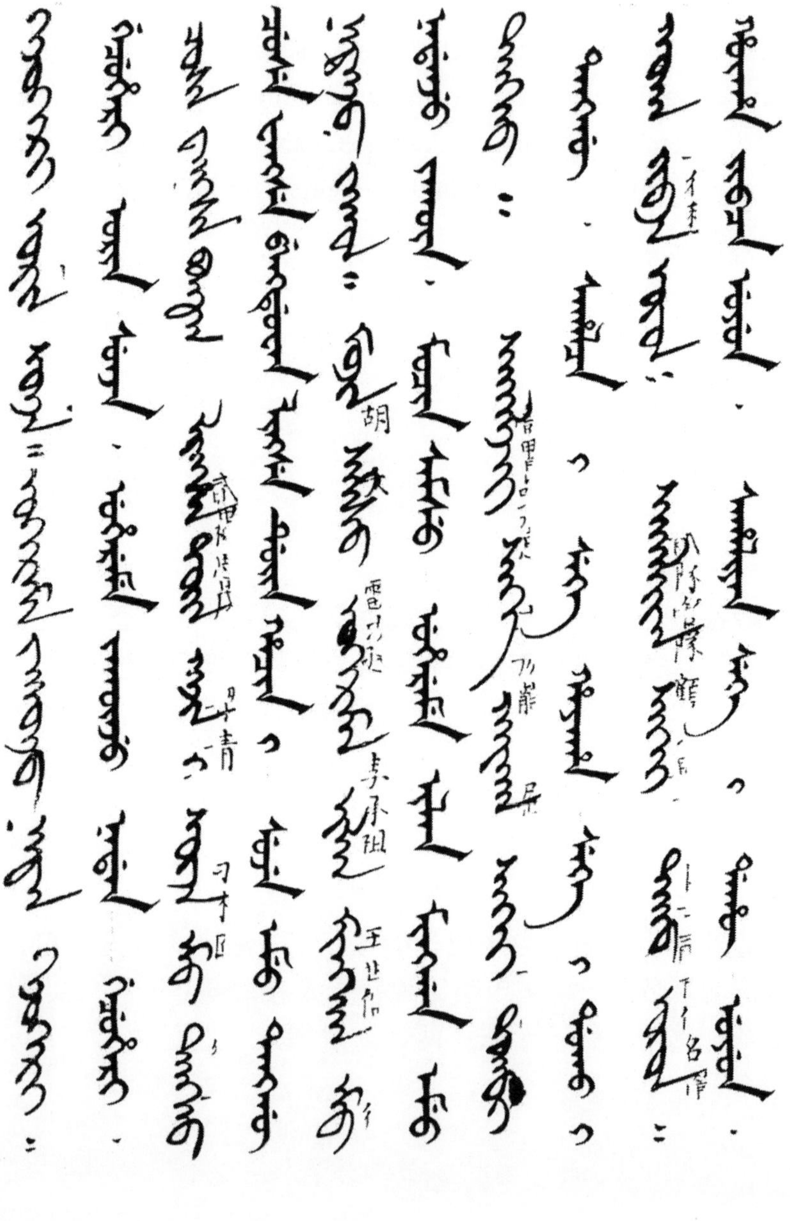

gecuheri orin sunja, uhereme jakūnju nadan, gecuheri, cuse, fangse, pengduwan, lingse, duin hacin i suje emu tanggū nadanju jakūn, mocin samsu uhereme ilan minggan emu tanggū, sahalca i seke hayaha seke i doko i hūha jibca uyun, sahaliyan seke i dahū uyun,

小蟒緞二十五疋合計八十七疋，蟒緞、紬子、紡絲、彭緞、綾子、四色緞一百七十八疋、毛青翠藍布共三千一百疋，黑貂皮鑲裏綿索子貂皮襖九件，黑貂皮端罩九件，

小蟒缎二十五疋合计八十七疋，蟒缎、紬子、纺丝、彭缎、绫子、四色缎一百七十八疋、毛青翠蓝布共三千一百疋，黑貂皮镶里绵索子貂皮袄九件，黑貂皮端罩九件，

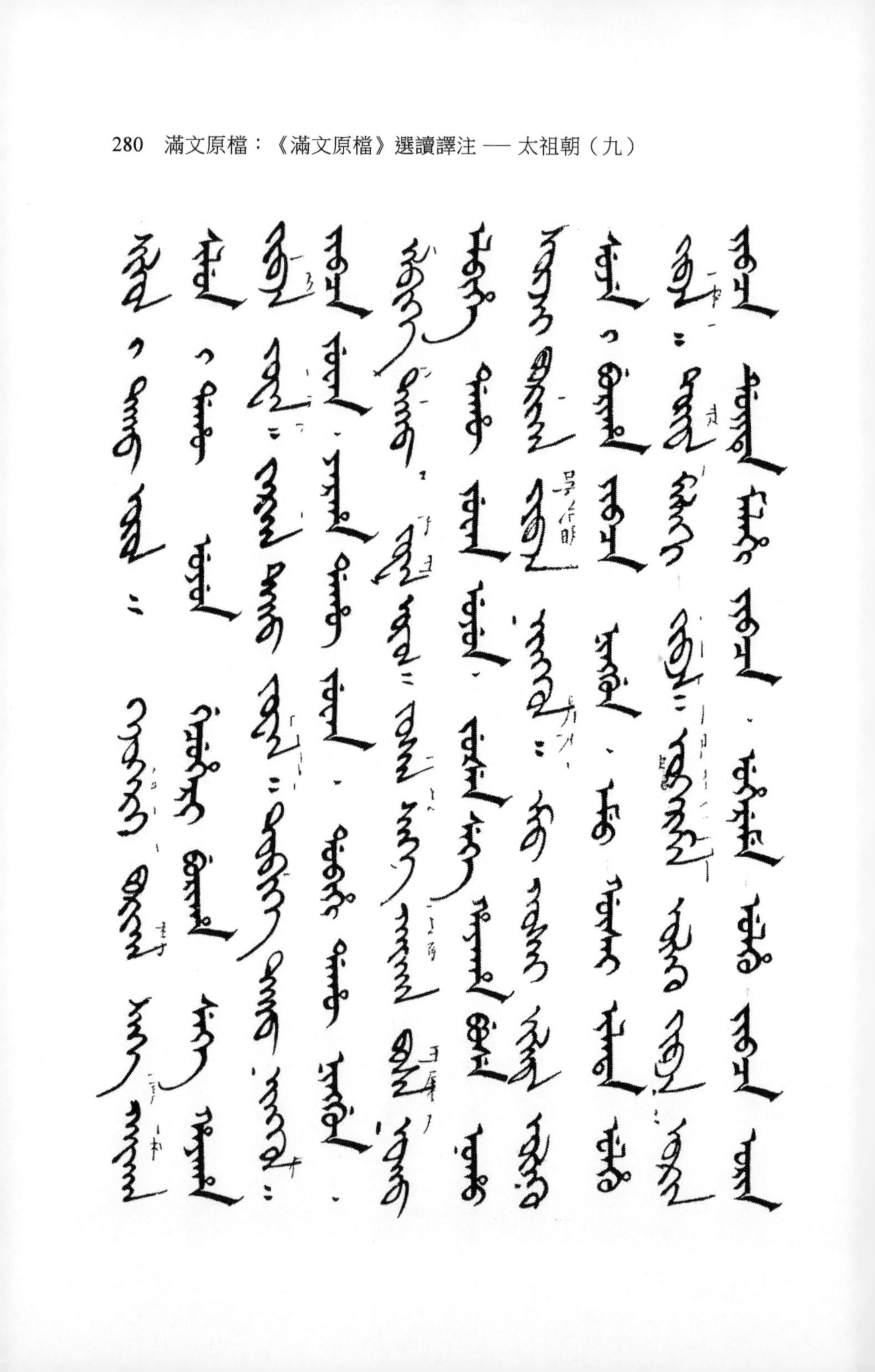

silun i dahū uyun, gecuheri buriha seke hayaha jibca juwan, yarha dahū juwan, dobihi dahū ninggun, elbihe dahū juwan uyun, jušen seke hayaha puse noho suje i buriha jibca ninggun. emu gūsai ilata ulhu jibca, duite malahi jibca, uhereme ulhu jibca orin

---

猞猁猻皮端罩九件，貂鑲蟒緞面皮襖十件，豹皮端罩十件，狐皮端罩六件，貉皮端罩十九件，諸申貂鑲純補子緞面皮襖六件。又每旗賜灰鼠皮襖各三件，貍貓皮襖各四件，共灰鼠皮襖二十四件，

猞猁狲皮端罩九件，貂镶蟒缎面皮袄十件，豹皮端罩十件，狐皮端罩六件，貉皮端罩十九件，诸申貂镶纯补子缎面皮袄六件。又每旗赐灰鼠皮袄各三件，狸猫皮袄各四件，共灰鼠皮袄二十四件，

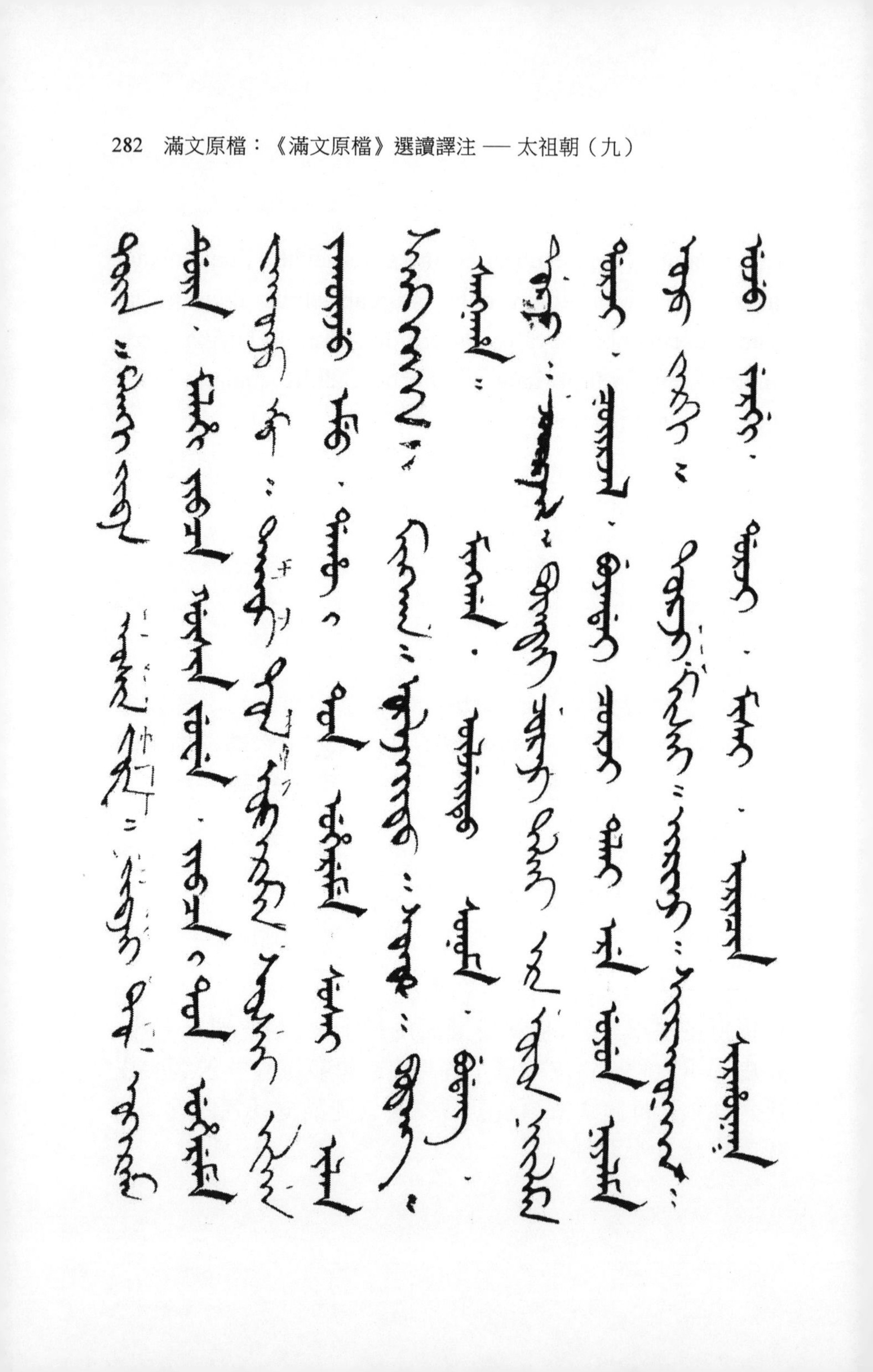

duin, malahi jibca gūsin juwe, jibca i ton, uhereme jakūnju emu, dahū i ton, uhereme susai ilan šangnaha. minggan, ūljeitu, sonom, budang, dorji, coirjal, buyandai, corji, dalai, ere uyun niyalma uju jergi. dorji, misai, irincin, sirhūnak,

狸貓皮襖三十二件，皮襖之數，共八十一件，皮端罩之數，共賞五十三件。明安、鄂勒哲依圖、索諾木、布當、多爾濟、綽依爾札勒、布彥岱、綽爾吉、達賴等九人為一等。多爾濟、米賽、伊林沁、希爾胡納克、

狸猫皮袄三十二件，皮袄之数，共八十一件，皮端罩之数，共赏五十三件。明安、鄂勒哲依图、索诺木、布当、多尔济、绰依尔札勒、布彦岱、绰尔吉、达赖等九人为一等。多尔济、米赛、伊林沁、希尔胡纳克、

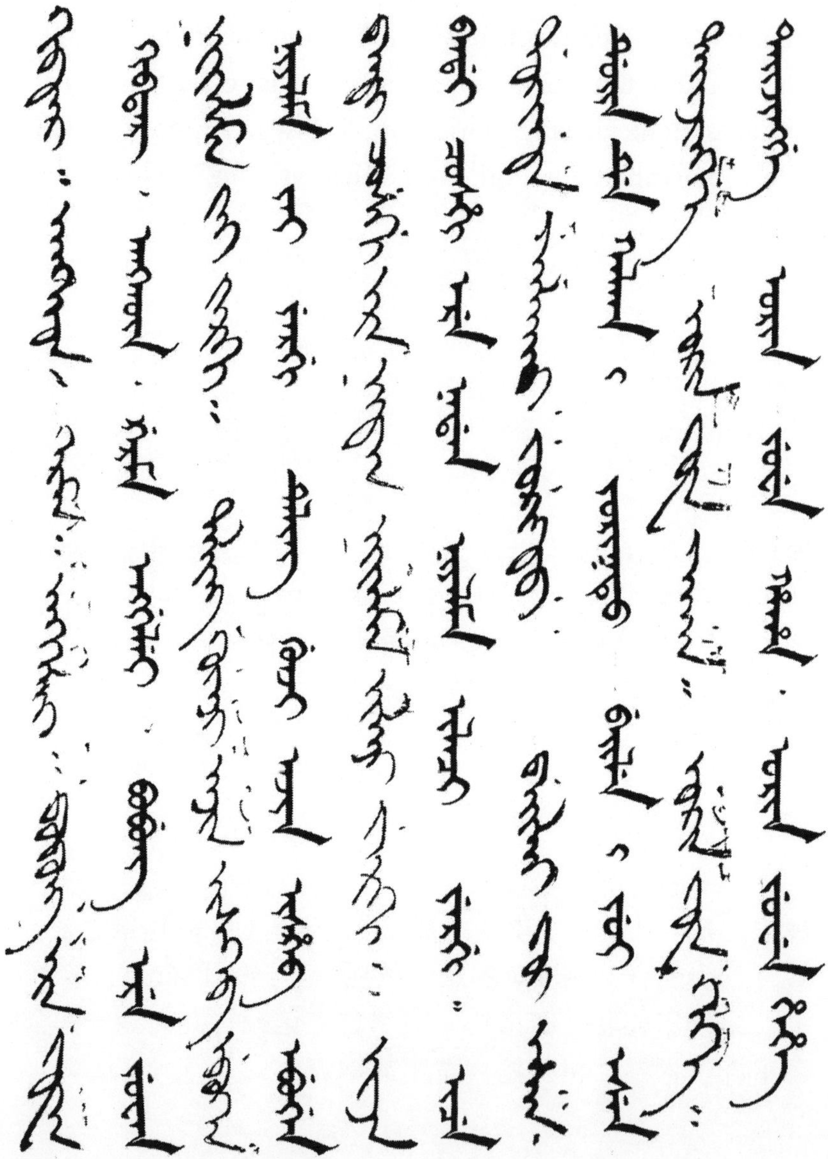

kibtar, angkūn, g'arma, enggelei, bobung, ere juwan niyalma
jai jergi. teling, gunji, ajin, ish'ab, ebugen, bandi, coshi, ere
nadan niyalma ilaci jergi. ice duin de, kalka i joriktu beile i
jui esen taijingge orin juwe haha, orin juwe hehe

奇布塔爾、昂昆、噶爾瑪、恩格類、博瑋等十人為二等。
特陵、袞濟、阿金、伊斯哈布、額布根、班第、綽斯西等
七人為三等。初四日，喀爾喀卓里克圖貝勒之子額參台吉
屬下男丁二十二人，婦女二十二人

奇布塔尔、昂昆、噶尔玛、恩格类、博瑋等十人为二等。
特陵、袞济、阿金、伊斯哈布、额布根、班第、绰斯西等
七人为三等。初四日，喀尔喀卓里克图贝勒之子额参台吉
属下男丁二十二人，妇女二十二人

十八、設筵餞行

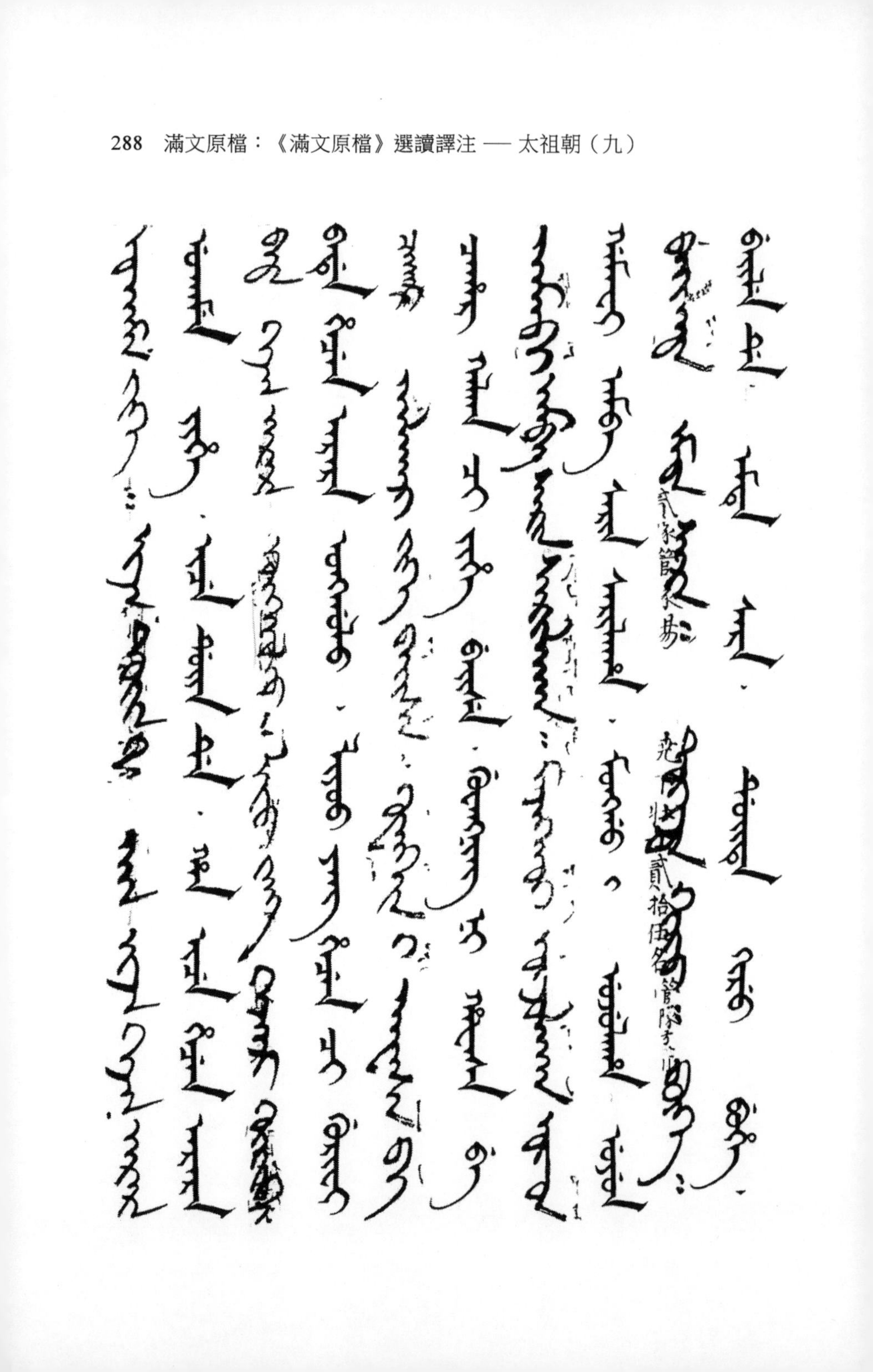

ukame jihe. ice duin de, han ice hecen arara bade hecen arara
onggolo, liyoo yang hecen ci gurifi, cahar, kalka ci jihe beise,
guwangning ni hafasa be gamafi amba sarin sarilaha.
monggo i ujulaha uyun beile de, emte sara, duite kiru buhe.

逃來。初四日，汗由遼陽城遷至築城未完工前之新築之
城，攜由察哈爾、喀爾喀前來之諸貝勒及廣寧官員，設筵
大宴之。賜蒙古為首九貝勒傘各一把、旗各四面。

逃来。初四日，汗由辽阳城迁至筑城未完工前之新筑之城，
携由察哈尔、喀尔喀前来之诸贝勒及广宁官员，设筵大宴
之。赐蒙古为首九贝勒伞各一把、旗各四面。

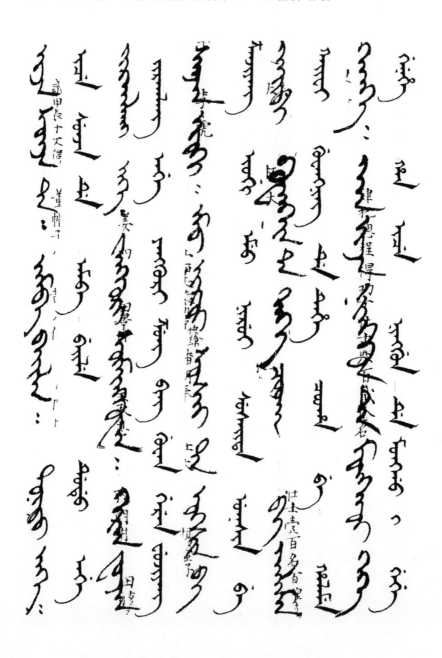

ice sunja de, amba beile, dudu age, jirgalang age, yangguri dzung bing guwan, geren fujiyang, ts'anjiyang, iogi, emu nirui susaita uksin be gaifi guwangning de tehe cooha be halame genehe. han ice ninggun de monggo i gege

初五日，大貝勒、杜度阿哥、濟爾哈朗阿哥、揚古利總兵官、衆副將、參將、遊擊率每牛彔披甲各五十名，前往廣寧更換駐兵。初六日，蒙古格格

初五日，大贝勒、杜度阿哥、济尔哈朗阿哥、扬古利总兵官、众副将、参将、游击率每牛彔披甲各五十名，前往广宁更换驻兵。初六日，蒙古格格

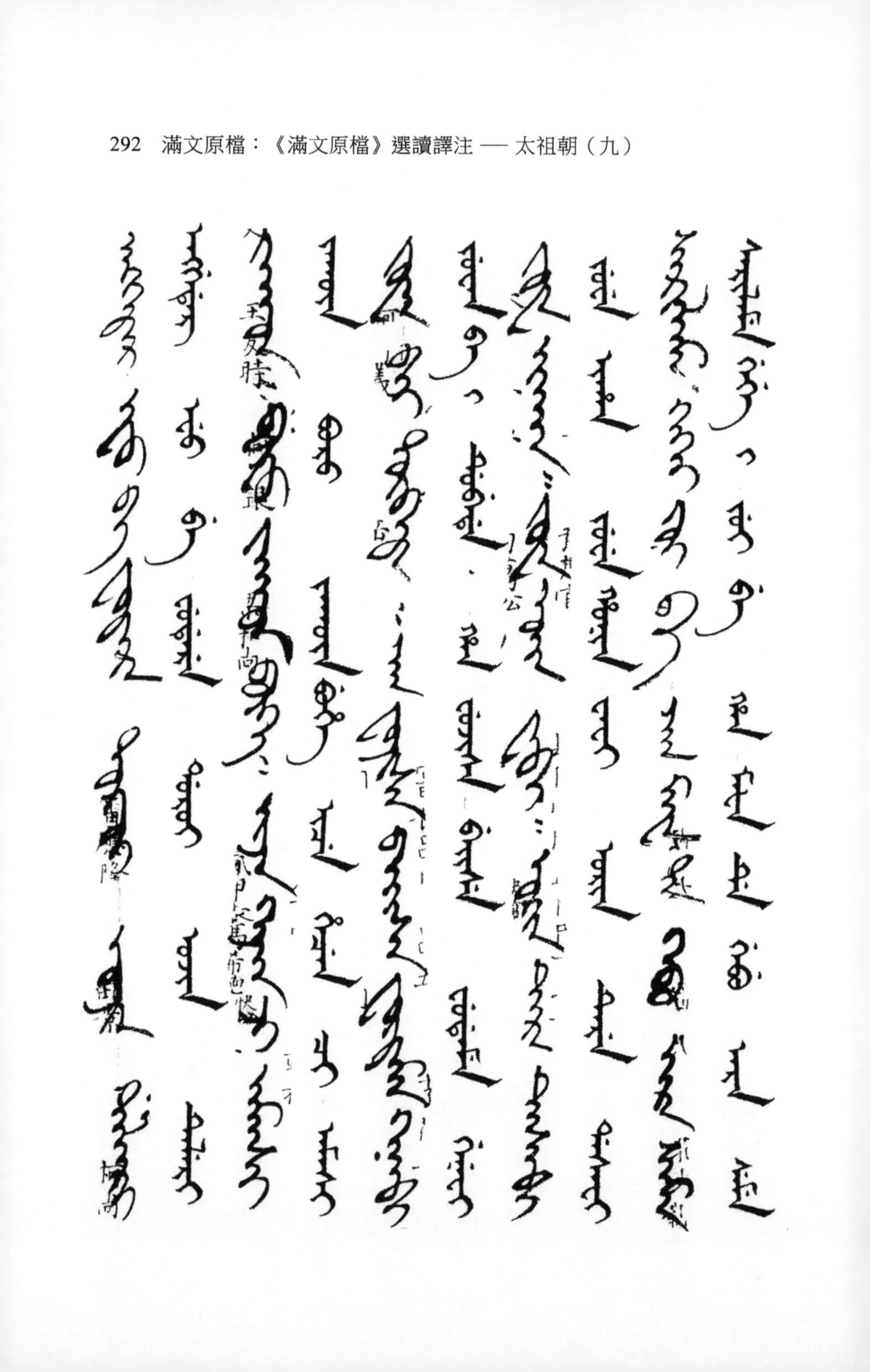

enggeder efu be fudere doroi ojin, teleri jakūn, boro jakūn
buhe. ice hecen ci amasi juwan ba i dubede han fujisa beise
fudeme genefi, juwe ihan, juwe honin wafi, orin dere dasafi
sarilame, gege i jui be han mafa de gebu ara seme

與恩格德爾額駙還，汗以送行禮，賜女長褂、女朝衣八件、
凉帽八頂。汗偕衆福晉、諸貝勒送至新城十里外，宰牛二
頭、羊二隻，設二十桌宴之。請汗祖為格格之子命名，

与恩格德尔额驸还，汗以送行礼，赐女长褂、女朝衣八件、
凉帽八顶。汗偕众福晋、诸贝勒送至新城十里外，宰牛二
头、羊二只，设二十桌宴之。请汗祖为格格之子命名，

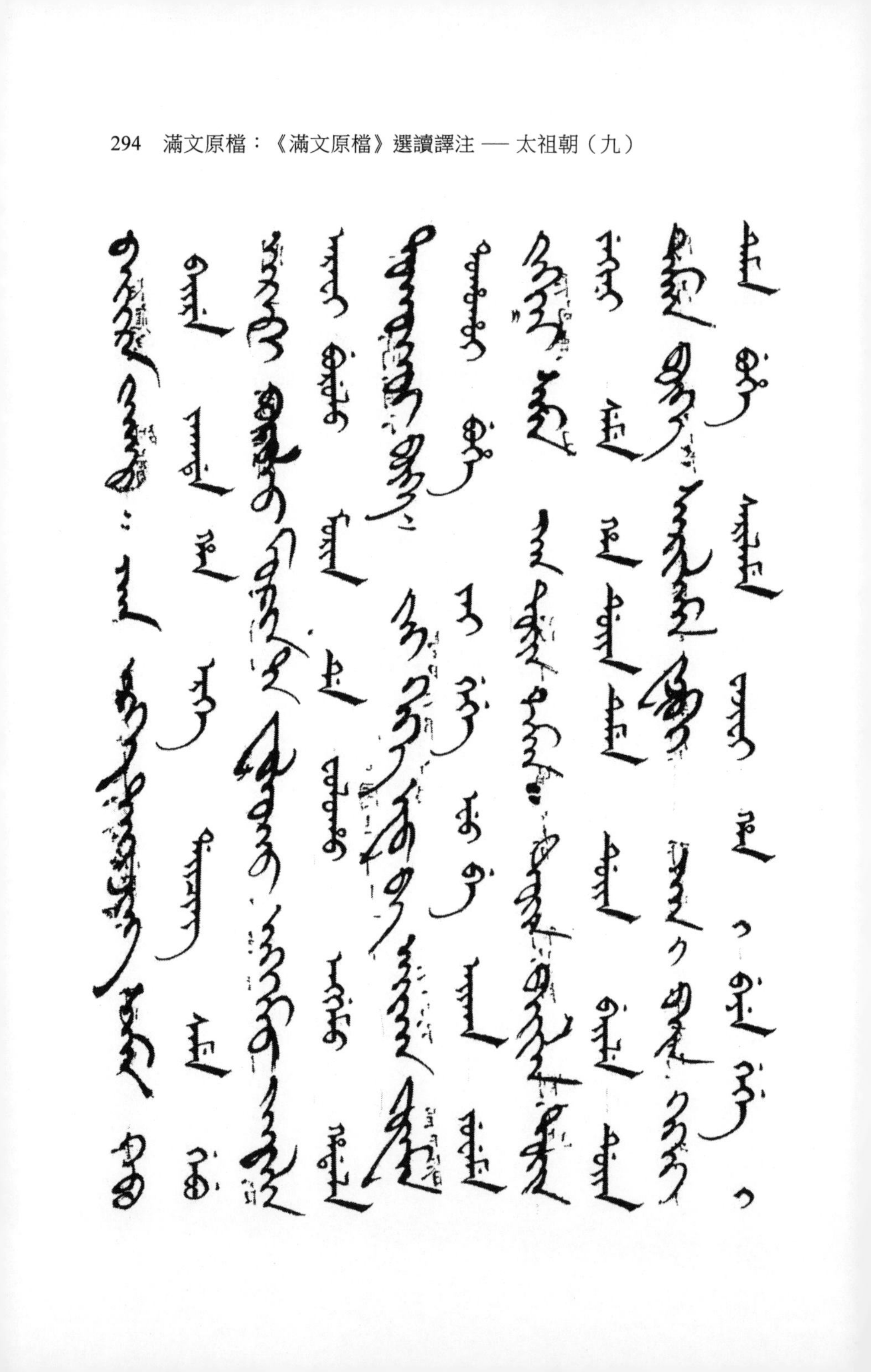

baire jakade, han, erke daicing seme gebu arafi, burulu morin de foloho enggemu hadala tohohoi buhe. jai gege, efu be aika juweme jekini seme han duin temen, duin beile duin temen buhe. sarilame wajifi, han i beye, gege i

汗乃命名為額爾克戴青，並賜備有雕鞍彎紅沙馬。再者，汗賜駝四隻，四貝勒賜駝四隻，以供馱載格格、額駙食用一應物品。宴畢，汗親執格格

汗乃命名为额尔克戴青，并赐备有雕鞍彎红沙马。再者，汗赐驼四只，四贝勒赐驼四只，以供驮载格格、额驸食用一应物品。宴毕，汗亲执格格

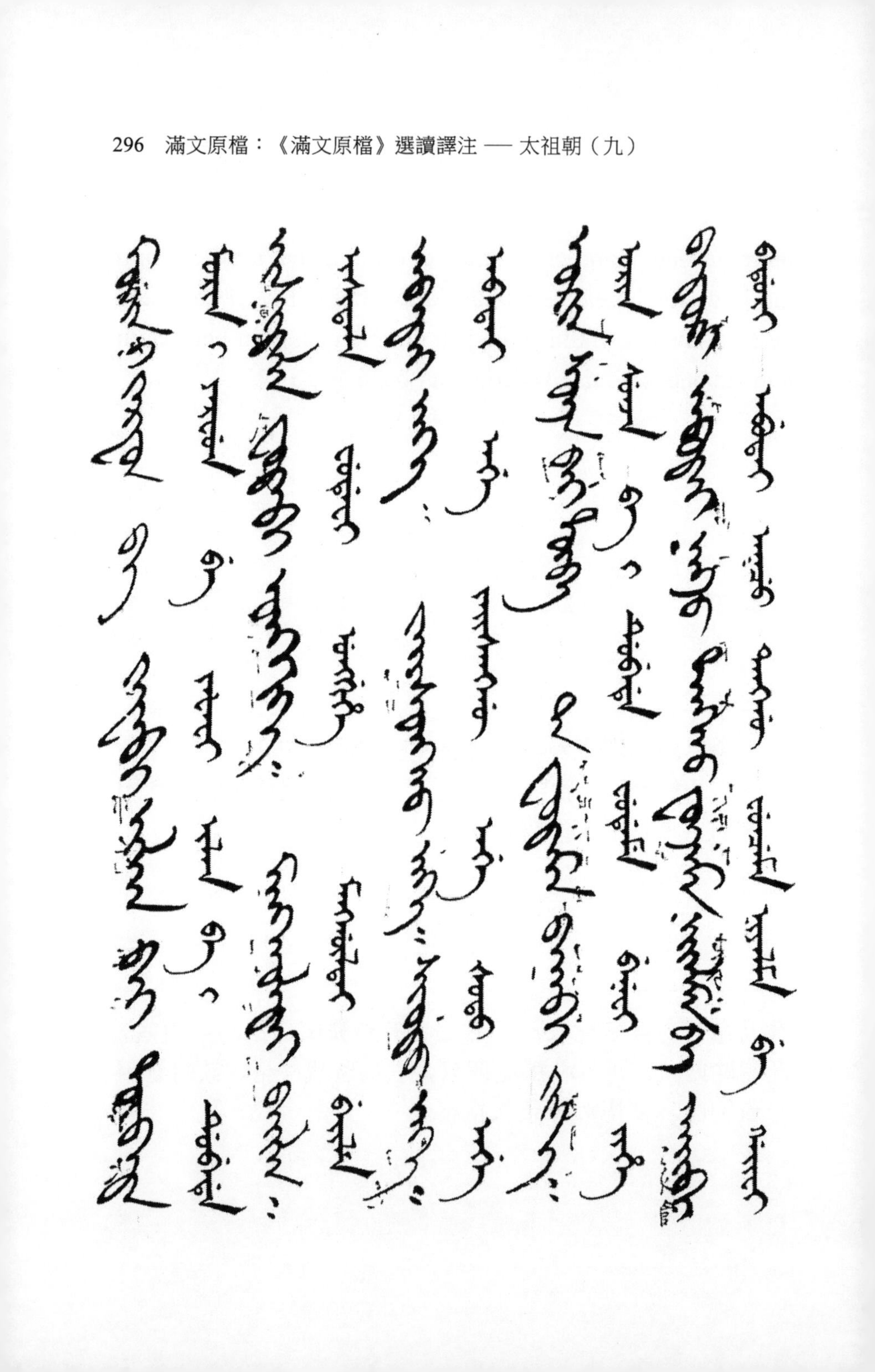

morin i yarfun be jafafi, ilan ba i dubede isitala fudefi unggihe. manggūltai beile, abatai age, jaisanggū age, šoto age orin sunja ba i dubede fudeme benefi jihe. baduri, abutai nakcu tanggū funceme niyalma be gaifi

之馬繮，送至三里外，遣之去。莽古爾泰貝勒、阿巴泰阿哥、齋桑古阿哥、碩托阿哥等送至二十五里外而還。巴都里、阿布泰舅舅率百餘人，

之马缰，送至三里外，遣之去。莽古尔泰贝勒、阿巴泰阿哥、斋桑古阿哥、硕托阿哥等送至二十五里外而还。巴都里、阿布泰舅舅率百余人，

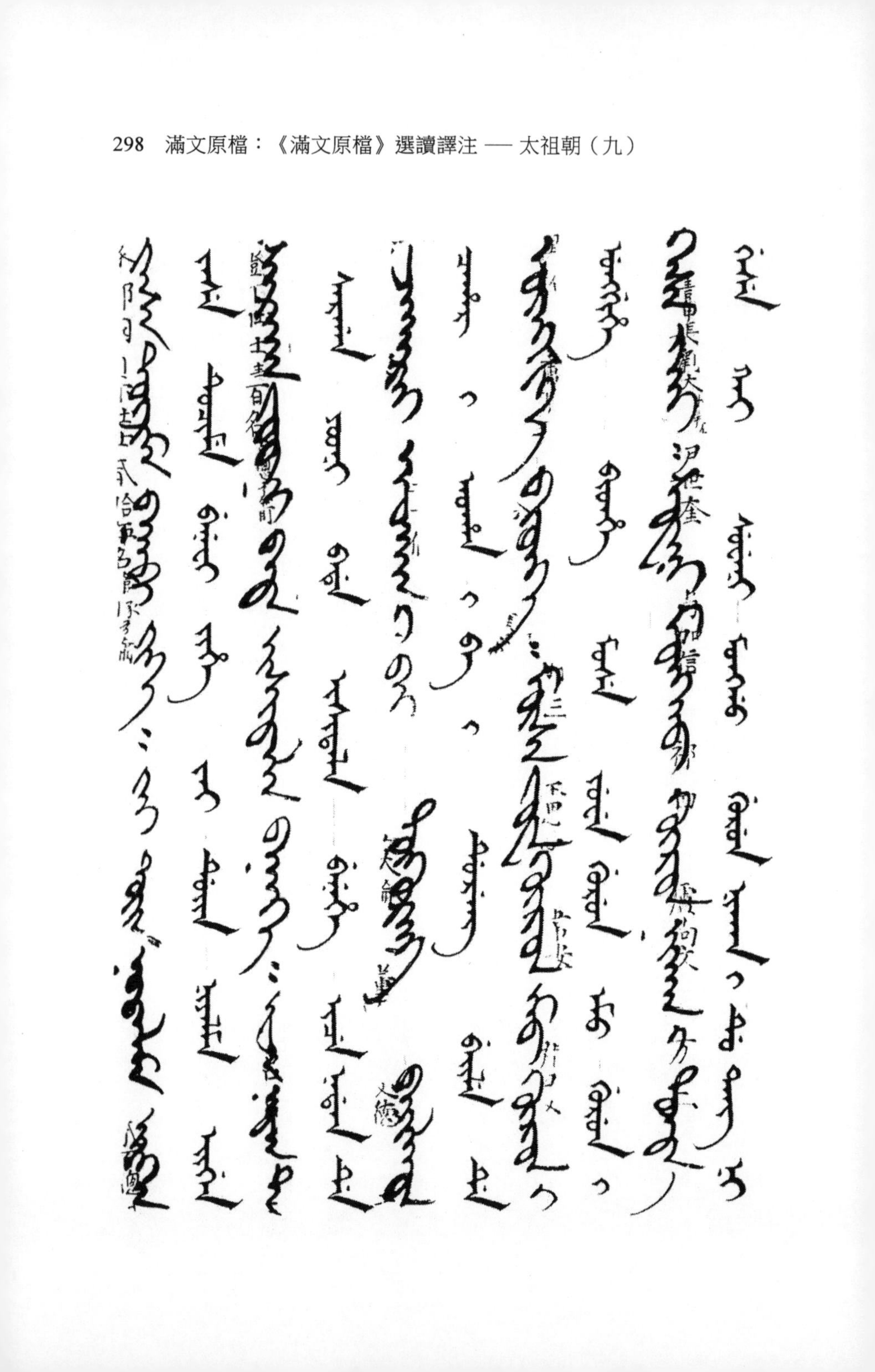

jase tucime benefi jihe. jai duin niyalma eigen sargan yooni bade isitala benehe. ice nadan de, cahar i aohan i ba i dureng beile de unggihe bithe, muse juwe gurun, emu gurun i gese kai. suweni monggo gurun, nikan i du tang ni

———————

送出邊界外而還。又遣四對夫妻俱送至其地。初七日，致察哈爾敖漢地方杜楞貝勒書曰：「我兩國如同一國也。爾等蒙古國人聽信明都堂之言，

———————

送出边界外而还。又遣四对夫妻俱送至其地。初七日，致察哈尔敖汉地方杜楞贝勒书曰：「我两国如同一国也。尔等蒙古国人听信明都堂之言，

十九、蒙古掠奪

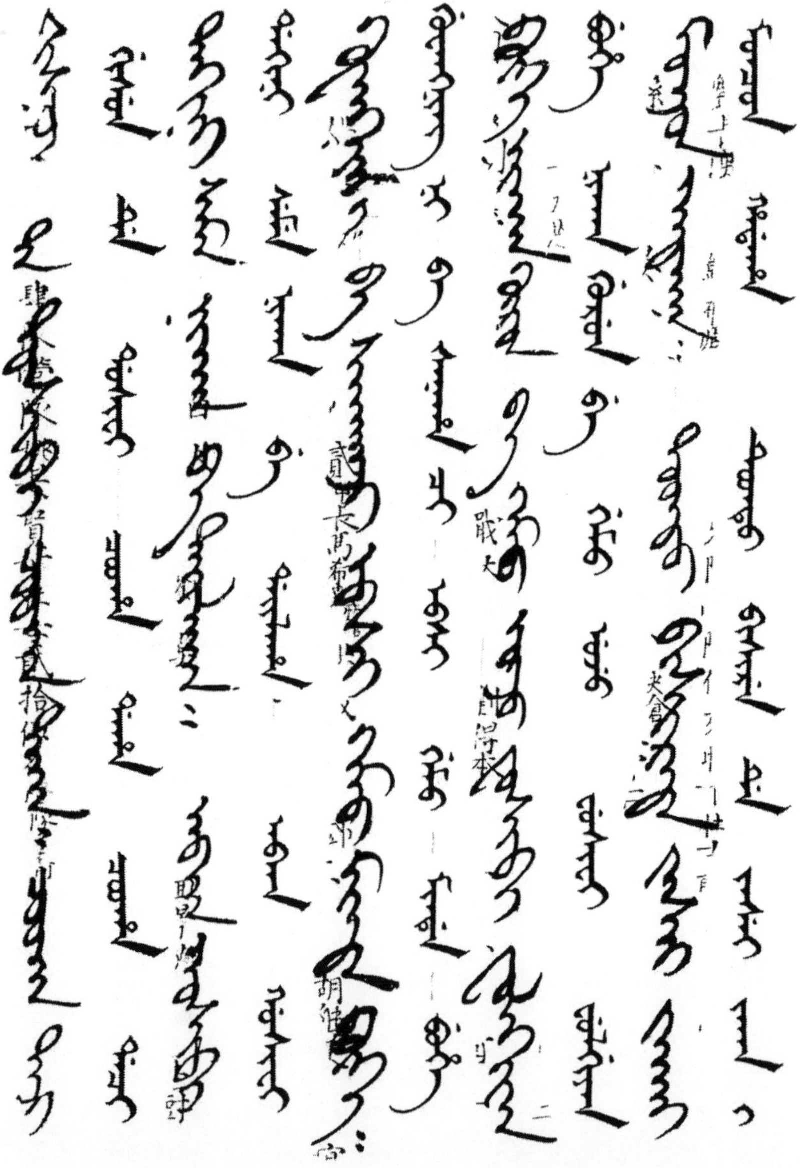

gisun de dosifi cooha daha. cooha daci dakini seme nikan be dailaha. abka gosifi guwangning ni ba, šanaha ci ebsi gemu minde buhe. buhe nikan gurun be gemu uju fusifi fulgiyan moncon hadaha. tuttu bisire de, jasei jaka i

發兵助明。雖以兵助之，我仍興師征明，蒙天眷佑，將廣寧地方、山海關以外地方皆賜與我。所賜之明國人皆已薙頭，冠以紅菊花頂。此間，沿邊漢人來告曰：

发兵助明。虽以兵助之，我仍兴师征明，蒙天眷佑，将广宁地方、山海关以外地方皆赐与我。所赐之明国人皆已薙头，冠以红菊花顶。此间，沿边汉人来告曰：

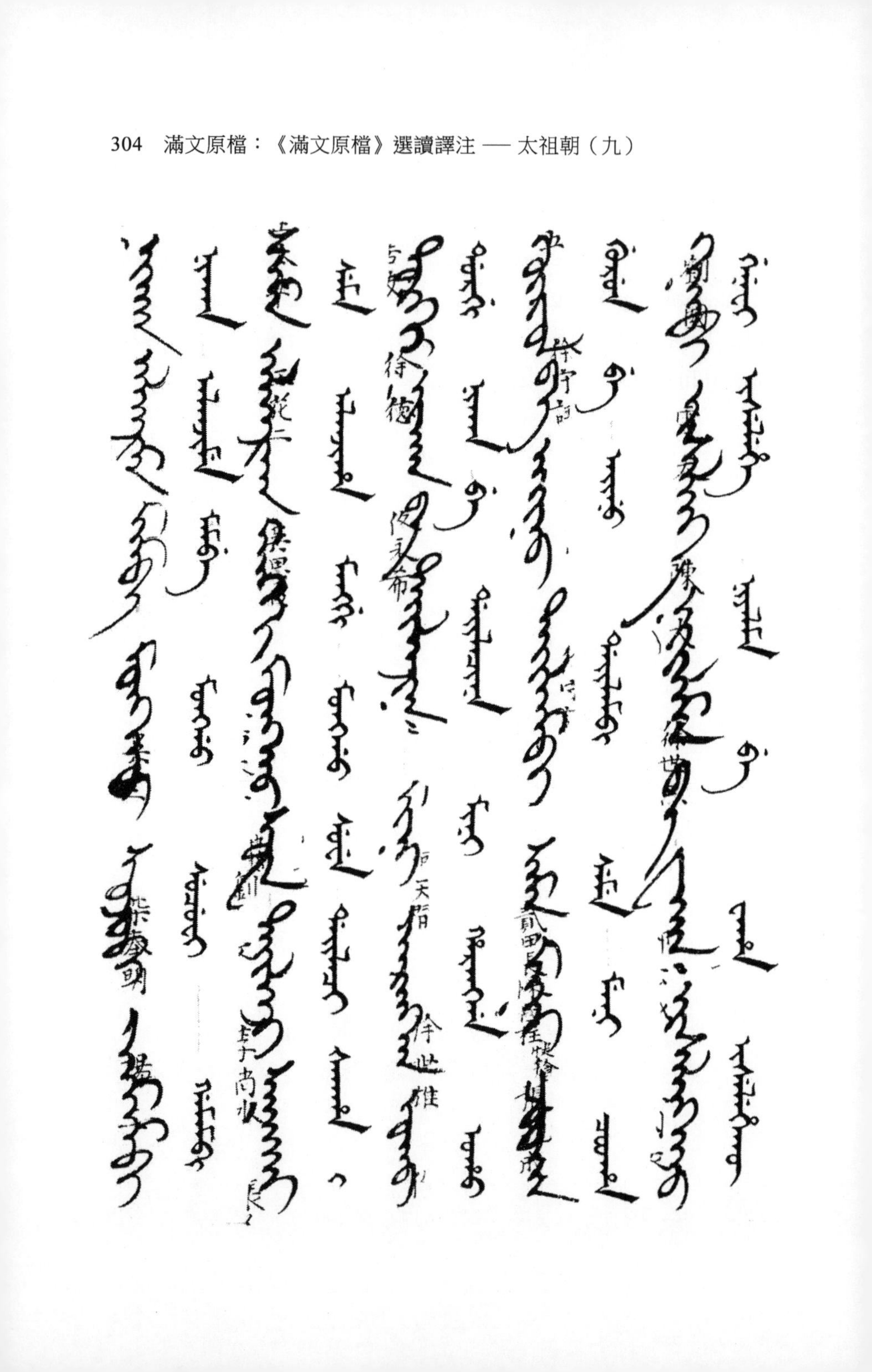

nikan alanjime, membe monggo sucufi gamambi seme
alanjiha manggi, monggo suwe dailaci šanaha i dorgi nikan
be dailacina. mini harangga oho gurun be ainu dailambi
seme, meni cooha genefi, iselehe niyalma be waha, iselehekū

「我等被蒙古侵擾等語。爾等蒙古若欲侵擾，往征山海關
以內漢人則已，為何征討我所屬之國人耶？我軍已前往，
拒者殺之，未拒之人

「我等被蒙古侵扰等语。尔等蒙古若欲侵扰，往征山海关
以内汉人则已，为何征讨我所属之国人耶？我军已前往，
拒者杀之，未拒之人

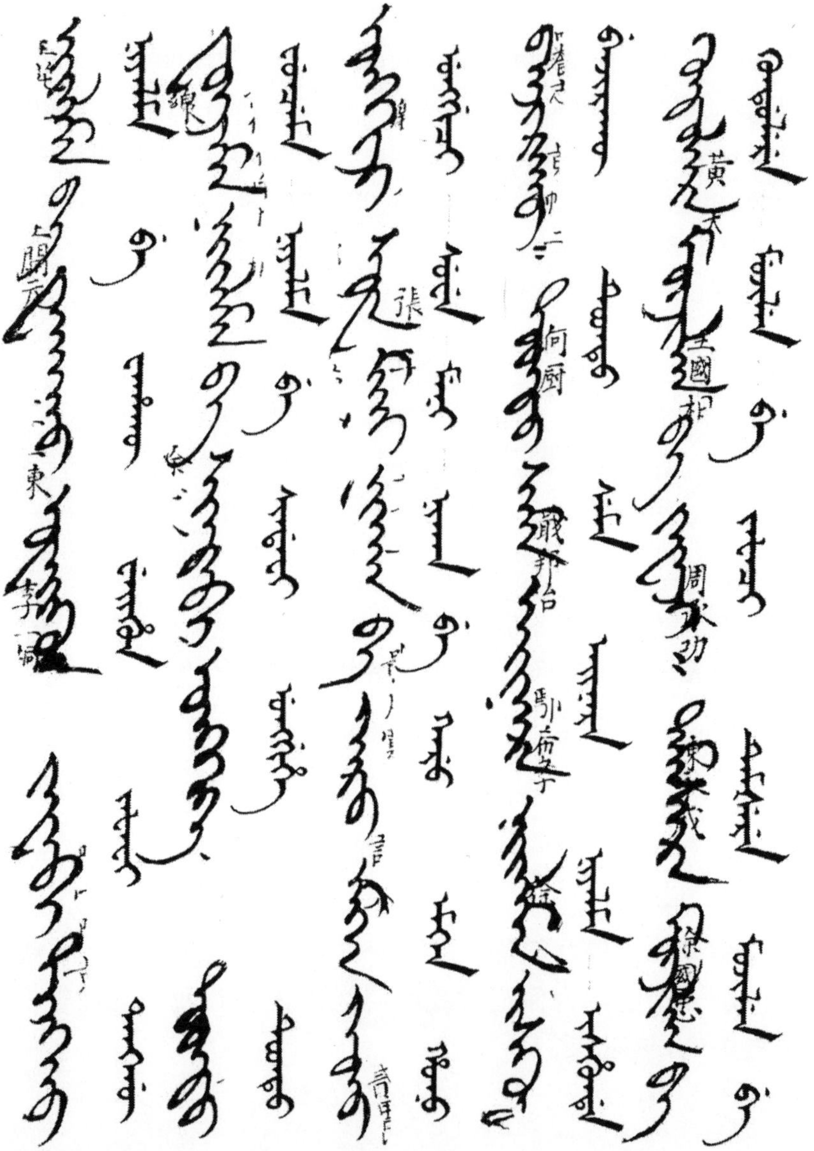

niyalma be wahakū weihun jafafi, tanggū funceme niyalma
be sindafi unggihe. tuttu unggici, suwe meni nikan be karu
emken hono benjirakū. tuttu seme ainara. niyalma ishunde
kundulere mujilen be jafaci, temšere mujilen be

不殺而生擒之，放還百餘人。如此遣還，爾等並未歸還我
一名漢人，何必如此？常言道：『人若持相敬之心，則相
爭之心自息；

不杀而生擒之，放还百余人。如此遣还，尔等并未归还我
一名汉人，何必如此？常言道：『人若持相敬之心，则相
争之心自息；

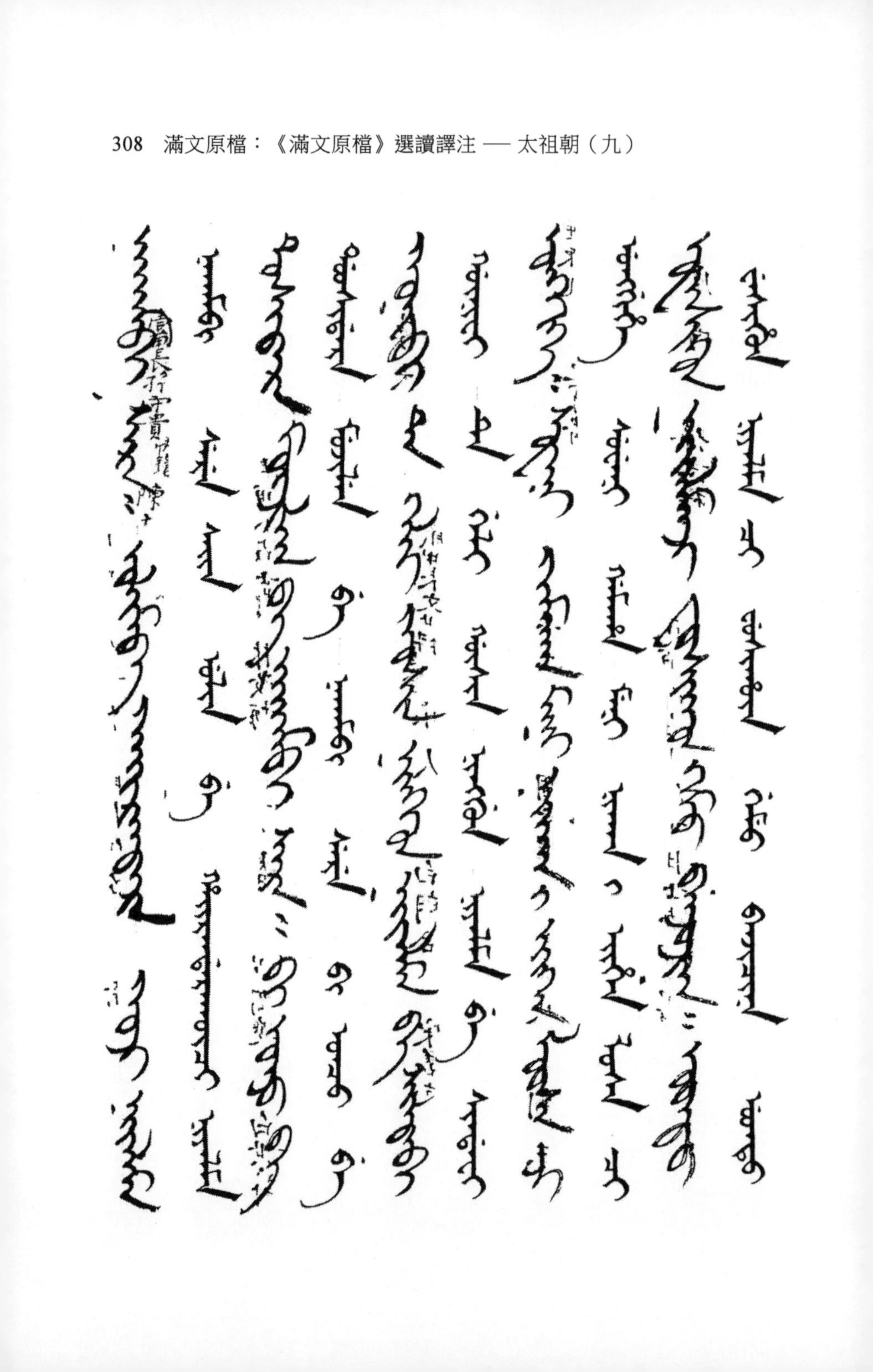

nakambi sere, sain ulin be hairandarakūci, niyalma doosidara mujilen be nakambi sere. bi onco be gūnifi te geli gūsin ninggun niyalma be sindafi unggihe. suweni gamaha meni nikan i eihen, losa ci wesihun, niyalma ci fusihūn, gemu benjicina. uttu

---

若不愛珍財[30]，則貪心自泯。』我寬大為懷，今復放還三十六人。爾等所掠我漢人之驢、騾以上，人以下，宜皆送來。

若不爱珍财，则贪心自泯。』我宽大为怀，今复放还三十六人。尔等所掠我汉人之驴、骡以上，人以下，宜皆送来。

---

[30] 不愛珍財，句中「不愛」，《滿文原檔》寫作 "kairantara koji"，分寫，不規範；《滿文老檔》讀作 "hairandarakūci"，改正，意即「若不愛惜」。按此為無圈點滿文 "ka" 與 "ha"、"n" 與「隱藏 n」、"ta" 與 "da"、"ko" 與 "kū" 之混用現象。

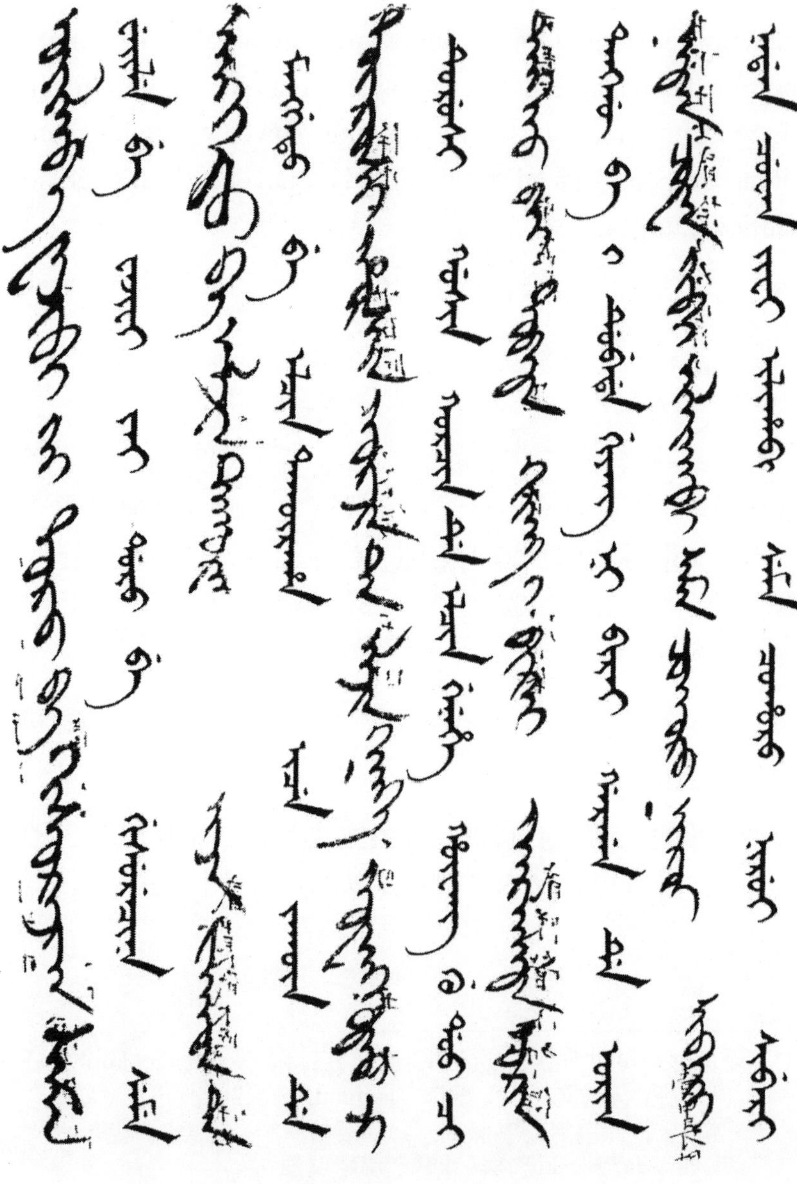

weile be wajifi, jai doro be gisurecina seme, menggetu be elcin takūraha. ice jakūn de, turusi, gosin korcin de elcin genehe. hūwang gu doo ci tanggū ba i dubede giyang ni birai gargan de, orin nadan cuwan jifi ilihabi seme cohoro nirui siberi

---

此事完結之後，再行議和。為此，特遣孟格圖為使前往。」初八日，圖魯什、郭忻出使科爾沁。據綽豁洛牛彔人西伯里來告：距黃姑島百里外，有船二十七隻前來泊於江中河汊。

此事完结之后，再行议和。为此，特遣孟格图为使前往。」初八日，图鲁什、郭忻出使科尔沁。据绰豁洛牛彔人西伯里来告：距黄姑岛百里外，有船二十七只前来泊于江中河汊。

二十、輪班駐防

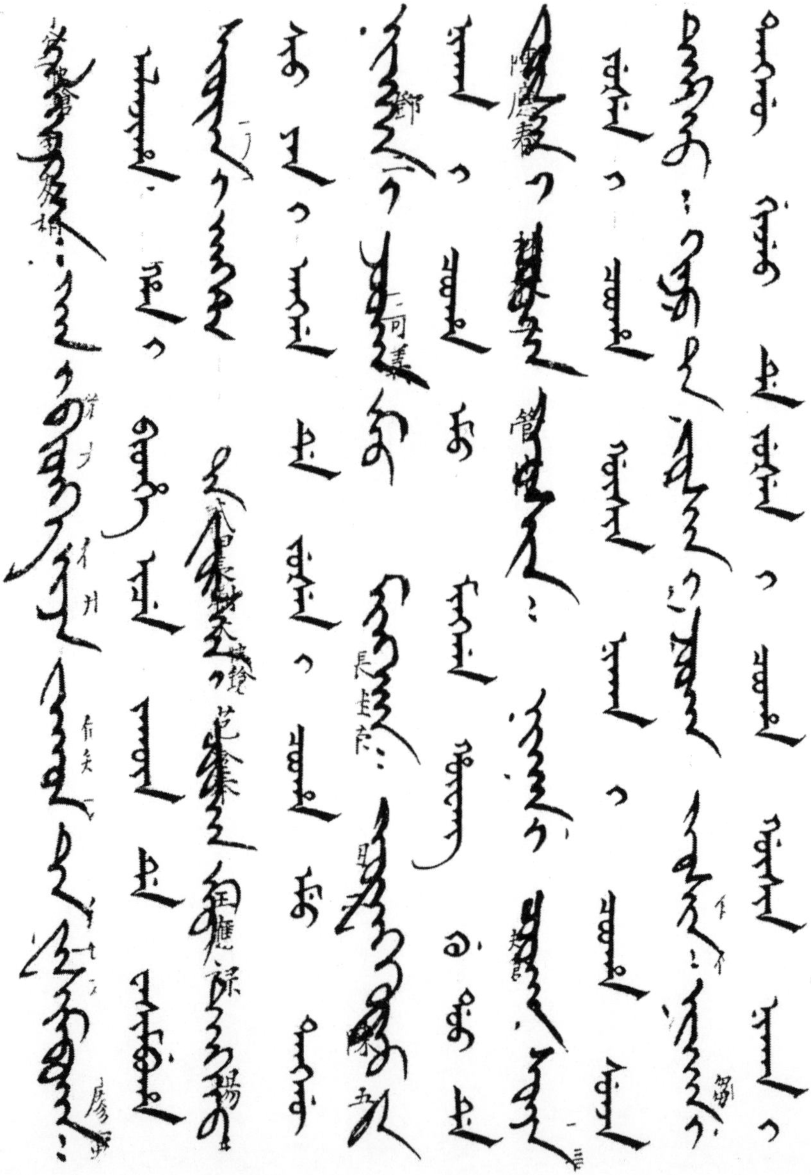

alanjiha. han i bithe, ice jakūn de wasimbuha, sio yan i angga de jušen i cooha emu tanggū, nikan i cooha emu minggan, hūwang gu doo de jušen i cooha gūsin, nikan i cooha sunja tanggū, ginjeo de jušen i cooha gūsin, nikan i

---

初八日，汗頒書諭曰：「岫岩口遣諸申兵一百名、漢兵一千名，黃姑島遣諸申兵三十名、漢兵五百名，金州遣諸申兵三十名、

初八日，汗颁书谕曰：「岫岩口遣诸申兵一百名、汉兵一千名，黄姑岛遣诸申兵三十名、汉兵五百名，金州遣诸申兵三十名、

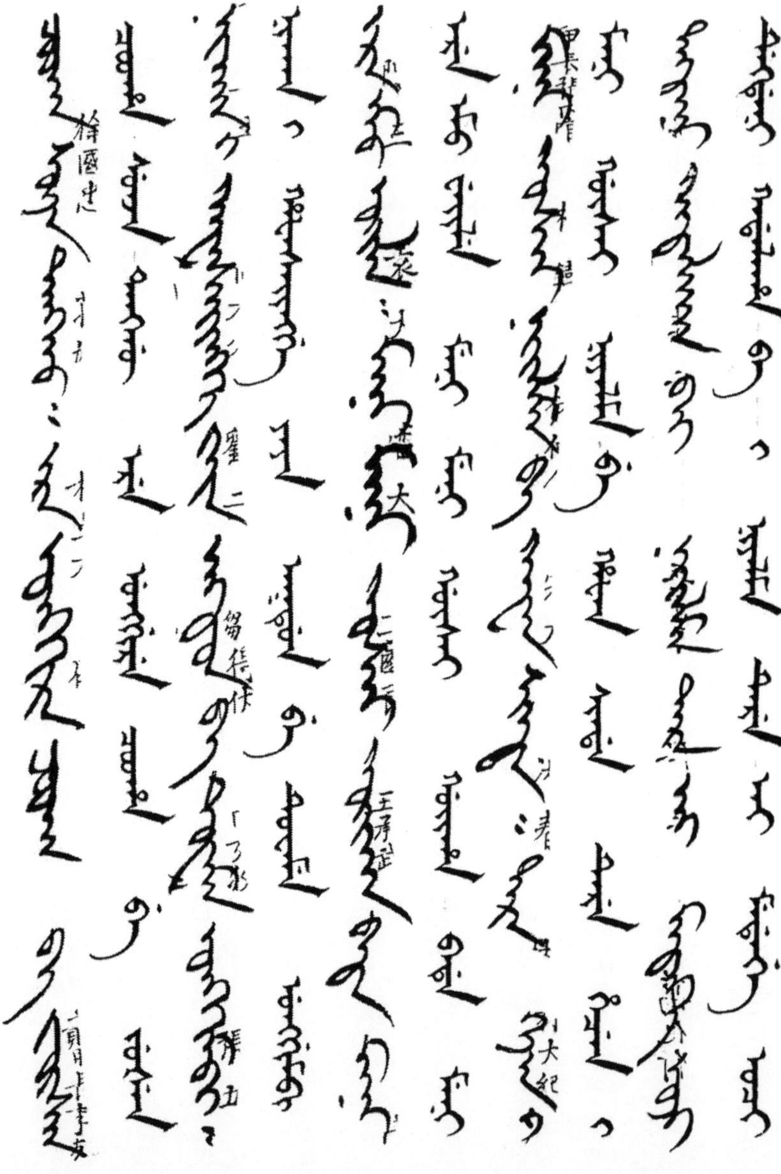

cooha sunja tanggū. ere unggire cooha be jušen, nikan i hafasaingge, yaya akdun be tuwame unggimbi, ere emu weile. meni meni gūsai goiha bade, meni meni gūsai niyalma be hafan sinda. tere hecen i dekdeni kadalaha ba i niyalma tere ai medege oci

---

漢兵五百名。所遣之兵，諸申、漢人官員應視可以信靠者遣之，此其一也。各旗於其輪班駐防之地，各以本旗之人為官。該城原管轄地之人，若有任何信息，

汉兵五百名。所遣之兵，诸申、汉人官员应视可以信靠者遣之，此其一也。各旗于其轮班驻防之地，各以本旗之人为官。该城原管辖地之人，若有任何信息，

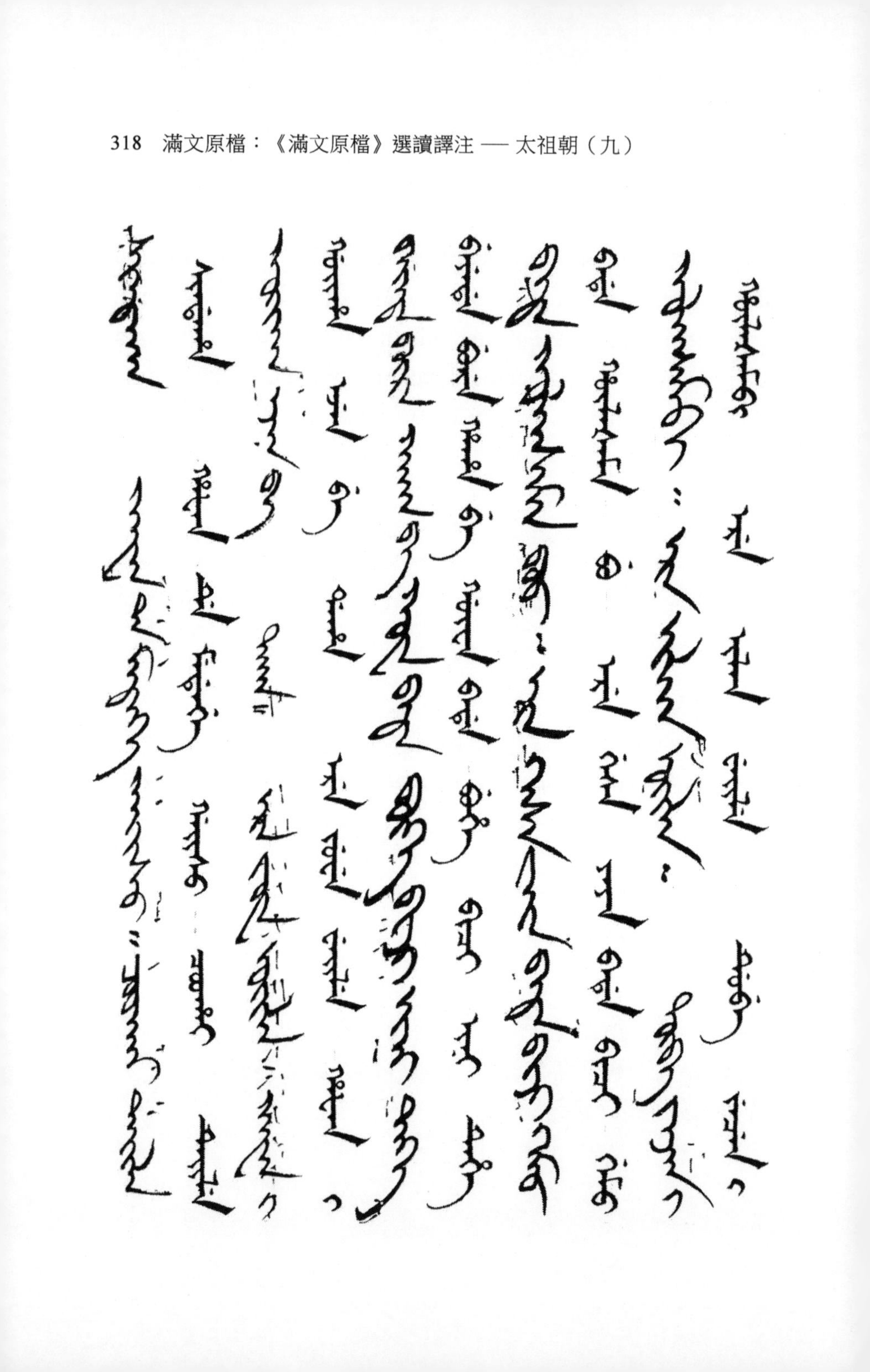

sindaha hafan de medege gaisu, coohai teile goiha ejen be daha, ere juwe weile. hafan i beyede bure haha be gūwa bade buhe bici, ini tehe bade hūlašame bu, ere gese yaya bade bici, gemu hūlašambi, ere ilan weile. dube jecen i

---

須向所設官員探取信息，兵丁僅隨輪班駐防之主，此其二也。撥給官員本人之男丁，若已撥往他處，則更換其所駐之地給之，各地若有似此情形，皆更換之，此其三也。

須向所設官員探取信息，兵丁仅随轮班驻防之主，此其二也。拨给官員本人之男丁，若已拨往他处，则更換其所驻之地给之，各地若有似此情形，皆更換之，此其三也。

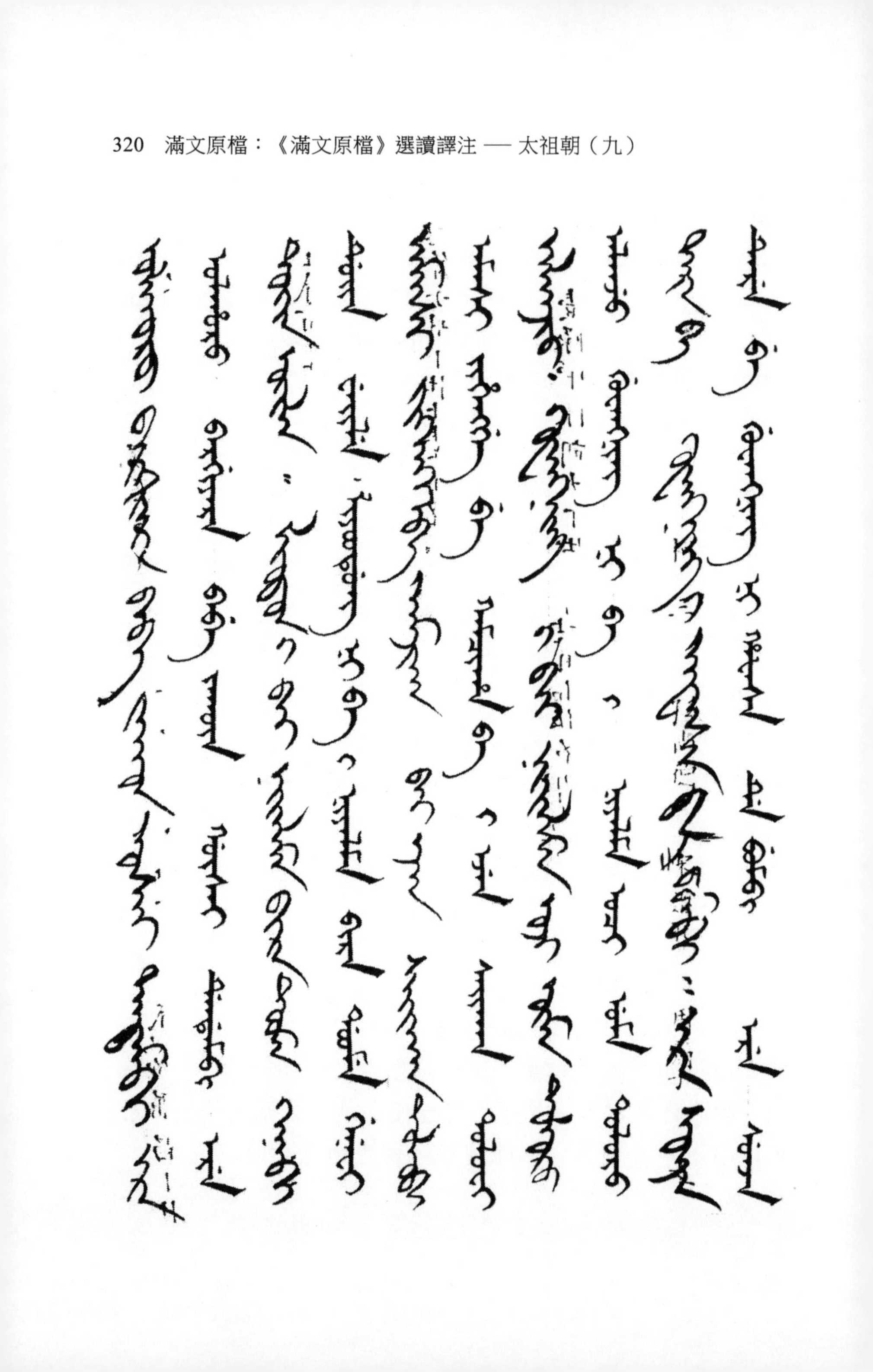

olhoro bargiyara babe, jakūn gūsai dendembi, ere duin weile.
liyoodung ni ba i niyalma, bira doome genefi amasi jihengge
be, kamciha ba i ejen saikan tolofi alanju, guwangning ni ba
i niyalma oci, ume toloro tere be guwangning ni hafasa de
bumbi, ere sunja

邊境收管之地，由八旗分之，此其四也。遼東地方之人，
凡屬過河而歸來者，著兼管地方之主妥善清點來報，若係
廣寧地方之人，則毋庸清點，將其撥給廣寧官員，此其五
也。

边境收管之地，由八旗分之，此其四也。辽东地方之人，
凡属过河而归来者，着兼管地方之主妥善清点来报，若系
广宁地方之人，则毋庸清点，将其拨给广宁官员，此其五
也。

二十一、指點築城

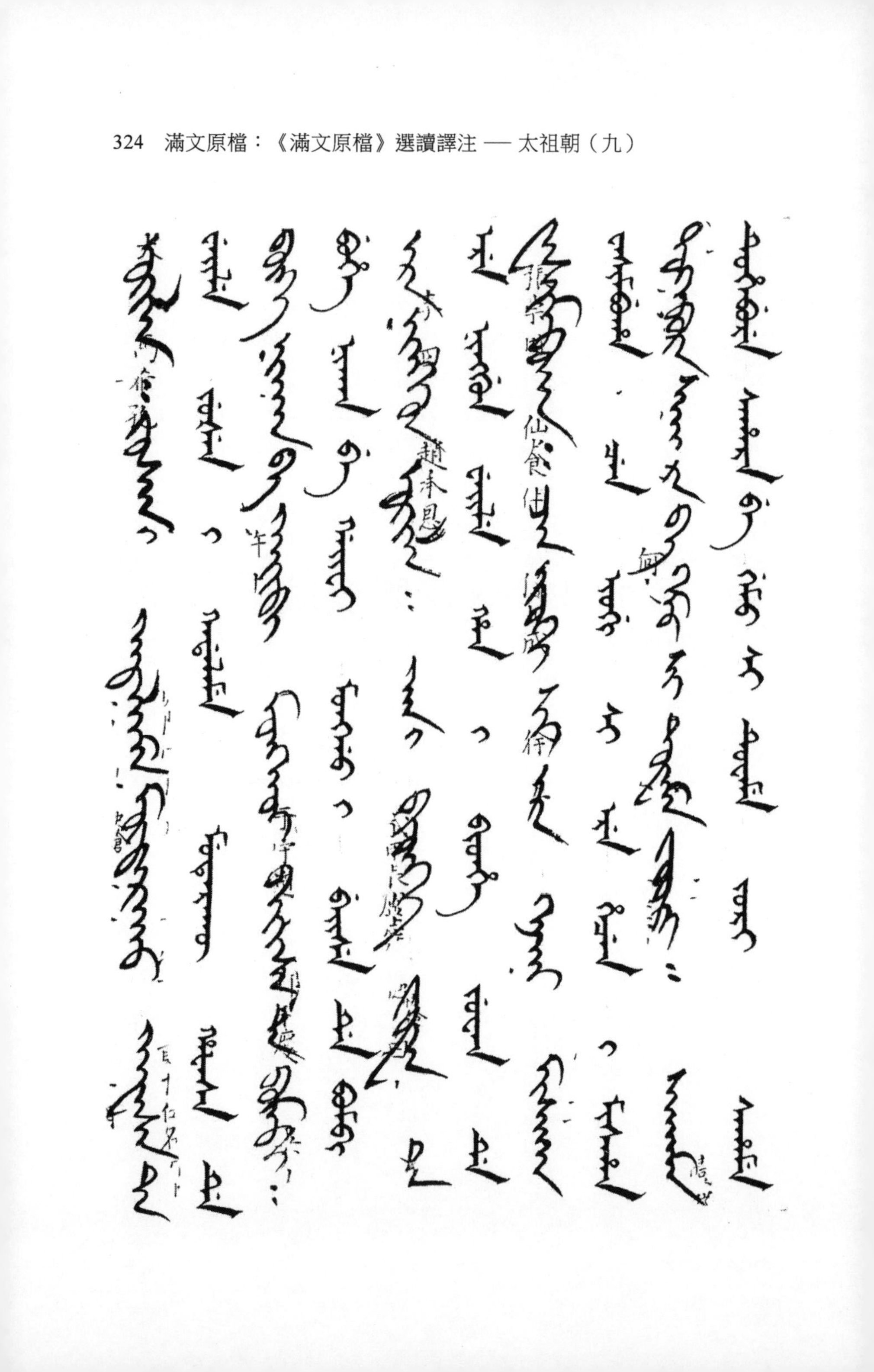

（滿文原檔內容，無法轉錄）

張承恩

趙未恩

午

仙食仙

無

徐

weile. jušen i kadalame muterakū hafasa de buhe nikan be gaifi monggo i beise de bumbi, ere ninggun weile. han i bithe, juwan de wasimbuha, cen iogi si ere hecen i mishan tuhebure sahara be gemu si tuwame jori. sahame

著將賜給諸申不能管理官員之漢人收回，賜給蒙古諸貝勒，此其六也。」初十日，汗頒書諭曰：「陳遊擊，此城垂吊墨線砌築事宜，皆著爾親自指點；

着将赐给诸申不能管理官员之汉人收回，赐给蒙古诸贝勒，此其六也。」初十日，汗颁书谕曰：「陈游击，此城垂吊墨线砌筑事宜，皆着尔亲自指点；

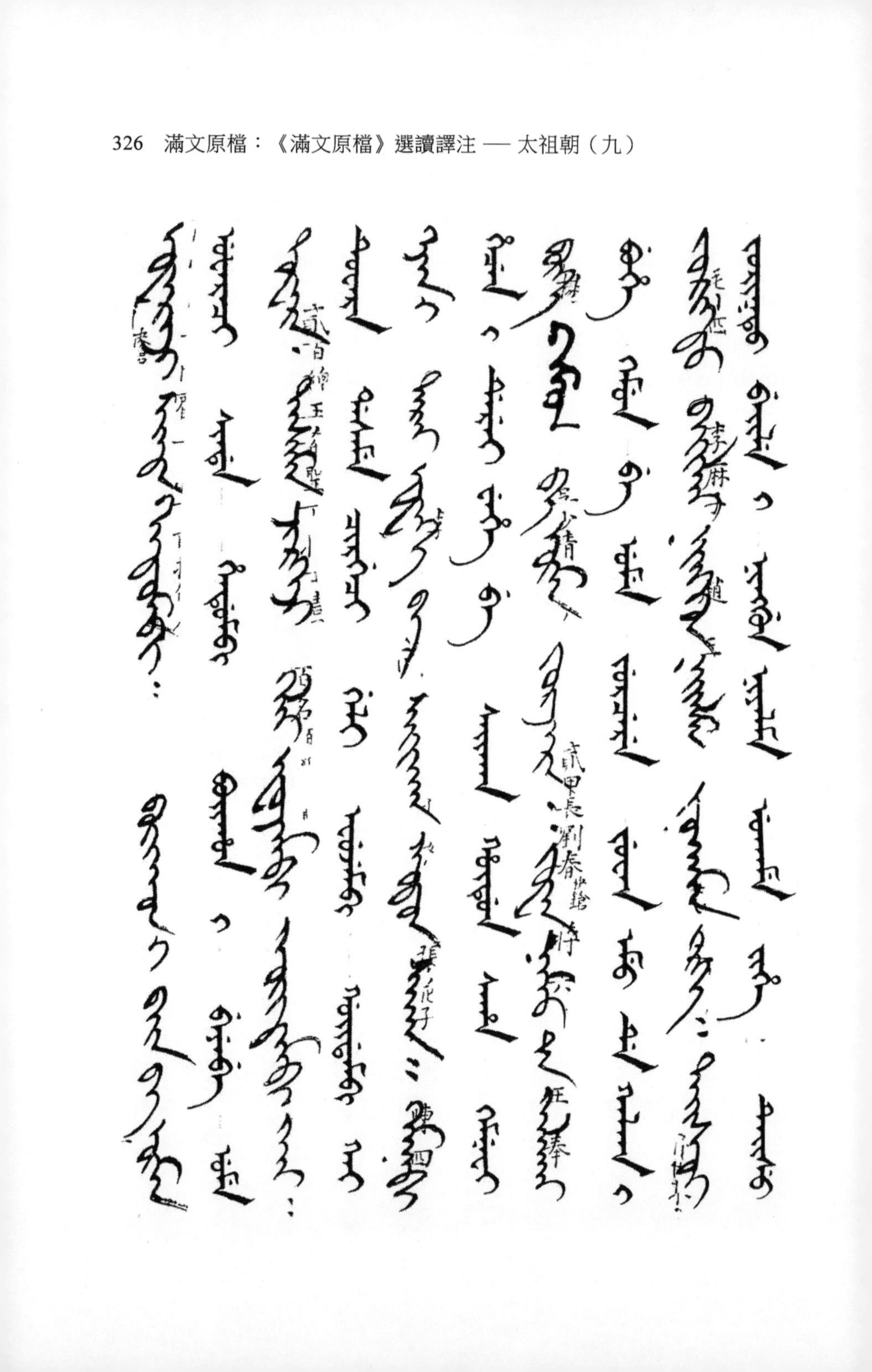

ufaraci, sinde hendumbi. boihon i beyebe ume tuwara,
dasame cirgeci geli efujembi, goidambi kai. hecen i derei
wehe be saikan hūdun saha, kemnefi buhe kemun be ume
jurcere. juwan emu de, kalka i joriktu beile i ninggun
niyalma ukame jihe. teisu

―――――――

若有差錯，則惟爾是問。若不查看土質，即行夯築，則必
塌陷，遲延時日也。城面之石，務從速妥善砌築，勿違既
給尺寸。」十一日，喀爾喀卓里克圖貝勒之六人逃來。

―――――――

若有差错，则惟尔是问。若不查看土质，即行夯筑，则必
塌陷，迟延时日也。城面之石，务从速妥善砌筑，勿违既
给尺寸。」十一日，喀尔喀卓里克图贝勒之六人逃来。

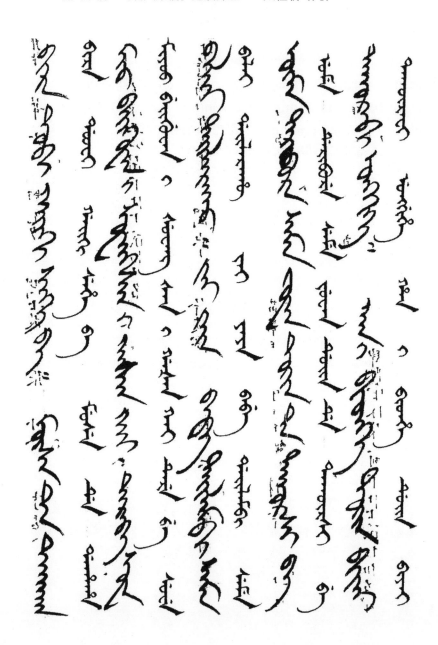

bira doofi gaiki sehe ba, muse de dahaha miyoo beiguwan i šuwang šan i gašan kai. tere be suwe balai dailarahū. jai yaya babe dailambi seme ume deribure seme, juwan duin de takūrsi be takūrafi unggihe. han i bithe, duin biyai

---

十四日，遣差役宣諭：「欲渡河攻取之地，乃降我之苗備禦官所轄雙山屯也。恐爾等胡亂征討其地。再者，勿起到處征討之念。」

十四日，遣差役宣谕：「欲渡河攻取之地，乃降我之苗备御官所辖双山屯也。恐尔等胡乱征讨其地。再者，勿起到处征讨之念。」

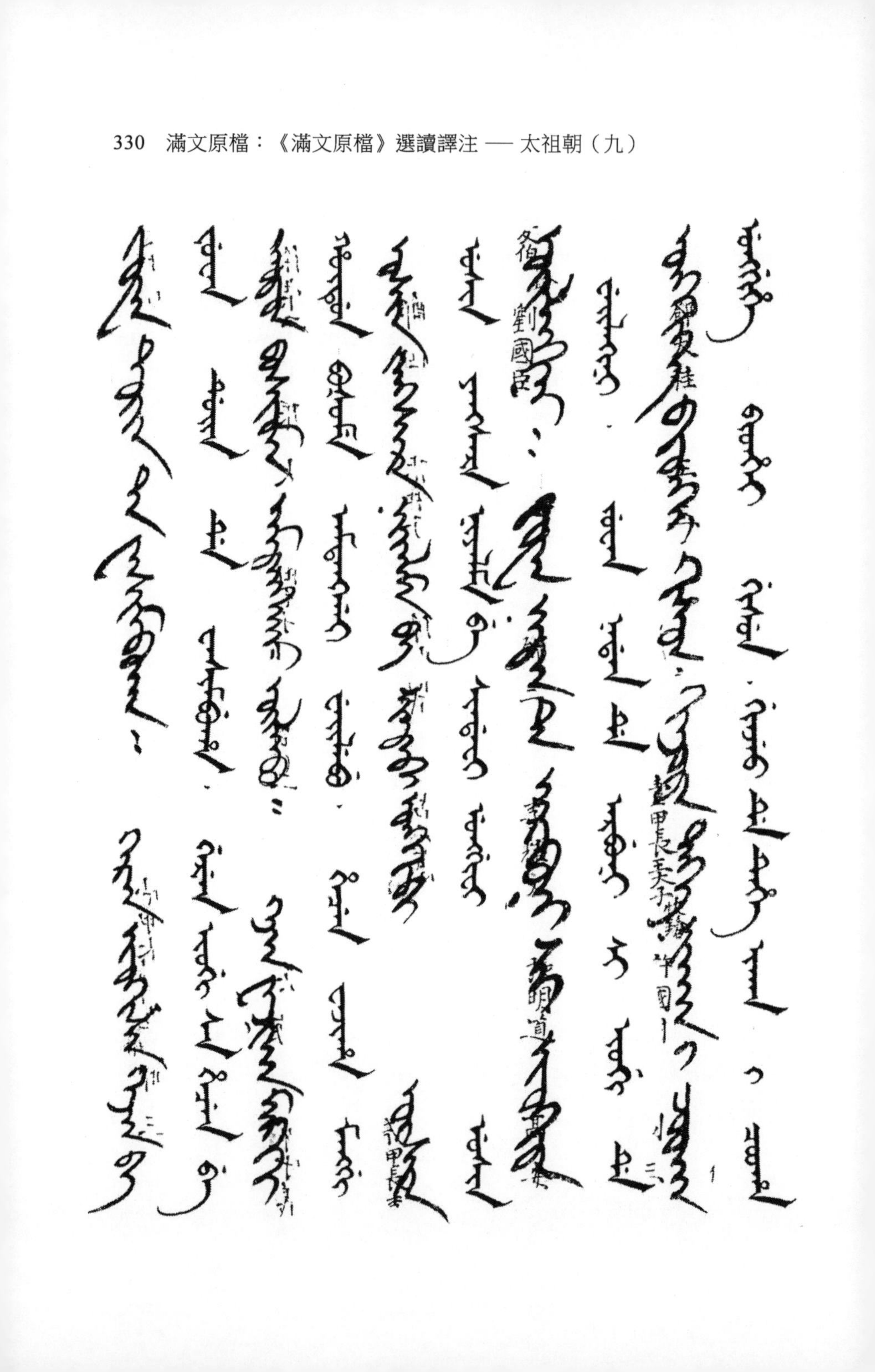

juwan duin de wasimbuha, geren iogi sa hecen be hūdun
bošome amtanggai weilebu. hecen wajiha manggi, usin
yangsara niyalma be sindafi unggifi usin weilekini. juwan
nadan de, arbuni, si iogi de unggihe bithei gisun, ginjeo de
tehe nikan i cooha

四月十四日，汗頒書諭曰：「著衆遊擊從速督催築城事宜，
築城竣工後，將耕田之人放回後，著令種田。」十七日，
致書阿爾布尼、習遊擊曰：「駐紮金州漢人之兵

四月十四日，汗颁书谕曰：「着众游击从速督催筑城事宜，
筑城竣工后，将耕田之人放回后，着令种田。」十七日，
致书阿尔布尼、习游击曰：「驻扎金州汉人之兵

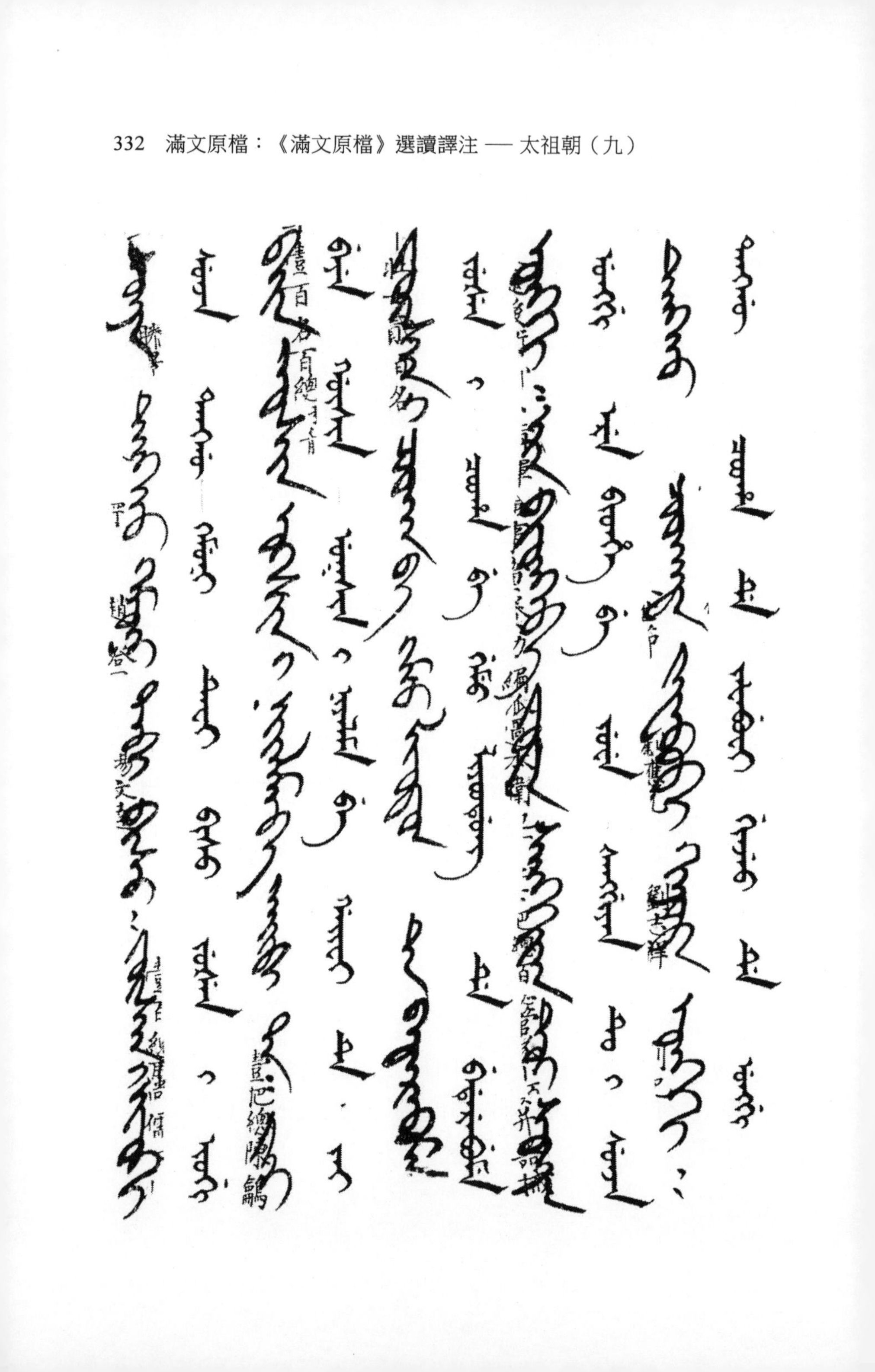

sunja tanggū kemuni tefi bisu, jušen i iogi beye gūsin uksin i niyalma be gaifi te, jai jušen i cooha be gemu liyoodung de bederebume unggi, ere bithe be juwe šanggiyan tu i sunja tanggū cooha de jafabufi ginjeo de unggi,

---

五百名仍駐守原地，諸申遊擊親自率領披甲之人三十名駐守，再令其餘諸申兵丁皆遣歸遼東。遣二白纛之五百兵持此書前往金州。

五百名仍驻守原地，诸申游击亲自率领披甲之人三十名驻守，再令其余诸申兵丁皆遣归辽东。遣二白纛之五百兵持此书前往金州。

二十二、盛衰興亡

貳拾伍隊長劉

文增一壯士貳拾伍名

劉邑甫

張文倬

王石子（庫）

張汝儉

升興（牌）

王子（牌）

hūwang gu doo de tehe nikan i cooha sunja tanggū kemuni
tefi bisu, jušen i iogi, gūsin uksin i niyalma be gaifi te, jai
emu tanggū jušen cooha be sio yan i bira doome, ilan bolikū
de arbuni be baime unggi, tereci funcehe

駐守黃姑島漢人之兵五百名仍駐原地。諸申遊擊率披甲之
三十人駐守。再令諸申兵一百名渡岫岩河，遣往伊蘭博里
庫[31]尋覓阿爾布尼，

駐守黃姑島漢人之兵五百名仍駐原地。諸申游擊率披甲之
三十人駐守。再令諸申兵一百名渡岫岩河，遣往伊兰博里
庫尋覓阿尔布尼，

---

[31] 伊蘭博里庫，《滿文原檔》寫作 "san boliko"，《滿文老檔》讀作 "ilan
　　bolikū"。　意即「三個幌子」。

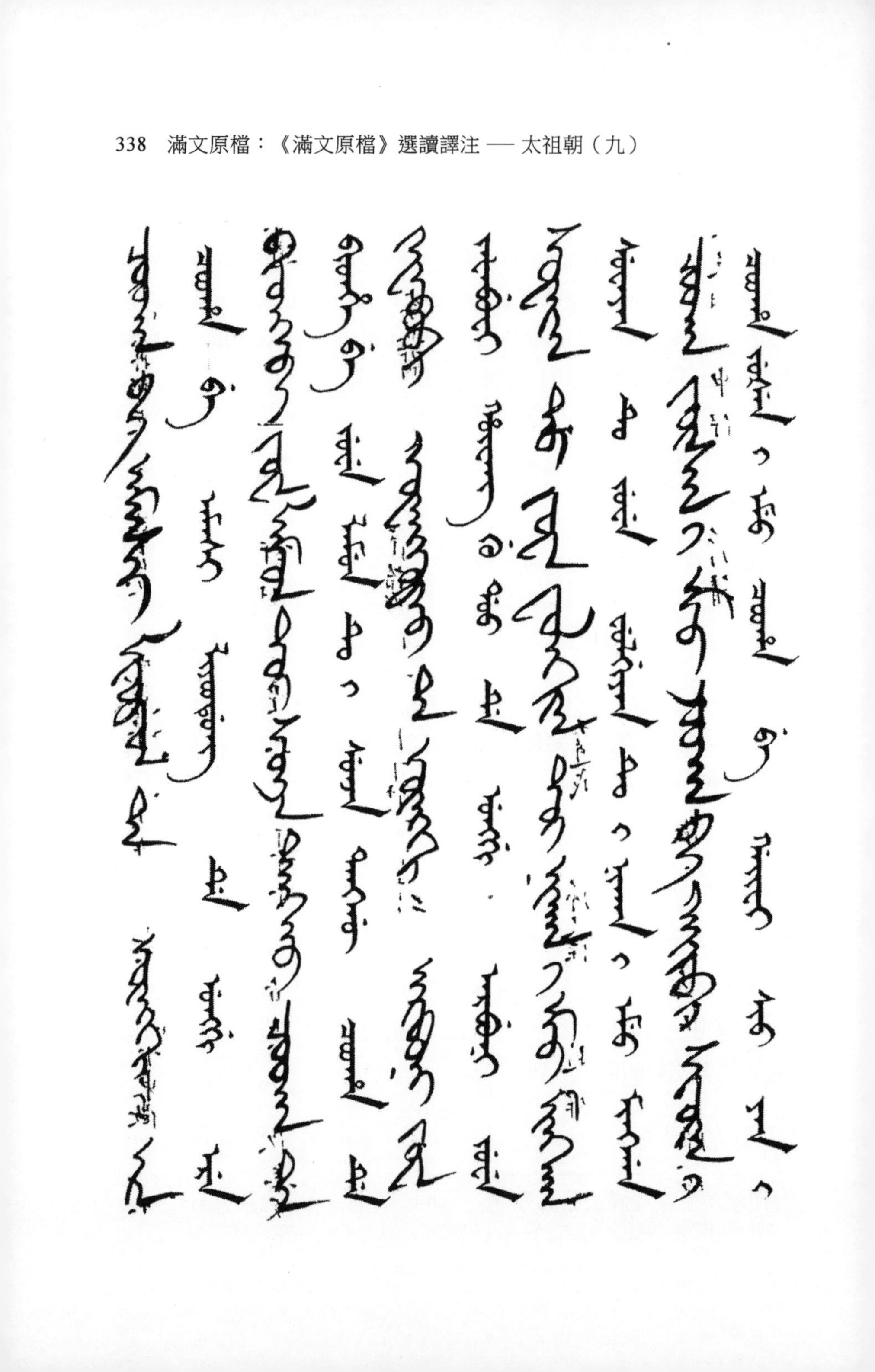

cooha be amasi liyoodung de unggi, ere bithe be juwe lamun
tu i sunja tanggū cooha de jafabufi hūwang gu doo de unggi.
arbuni juwe suwayan tu juwe fulgiyan tu i nikan i emu
minggan cooha, jušen i emu cooha be gaifi sio yan i

將其餘之兵遣返遼東。遣二藍纛之兵五百名持此書前往黃
姑島。令阿爾布尼率二黃纛、二紅纛漢人之兵一千名、諸
申之兵一百（或千）名[32]，

將其余之兵遣返辽东。遣二蓝纛之兵五百名持此书前往黃
姑岛。令阿尔布尼率二黃纛、二红纛汉人之兵一千名、诸
申之兵一百（或千）名，

---

[32] 一百（或千）名，《滿文原檔》、《滿文老檔》俱讀作 "emu cooha
be gaifi"，〈簽注〉：「emu 下漏寫千或百之處，無從查考」；
茲參照迻譯之。

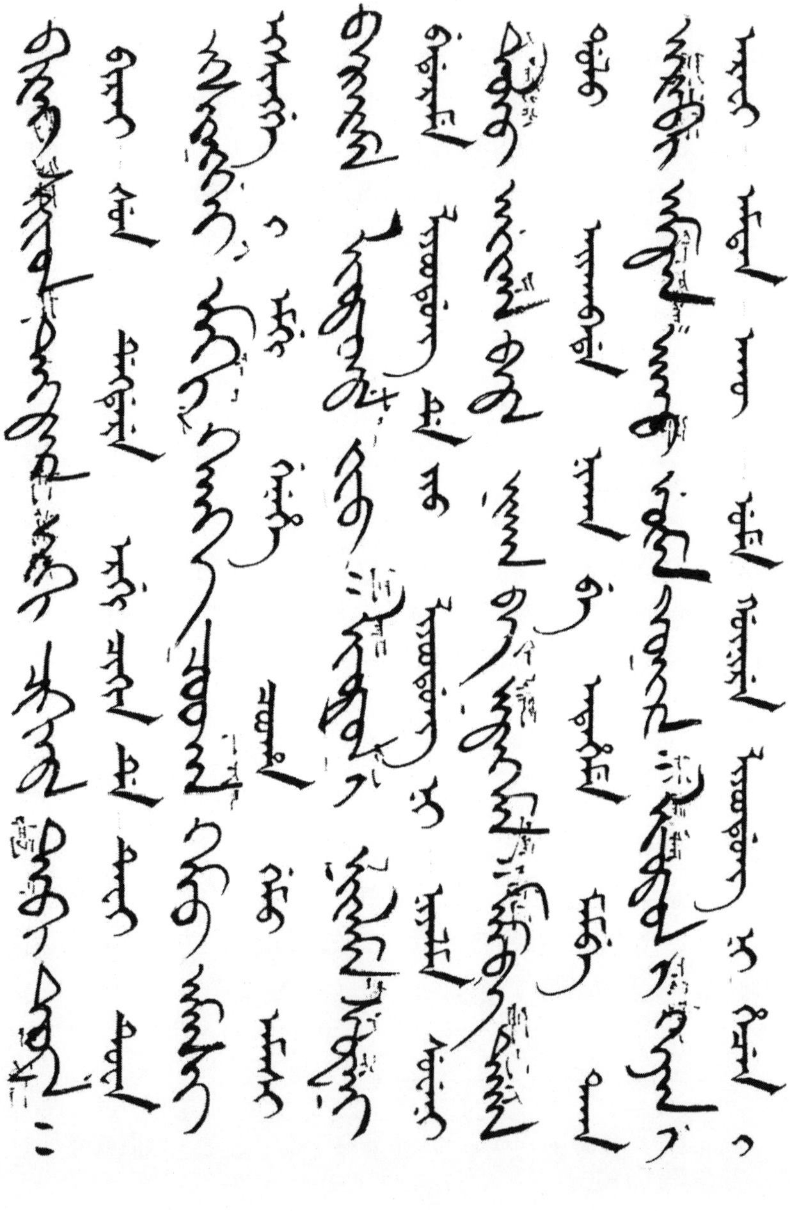

birai šun dekdere ergi cikin de tefi tuwa. eksingge i emgi genehe cooha, gemu amasi bedereme liyoodung de jio. liyoodung ni niyalma suweni dolo aikabade nikan be enteheme, membe taka arafi amtan akū ume gūnire, liyoodung ni hecen i

---

駐岫岩又河東岸監視。隨額克興額同往之兵，皆令返回遼東。」「爾等遼東人內心勿存明長久，我存一時等無趣之念。

駐岫岩河东岸监视。随额克兴额同往之兵，皆令返回辽东。」「尔等辽东人内心勿存明长久，我存一时等无趣之念。

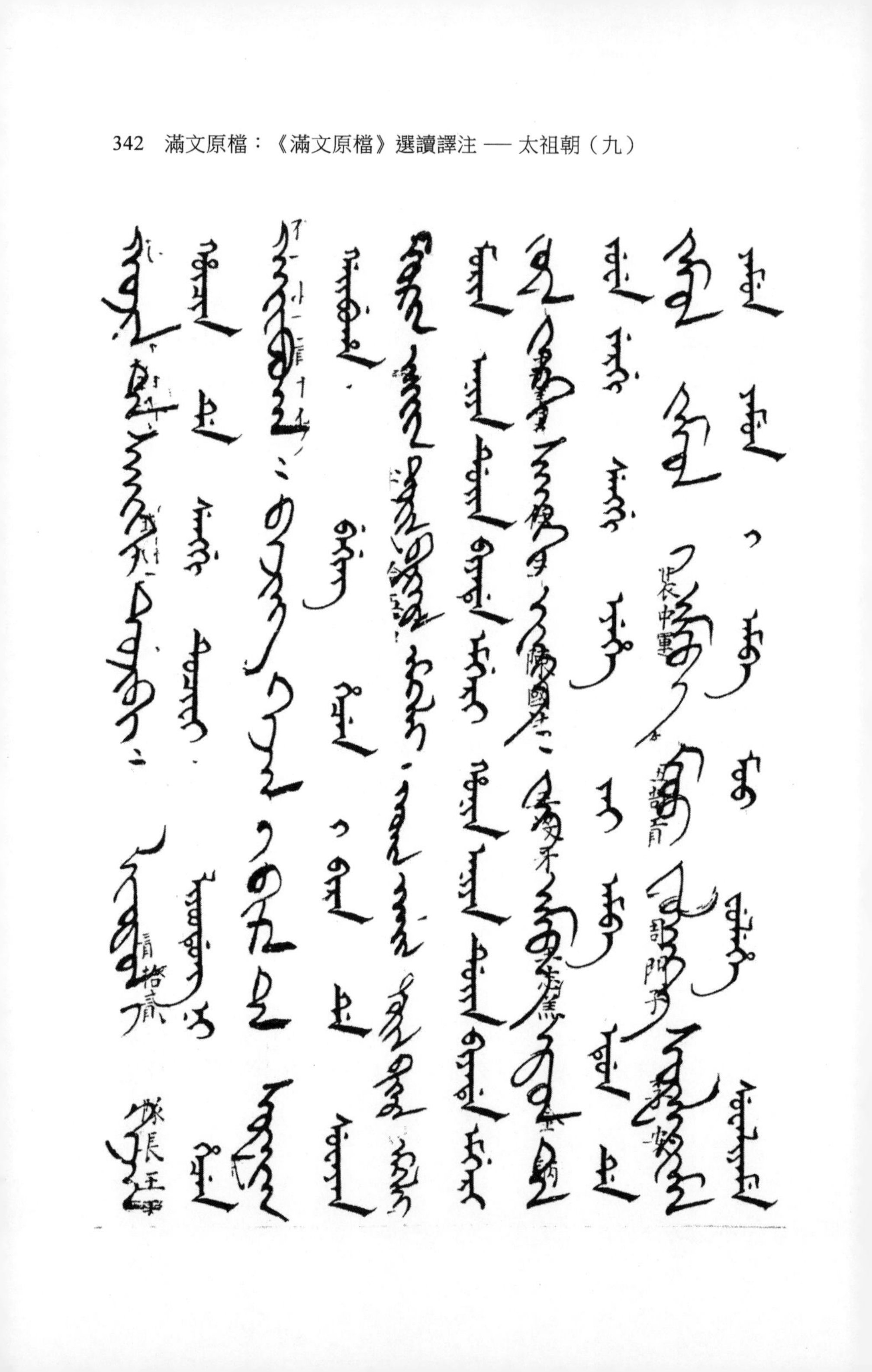

hūcin de senggi tucifi, liyoodung ni hecen gaibuha. beging
hecen i bira de, suwayan morin aniya duin biyade emgeri,
honin aniya duin biyade emgeri, juwe jergi senggi eyehe. jai
amba edun de yamun yamun i amba moo fulehe suwaliyame

遼東城井內出血，遼東城遂被攻陷。據悉，北京城河中戊
午年四月一次，未年四月一次，兩次流血。又各衙門之大
樹被大風連根拔出，

辽东城井内出血，辽东城遂被攻陷。据悉，北京城河中戊
午年四月一次，未年四月一次，两次流血。又各衙门之大
树被大风连根拔出，

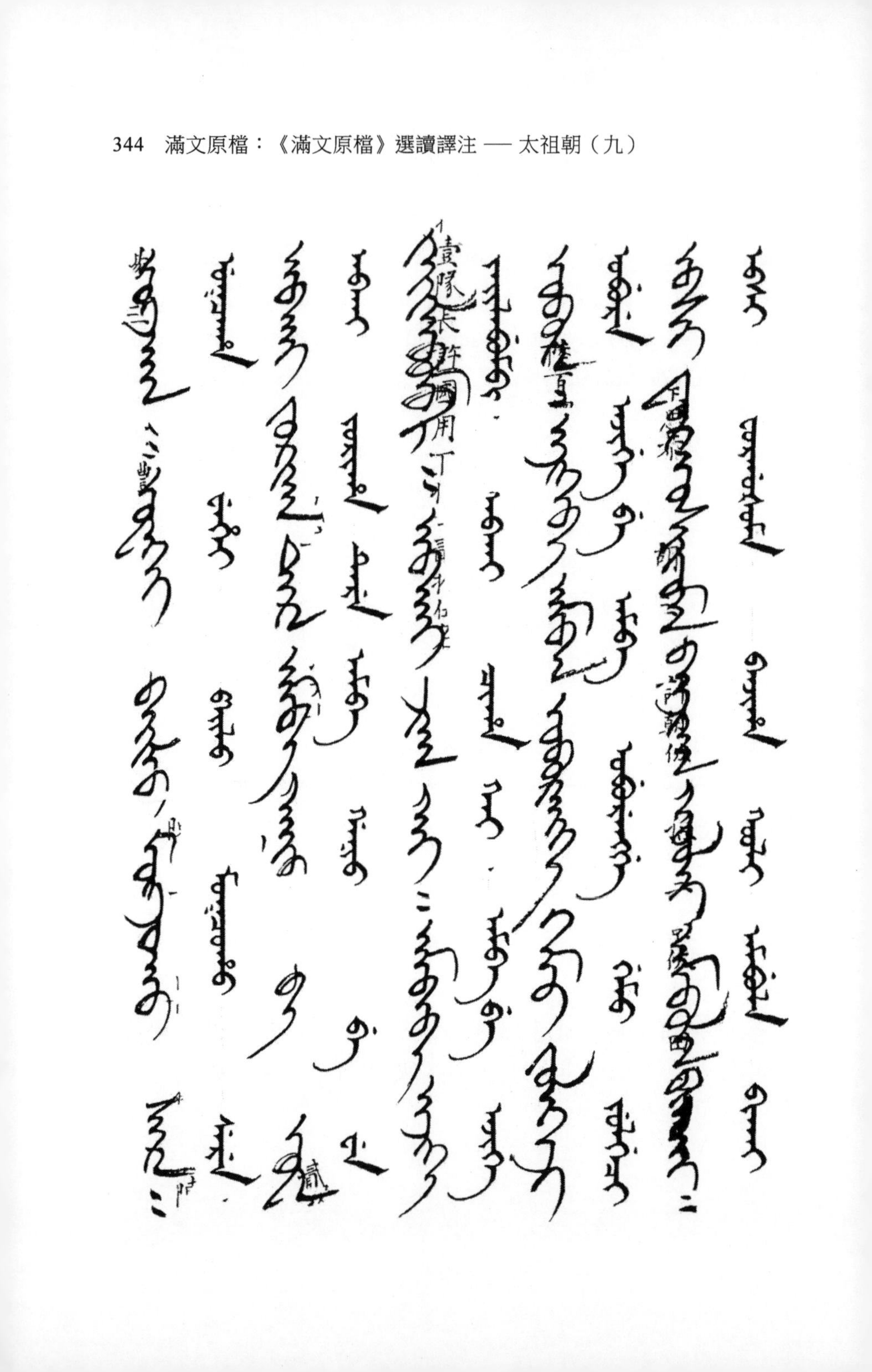

ukcaha, wehei pailu mokcoho sere, abkai joriha tere amba
ganio be we jailabumbi. abkai ciha kai. amba be ajige obure,
ajige be amba oburengge, gemu julgeci ebsi forgošome
banjiha kooli ambula bikai.

石牌樓折斷。天示此大異兆，孰能避之？乃天意也。以大
為小，以小為大，皆自古以來循環之例也。

石牌楼折断。天示此大异兆，孰能避之？乃天意也。以大
为小，以小为大，皆自古以来循环之例也。

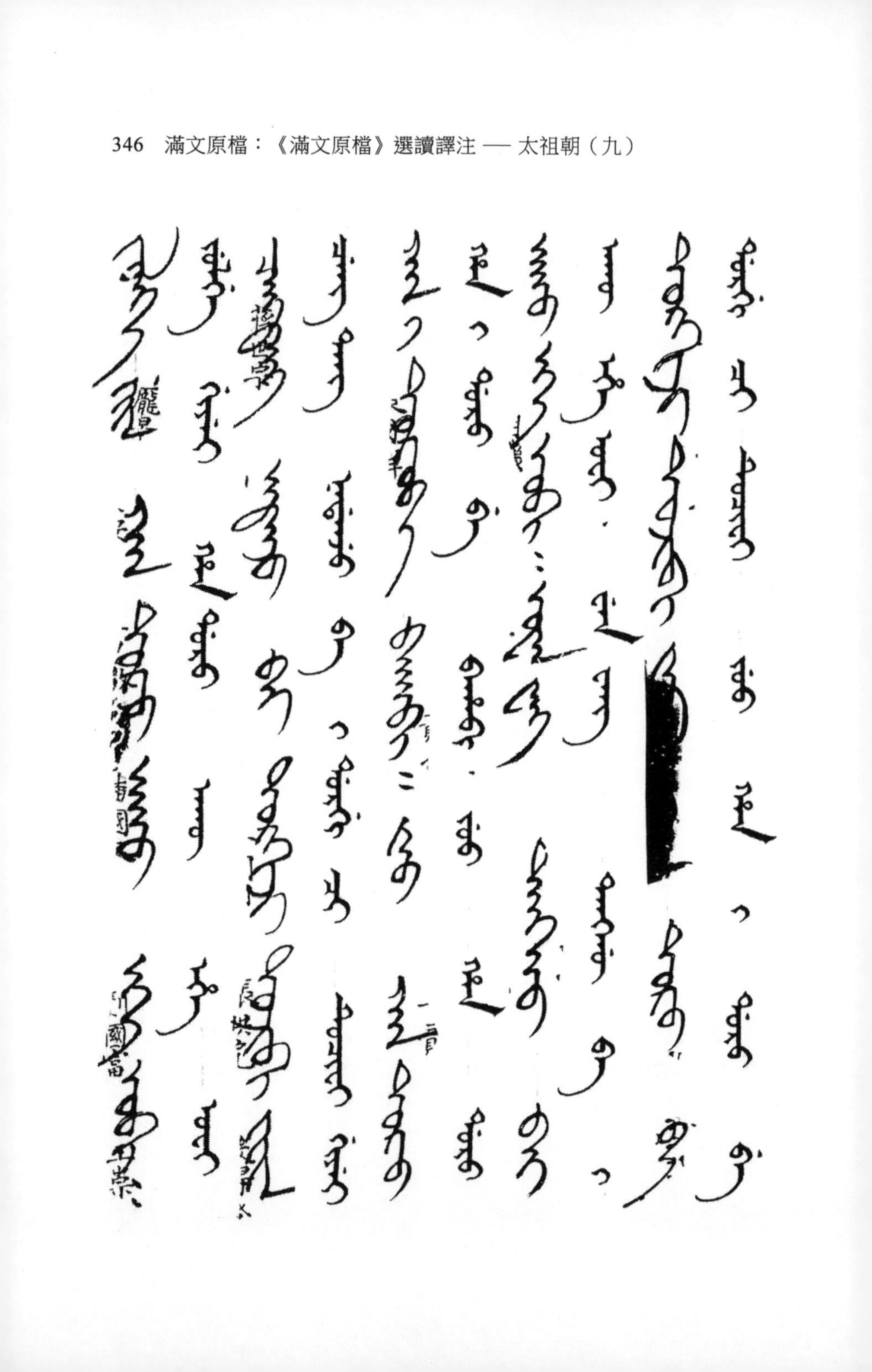

julge giyei han doro akū ehe ofi, ceng tang nadanju ba i dorgi ci tucifi giyei han i doro be bahabi. juo han doro akū ehe ofi, wen wang tanggū ba i dorgi ci tucifi, juo han i doro be

昔桀帝為惡無道，成湯興起於七十里之內，而得桀帝之基業。紂帝為惡無道，文王興起於百里之內，而得紂帝之基業。

昔桀帝为恶无道，成汤兴起于七十里之内，而得桀帝之基业。纣帝为恶无道，文王兴起于百里之内，而得纣帝之基业。

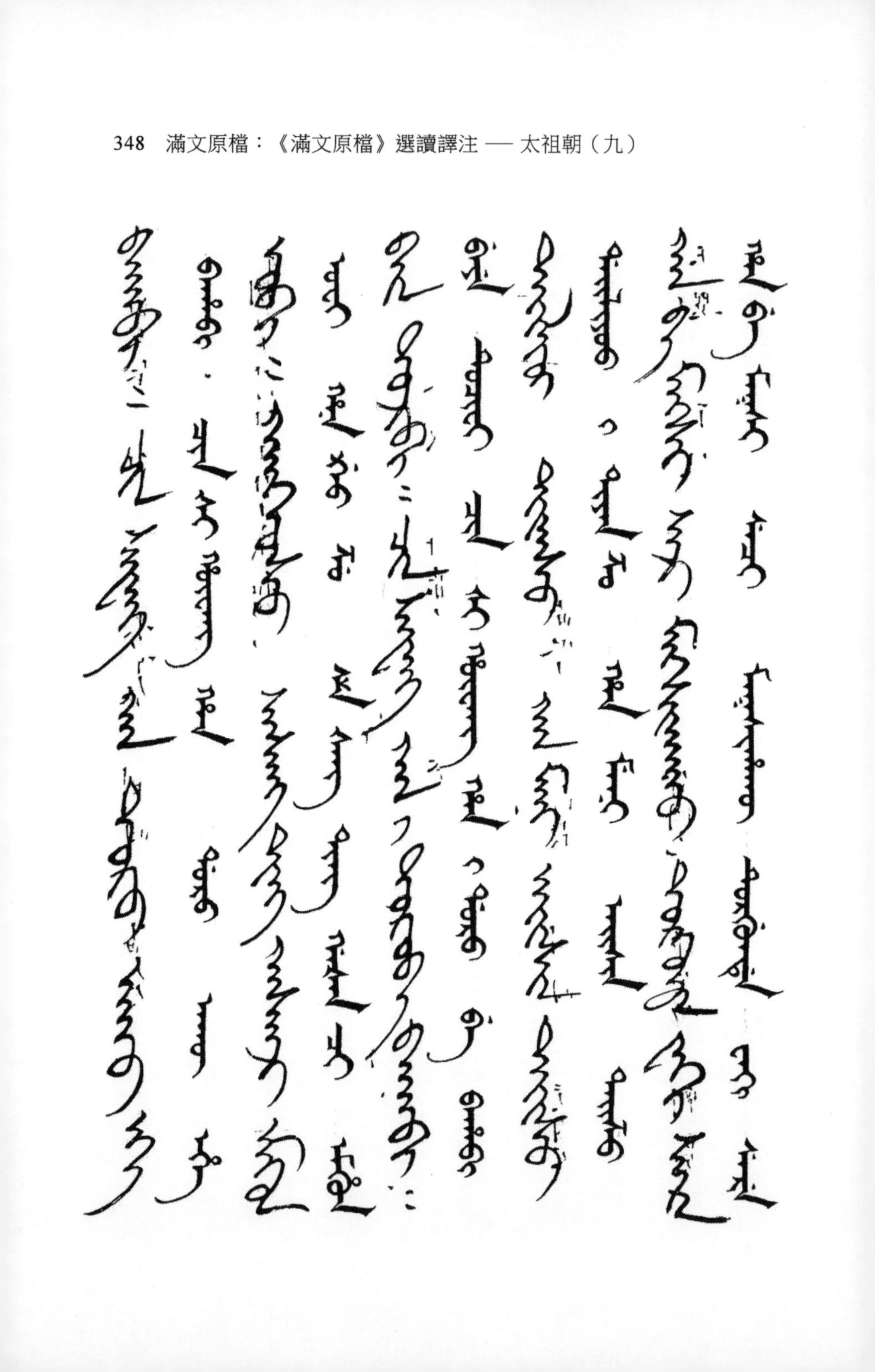

bahabi. cin ši hūwang han doro akū ehe ofi, haṉ g'ao dzu sy šang ting gašan ci emhun beye tucifi, cin ši hūwang han i doro be bahabi. dailiyoo i tiyan dzo han, meni aisin taidzu han be maksi seci maksihakū turgunde waki sere

秦始皇帝為惡無道，漢高祖於泗上亭隻身而起，而得秦始皇帝之基業。大遼天祚帝強令我金太祖帝起舞，因未起舞而欲殺之，

秦始皇帝为恶无道，汉高祖于泗上亭只身而起，而得秦始皇帝之基业。大辽天祚帝强令我金太祖帝起舞，因未起舞而欲杀之，

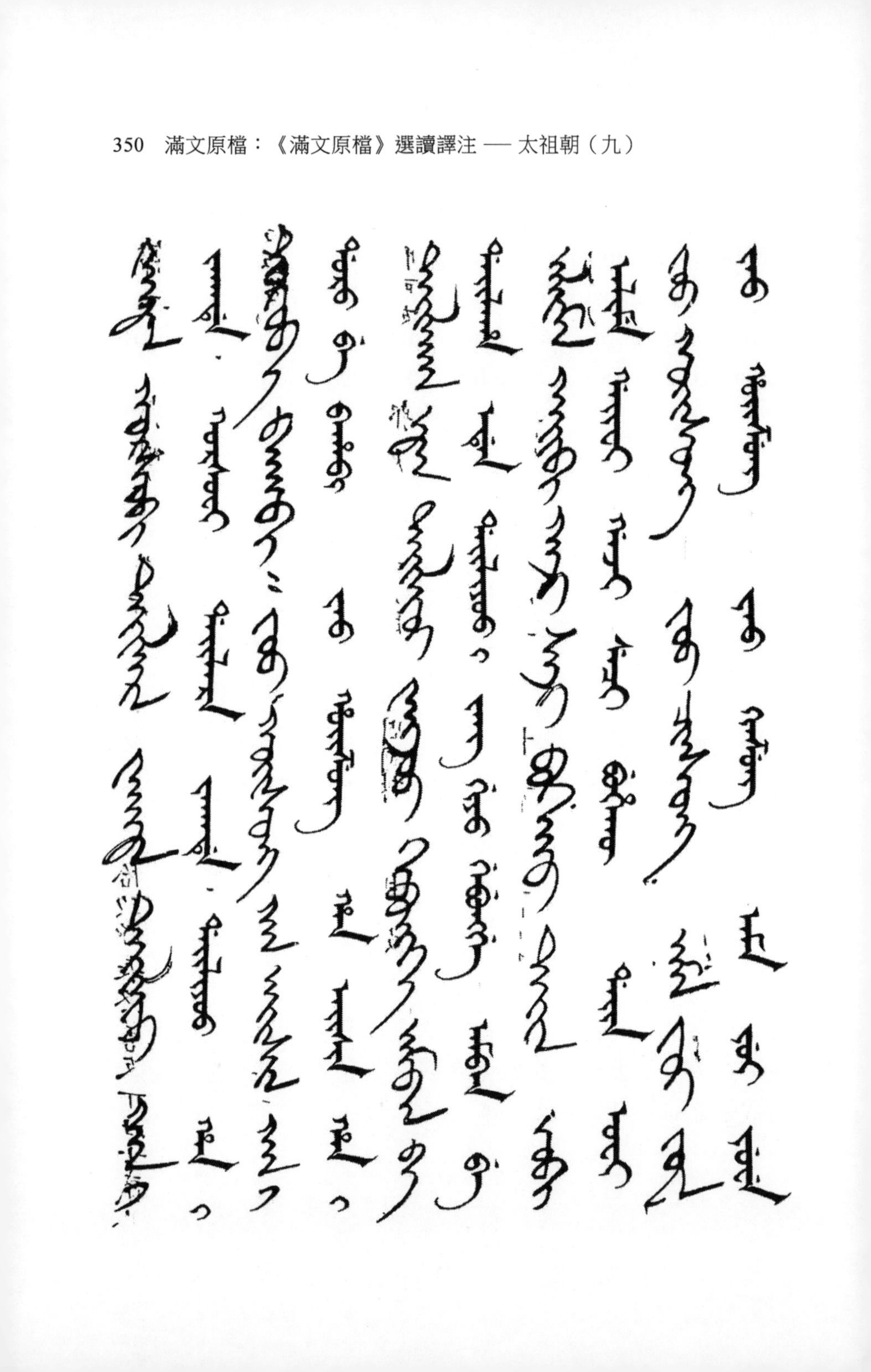

jakade, korsofi dailara jakade, dailiyoo han i doro be bahabi. jao hoidzung han, aisin han i dailaha eden dailiyoo i jang giyo gebungge amban be alime gaifi, gaji seci buhekū dain ofi jao hoidzung, jao kindzung ama jui juwe

---

憤而興兵征之，遂得大遼帝之基業。趙徽宗帝因納金帝所征殘破大遼名張覺之大臣，索之未給，故而興兵，獲趙徽宗、趙欽宗父子二帝，

愤而兴兵征之，遂得大辽帝之基业。赵徽宗帝因纳金帝所征残破大辽名张觉之大臣，索之未给，故而兴兵，获赵徽宗、赵钦宗父子二帝，

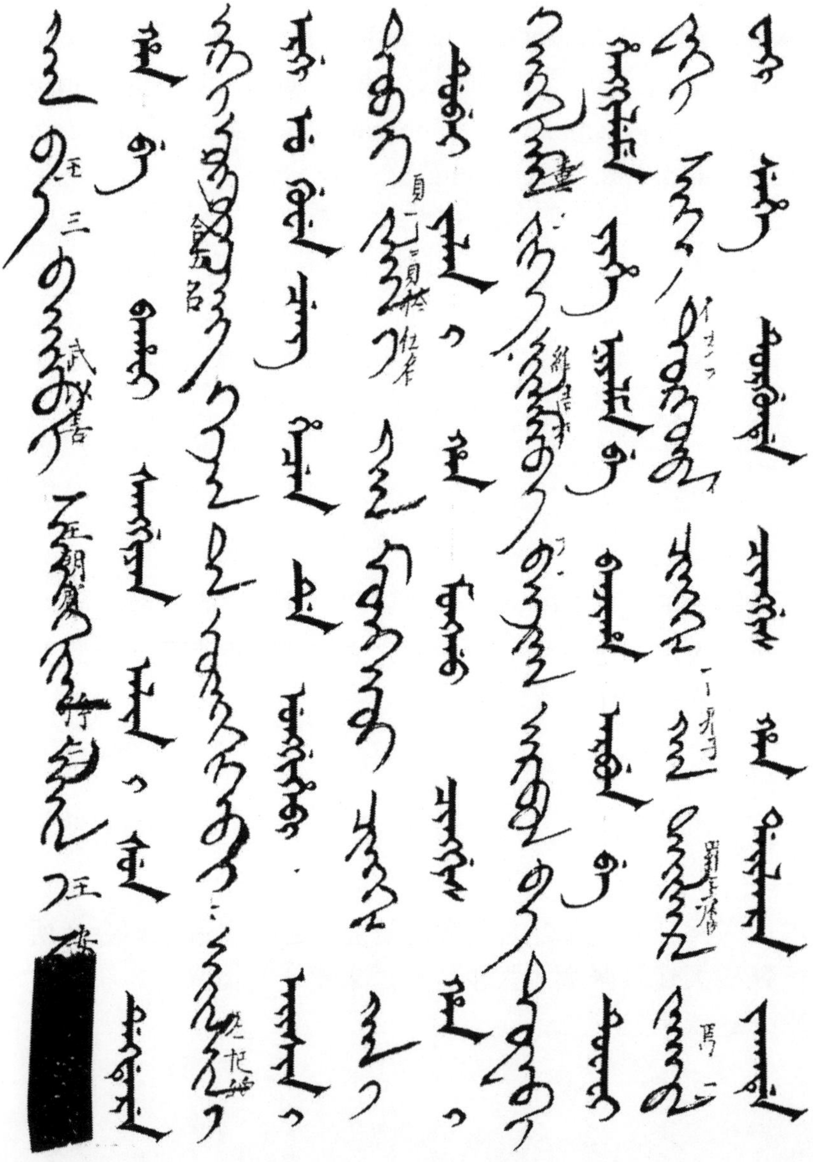

han be bahafi, šanggiyan alin i šun dekdere ergi u guwe ceng hecen de unggihebi. aisin i dubei jalan i han, monggo cinggis han i hengkileme jihe niyalma be, banjiha arbun be tuwafi waki sehe turgunde, cinggis han dailara jakade

---

發往白山東之五國城。蒙古成吉思汗前來叩拜時，金末代帝見其人長相，而欲行殺害，成吉思汗興師征討，

发往白山东之五国城。蒙古成吉思汗前来叩拜时，金末代帝见其人长相，而欲行杀害，成吉思汗兴师征讨，

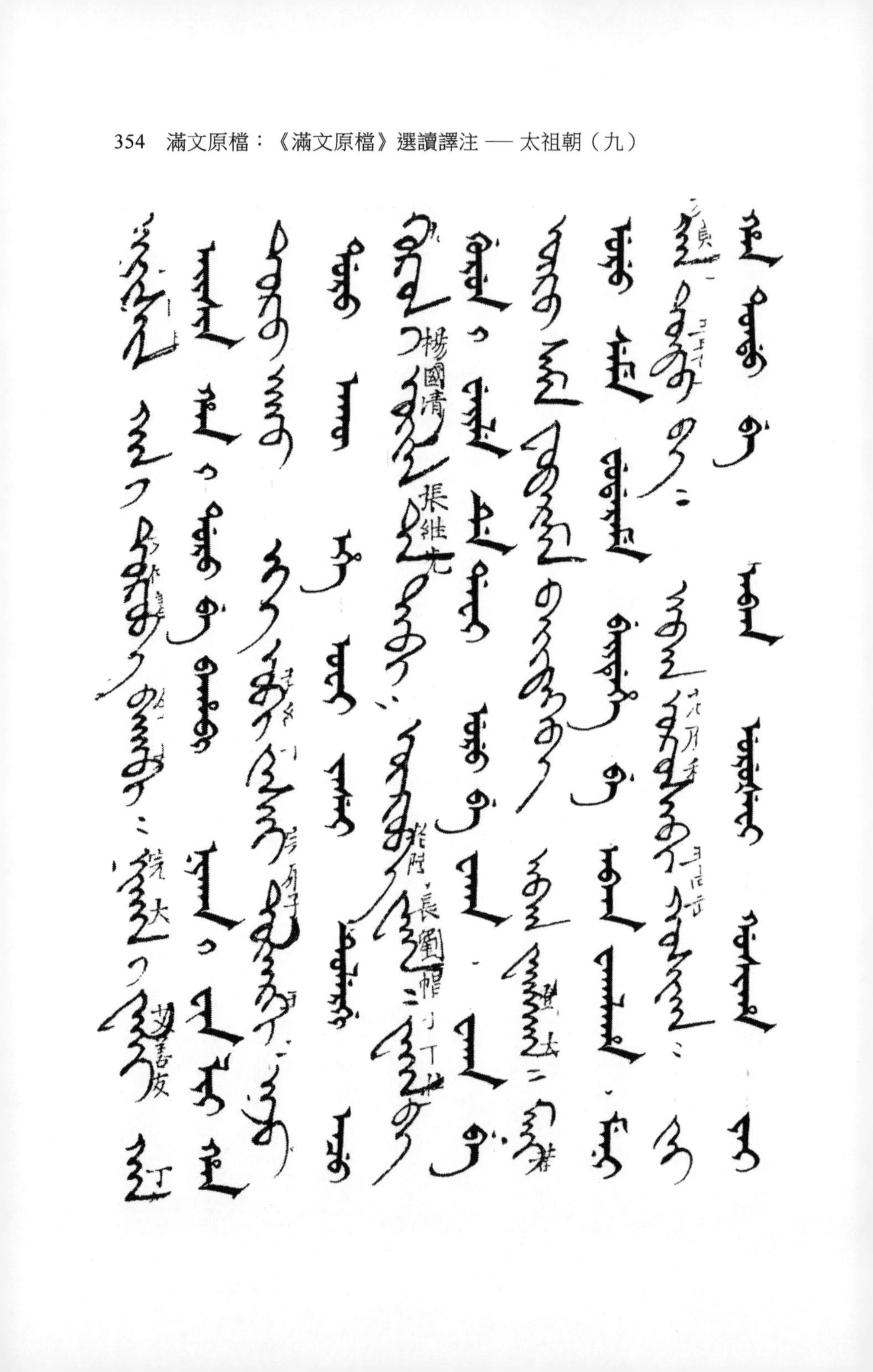

楊國清

張維九

矺阿

長劉帽

aisin han i doro be bahabi. nikan i wan lii han doro akū ehe ofi, jasei tulergi encu gurun i weile de dafi, uru be waka, waka be uru seme fudarame beidehe be abka wakalaha. meni han tondo be abka urušefi gosiha, jai

---

而得金帝之基業。明萬曆帝為惡無道，干預界外他國之事，以是為非，以非為是，逆理審斷，遂遭天譴。蒙天眷佑，以我汗公正為是。

而得金帝之基业。明万历帝为恶无道，干预界外他国之事，以是为非，以非为是，逆理审断，遂遭天谴。蒙天眷佑，以我汗公正为是。

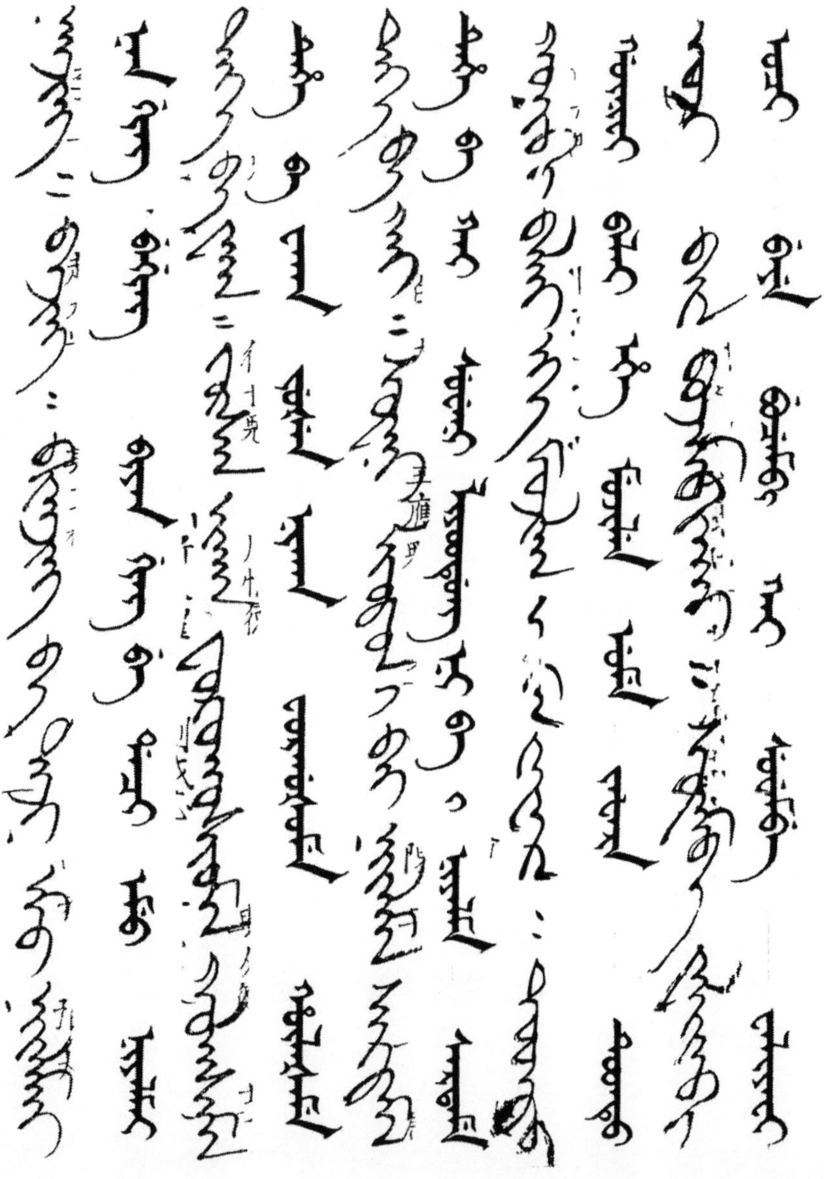

nan ging, beging, biyan ging be daci emu niyalmai tehe ba
waka, jušen, nikan forgošome hūlašame tehe ba kai. suweni
liyoodung ni ba i niyalma sartame gūnifi, balai ehe mujilen
ume jafara, tuttu oci beye bucembi kai. suwembe waliyafi

並以南京、北京、汴京，原非一人獨居之地，乃諸申、漢
人輪換居住之地也。爾等遼東地方之人，宜回心轉意，勿
胡亂心存惡念，否則勢將自取滅亡也。

并以南京、北京、汴京，原非一人独居之地，乃诸申、汉
人轮换居住之地也。尔等辽东地方之人，宜回心转意，勿
胡乱心存恶念，否则势将自取灭亡也。

二十三、八旗檔冊

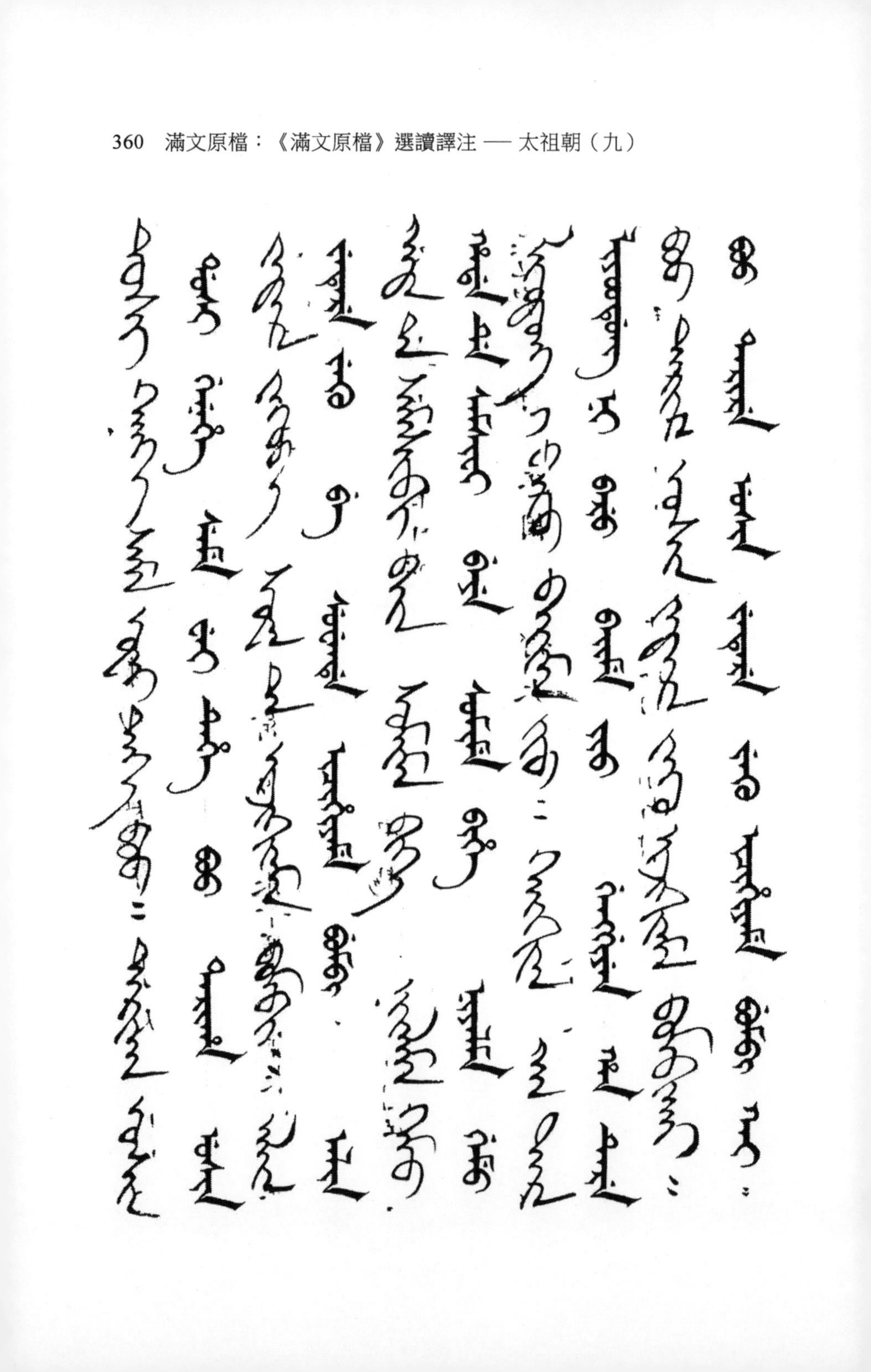

dosi genehe seme, wei tehe boo, tariha usin, jetere jeku be suwende icihiyame bumbi. alin hada de samsifi beye somime bihe niyalma, gemu liyoodung ni baru baime jio. genggiyen han tere boo, tarire usin, jetere jeku icihiyame bumbi kai.

若縱放爾等入關，孰能撥給爾等住屋、耕田、食糧耶？著爾等散入深山藏身之人，皆來遼東投順，英明汗將撥給住屋、耕田、食糧也。」

若纵放尔等入关，孰能拨给尔等住屋、耕田、食粮耶？着尔等散入深山藏身之人，皆来辽东投顺，英明汗将拨给住屋、耕田、食粮也。」

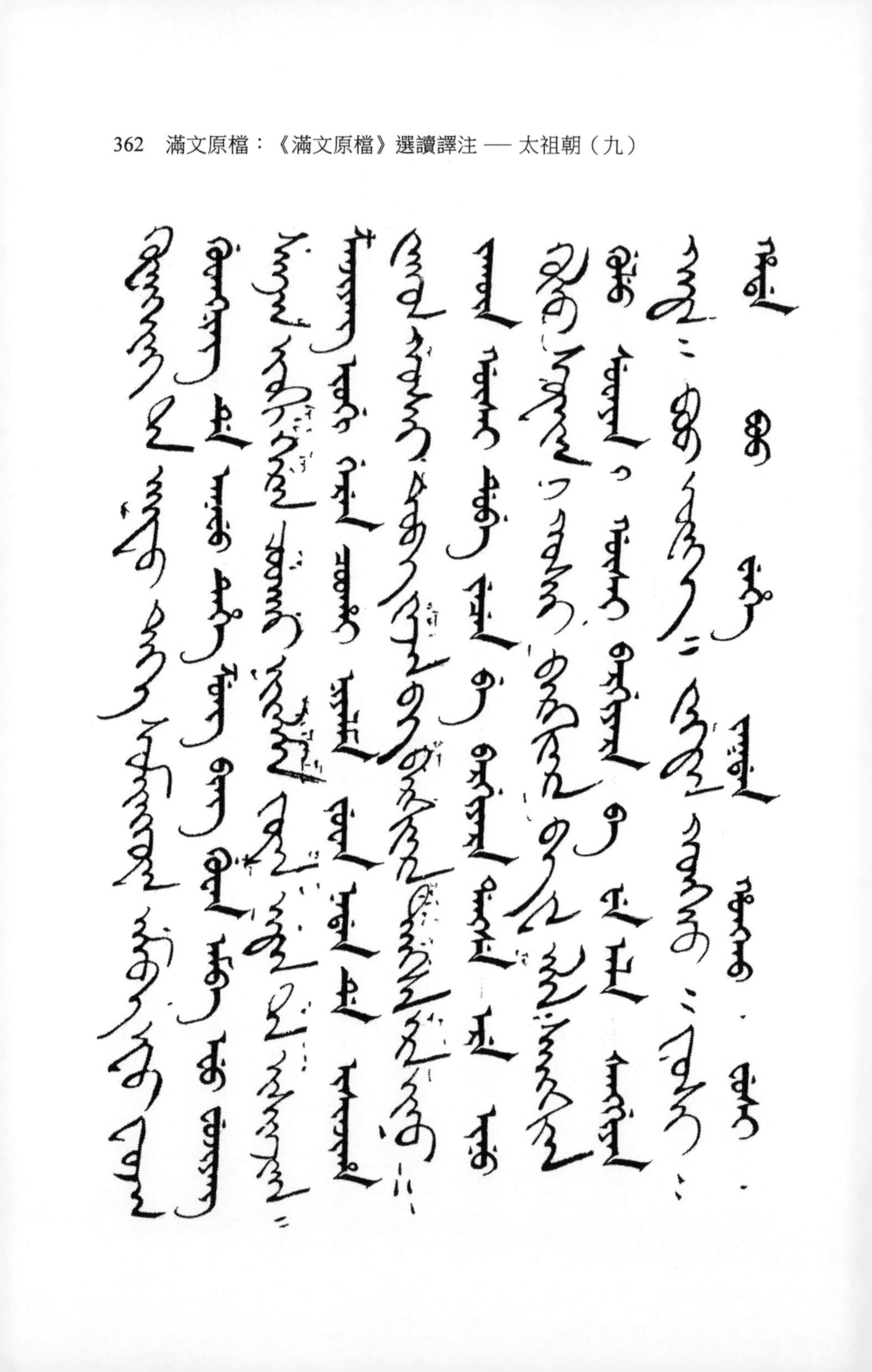

guwangning de anafu tehe dzung bing guwan, amba efu,
fujiyang, ts'anjiyang, iogi geren coohai niyalma, juwan
nadan de isinjiha. jakūn gūsai dube jecen be bargiyara
dangse, ere inu. gulu suwayan i gūsai bargiyara ba, fe ala,
šanggiyan hada, boo wehe, jakdan, hongko, fusi,

駐守廣寧之總兵官、大額駙、副將、參將、遊擊及眾兵丁，
於十七日到來。八旗收管極邊檔冊，此也。正黃旗收管之
地：費阿拉、尚間崖、包窩赫、札克丹、洪闊、撫順、

駐守广宁之总兵官、大额驸、副将、参将、游击及众兵丁，
于十七日到来。八旗收管极边档册，此也。正黄旗收管之
地：费阿拉、尚间崖、包窝赫、札克丹、洪阔、抚顺、

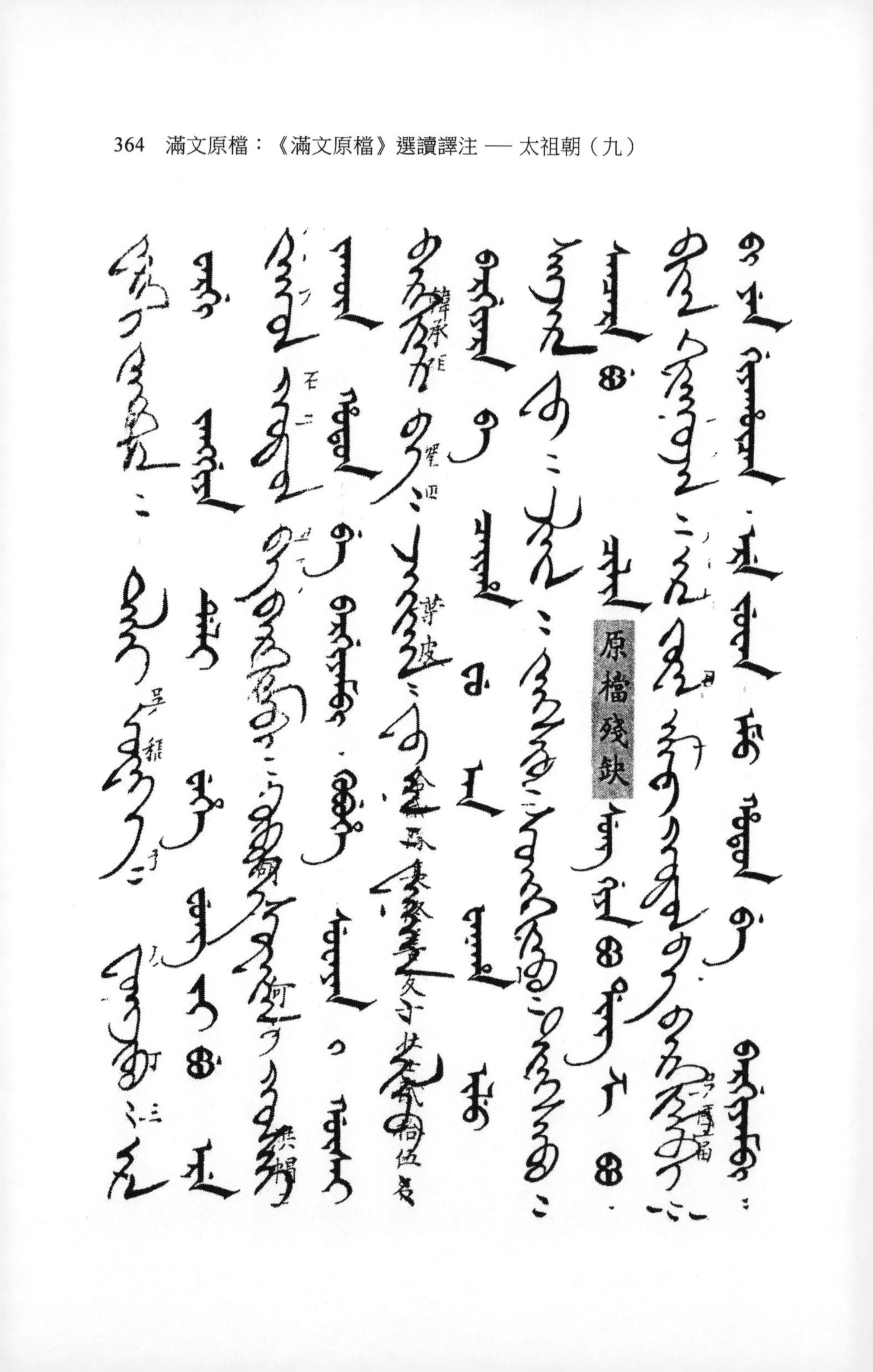

原檔殘缺

wargi janggiya, deli wehe, fung ji pu, ere jakūn hoton be
bargiyambi. kubuhe suwayan i gūsai bargiyara ba, caiha, fu
an, fanaha, ilu, sancara pu, cilin, [原檔殘缺] sung giya po,
ding dzi po, bi yen, giyahūcan, ere juwan emu hoton be
bargiyambi.

西章嘉、德立石、奉集堡，此八城。鑲黃旗收管之地：柴
河、撫安、范河、懿路、三岔兒堡、鐵嶺、[原檔殘缺]、
宋家泊、丁字泊、避蔭、甲虎纏，此十一城。

西章嘉、德立石、奉集堡，此八城。镶黄旗收管之地：柴
河、抚安、范河、懿路、三岔儿堡、铁岭、[原档残缺]、
宋家泊、丁字泊、避荫、甲虎缠，此十一城。

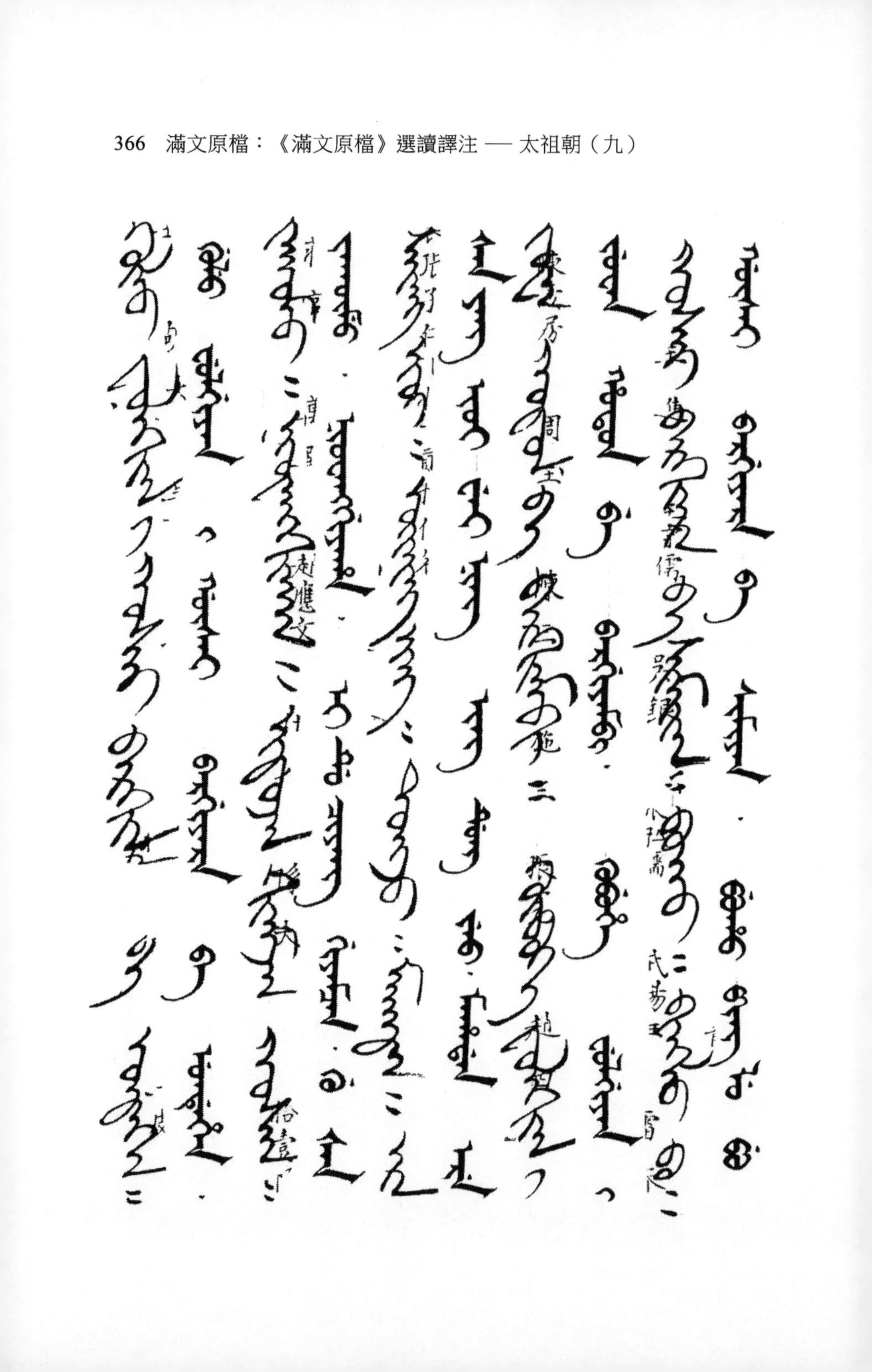

gulu fulgiyan i gūsai bargiyara ba, undehen, jakūmu, niowanggiyaha, i du ciyang, giyamcan, gu šan, šan yang ioi, wei ning ing, dung jeo, mahadan, ere juwan hoton be bargiyambi. kubuhe fulgiyan i gūsai bargiyara ba, simiyan, puho, ping lu pu,

正紅旗收管之地：溫德痕、札庫穆、清河、一堵牆、鱗廠、孤山、山羊峪、威寧營、東州、瑪哈丹，此十城。鑲紅旗收管之地：瀋陽、蒲河、平虜堡、

正红旗收管之地：温德痕、札库穆、清河、一堵墙、碱厂、孤山、山羊峪、威宁营、东州、玛哈丹，此十城。镶红旗收管之地：沈阳、蒲河、平虏堡、

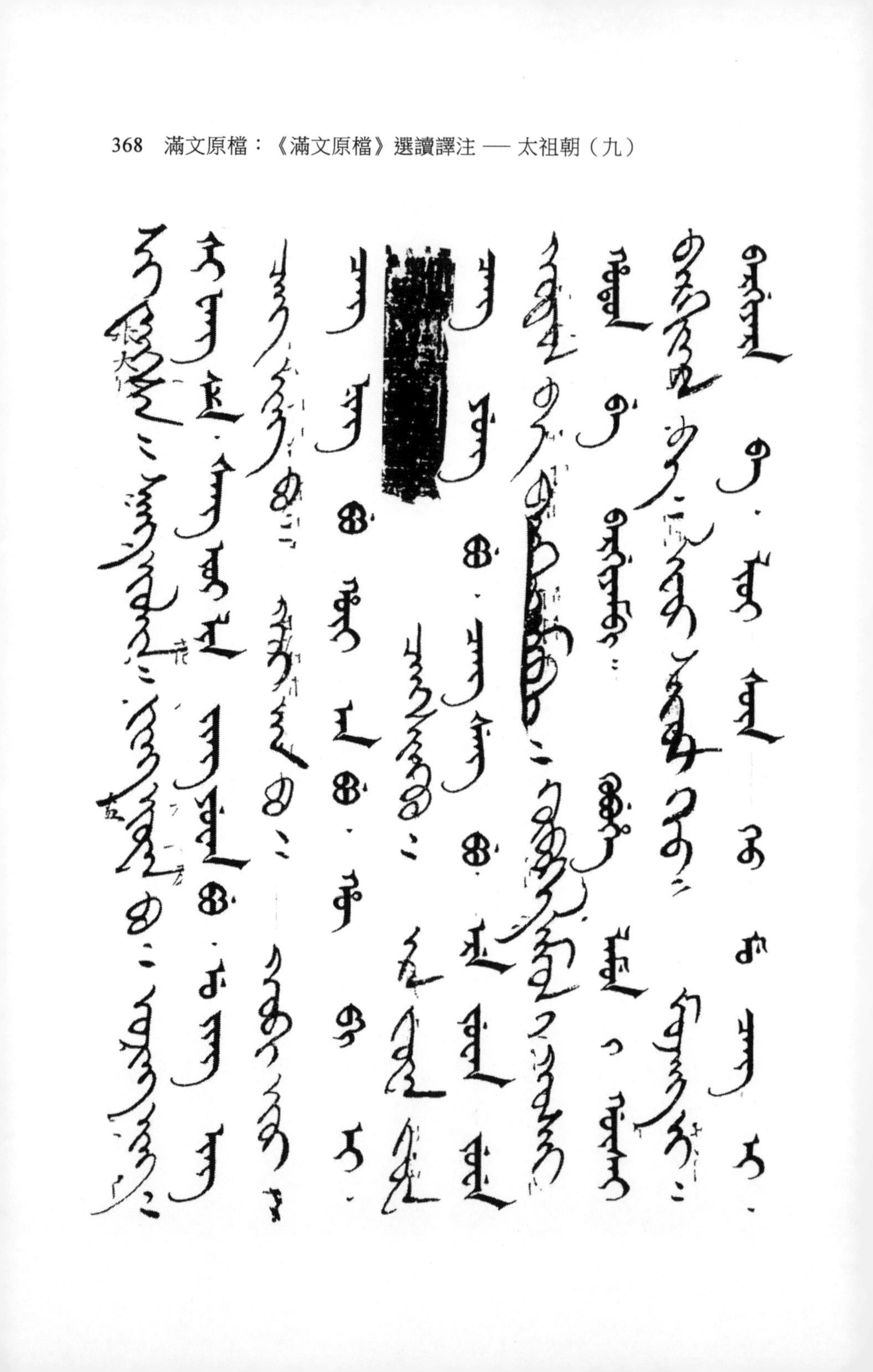

ši fang sy, šang ioi lin, jing yuwan pu, u jing ing, cang ning pu, hūi an pu, hū pi i, cang yung pu, cang šeng pu, ere juwan juwe hoton be bargiyambi. kubuhe lamun i gūsai bargiyara ba, lioi šūn keo, mu cang i,

---

十方寺、上榆林、靜遠堡、武靖營、長寧堡、會安堡、虎皮驛、長永堡、長勝堡，此十二城。鑲藍旗收管之地：旅順口、木城驛、

十方寺、上榆林、静远堡、武靖营、长宁堡、会安堡、虎皮驿、长永堡、长胜堡，此十二城。镶蓝旗收管之地：旅顺口、木城驿、

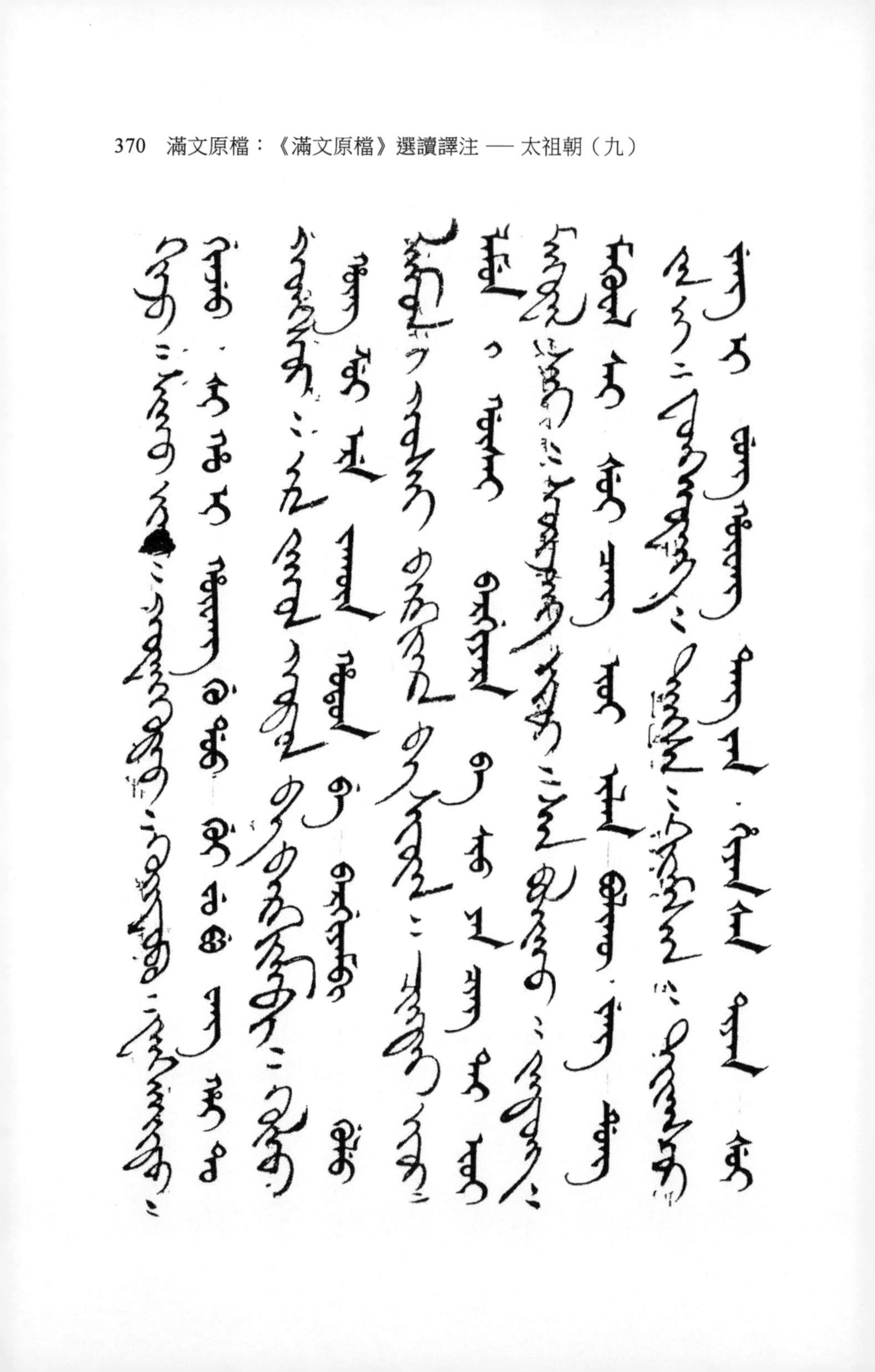

ginjeo, ši ho i, hūwang gu doo, gui fu pu, wang hai to, hūng dzui, ere jakūn hoton be bargiyambi. gulu lamun i gūsai bargiyara ba, sio yan, cing tai ioi, makuwal sai, šui cang ioi, ilan bolikū, jeng dung, jeng i, fung hūwang, tang jan, hiyan šan, tiyan šui

---

金州、石河驛、黃姑島、歸服堡、望海堝、紅嘴，此八城。
正藍旗收管之地：岫岩、青苔峪、馬庫臥勒賽、水長峪、伊蘭博里庫、鎮東、鎮彝、鳳凰、湯站、險山、甜水站，

金州、石河驿、黄姑岛、归服堡、望海塌、红嘴，此八城。
正蓝旗收管之地：岫岩、青苔峪、马库卧勒赛、水长峪、伊兰博里库、镇东、镇彝、凤凰、汤站、险山、甜水站，

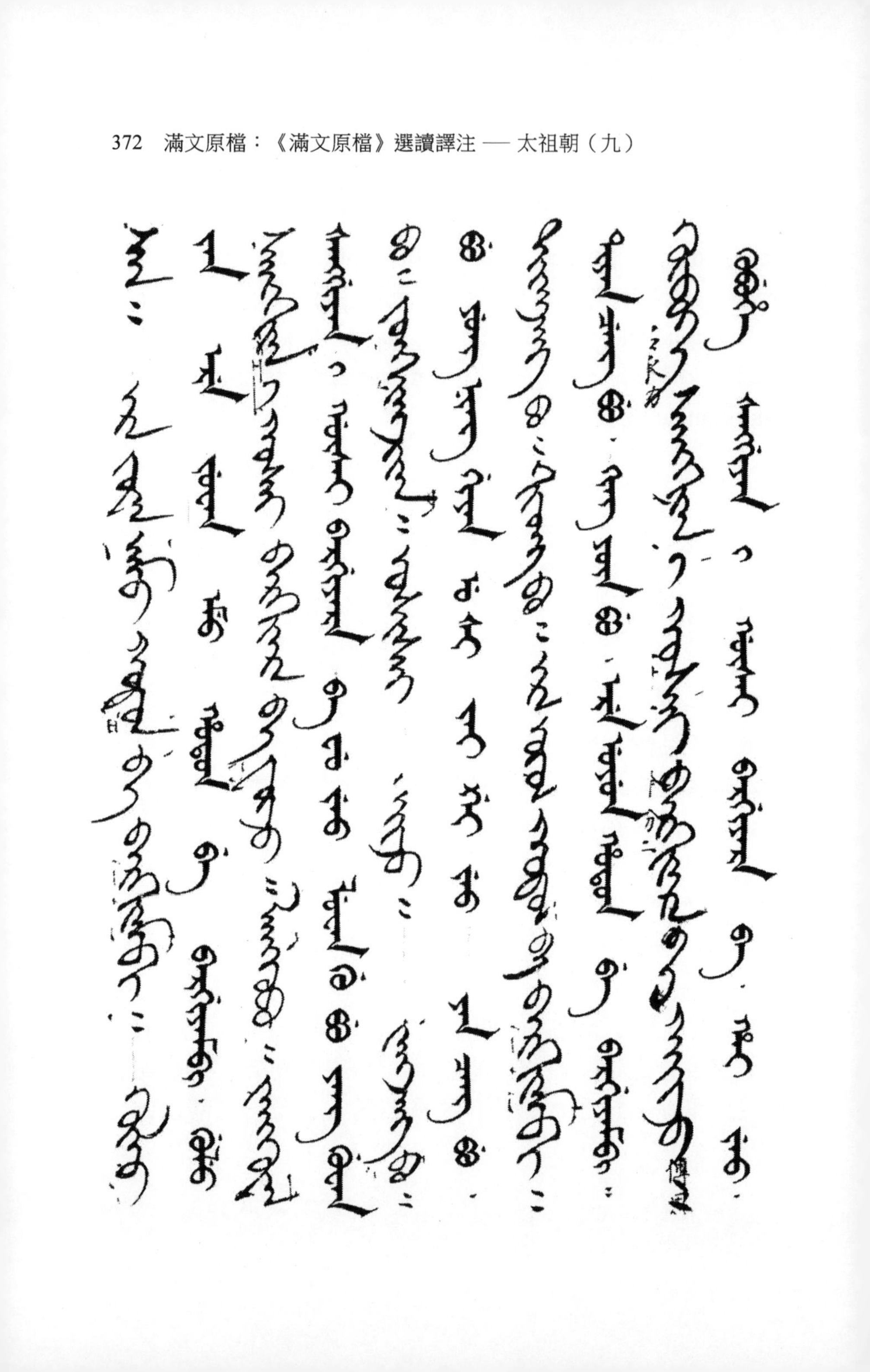

jan, ere juwan emu hoton be bargiyambi. gulu šanggiyan i gūsai bargiyara ba, fu jeo, luwan gu pu, yang guwan pu, yung ning giyan, u ši jai, g'ai jeo, yan cang pu, tiyan ceng pu, king yūn pu, ere uyun hoton be bargiyambi. kubuhe šanggiyan i gūsai bargiyara ba, hai jeo,

収管此十一城。正白旗收管之地：復州、欒古堡、楊官堡、永寧監、五十寨、蓋州、鹽場堡、天城堡、青雲堡，収管此九城。鑲白旗收管之地：海州、

収管此十一城。正白旗收管之地：复州、栾古堡、杨官堡、永宁监、五十寨、盖州、盐场堡、天城堡、青云堡，収管此九城。镶白旗收管之地：海州、

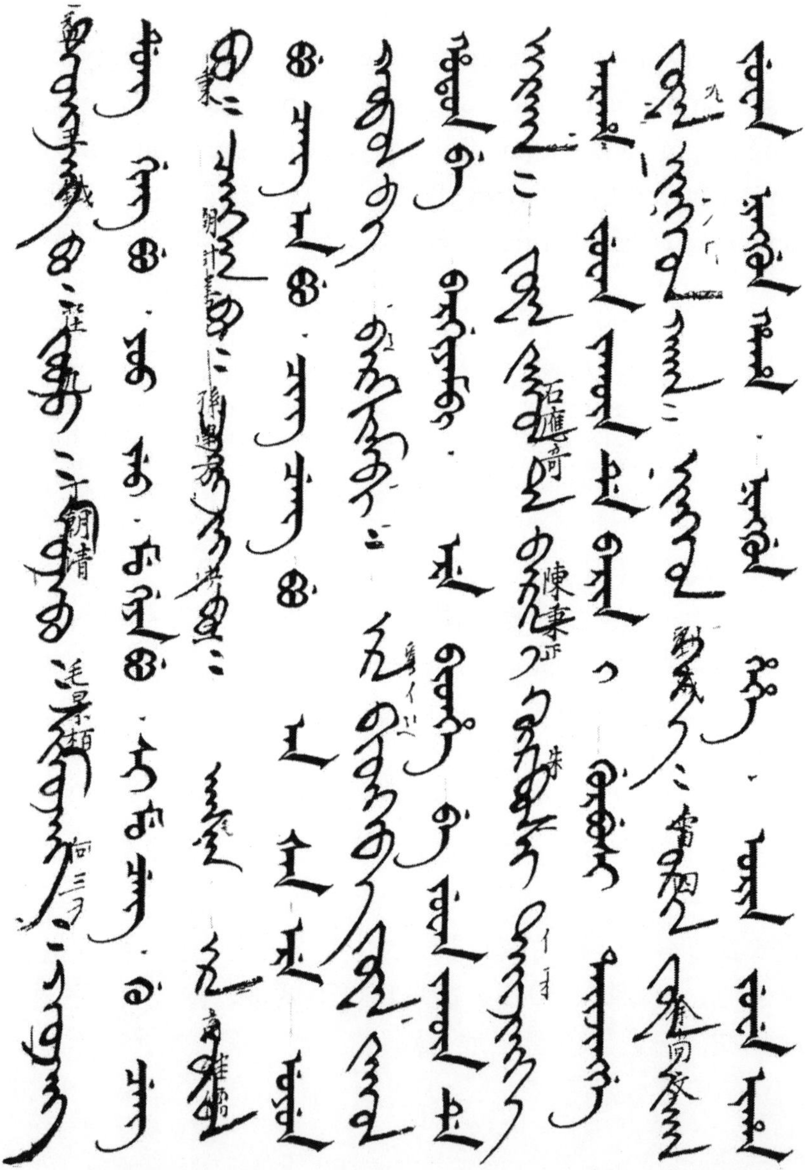

dung ging pu, yoo jeo, mu giya pu, si mu ceng, gu ceng pu, cang an pu, cing ceng pu, an šan, ere uyun hoton be bargiyambi. ere bithe be juwan jakūn de araha. juwan jakūn de, barin i gurbusi taijingge juwan ninggun haha, ninggun hehe, orin juwe ihan

---

東京堡、耀州、穆家堡、析木城、古城堡、長安堡、青城堡、鞍山，收管此九城。此書繕於十八日。十八日，巴林固爾布什台吉所屬男十六人、女六人，攜牛二十二頭

东京堡、耀州、穆家堡、析木城、古城堡、长安堡、青城堡、鞍山，收管此九城。此书缮于十八日。十八日，巴林固尔布什台吉所属男十六人、女六人，携牛二十二头

二十四、人存政舉

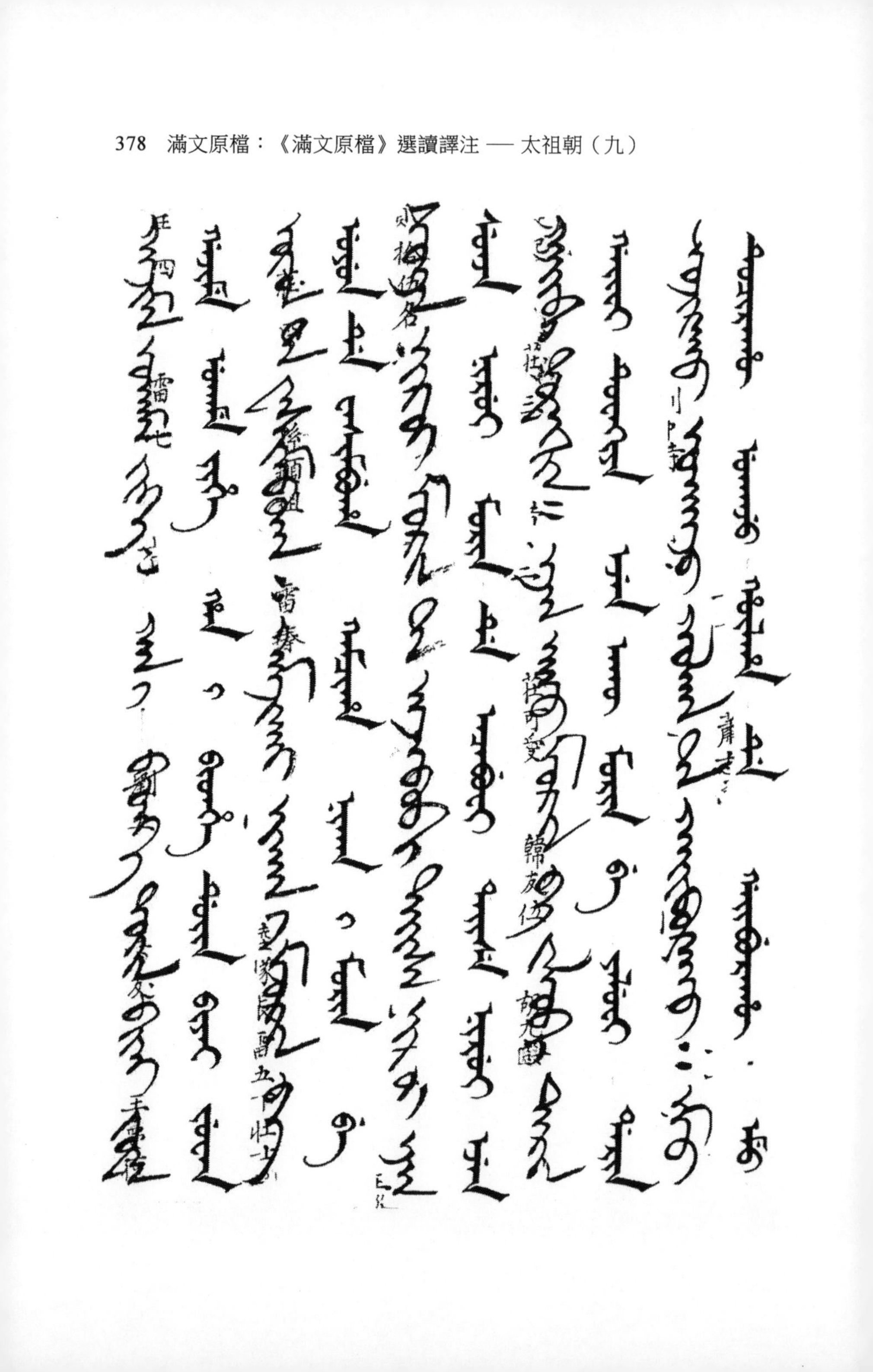

gajime ukame jihe. han i bithe, duin biyai juwan uyun de
wasimbuha, kamciha nikan i morin be sunja nirui morin de
acabufi, daise nirui ejen gaifi tuwakiya. ejen akū morin be
yalufi darin tucirahū, ukanju, hūlha de gaiburahū, emu

逃來。四月十九日，汗頒書諭曰：「著將兼管之漢人馬匹
與五牛彔之馬匹合併，由代理牛彔額真率人看守。恐騎無
主馬匹長鞍瘡，或恐被逃人、盜賊偷竊，

逃来。四月十九日，汗颁书谕曰：「着将兼管之汉人马匹
与五牛彔之马匹合并，由代理牛彔额真率人看守。恐骑无
主马匹长鞍疮，或恐被逃人、盗贼偷窃，

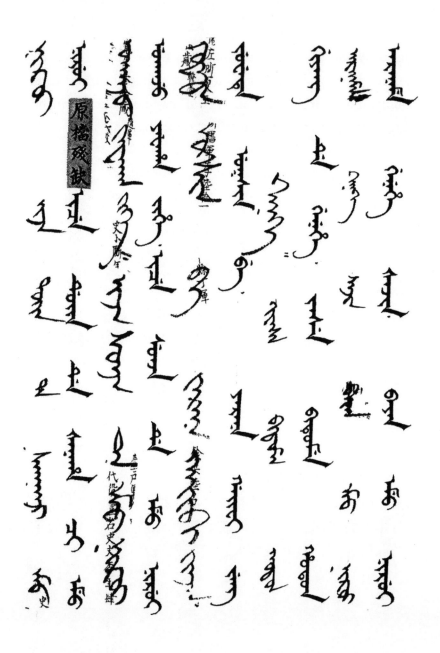

nirui [原檔殘缺]. ice duin de, šanaha ci emu ukanju yafahan jihe. ice sunja de, emu nirui juwete uksin be, yarana gaifi jeng giyang de genehe. jase bitume hoton araname genehe šajin, bayan, emu nirui

每牛彔[原檔殘缺]。」初四日，一逃人自山海關徒步而來。初五日，雅喇納率每牛彔披甲二人前往鎮江。前往沿邊[33]築城之沙津、巴彥，

每牛彔[原档残缺]。」初四日，一逃人自山海关徒步而来。初五日，雅喇纳率每牛彔披甲二人前往镇江。前往沿边筑城之沙津、巴彦，

---

[33] 沿邊，句中「邊」，《滿文原檔》寫作 "kijasa(e)"，《滿文老檔》讀作 "jase"，意即「口外、邊塞」。

orita uksin, ice ninggun de isinjiha. ice ninggun de, jeng giyang ni ergici isinjiha bithe, sunja biyai orin jakūn de juwe minggan funceme cooha sanggu ho babe dosika, emu minggan cooha ning dung

---

每牛彔披甲各二十人於初六日到來。初六日，鎮江來文：「五月二十八日，有二千餘兵由桑古河地方進入。一千兵於寧東堡

每牛彔披甲各二十人于初六日到来。初六日，镇江来文：「五月二十八日，有二千余兵由桑古河地方进入。一千兵于宁东堡

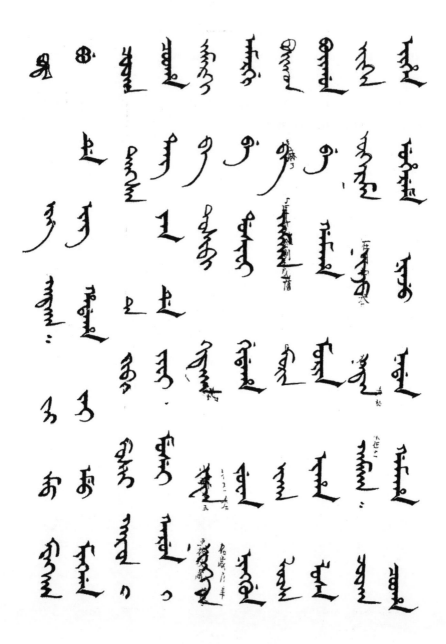

pu de ing hadaha. jai emu minggan cooha tang jan de jifi, musei karun i amargi be dosifi gidaha, juwan ninggun boigon be gamaha, morin, ihan, losa, eihen uhereme ninju nadan gamaha. cooha

---

安營。又有一千兵來湯站，經我卡倫以北進犯，掠取十六戶及馬、牛、騾、驢，共六十七頭，

安营。又有一千兵来汤站，经我卡伦以北进犯，掠取十六户及马、牛、骡、驴，共六十七头，

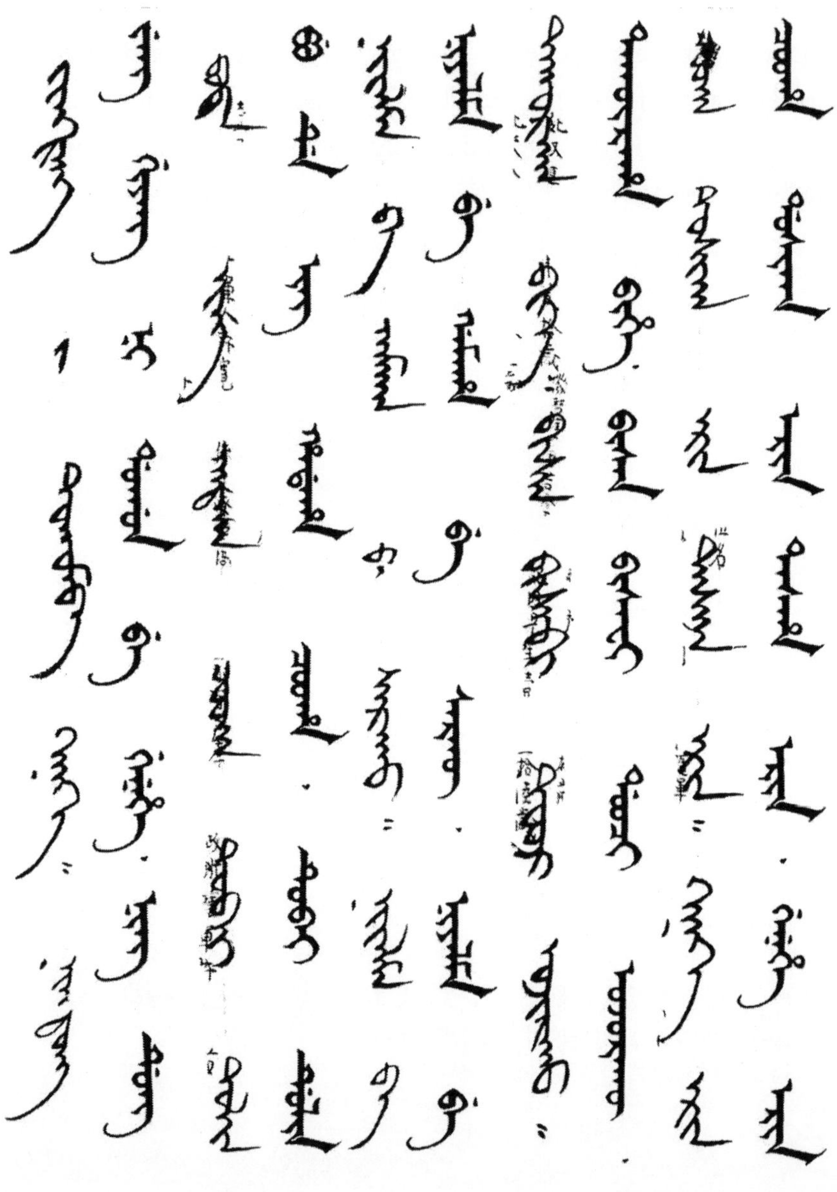

jeng giyang ni dogon be genehe. ning dung pu de ing hadaha
cooha, tubai dulin niyalma be gamaha be sarkū, niyalma be
takūraha bihe, bisan bisafi dooci ojorakū. cooha dosika erin
tasha erin, genehe erin

其兵過鎮江渡口而去。不知營於寧安堡之兵劫掠彼處之一
半人而去，曾遣人前往，因河水漲溢不能渡過。兵進入之
時為寅時，兵退走之時

其兵过镇江渡口而去。不知营于宁安堡之兵劫掠彼处之一
半人而去，曾遣人前往，因河水涨溢不能渡过。兵进入之
时为寅时，兵退走之时

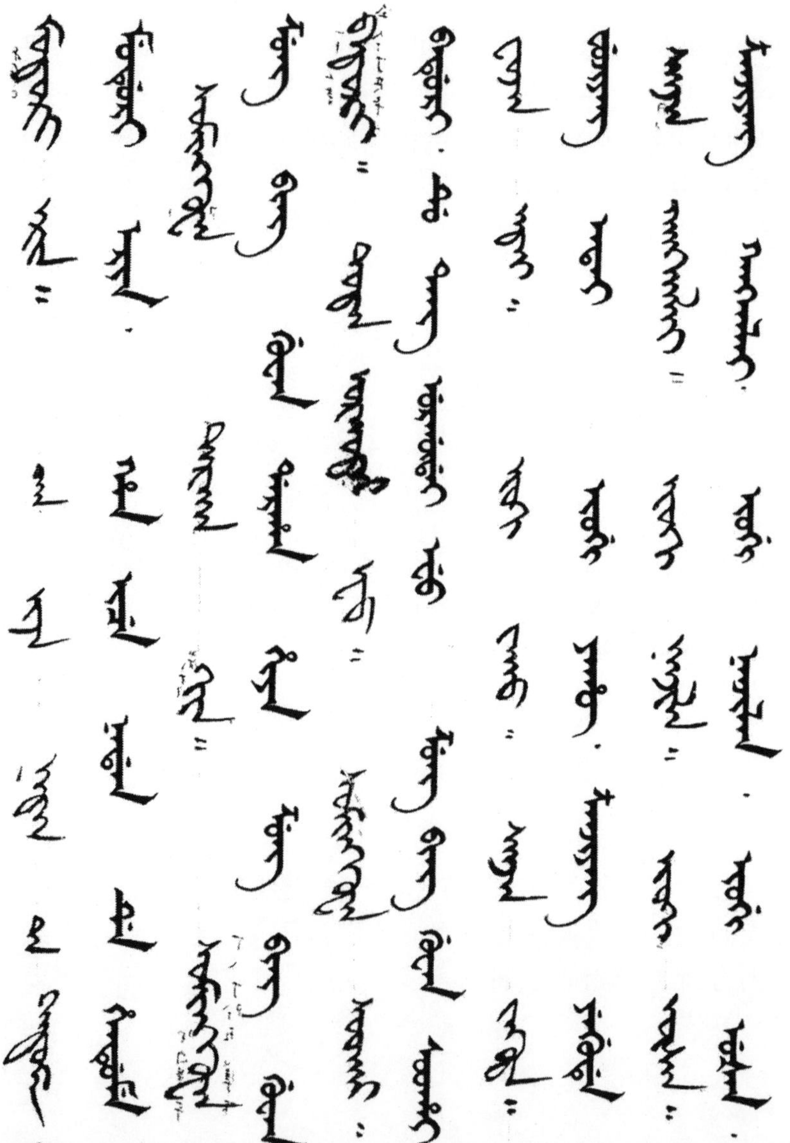

muduri erin. han ice nadan de hendume, dzung bing guwan darhan hiya, dzung bing guwan baduri, du tang urgūdai efu, dzung bing guwan soohai, fujiyang atai, iogi yahū, ts'anjiyang yegude, ts'anjiyang kangkalai, iogi nanjilan, iogi ušan,

───────────

為辰時。初七日，汗曰：「委任總兵官達爾漢侍衛、總兵官巴都里、都堂烏爾古岱額駙、總兵官索海、副將阿泰、遊擊雅虎、參將葉古德、參將康喀賴、遊擊南吉蘭、遊擊吳善、

───────────

为辰时。初七日，汗曰：「委任总兵官达尔汉侍卫、总兵官巴都里、都堂乌尔古岱额驸、总兵官索海、副将阿泰、游击雅虎、参将叶古德、参将康喀赖、游击南吉兰、游击吴善、

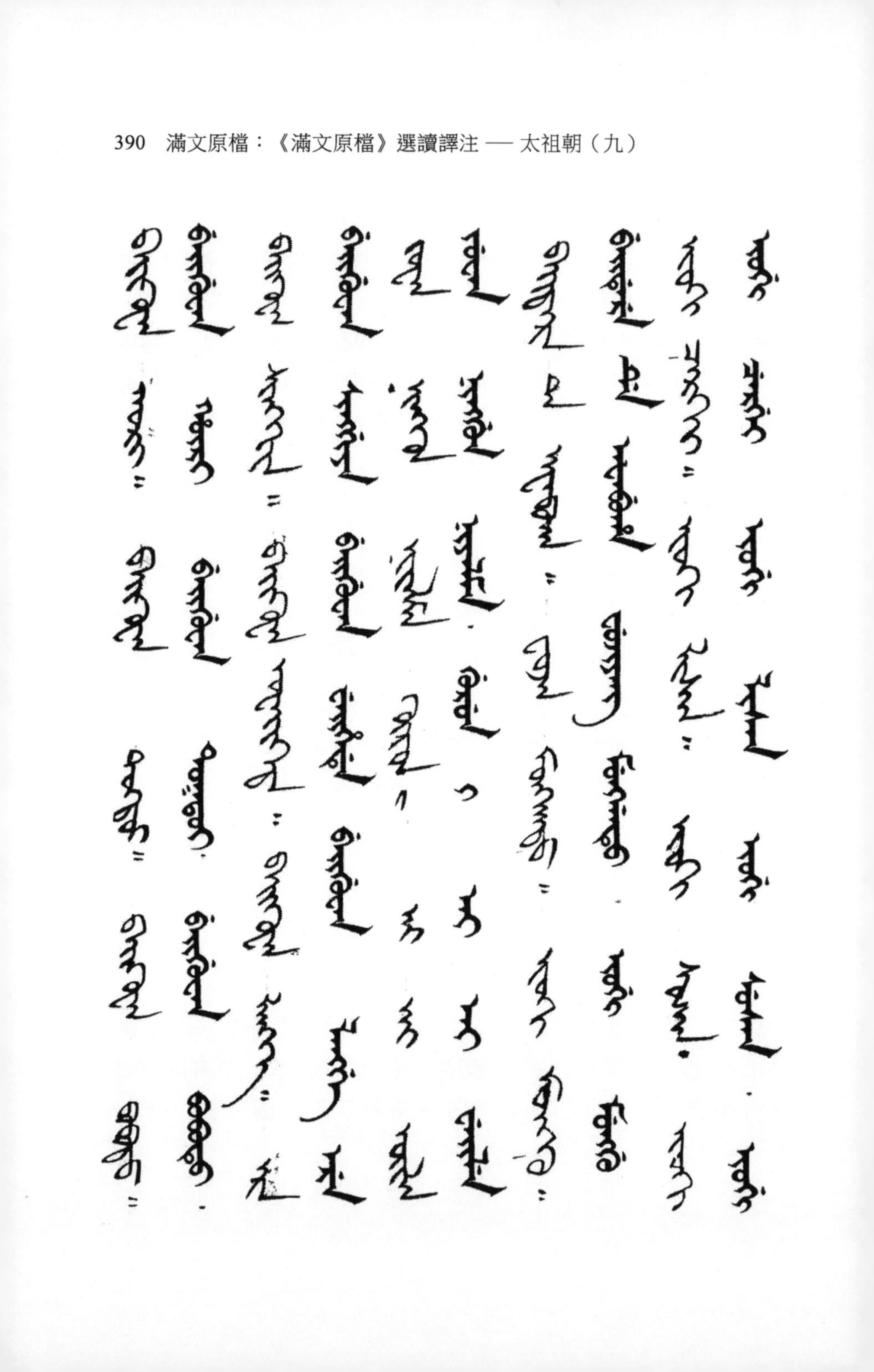

beiguwan hūri, beiguwan toktoi, beiguwan bobotu, beiguwan singgiya, beiguwan weihede, beiguwan langge, ere juwan ninggun niyalma gurun i ai ai weile beidere de afabuha. fujiyang munggatu, iogi munggu, iogi cergei, iogi lisan, iogi susan, iogi

備禦官胡里、備禦官托克托依、備禦官博波圖、備禦官興嘉、備禦官魏赫德、備禦官郎格等十六人，審理國中各項案件。委任副將蒙噶圖、遊擊孟古、遊擊車爾格依、遊擊李三、遊擊蘇三、

备御官胡里、备御官托克托依、备御官博波图、备御官兴嘉、备御官魏赫德、备御官郎格等十六人，审理国中各项案件。委任副将蒙噶图、游击孟古、游击车尔格依、游击李三、游击苏三、

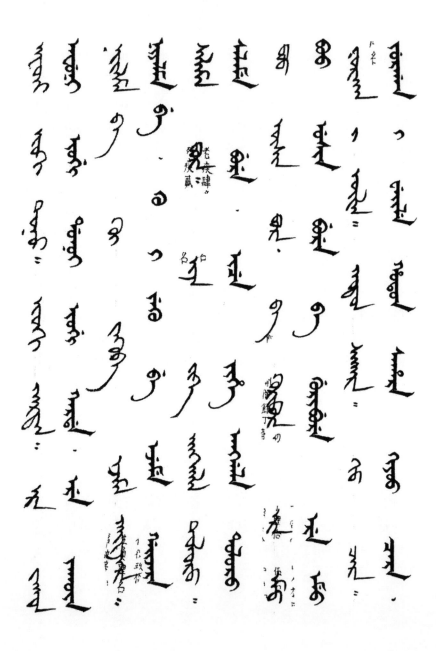

afuni, iogi donoi, iogi karda, ere jakūn niyalma be, ku i jeku
be ejeme gaijara, salame bure, ice jihe anggala toloro, boo
usin bure, ba guribure, ere emu jurgan i weile, hoton sahara,
kiyoo cara,

遊擊阿福尼、遊擊多諾依、遊擊喀爾達等八人，辦理庫糧
之登記、徵收與散放，清點新來人口、撥給住屋田地及遷
移地方此一類事宜；並辦理築城架橋，

游击阿福尼、游击多诺依、游击喀尔达等八人，办理库粮
之登记、征收与散放，清点新来人口、拨给住屋田地及迁
移地方此一类事宜；并办理筑城架桥，

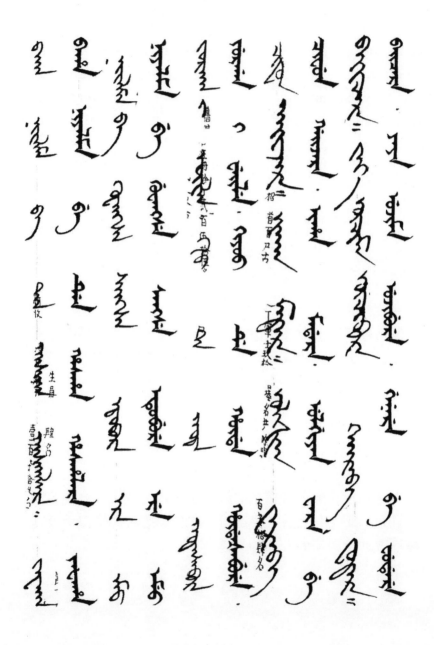

baha niyalma be den hashan hashalara, jafaha niyalma be guwangse, sangse etubure, ere emu jurgan i weile. kiyoo de hūda hūdašabure, cifun gaijara, ihan madara, ulgiyan wara be baicara, yaya ujima ujibure, genere be fudere,

---

修建圈禁所獲人之高柵欄，製作所拏人之手枷、腳鐐等一類事宜；監察橋上商人貿易、徵稅，繁殖牛隻，屠宰豬豕，飼養各種禽獸，送往迎來，

修建圈禁所获人之高栅栏，制作所拏人之手枷、脚镣等一类事宜；监察桥上商人贸易、征税，繁殖牛只，屠宰猪豕，饲养各种禽兽，送往迎来，

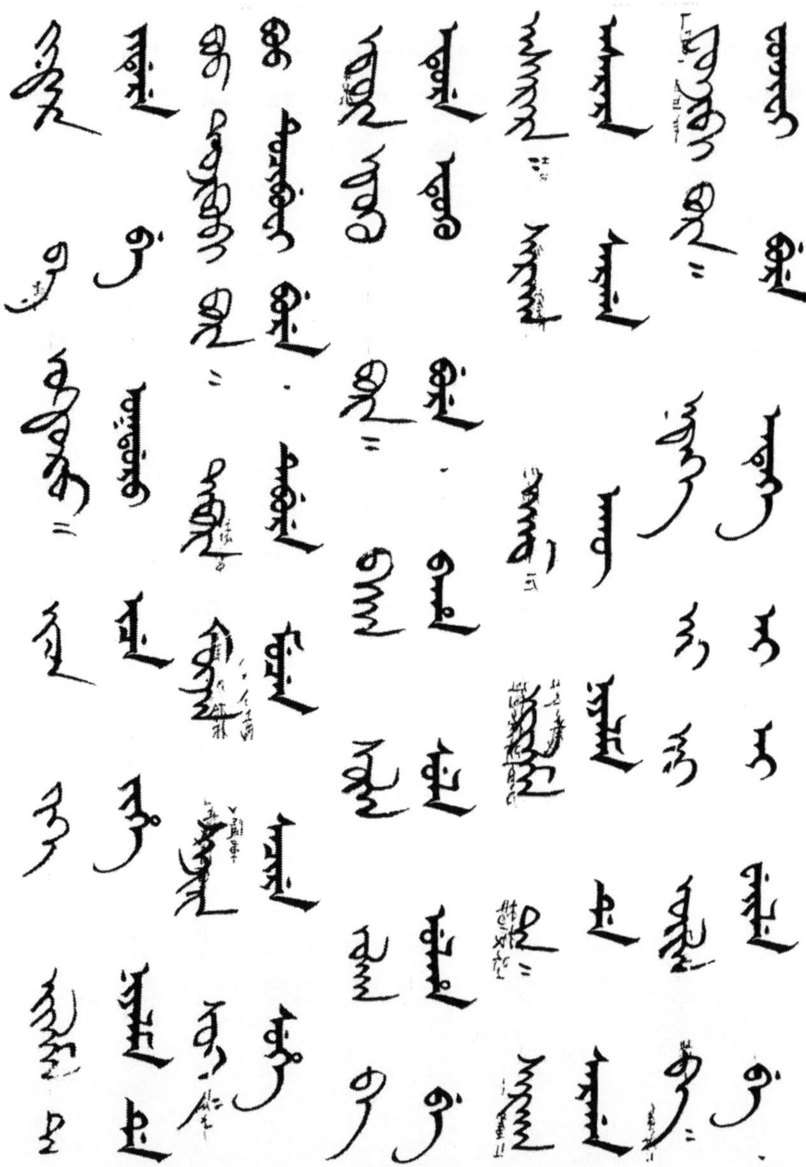

jidere be okdoro, ice jihe niyalma de boo tucibufi bure, tebure mucen, sacire suha, eture etuku bure, baha sula ulha be asarara, sargan akū niyalma de sargan fonjifi bure, enteke ai ai weile be,

---

為新來之人撥給住屋，給與飯釜、砍斧、衣服，收養所獲散失牲畜，為無妻之人娶妻等等諸項事宜。

为新来之人拨给住屋，给与饭釜、砍斧、衣服，收养所获散失牲畜，为无妻之人娶妻等等诸项事宜。

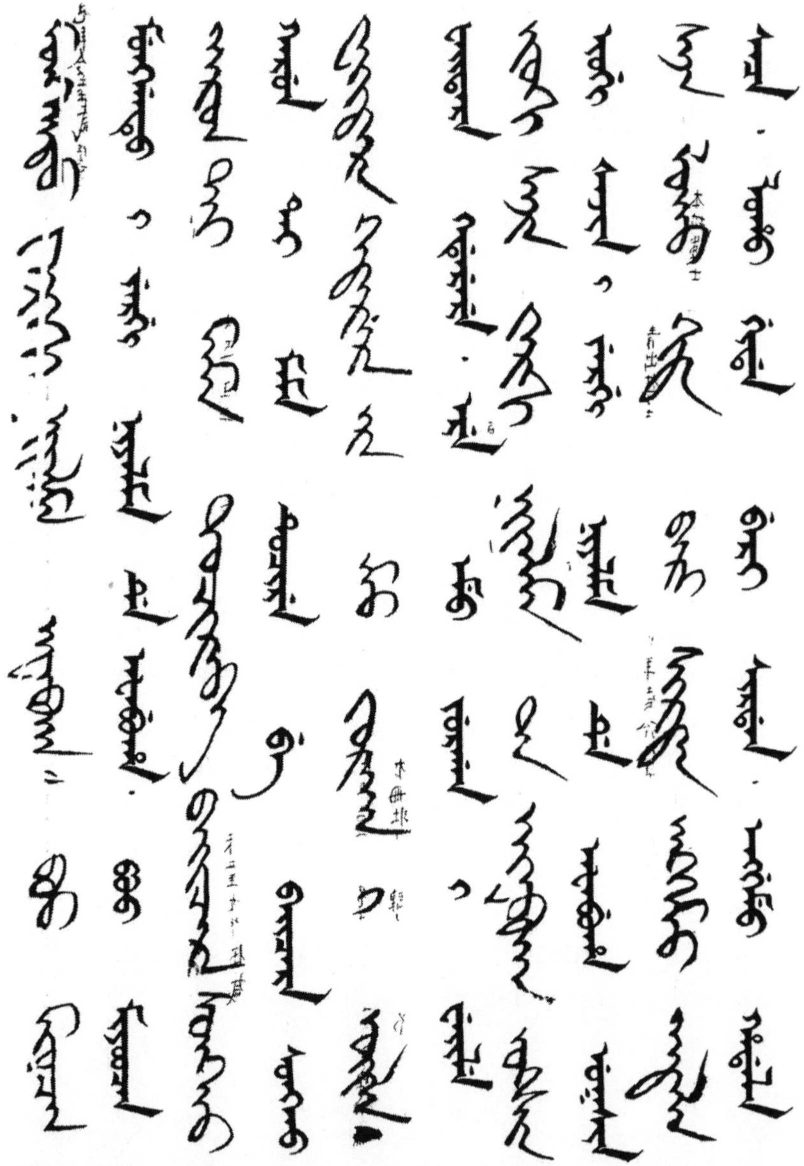

munggatu i jergi niyalma de afabuha. poo miyoocan, karun tai, mama tucire be baicara, songko faitara, kederere, ere emu jurgan i weile, iogi šajin i jergi niyalma de afabuha. uksin saca, loho gida, beri sirdan, enggemu hadala,

俱委任蒙噶圖等人辦理。查看鎗礮、哨臺、出痘及跟踪巡察等一類事宜，委任遊擊沙津等人辦理。查看盔甲、刀槍、弓箭、鞍轡、

俱委任蒙噶图等人办理。查看鎗炮、哨台、出痘及跟踪巡察等一类事宜，委任游击沙津等人办理。查看盔甲、刀枪、弓箭、鞍辔、

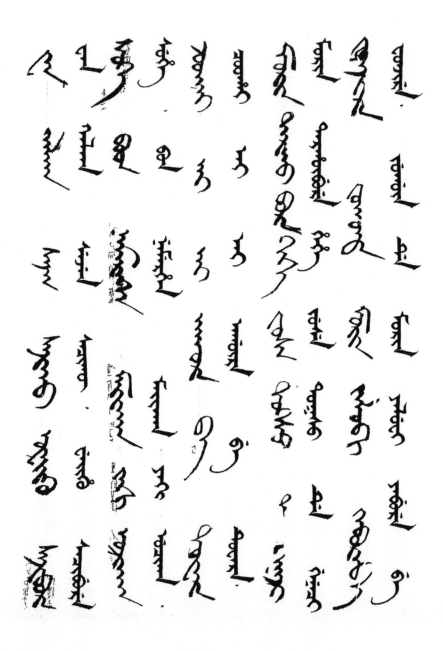

wan, kalka sejen, sacikū, weihu, sacibure suhe, bon, nemerhen, maikan, yaki, ucika, coohai ai ai agūra be tuwara. morin tarhūbure, hehe juse tokso de geneci fonjire, jugūn de morin yalufi yabure be

---

梯子、盾牌、車輛、鑿子、獨木船、砍斧、鐵鑹[34]、蓑衣、帳房、箭罩、弓罩等各項兵械。使馬肥壯，訪問前往屯內婦孺，查看路上乘馬行人，

梯子、盾牌、车辆、凿子、独木船、砍斧、铁锺、蓑衣、账房、箭罩、弓罩等各项兵械。使马肥壮，访问前往屯内妇孺，查看路上乘马行人，

---

[34] 鐵鑹，《滿文原檔》寫作"boon"，《滿文老檔》讀作"bon"。

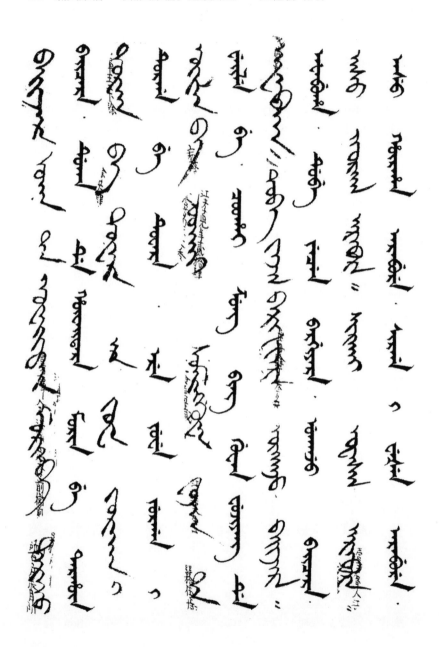

baicara, duka de hūwaitara morin be tarhūn turga be tuwara.
ere juwe jurgan i weile be, coohai dzung bing guwan
fujiyang de afabuha. dube jecen bargiyara, ukanju baicara,
asu hūrhan arabure, sirga i wešen arabure,

查看門前所拴馬匹肥瘦等二類事宜，委任統兵總兵官、副
將辦理。收管極邊，查看逃人，製作網罥及捕獐套網，

查看门前所拴马匹肥瘦等二类事宜，委任统兵总兵官、副
将办理。收管极边，查看逃人，制作网罥及捕獐套网，

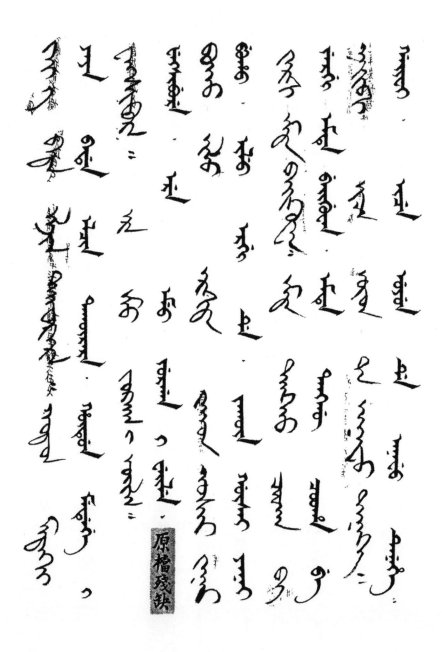

yaya bade elcin takūrara, hūdun medege i feksibure, ere emu jurgan i weile, [原檔殘缺]. puho, ilu ergi de, jakūn gūsai yanai jergi emte beiguwan, emte tanggū cooha be gaifi, ice uyun de anafu tenehe.

遣使前往各處，速遞信息等一類事宜，[原檔殘缺]。」初九日，八旗之雅鼐等率每旗備禦官各一人、兵各一百人，前往蒲河、懿路戍守。

遣使前往各处，速递信息等一类事宜，[原档残缺]。」初九日，八旗之雅鼐等率每旗备御官各一人、兵各一百人，前往蒲河、懿路戍守。

二十五、漢人控訴

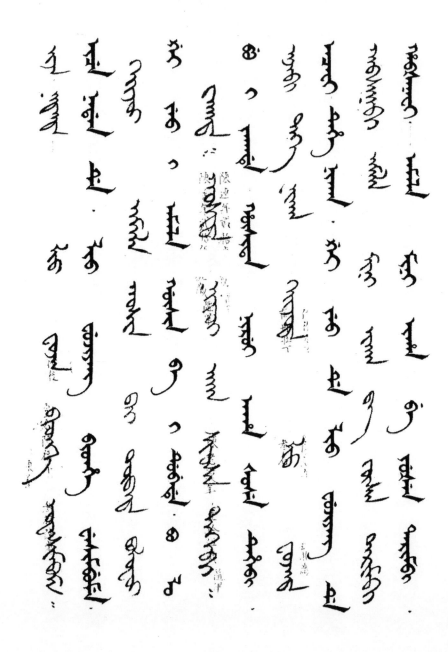

ice nadan de, lio fujiyang bithe wesimbume, g'ai jeo i amala
gūsin ba i dubede, bo lo pu i jakade hūsita nirui aha šose
tehebi, acafi tehe nikan g'ai jeo de lio fujiyang de habšanafi,
amala mini ihan be jušen tarimbi,

初七日，劉副將繕文奏稱：「蓋州之北三十里外博洛堡處，
有胡希塔牛彔之奴僕碩色居住，與之同住漢人來蓋州向劉
副將控訴稱：『後來我之牛供諸申耕種，

初七日，刘副将缮文奏称：「盖州之北三十里外博洛堡处，
有胡希塔牛彔之奴仆硕色居住，与之同住汉人来盖州向刘
副将控诉称：『后来我之牛供诸申耕种，

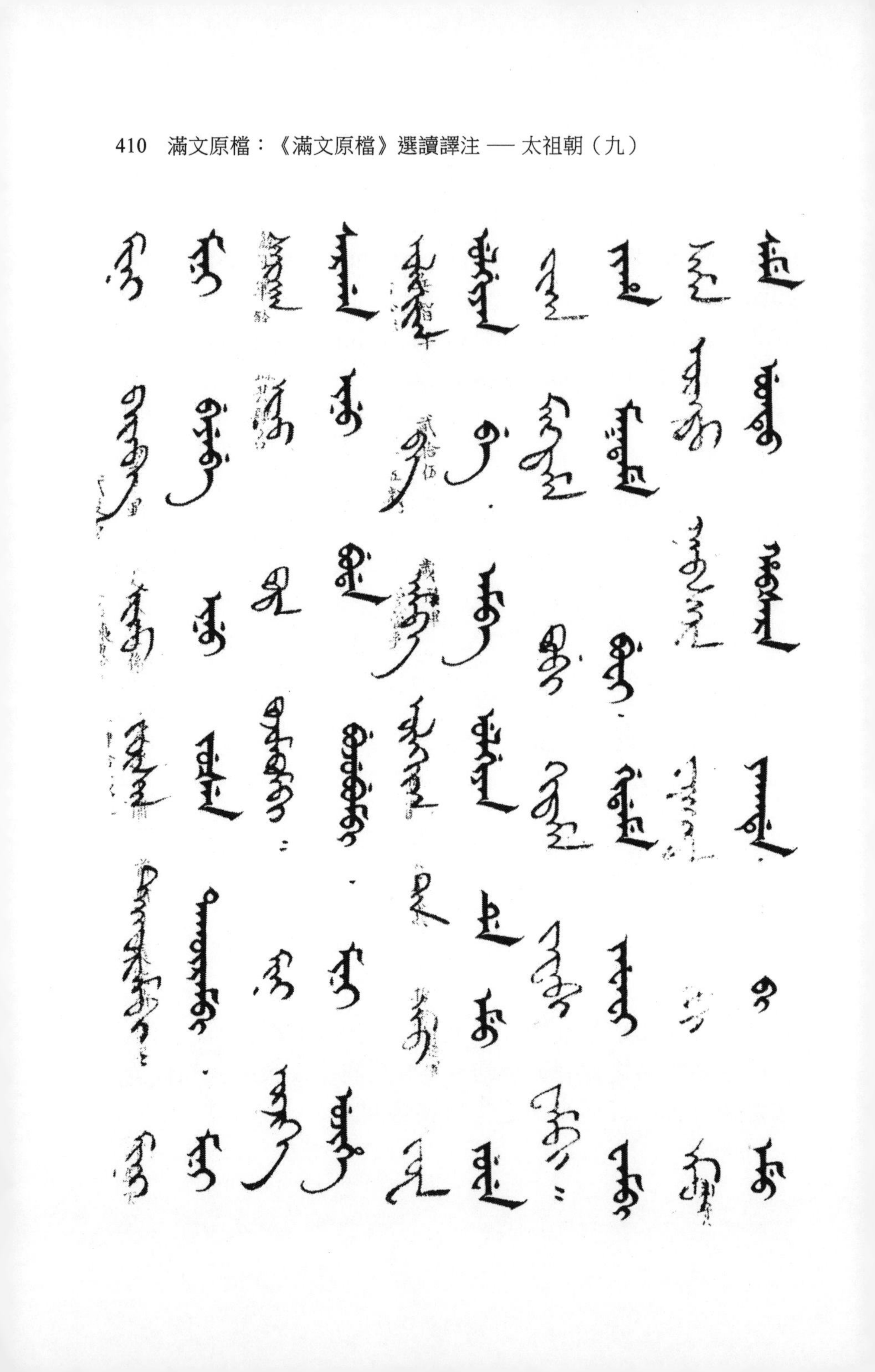

mini beyebe inu jušen takūrambi, mini sargan inu buda bujubumbi. mini ujihe ulgiyan be, amba ulgiyan de emu juwe jiha maktame bufi, gidame jafafi wambi seme, uttu habšara jakade, bi emu

我自身亦為諸申差遣，我妻亦為其煮飯。我餵養之豬，大豬擲給一、二錢後，即強行捉殺等語。』

我自身亦为诸申差遣，我妻亦为其煮饭。我喂养之猪，大豬掷给一、二钱后，即强行捉杀等语。』

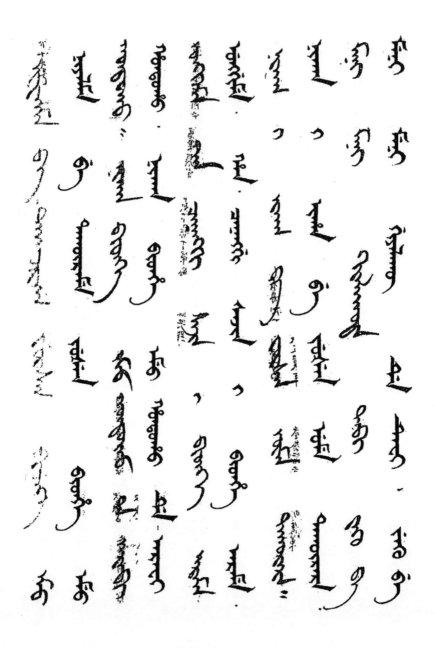

niyalma be takūrame jušen bithe emu hontoho, nikan bithe emu hontoho de arafi unggime, han, cananggi šajin i bithe arame, nikan i ihan be jušen ume takūrara, meni meni giyalakū de tefi, jeku be

---

我遂遣一人持書寫諸申文一半及漢文一半之文書前往，示之曰：據聞汗前日頒降法紀之文書，諸申不得使用漢人之牛，我等之屋則各自間隔而居，

我遂遣一人持书写诸申文一半及汉文一半之文书前往，示之曰：据闻汗前日颁降法纪之文书，诸申不得使用汉人之牛，我等之屋则各自间隔而居，

ᠪᡳᡨᡥᡝ ᠴᠣᠣᡥᠠᡳ ᠨᡳᠶᠠᠯᠮᠠᡴᠣ ᠰᡳᠨᡩᠠᠴᡳ ᠮᡠᠰᡝᡳ
ᠮᡝᠨ ᠨᠢᠶᠠᠯᠮᠠᡳ ᠴᠣᠣ ᠴᠢ ᠠᠴᠠ ᠰᡝ
ᡵᡝᡥᡝ ᠰᠢᠨᡩ ᠠᡴᡡ ᡝᠰᡝ ᡝᠨᡝᡥᡝᡳ ᡝᡩᡝᡵᡝ ᡝᠨᡝ
ᡝᠯᠨᡝ ᠮᡳᠶᠠ ᡩ ᠵᡠᠸᡝ ᠰᡝ ᠪᡳ
ᡥᠣᠨᡳ ᡨᡠᠸᠠ ᡥᠠᠪ ᠯᠣ ᡝᡳᠮᠠ ᠮᡠᠰᡝᡳ
ᠨᡳᠶᠠᠯᠮᠠᡳ ᠰᡝᠮᡝ ᠪᡳᠰᡳᡵᡝ ᡝᠨᡝ ᠮᠣ ᡳ ᠰᡳᠨᡩᠠᠮᡝᠯᡳ

oci, dendefi anggala bodome jefu seme tuttu donjiha kai.
nikan si, sini ujihe ulgiyan be ume bure, gidame jafafi gaici,
si minde alanju, bi beise ambasa de alara seme arafi unggihe.

食糧則計口分食也。爾漢人所養爾之豬勿給之，若強行捉
取，爾即前來告我，我即告知諸貝勒大臣等語，繕畢齎遞
之。

食粮则计口分食也。尔汉人所养尔之猪勿给之，若强行捉
取，尔即前来告我，我即告知诸贝勒大臣等语，缮毕赍递
之。

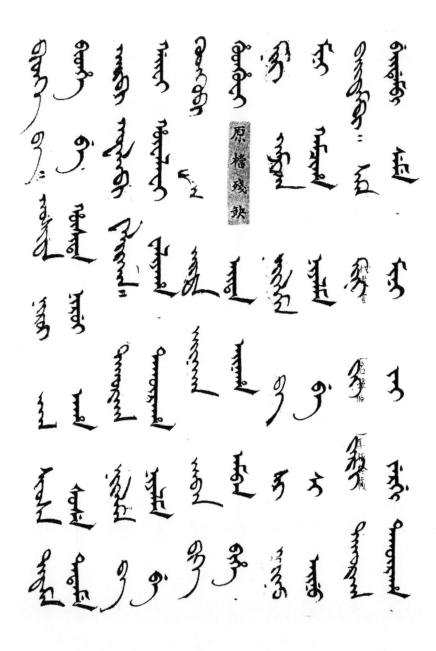

bithe be, hūsita nirui aha šose tatame gaifi hūwalafi waliyaha. takūraha niyalma be huthufi [原檔殘缺] aita ainaha amban bihe. mini kamciha niyalma be si ainu beidembi seme, mini jai jergi takūraha

---

胡希塔牛彔之奴僕碩色竟將該文書撕毀棄之，綑綁我所遣之人，[原檔殘缺]愛塔係何許大臣耶？爾為何審我兼管之人？我再次遣

胡希塔牛彔之奴仆硕色竟将该文书撕毁弃之，捆绑我所遣之人，[原档残缺]爱塔系何许大臣耶？尔为何审我兼管之人？我再次遣

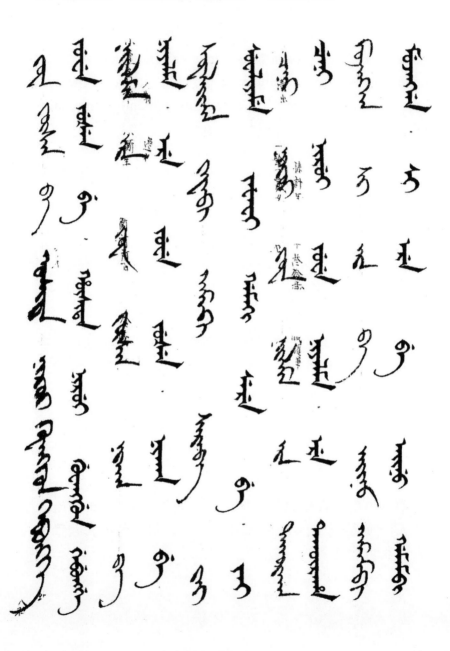

juwe jušen be, hūsita nirui guwanggun gebungge niyalma, ere juwe jušen, nikan be suwaliyame jafafi gamaki sere be, jai ceni nirui juwe niyalma, ere takūraha mujangga, si ere be ainu gamambi

---

諸申二人前往，胡希塔牛彔有名光棍之人，欲將該諸申二人連同漢人，一併執之而去。時又有彼等牛彔之二人以其人，實為差遣之人，爾為何執之等語

诸申二人前往，胡希塔牛彔有名光棍之人，欲将该诸申二人连同汉人，一并执之而去。时又有彼等牛彔之二人以其人，实为差遣之人，尔为何执之等语

seme nakabufi amasi unggihe. uttu emu niyalma be takūraci,
jafafi huthufi tantara, juwe niyalma be takūraci, jafafi tantara
oci, jai han i ai ai weile be, be adarame mutembi. aita sini
neneme takūraha

勸阻而遣回。如此遣一人即遭綑綁拷打，遣二人復遭綑綁
拷打，則如何能達成汗所委任諸事耶?」遂令愛塔將先遣[35]
之一人

劝阻而遣回。如此遣一人即遭捆绑拷打，遣二人复遭捆绑
拷打，则如何能达成汗所委任诸事耶？」遂令爱塔将先遣
之一人

---

[35] 先遣，句中「先」，《滿文原檔》讀作 "nememe"，意即「愈發」，
滿漢文義不合；《滿文老檔》讀作 "neneme"，意即「先前」，改
正。

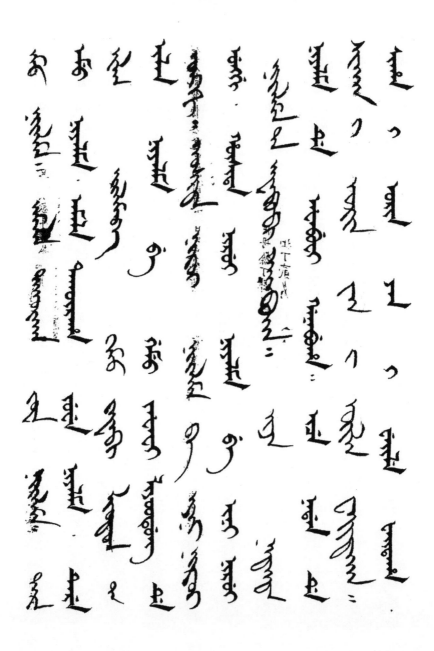

emu niyalma, amala takūraha juwe niyalma, tere ilan niyalma be gemu jafafi liyoodung de unggi. hūsita nirui niyalma be ini nirui niyalma de afabufi ganabuha. ice nadan de, sihan i orin yan i weile faitaha.

及後遣之二人，共三人皆執送遼東。胡希塔牛彔之人，則交付其牛彔之人前往擒挐之。初七日，罰錫翰銀二十兩之罪。

及后遣之二人，共三人皆执送辽东。胡希塔牛彔之人，則交付其牛彔之人前往擒挐之。初七日，罚锡翰银二十两之罪。

二十六、革職降級

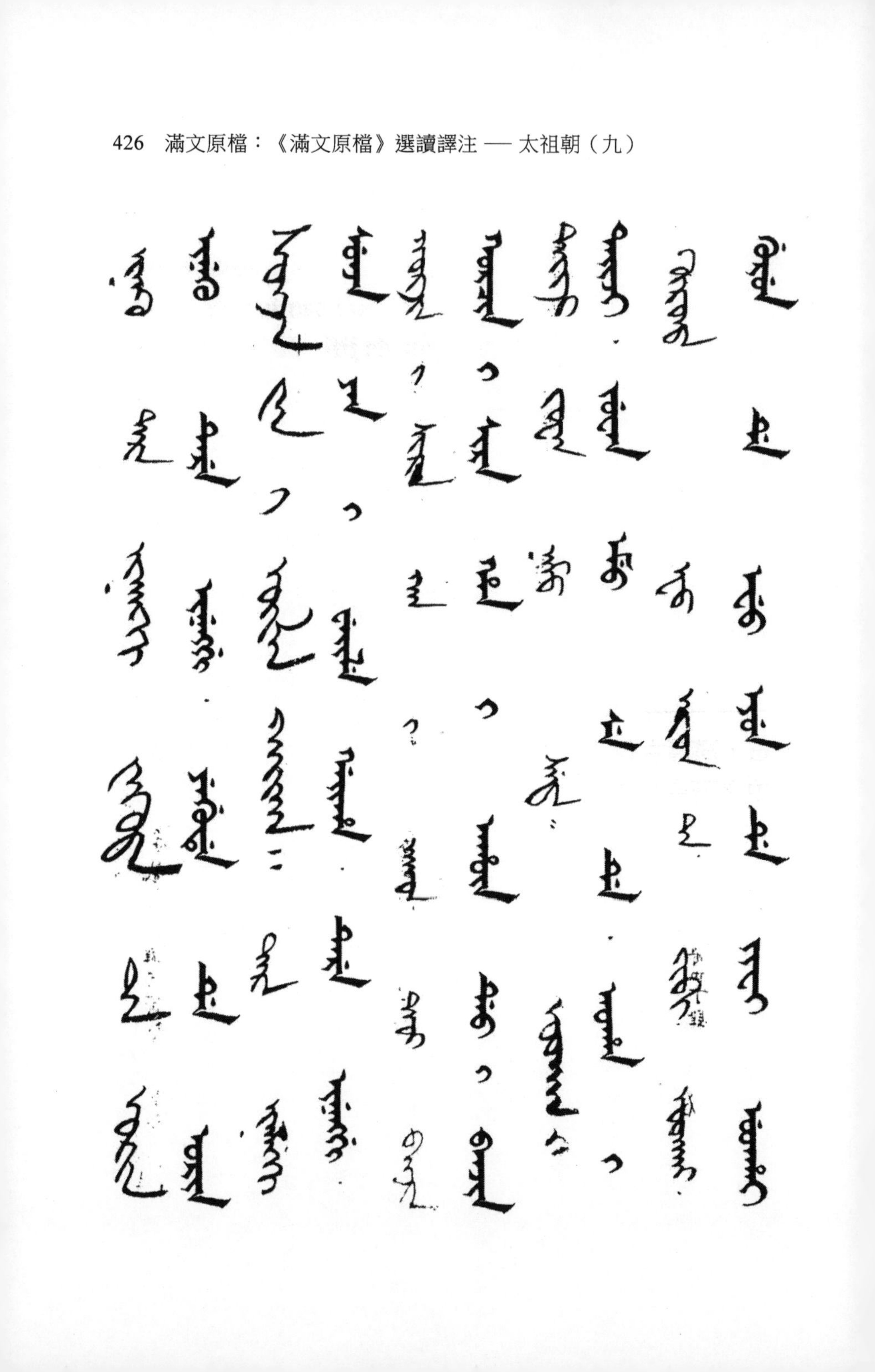

ineku tere inenggi, yegude de orin sunja yan i weile gaiha.
tere inenggi, korcin i sira han i ahūn deo i banjin taiji, juwan
emu se de aohan i gurun de efu eyun de jifi uthai

是日，罰葉古德銀二十五兩之罪。是日，科爾沁西喇汗兄弟中之班金台吉，十一歲時來敖漢部，即居於其姐及姐夫處；

是日，罚叶古德银二十五两之罪。是日，科尔沁西喇汗兄弟中之班金台吉，十一岁时来敖汉部，即居于其姐及姐夫处；

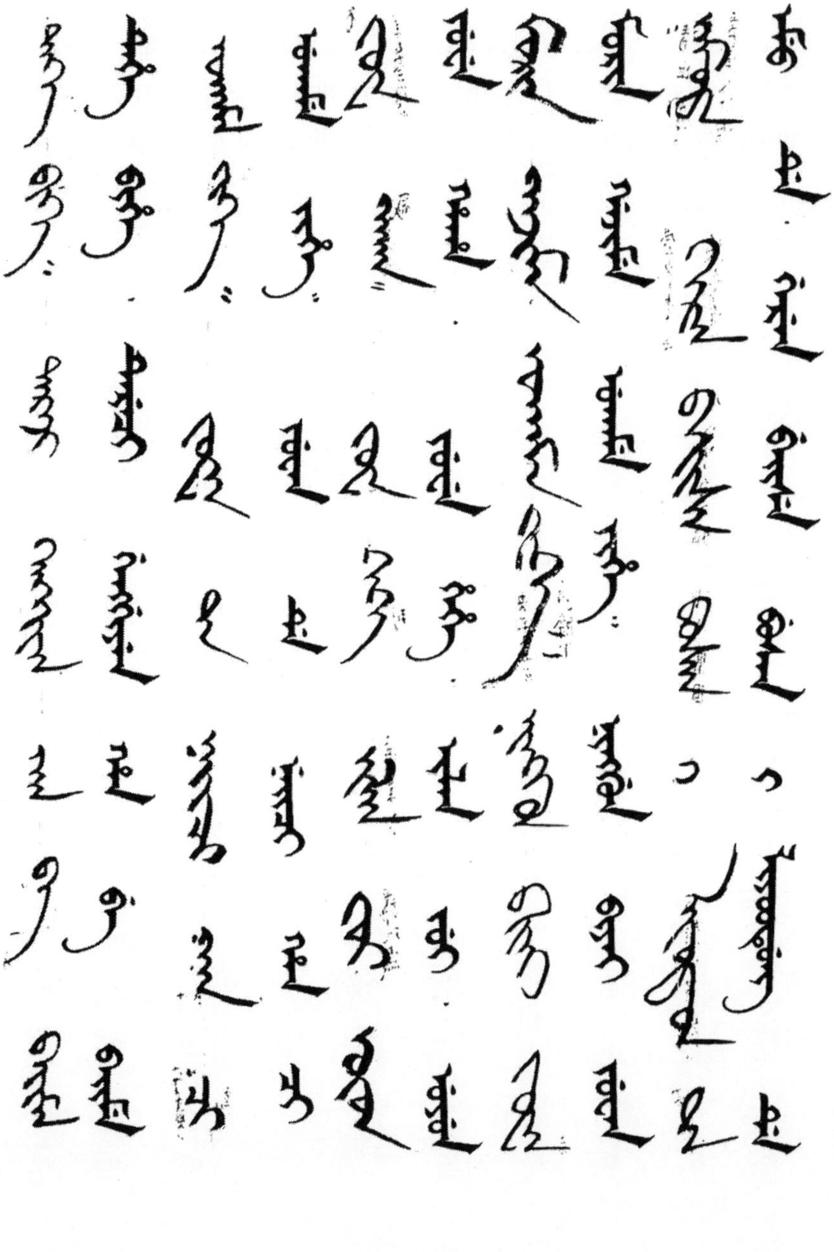

tehe bihe. tereci genggiyen han be baime ukame jihe. juwan de neici han ci juwe haha, juwe hehe, ilan jui, uyun morin gajime ukame jihe. ninggun biyai juwan emu de, geren beise busan i liyoodung de

---

由該處逃出來投英明汗。初十日，有男二人、女二人及三子攜馬九匹，由內齊汗處逃來。六月十一日，諸貝勒復審布三在遼東

由该处逃出来投英明汗。初十日，有男二人、女二人及三子携马九匹，由内齐汗处逃来。六月十一日，诸贝勒复审布三在辽东

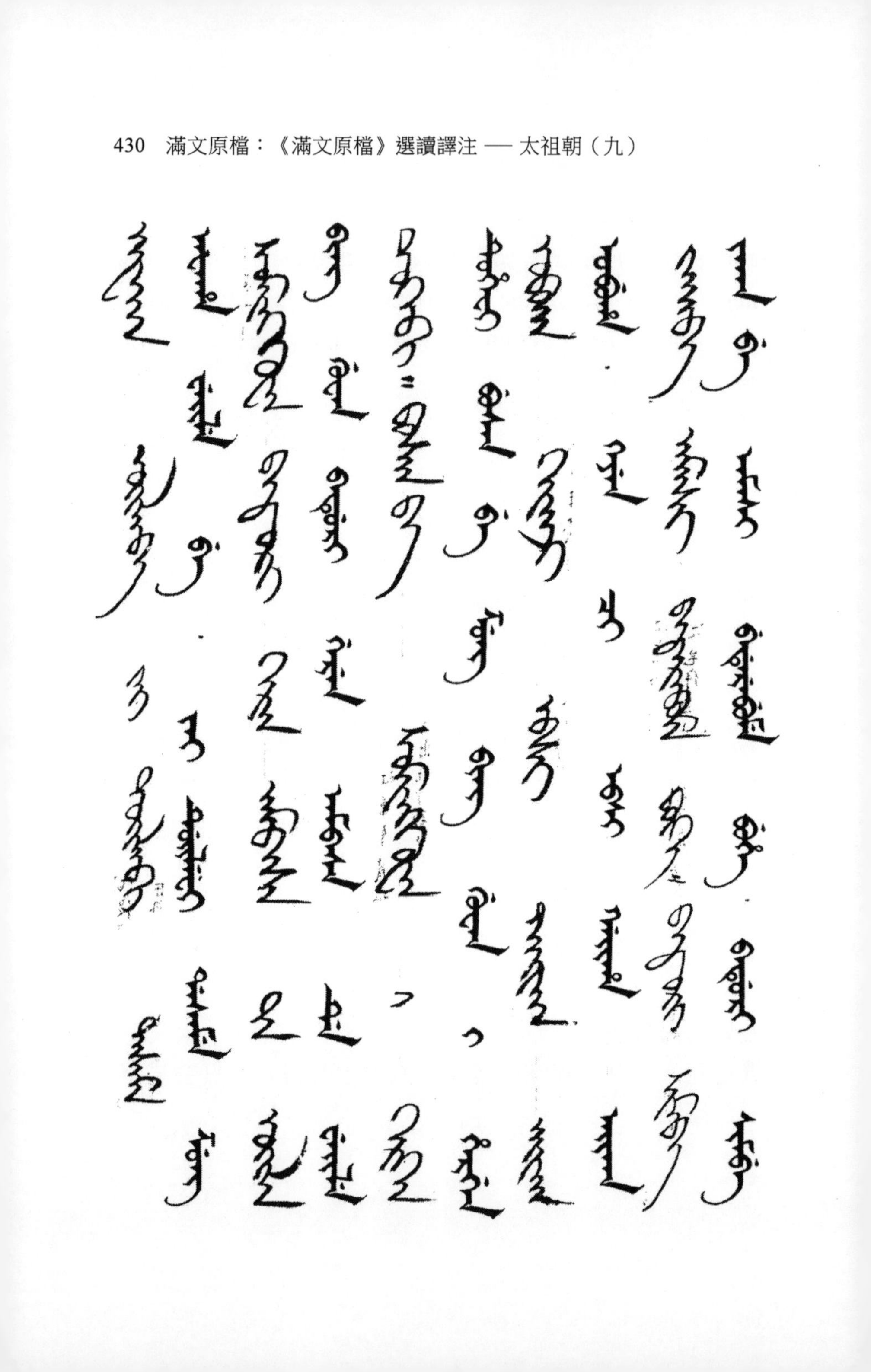

afaha weile be jai duilefi dasame, dzung bing guwan baduri, geren ambasa de weile tuhefi, busan be dzung bing guwan i hergen obuha, keyen ci ebsi gaiha aika jaka be amasi bederebume buhe. baduri simbe

---

復審布三在遼東作戰之罪。復擬總兵官巴都里及衆大臣以罪。授布三為總兵官之職，自開原以來所取諸物概令歸還。

作戰之罪。復擬總兵官巴都里及眾大臣以罪。授布三為總兵官之職，自開原以來所取諸物概令歸還。

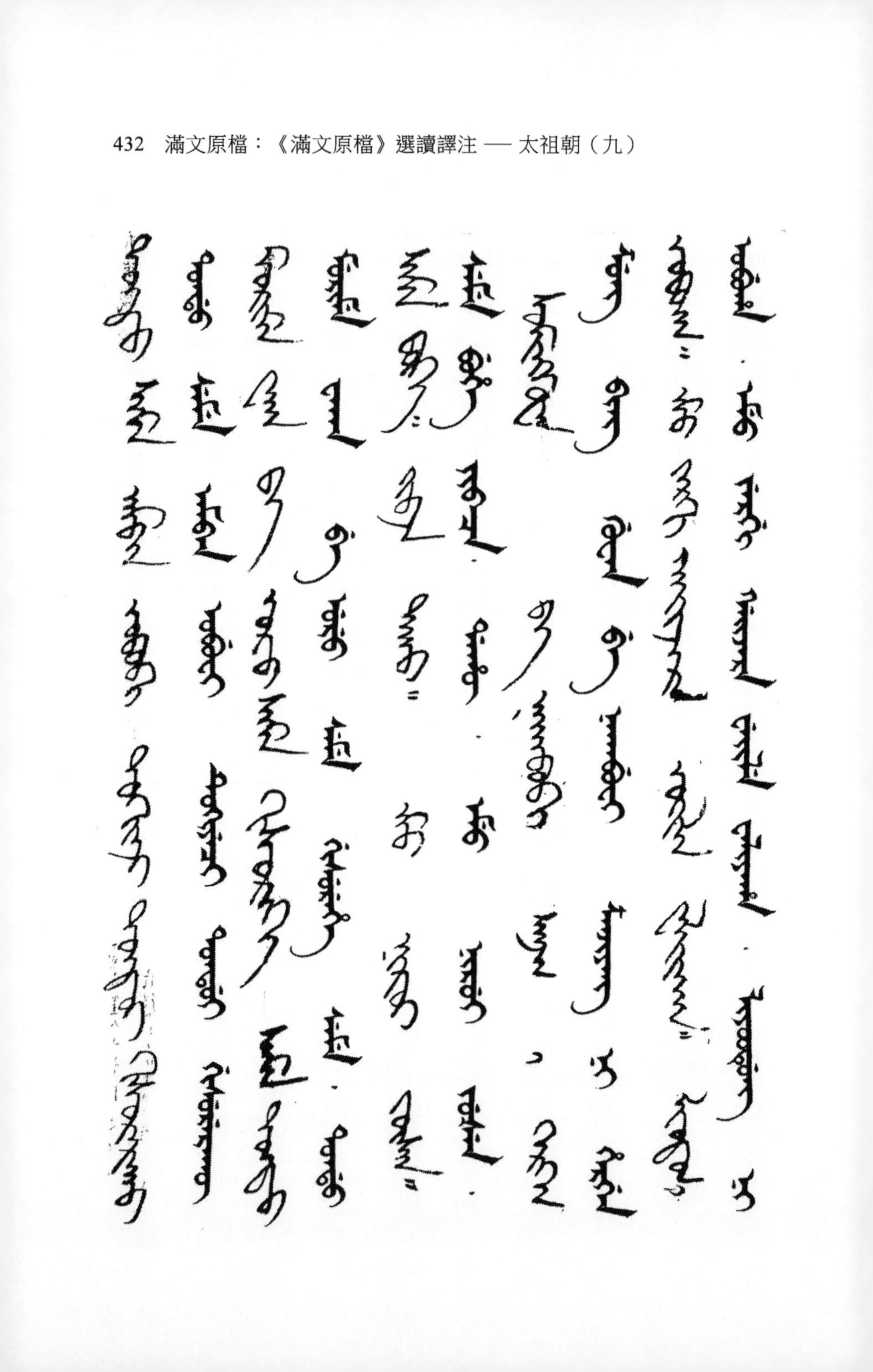

tondo seme amban obufi tukiyeci, tondoi gisurerakū murime waka be uru seme gisurehe seme, tondo seme buhe jibca, dahū, emu nirui jušen, dzung bing guwan be nakabufi ts'anjiyang ni hergen obuha, emu jergi gaijara weile waliyaha. liyoodung ni

以爾巴都里公正而舉為大臣，却不進忠言，以非為是，故奪前以公正所賜之皮襖、皮端罩及一牛彔諸申，革其總兵官之職，降為參將之職，免其一次贖罪，

以尔巴都里公正而举为大臣，却不进忠言，以非为是，故夺前以公正所赐之皮袄、皮端罩及一牛彔诸申，革其总兵官之职，降为参将之职，免其一次赎罪

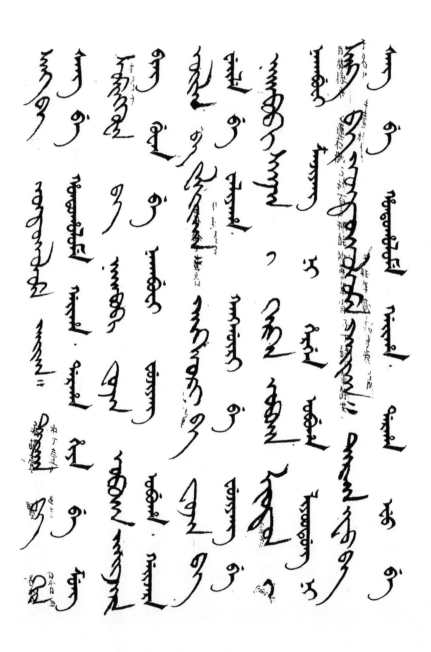

šang be hontoholome gaiha, darhan hiya be dzung bing
guwan be nakabufi fujiyang obuha, gaijara weile be
waliyaha. kanggūri be fujiyang be nakabufi ts'anjiyang ni
hergen obuha, liyoodung ni šang be hontoholome gaiha.
darhan efu be

沒其遼東所得賞賜之半。革達爾漢侍衛總兵官,降為副
將,免其贖罪。革康古里副將,降為參將之職,沒其遼東
所得賞賜之半。

没其辽东所得赏赐之半。革达尔汉侍卫总兵官,降为副将,
免其赎罪。革康古里副将,降为参将之职,没其辽东所得
赏赐之半。

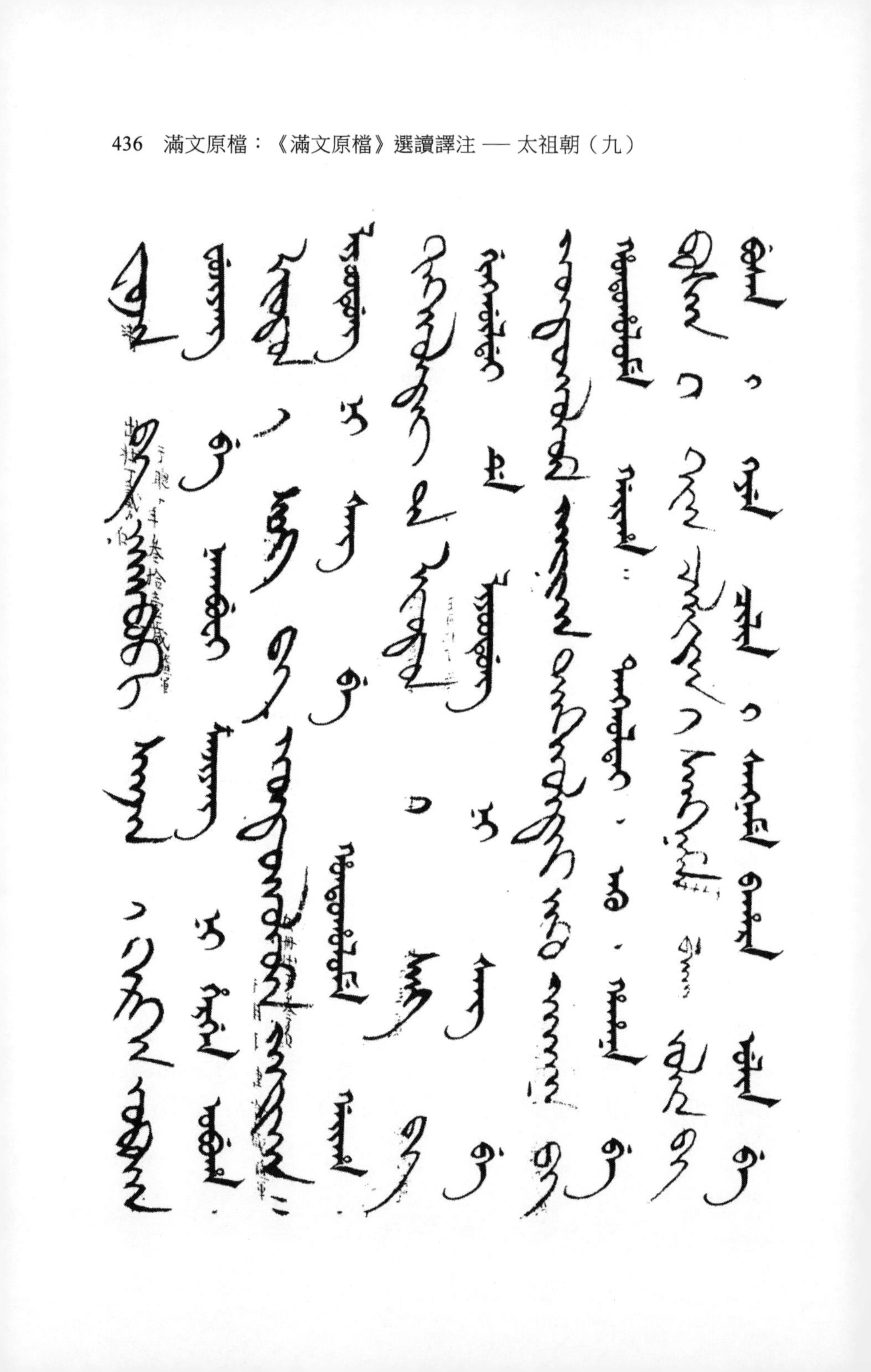

fujiyang be nakabufi ts'anjiyang ni hergen obuha, liyoodung ni šang be hontoholome gaiha. ginggūldai de liyoodung ni šang be hontoholome gaiha. tangkoltai, aku, hahana be, busan i keyen cilin i šangname bahara ulin be

———————

革達爾漢額駙副將，降為參將之職，沒其遼東所得賞賜之半。精古勒岱，沒其遼東所得賞賜之半。湯闊勒泰、阿庫、哈哈納因未將布三於開原、鐵嶺所得賞賜之財物

———————

革达尔汉额驸副将，降为参将之职，没其辽东所得赏赐之半。精古勒岱，没其辽东所得赏赐之半。汤阔勒泰、阿库、哈哈纳因未将布三于开原、铁岭所得赏赐之财物

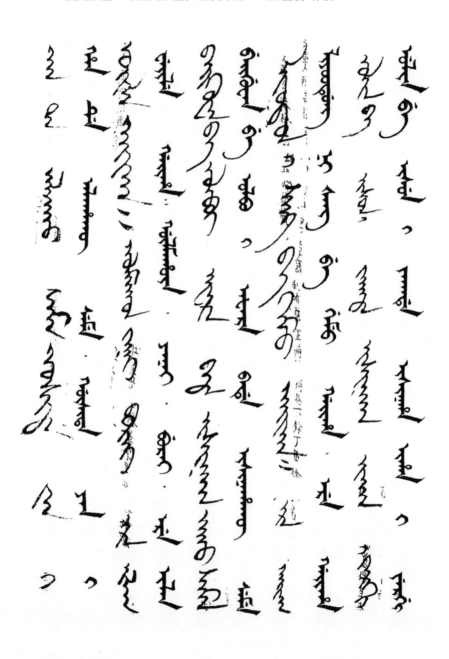

han de alahakū seme, gūsita yan i weile gaiha. gūlmahūn, yanai, burai, ere ilan beiguwan be, olbo i afara bade isinahakū seme, liyoodung ni šang be gemu gaiha, ere gaiha ulin be isun i jakade isinaha ihan i jergi

上告於汗，罰銀各三十兩之罪。古勒瑪琿、雅鼐、布來等三備禦官，因未赴綿甲兵攻戰之地，故盡沒其遼東所得賞賜；將此籍沒財物，賞給已至伊蓀處之依罕等人。

上告于汗，罚银各三十两之罪。古勒玛珲、雅鼐、布来等三备御官，因未赴绵甲兵攻战之地，故尽没其辽东所得赏赐；将此籍没财物，赏给已至伊荪处之依罕等人。

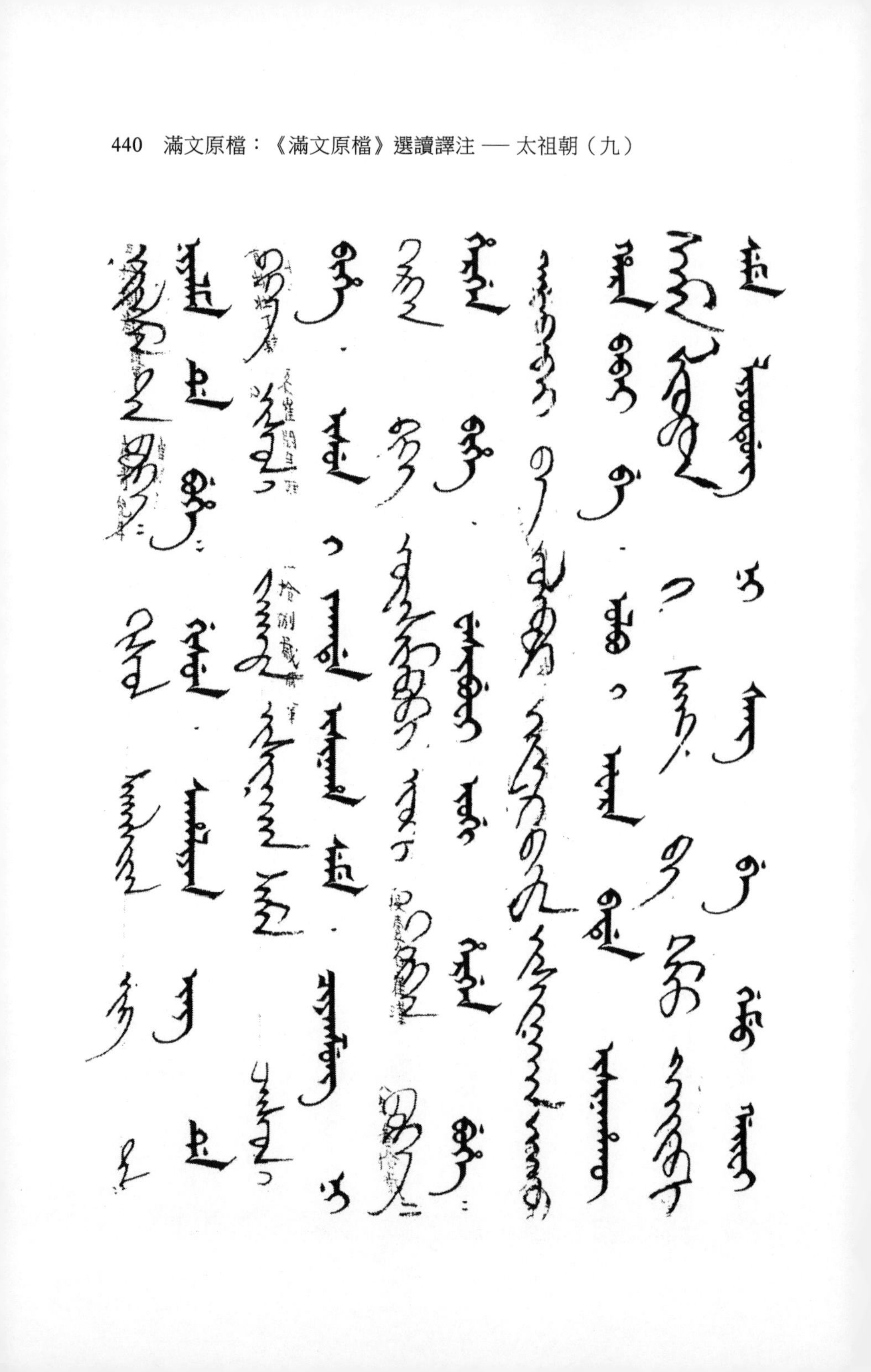

niyalma de buhe. gisun, sahaliyan ing de bihe, isun i jakade isinaha seme, ciyandzung ni hergen bihe, wesibufi iogi hergen buhe. hara babai be, olbo i afara bade isinahakū seme, liyoodung ni šang be gemu gaifi

---

吉蓀原在薩哈廉軍營，因致伊蓀處，故陞千總之職為遊擊之職。哈拉巴拜因未赴綿甲兵攻戰之地，故盡沒其遼東所得賞賜，

吉荪原在萨哈廉军营，因致伊荪处，故升千总之职为游击之职。哈拉巴拜因未赴绵甲兵攻战之地，故尽没其辽东所得赏赐，

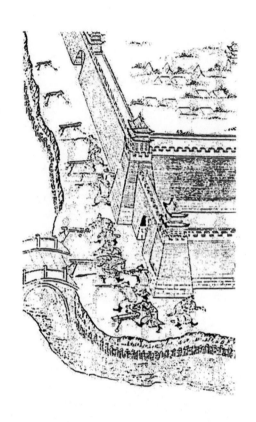

二十七、開張商店

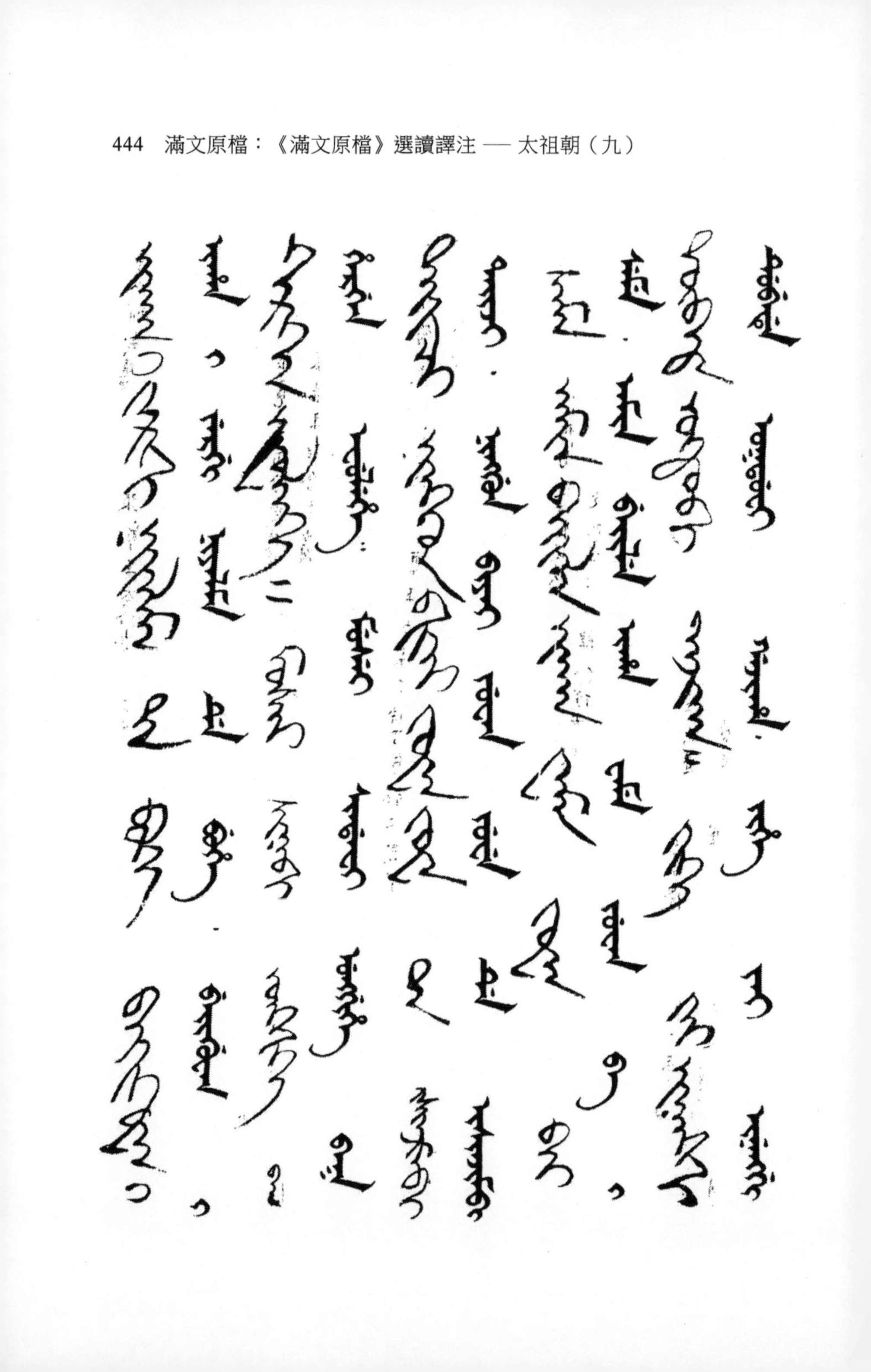

ihan i jergi niyalma de buhe, beiguwan i hergen efulehe. musei sindafi unggihe bak taiji, ninggun biyai juwan juwe de isinjimbi seme, amin beile ihan wame juwan ba i dubede okdofi gajiha. jihe jai inenggi,

---

賜予依罕等人，並革其備禦官之職。六月十二日，聞我釋還之巴克台吉到來，阿敏貝勒宰牛，出十里外迎至。到來翌日，

賜予依罕等人，并革其备御官之职。六月十二日，闻我释还之巴克台吉到来，阿敏贝勒宰牛，出十里外迎至。到来翌日，

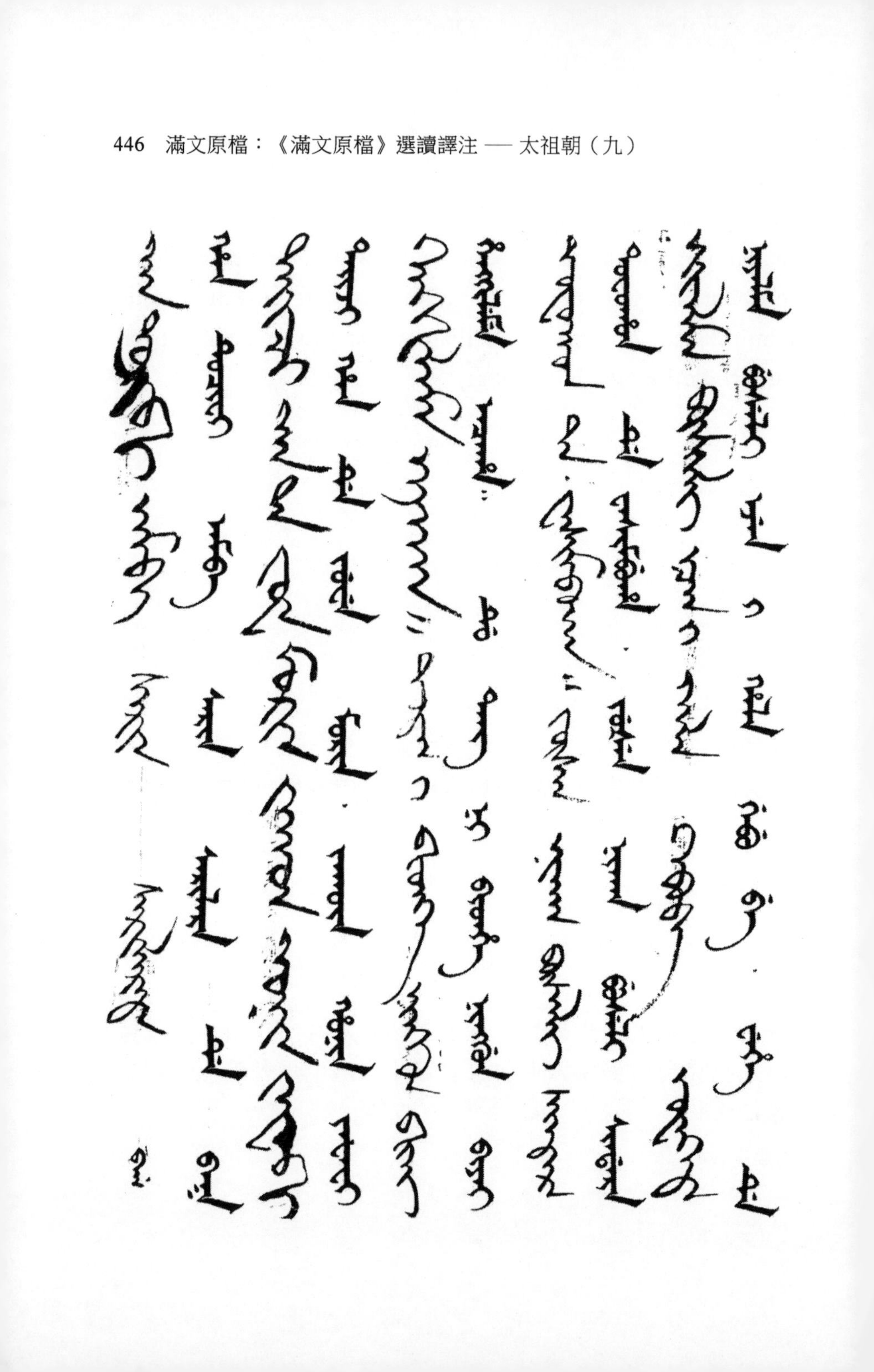

han tucifi amba sarin sarilara de, bak taiji han de juwe morin, jakūn honin jafafi hengkileme acaha. du tang ni bithe, ninggun biyai tofohon de wesimbuha, jušen, nikan puseli sindara niyalma puseli ejen i hala gebu be, wehe de

---

汗設大筵宴之，巴克台吉進馬二匹、羊八隻，叩頭謁見。六月十五日，都堂頒書諭曰：「凡諸申、漢人開設店鋪之人，務將店主之姓名，

汗設大筵宴之，巴克台吉进马二匹、羊八只，叩头谒见。六月十五日，都堂颁书谕曰：「凡诸申、汉人开设店铺之人，务将店主之姓名，

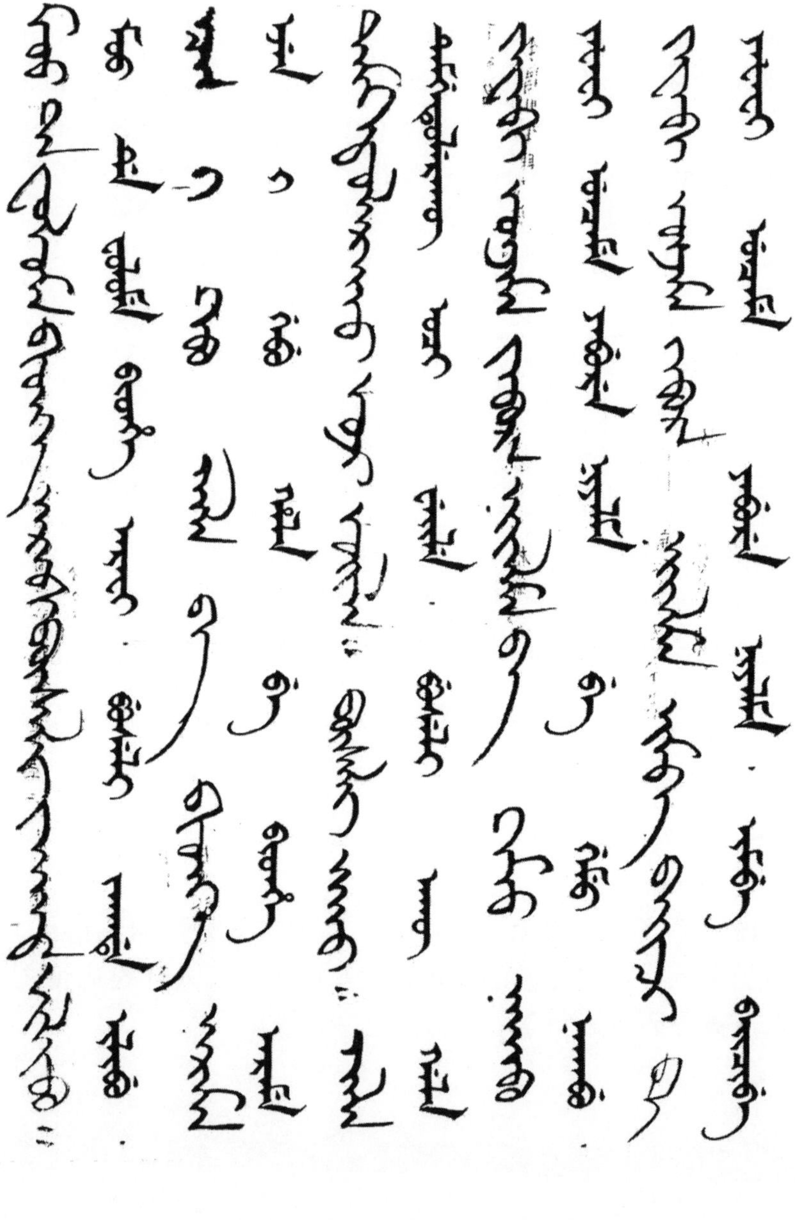

moo de folome bithe arafi, puseli jakade ilibu. ejen i gebu hala be bithe arame temgetulerakū oci weile. puseli akū gala jafafi uncame yabure niyalma be gemu nakabu. jafafi uncame yabure niyalma, imbe baicibe

---

書寫刻於石上或木上，豎立於店面跟前。若不將店主姓名書明做記號，則治以罪。其無店面，手攜貨物行走販售之人，概行禁止。攜貨行走販售之人，

书写刻于石上或木上，竖立于店面跟前。若不将店主姓名书明做记号，则治以罪。其无店面，手携货物行走贩卖之人，概行禁止。携货行走贩卖之人，

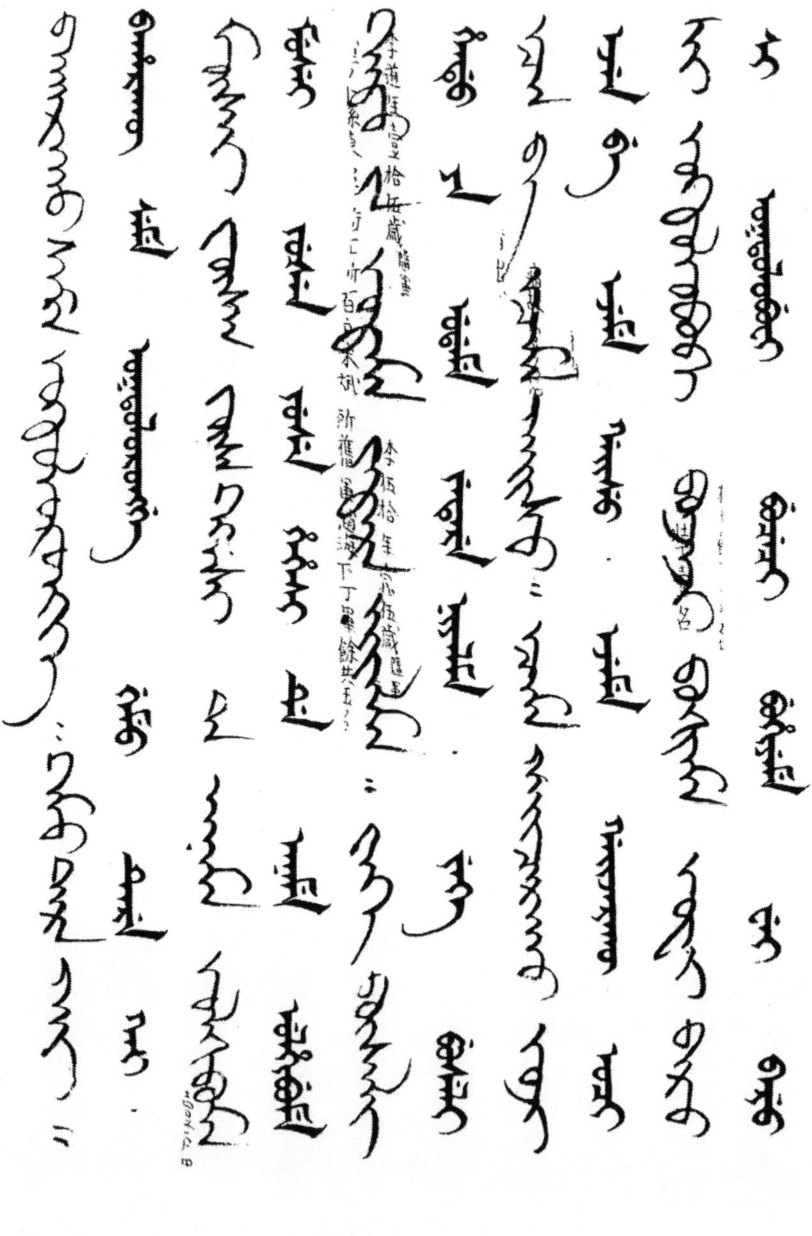

baharakū seme oktolorongge gemu tere kai. musei jušen juse hehesi de aname ulhibume hendu, ya udame jetere niyalma, jeke puseli ejen be ejeme gaisu. ejeme gaijarakū oci, si oktolobufi buceci buhiyeme wei baru

---

以為不被查獲而用藥鴆人者，皆此也。尤應逐一曉諭我諸申婦孺，凡購食之人，務記食鋪店主姓名。若不記取，爾中毒身死，雖有猜疑，更向誰言？

以为不被查获而用药鸩人者，皆此也。尤应逐一晓谕我诸申妇孺，凡购食之人，务记食铺店主姓名。若不记取，尔中毒身死，虽有猜疑，更向谁言？

二十八、公私分明

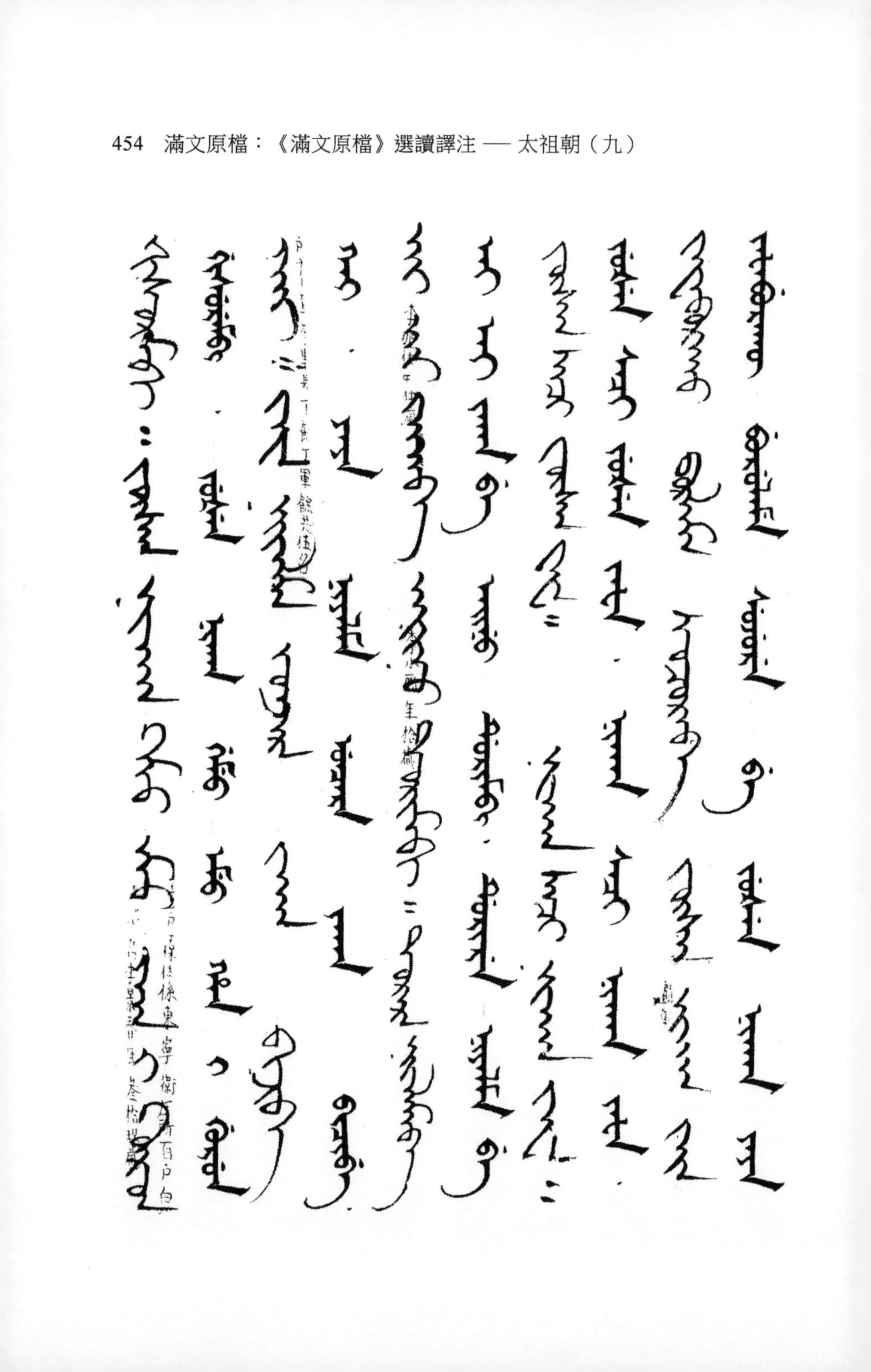

gisurembi. jušen, nikan gemu emu han i gurun kai, yaya
niyalma uncara jaka bicibe ai ai jaka be ainu durimbi. durire
niyalma be jušen saci, jušen jafa, nikan saci, nikan jafa.
jafaburakū burulame sujure be jušen, nikan yaya

諸申、漢人同為一汗之國人也，人皆有出售之物，為何攘
奪其物耶？其攘奪之人，諸申見之，則由諸申執之，漢人
見之，則由漢人執之。其拒捕遁逃者，無論諸申、漢人，

诸申、汉人同为一汗之国人也，人皆有出售之物，为何攘
夺其物耶？其攘夺之人，诸申见之，则由诸申执之，汉人
见之，则由汉人执之。其拒捕遁逃者，无论诸申、汉人，

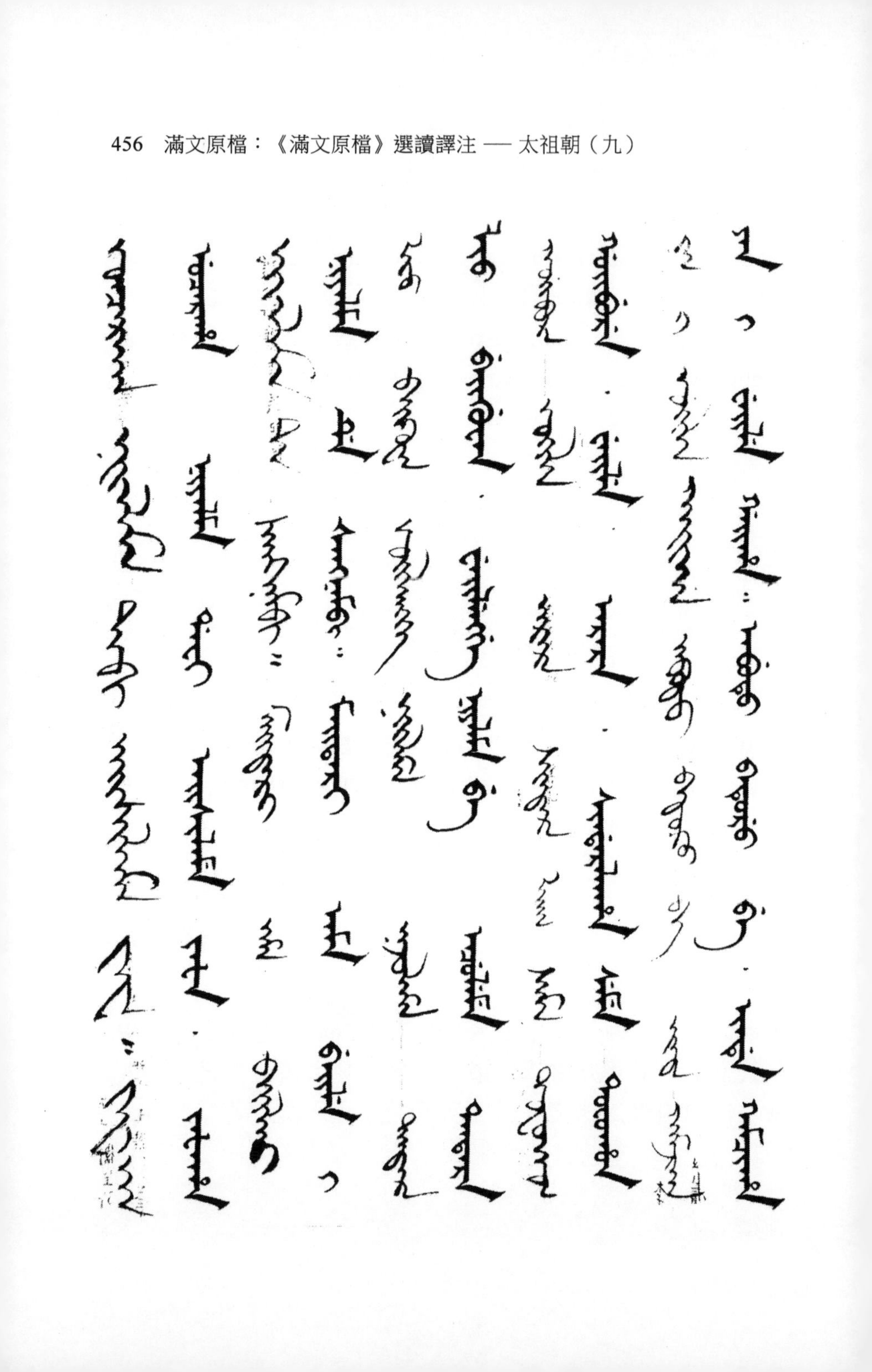

ucaraha niyalma dafi aisilame jafa, jafaha niyalma de šangnambi. maitari ama beile i lio beiguwan weilengge niyalma be enculeme tantara, goibure, weile arara, sindaralaha seme, tofohon yan i weile gaiha. abutu baturu be, inde kamciha

───────

凡遇見之人即協助捕拏之，拏獲之人賞之。」邁塔里父貝勒屬下劉備禦官，因私行鞭打處置釋放犯人，罰銀十五兩之罪。阿布圖巴圖魯

───────

凡遇见之人即协助捕拏之，拏获之人赏之。」迈塔里父贝勒属下刘备御官，因私行鞭打处置释放犯人，罚银十五两之罪。阿布图巴图鲁

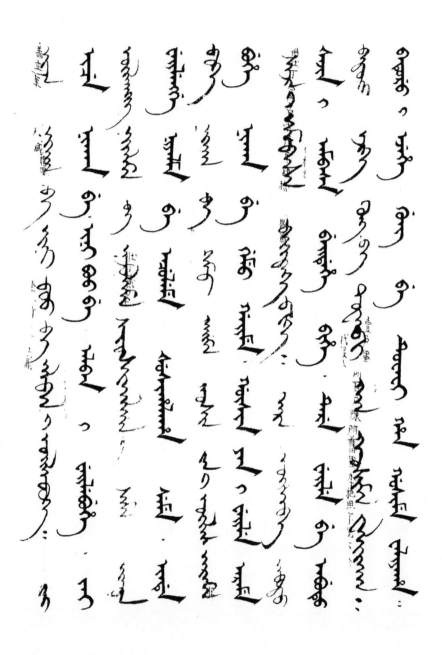

ice nikan be, ini boo be alban i weilebuhe, jai weilengge niyalma be enculeme šusihalaha seme, inde buhe nikan be gemu gaime, gūsin yan i weile arame, šajin i ambasa beidehe bihe, tere weile be abutu baturu i ejehe gung be tuwafi han gosime waliyaha.

因使其新兼管之漢人，以官役為其修屋，並擅自鞭責犯人，故盡沒所賜之漢人，罰銀三十兩之罪，交執法諸大臣審理。汗眷念阿布圖巴圖魯所記之功，遂寬免其罪。

因使其新兼管之汉人，以官役为其修屋，并擅自鞭责犯人，故尽没所赐之汉人，罚银三十两之罪，交执法诸大臣审理。汗眷念阿布图巴图鲁所记之功，遂宽免其罪。

二十九、罪刺耳鼻

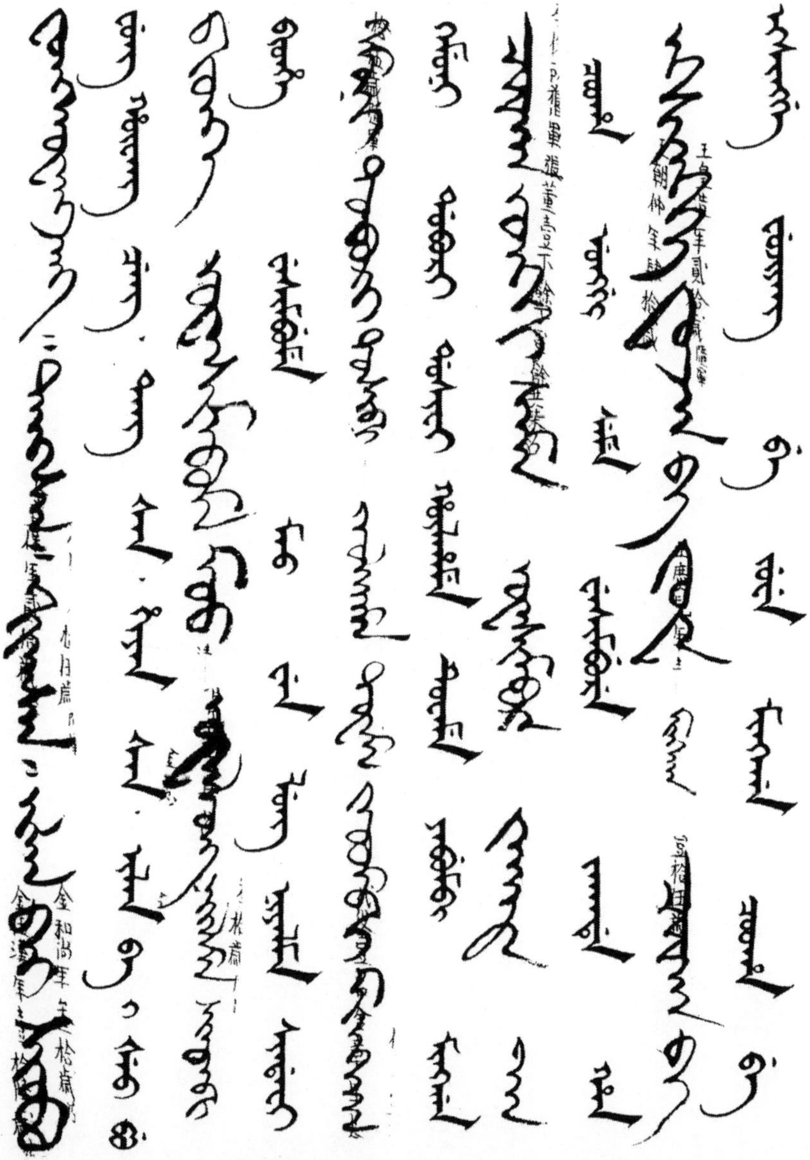

fung hūwang ceng, tang šan, hiyan šan ilan ba i šeo pu bithe wesimbume, mao wen lung niyalma sindafi kemuni dobori dosifi hūlhame tuwame yabumbi, minggan cooha unggi seme wesimbure jakade, han eksingge fujiyang be juwe minggan cooha be

---

鳳凰城、湯山、險山三處守堡具奏：「毛文龍常放人乘夜進來窺探，請遣兵千人前來。」因其具奏，汗遂命額克興額副將率兵二千名

凤凰城、汤山、险山三处守堡具奏：「毛文龙常放人乘夜进来窥探，请遣兵千人前来。」因其具奏，汗遂命额克兴额副将率兵二千名

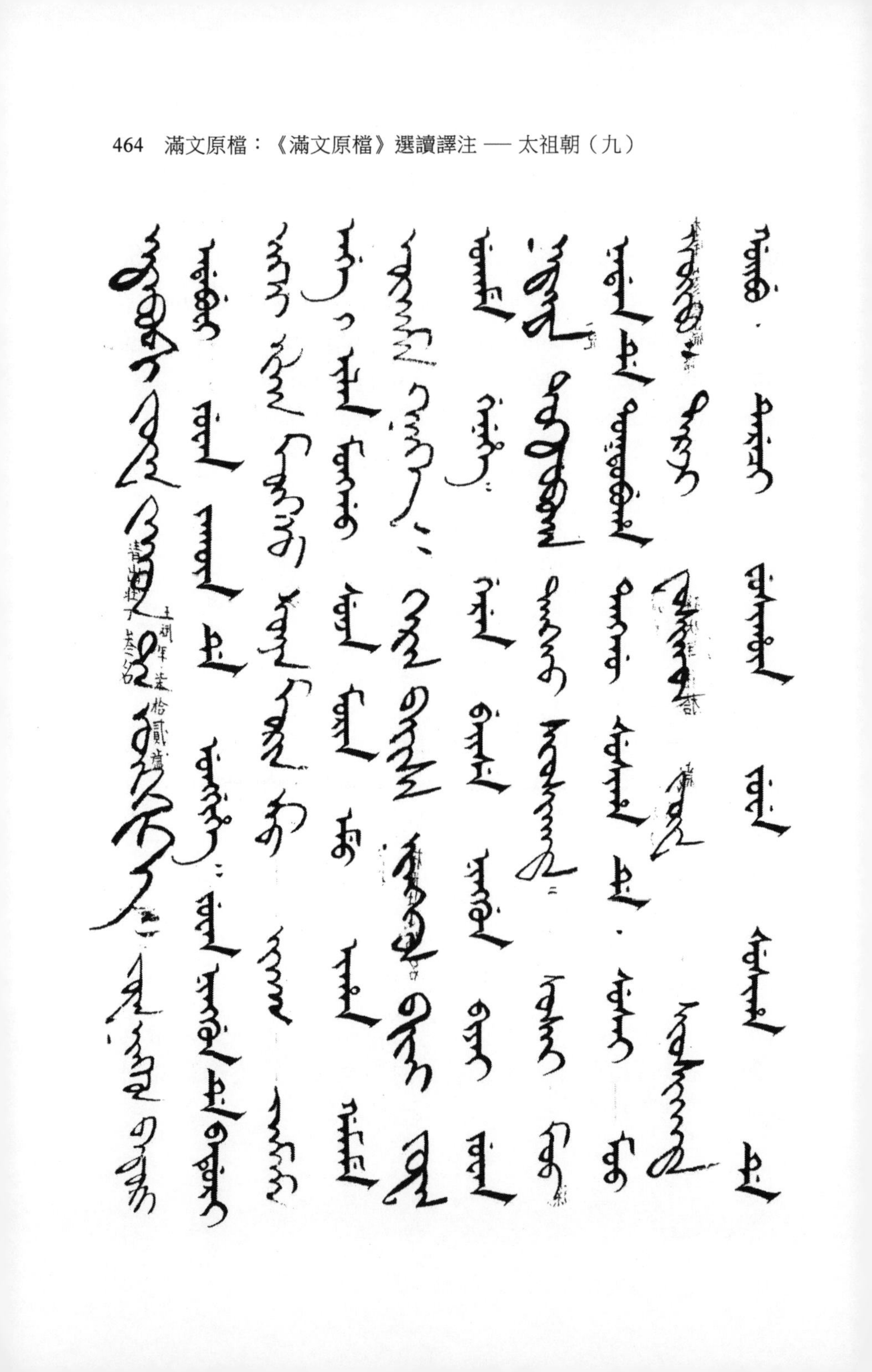

adabufi juwan jakūn de unggihe. juwan ninggun de baduri age i ilan monggo, sunja morin, emu ihan gamame ukame genehe. geren beise, ninggun biyai juwan nadan de toktobuha, tanggū šusiha de, susai moo goibu. tereci fusihūn juwe šusiha de

---

於十八日前往。十六日，巴都里阿哥所屬三蒙古人攜馬五匹、牛一頭逃走。六月十七日，諸貝勒議定：百鞭折五十杖。嗣後，二鞭折一杖，四十二疋，

于十八日前往。十六日，巴都里阿哥所属三蒙古人携马五匹、牛一头逃走。六月十七日，诸贝勒议定：百鞭折五十杖。嗣后，二鞭折一杖，四十二疋，

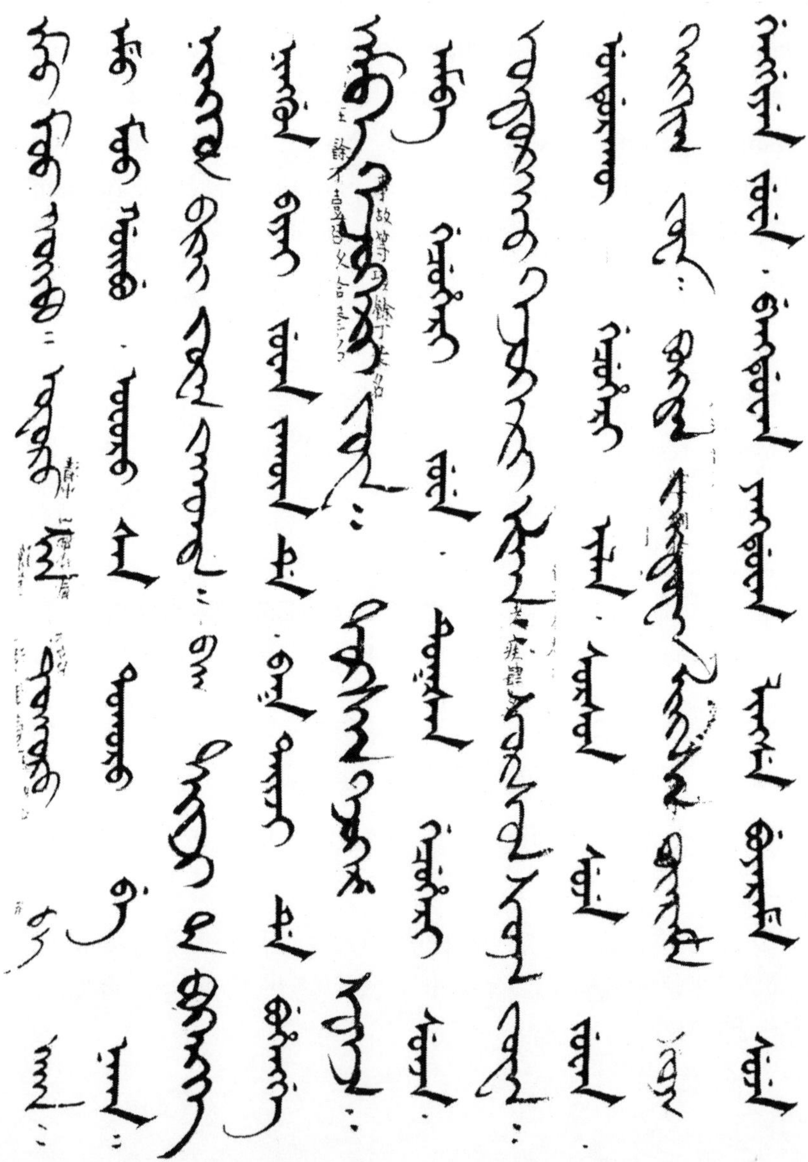

emu moo goibu. oforo, šan tokoro be naka. ninggun biyai juwan jakūn de, bak taiji de buhengge, amba gecuheri juwe, tukšan gecuheri sunja, undurakū gecuheri ilan, sorson suje juwan, genggiyen juwe, pengduwan, yangduwan, lingse, buyarame suje

---

廢止刺耳、鼻之刑。六月十八日，賜巴克台吉大蟒緞二疋、小蟒緞[36]五疋、龍緞三疋、纓緞十疋、石青色素緞二疋、彭緞、洋緞、綾子、雜緞

废止刺耳、鼻之刑。六月十八日，赐巴克台吉大蟒缎二疋、小蟒缎五疋、龙缎三疋、缨缎十疋、石青色素缎二疋、彭缎、洋缎、绫子、杂缎

---

[36] 小蟒緞，句中「小」，《滿文原檔》寫作 "toksan"（陰性 k），《滿文老檔》讀作 "tukšan"（陽性 k），原義為「牛犢、一歲崽」，此處借喻其「小」。

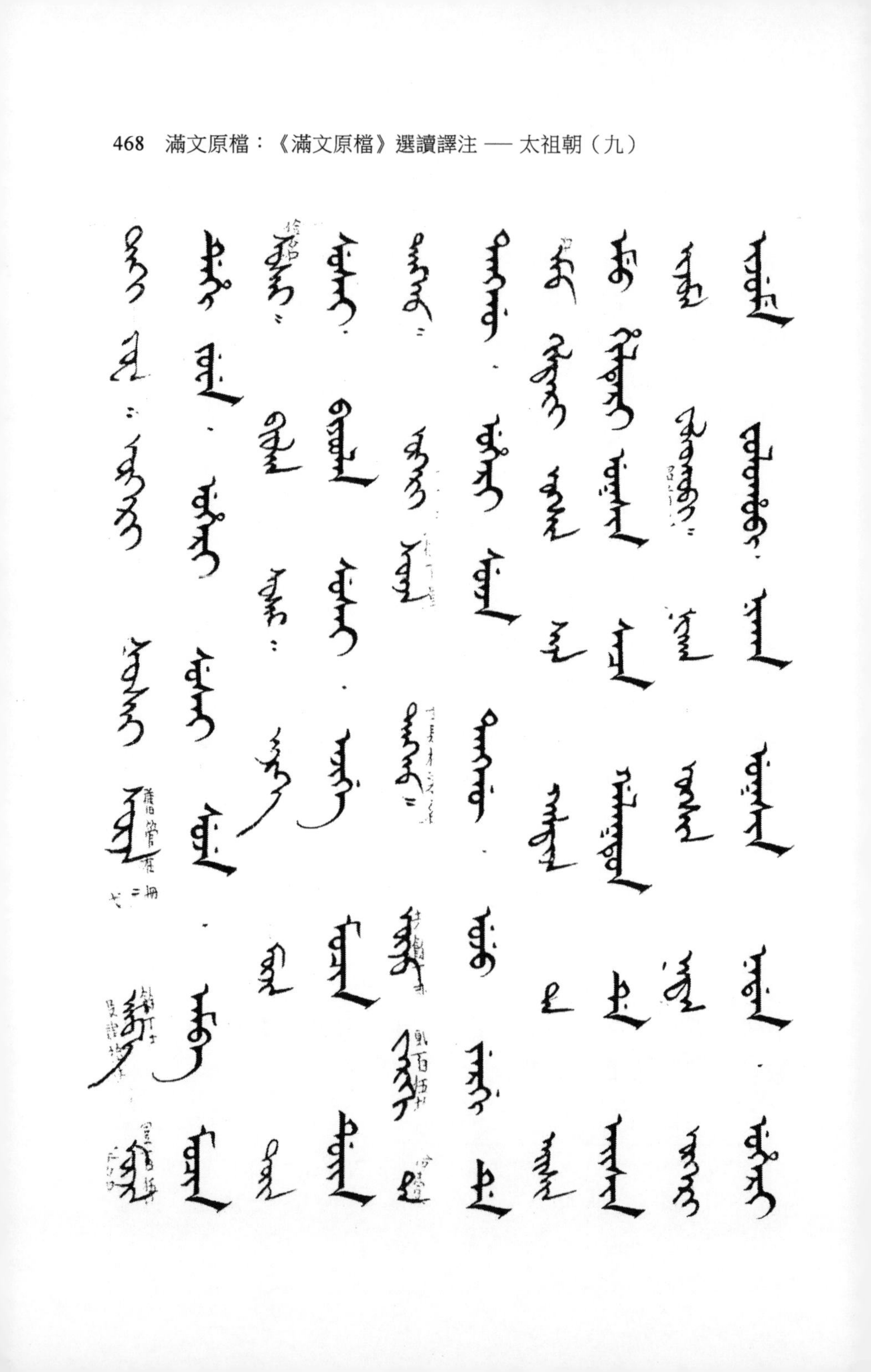

dehi juwe. uheri susai suje, amba mocin susai, biyoolan susai, ajige mocin duin tanggū, uheri sunja tanggū. uju jergi de, emu hilteri uksin, saca galaktun de aisin ijume folohobi, nikan uksin nadan, uheri

---

四十二疋。共緞五十疋，大毛青布五十疋、標藍五十疋、小毛青布四百疋，共五百疋。頭等賜明甲一副、盔與亮袖鍍金刻花漢甲七副，

四十二疋。共缎五十疋，大毛青布五十疋、标蓝五十疋、小毛青布四百疋，共五百疋。头等赐明甲一副、盔与亮袖镀金刻花汉甲七副，

三十、善養國人

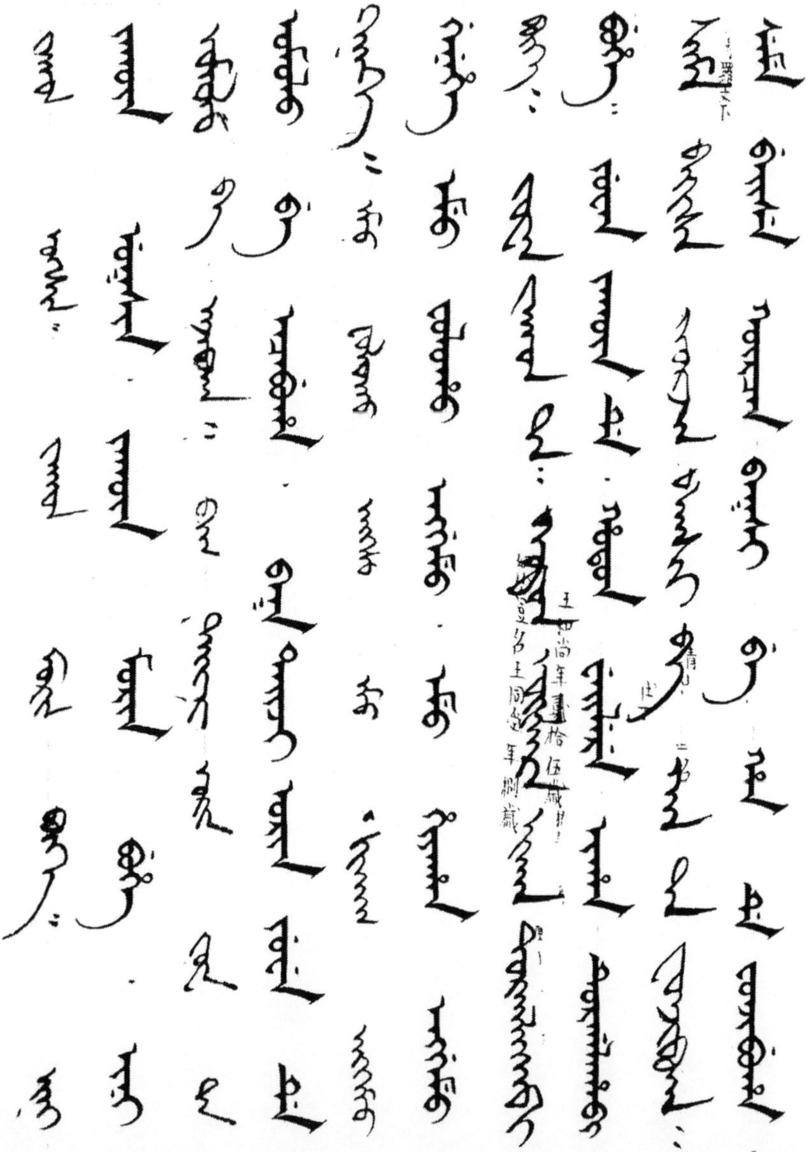
王甲尚年壹拾伍歲
立名王同年捌歲

jakūn uksin, jakūn morin buhe, ini omolo be acabuha. bak
taiji orin juwe de genehe, emu foloho enggemu, emu hiyahan
enggemu buhe. juwan jakūn de, hoton weilere ihan
turgalahabi seme, beise kūrcan baksi be han de fonjibuha.

共甲八副、馬八匹，准其孫謁見。巴克台吉於二十二日回
去，賜雕鞍一具、架鞍一具。十八日，因築城之牛已瘦，
諸貝勒令庫爾纏巴克什問於汗。

共甲八副、马八匹，准其孙谒见。巴克台吉于二十二日回
去，赐雕鞍一具、架鞍一具。十八日，因筑城之牛已瘦，
诸贝勒令库尔缠巴克什问于汗。

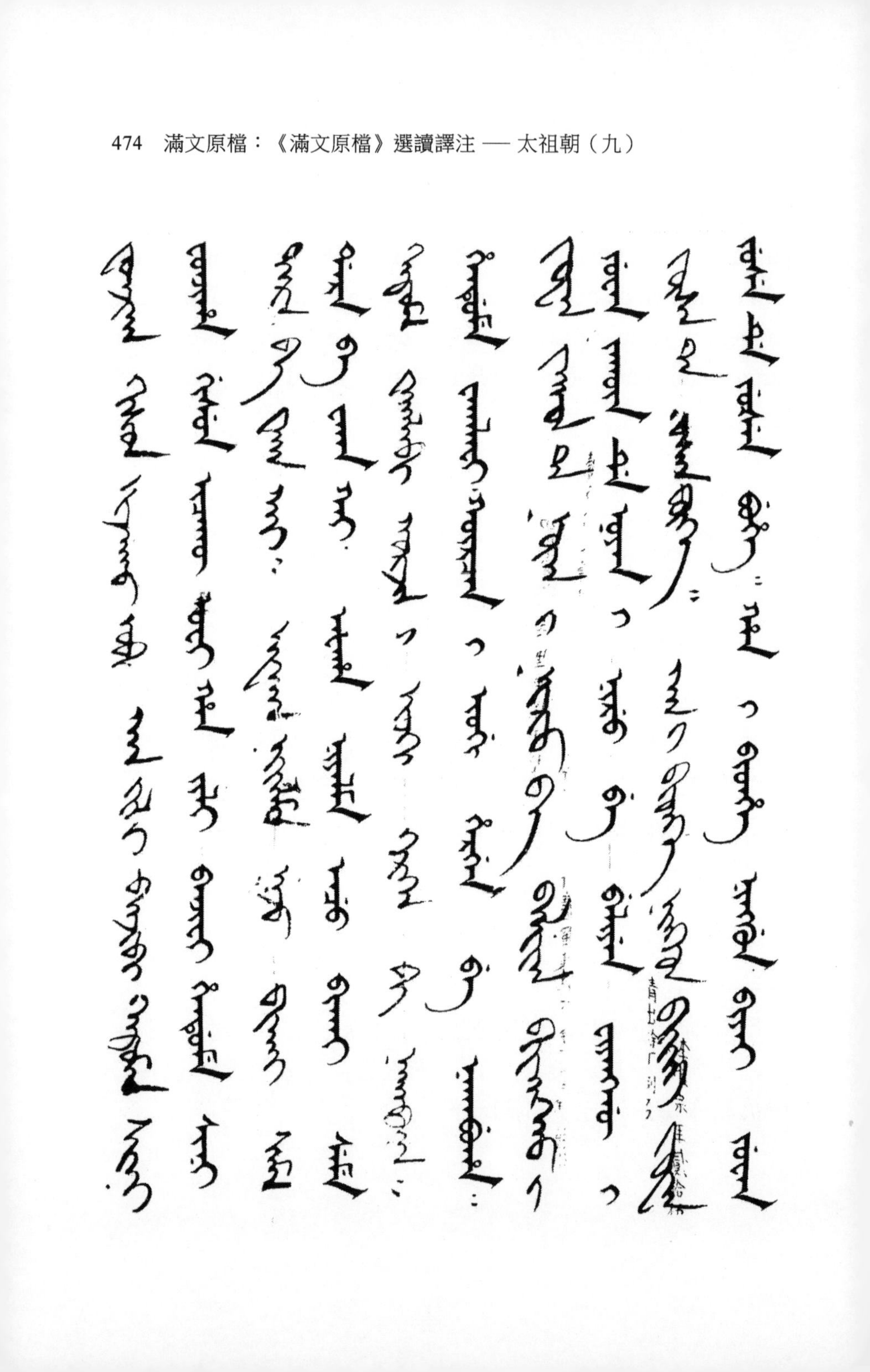

fonjiha gisun icakū ofi, han jili banjifi hendume, sini dara ba
waka kai, afaha niyalma encu bikai seme hendume wakalafi,
kūrcan i iogi hergen be nakabuha. juwan jakūn de noyan i
niru be, beliyen fiyanggū i juse de jušen buhe. han i bithe,
ninggun biyai juwan

因所問之言不合，汗怒責之曰：「非爾所管之事，另有專
管之人也。」遂革庫爾纏遊擊之職。十八日，令將諾延牛
彔給白林費揚古之子為諸申。六月十九日，汗頒書諭曰：

因所问之言不合，汗怒责之曰：「非尔所管之事，另有专
管之人也。」遂革库尔缠游击之职。十八日，令将诺延牛
彔给白林费扬古之子为诸申。六月十九日，汗颁书谕曰：

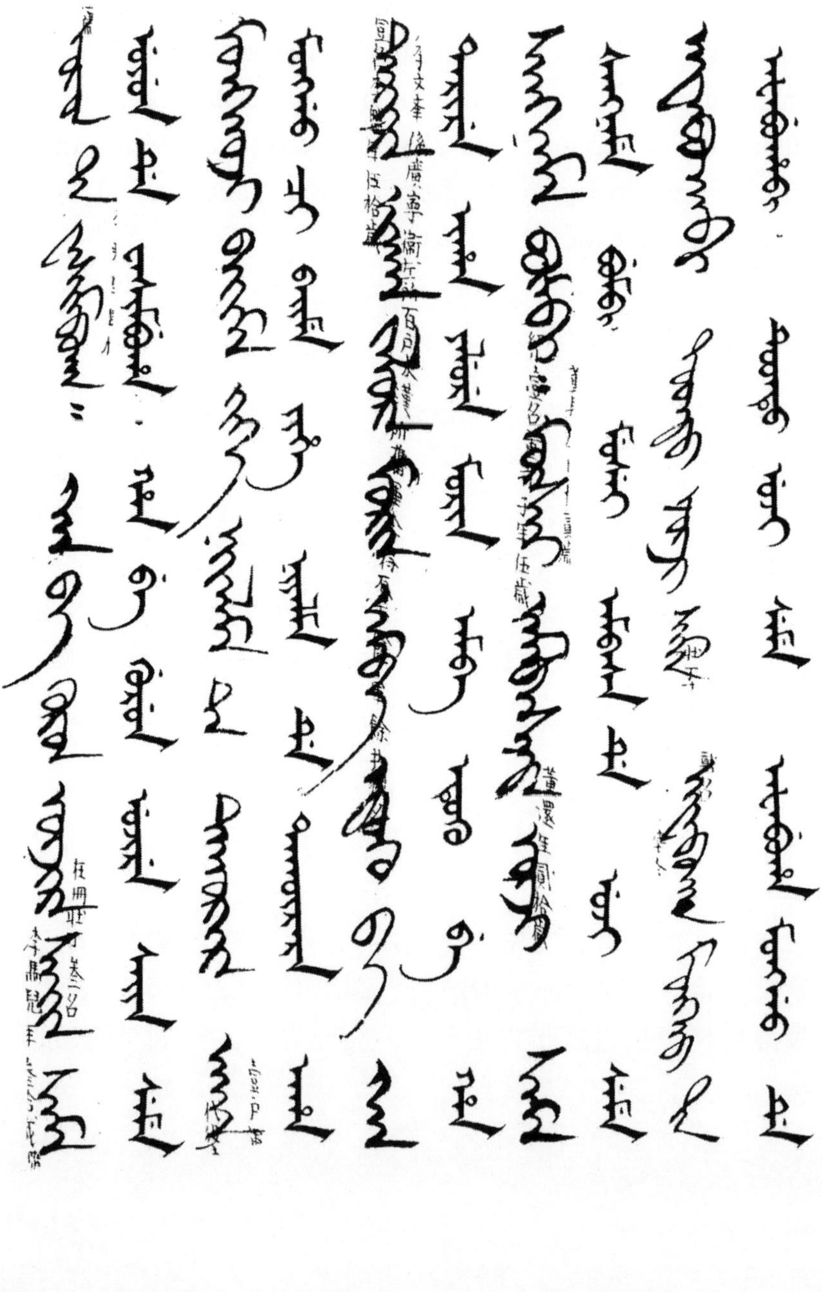

uyun de wasimbuha, han be gurun ujire sain seme monggo ci
baime jihe niyalma de takūrara aha, tarire ihan, yalure morin,
amba etuku be han šangname bumbi, musei ambasa de uji
seme afabuhabi. tuttu uji seme afabuha monggo de

「汗因善養國人，故而汗賞給蒙古來投之人役使之奴僕、
耕種之牛隻、乘騎之馬匹及盛裝，並交付我大臣等養育
之。如此交付養育之蒙古，

「汗因善养国人，故而汗赏给蒙古来投之人役使之奴仆、
耕种之牛只、乘骑之马匹及盛装，并交付我大臣等养育之。
如此交付养育之蒙古，

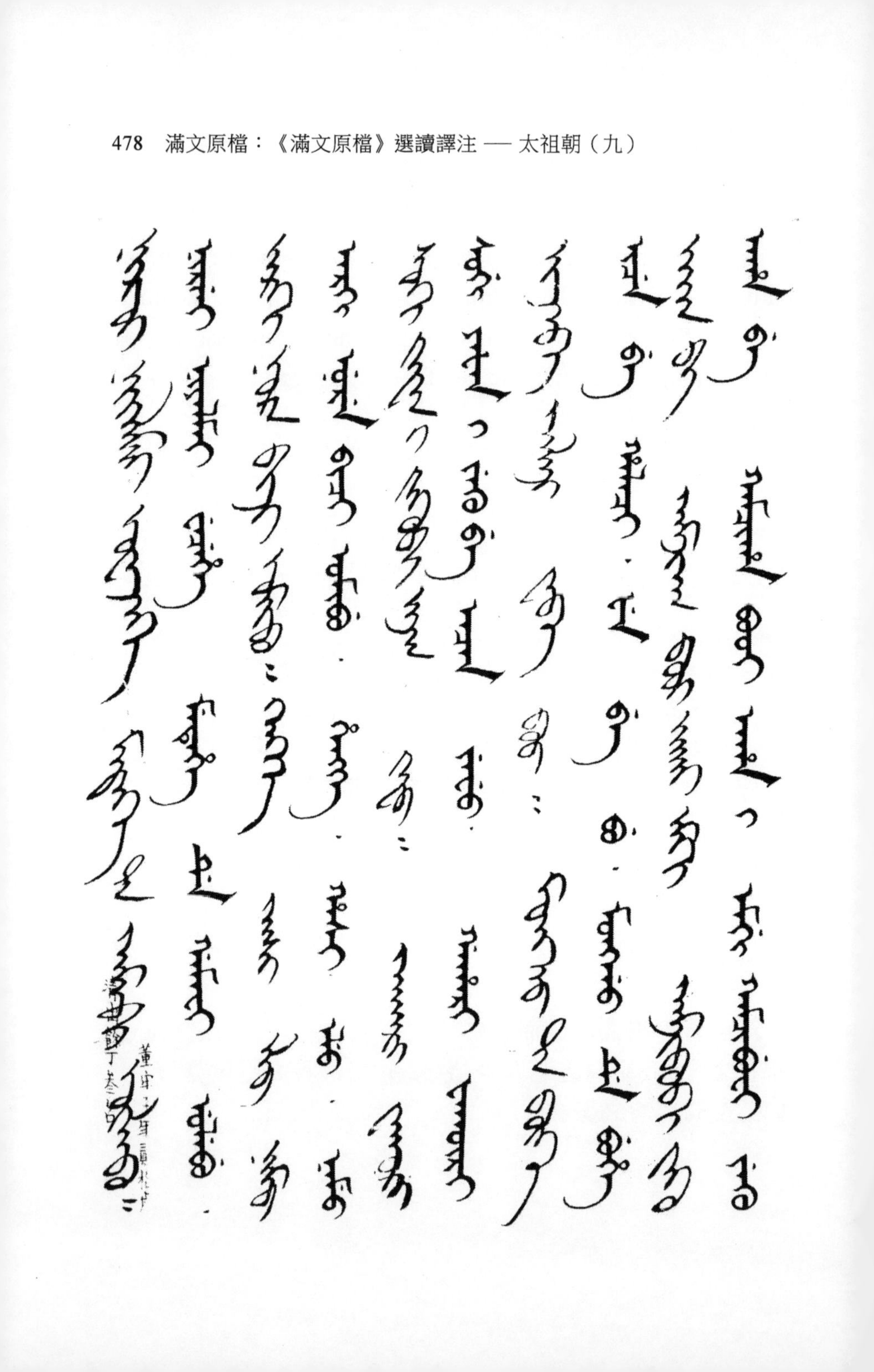

nirui niyalmai wecehe metehe de gamafi ulebu. arki nure
bici omibu, hengke, hasi, elu, namu, sogi, yafan i jeku be
acan jefu. gahari, fakūri ice be halaci, fe be bu. monggo de
buhe aha be kamciha, booi aha i emgi kamcibufi, jeku

爾等須帶至牛彔人祭祀還願處供其食之。若有酒則供其飲
之。至於瓜、茄、葱、生菜、蔬菜及菜園內米穀,皆令同
食。布衫、褲換新,舊亦給之。賜蒙古兼管奴僕,與包衣
奴僕一同兼管,

尔等须带至牛彔人祭祀还愿处供其食之。若有酒则供其饮
之。至于瓜、茄、葱、生菜、蔬菜及菜园内米谷,皆令同
食。布衫、裤换新,旧亦给之。赐蒙古兼管奴仆,与包衣
奴仆一同兼管,

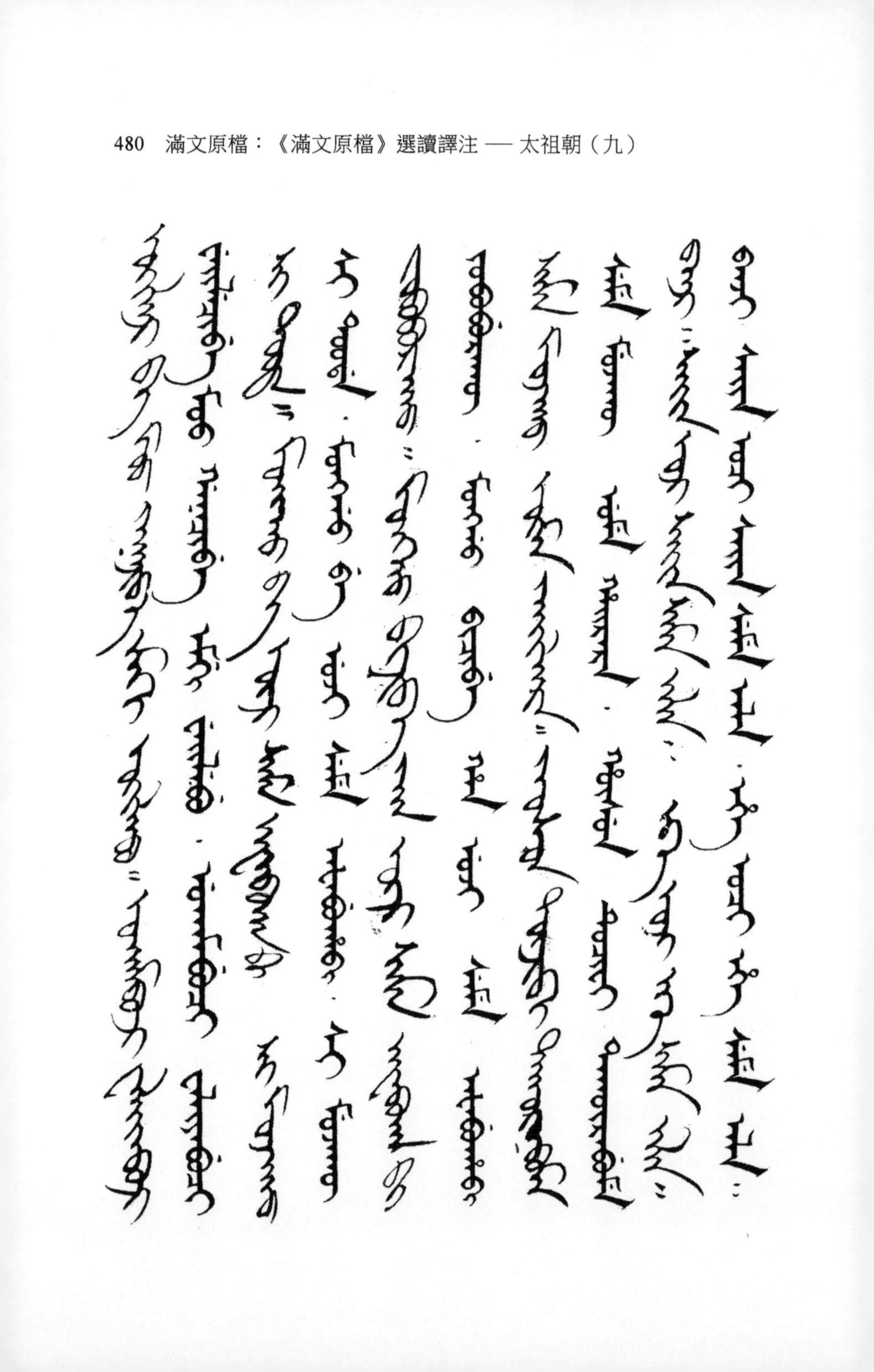

weilecibe, moo ganacibe, emgi weilebu. ukambuci
waliyabuci si tooda. monggo be uji seme afabuhabi, si
mujakū joboburakū, monggo bicibe, han uji seme afabuhabi,
si mujakū joboburakū, monggo bicibe, han uji seme
afabuhabi seme mujakū ume hairara. hūsun tucifi
takūrabume banji, sain oci sain seme ala, ehe oci ehe seme
ala.

耕種糧食、砍伐柴薪，皆令一同操作。若有逃走，若有丟
失，由爾償還。既將蒙古交付養育，爾勿過於操勞，蒙古
奉汗命交付養育，亦勿過於憐惜。出力當差，善者稱善，
惡者稱惡。

耕种粮食、砍伐柴薪，皆令一同操作。若有逃走，若有丢
失，由尔偿还。既将蒙古交付养育，尔勿过于操劳，蒙古
奉汗命交付养育，亦勿过于怜惜。出力当差，善者称善，
恶者称恶。

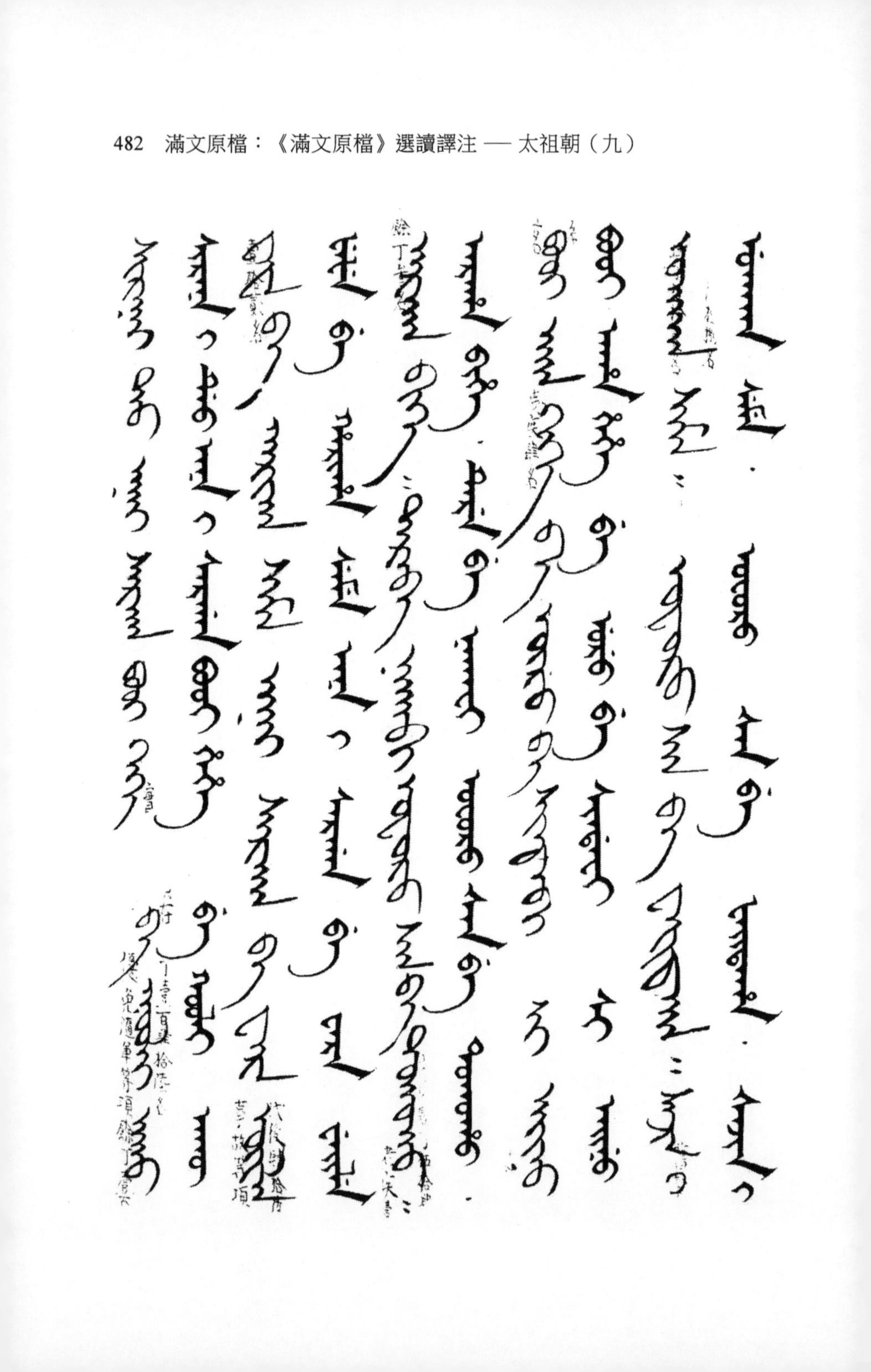

sirana i deo ana i sargan, booi hehe be kooli akū fefe be
hariha seme, ana i sargan be wara weile araha bihe. tere be
nakafi oforo, šan be tokoho. booi aha hehe be, uru be sindafi
si ainu ukaka seme, oforo, šan be faitaha, šajin i

錫喇納弟阿納之妻，目無法紀，烙燙其婢女私處[37]，原曾
治阿納妻以死罪。後免其死，刺其耳、鼻。又責其家奴婢
女曰：「爾本屬有理，為何逃走耶？」遂割其耳、鼻，

錫喇納弟阿纳之妻，目无法纪，烙烫其婢女私处，原曾治
阿纳妻以死罪。后免其死，刺其耳、鼻。又责其家奴婢女
曰：「尔本属有理，为何逃走耶？」遂割其耳、鼻，

---

[37] 私處，《滿文原檔》寫作 "wa(e)wa(e)"，《滿文老檔》讀作 "fefe"，
意即「陰戶」。按此為無圈點滿文 "we"與 "fe"之混用現象。

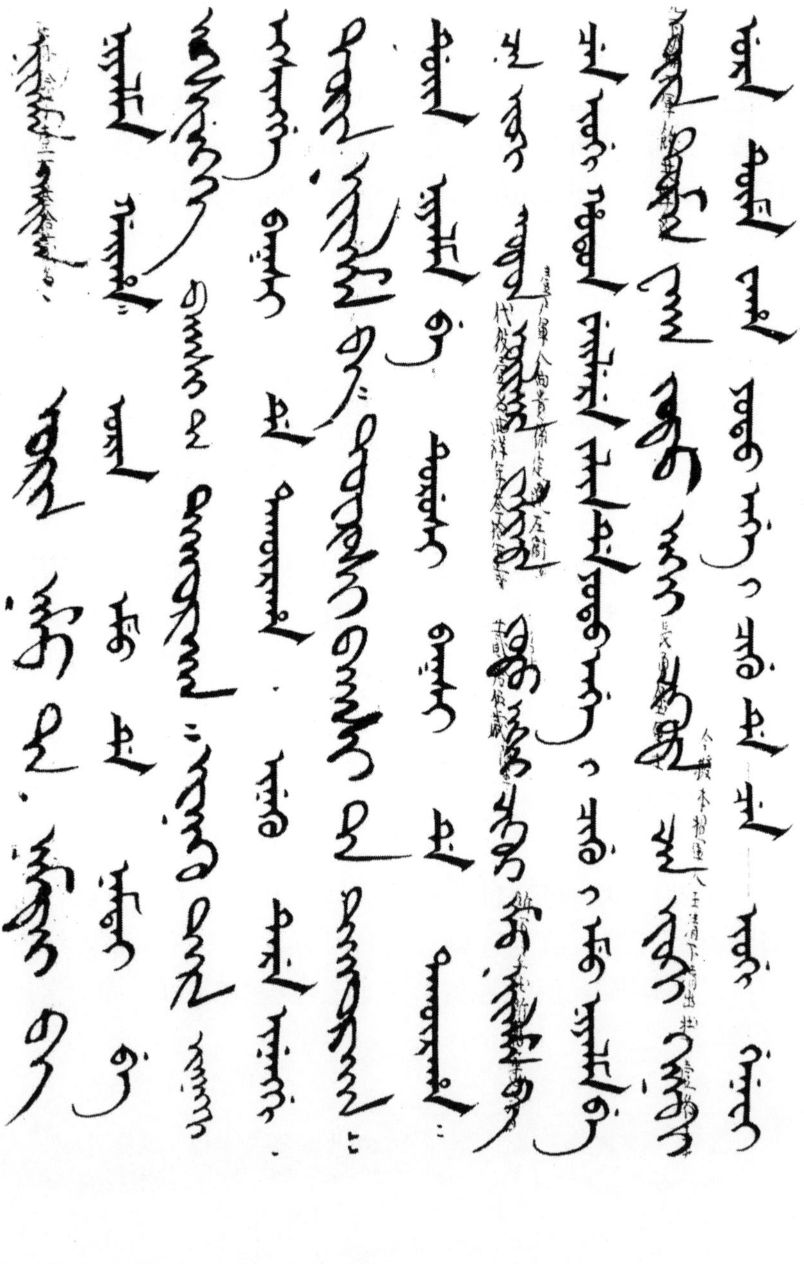

niyalma gaiha. orin emu de, namtai be eksingge baksi de takūraha. ineku tere inenggi, duin niyalma be turusi baksi de takūraha. cen iogi, hoton weilere jalin de, yoto age i cigu i emu niyalma be ura tūme waha, yoto age i cigu de cen iogi genefi

其人由執法者收留之。二十一日，遣納木泰往額克興額巴克什處。是日，遣四人往圖魯什巴克什處。陳遊擊為修城將岳托阿哥所屬旗鼓下一人打屁股杖斃，陳遊擊前往岳托阿哥屬下旗鼓處曰：

其人由执法者收留之。二十一日，遣纳木泰往额克兴额巴克什处。是日，遣四人往图鲁什巴克什处。陈游击为修城将岳托阿哥所属旗鼓下一人打屁股杖毙，陈游击前往岳托阿哥属下旗鼓处曰：

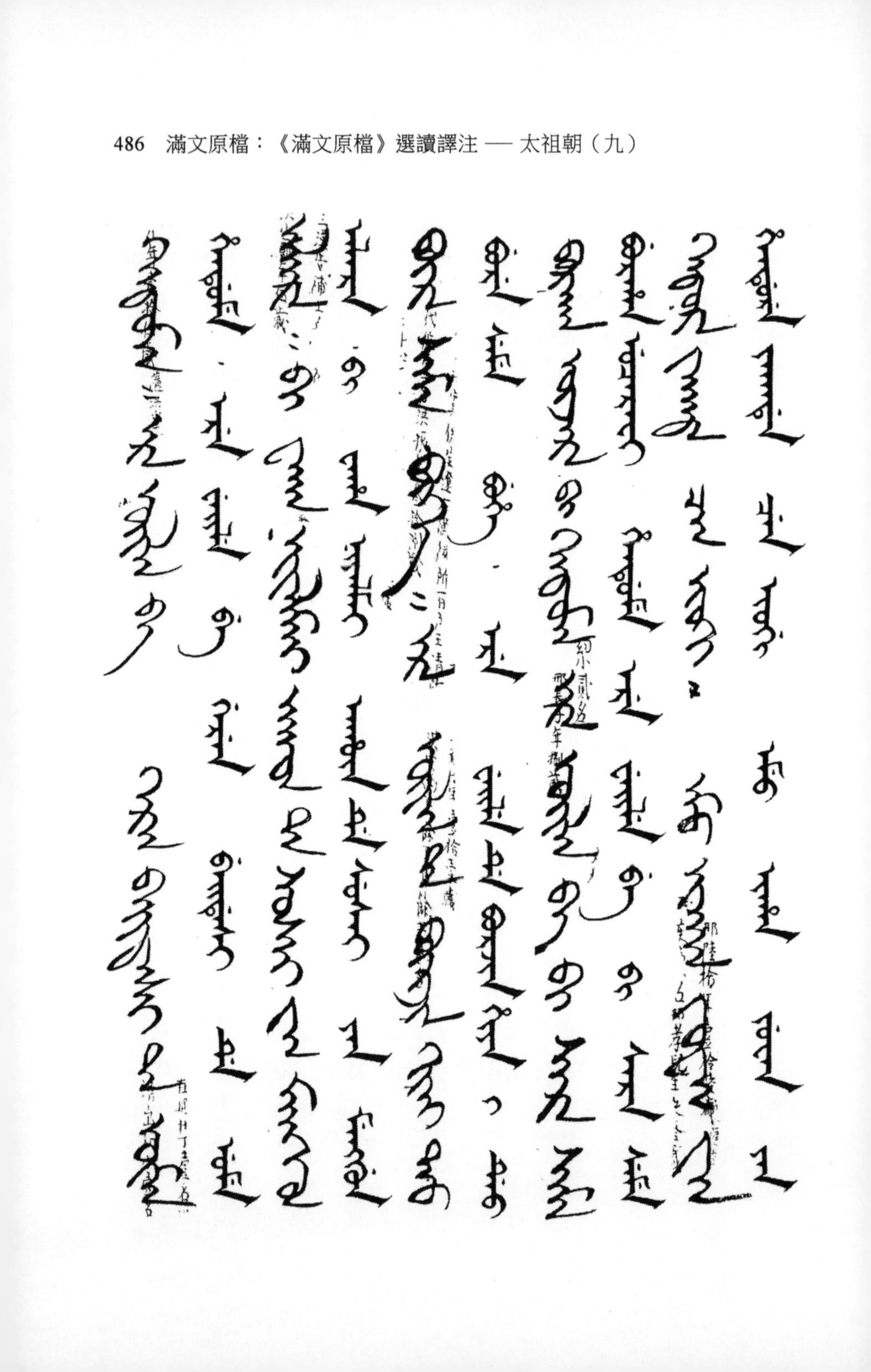

hendume, ere weile be geren beidesi de ume alara, bi waha niyalmai ahūn de, susai yan menggun bure seme buhe. ere weile de borjin hiya i deo burhan ucarafi hendume, ere weile be bi sara seme hendure jakade, cen iogi emu ihan, juwan yan

---

「勿將此案告於衆審事官，我願付死者之兄以銀五十兩。」言畢給之。此案博爾晉侍衞之弟布爾漢遇之曰：「此案我知也。」陳遊擊遂給布爾漢牛一頭、銀十兩、

「勿將此案告于众审事官，我愿付死者之兄以银五十两。」言毕给之。此案博尔晋侍卫之弟布尔汉遇之曰：「此案我知也。」陈游击遂给布尔汉牛一头、银十两、

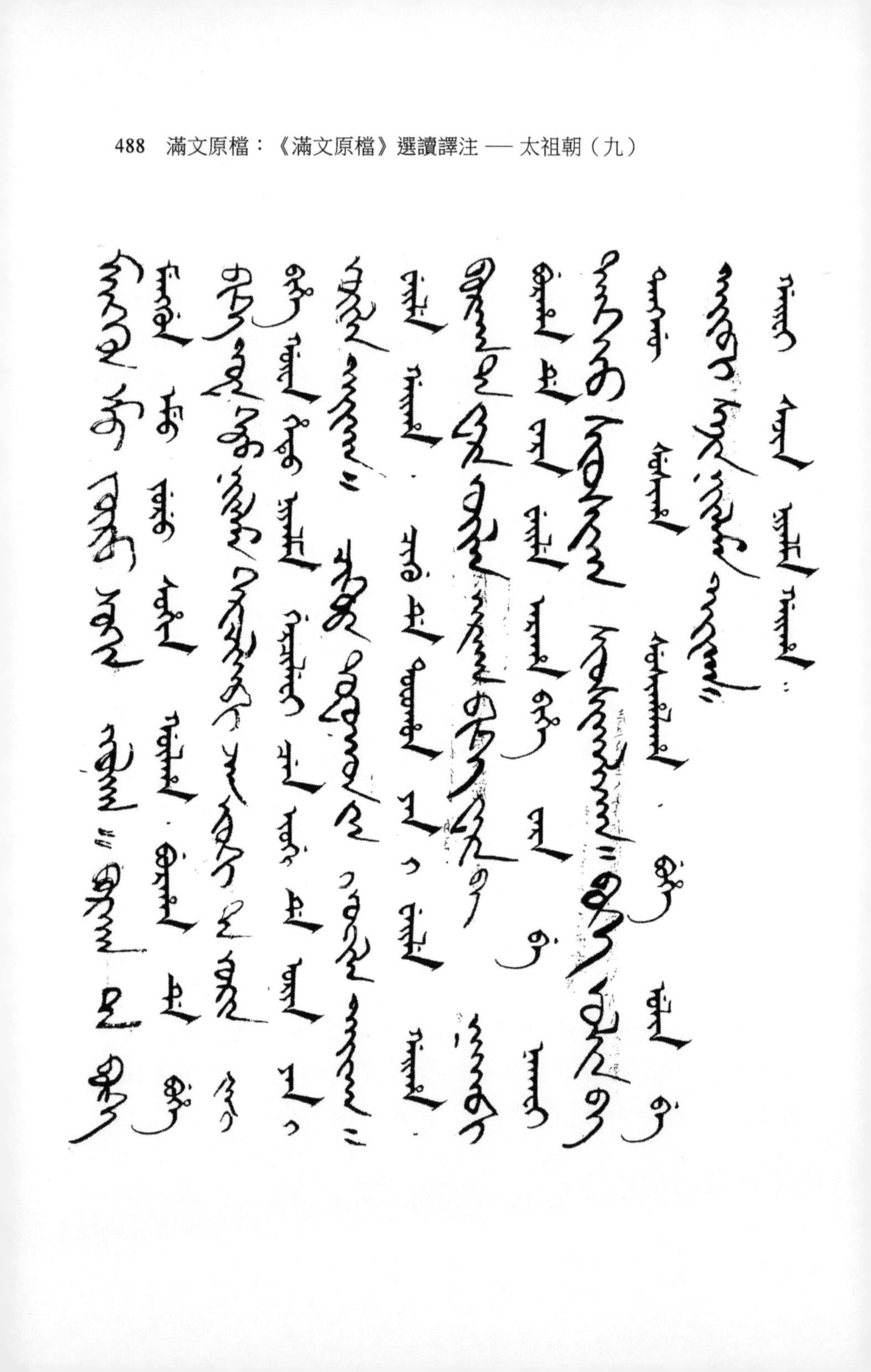

menggun, emu juru sohin gūlha, burhan de buhe bihe. gūwa hetu niyalma gercilefi, cen iogi de orin yan i weile gaiha, cigu de tofohon yan i weile gaiha. burhan de wara weile araha bihe, wara be nakafi tanggū šusiha šusihalaha, buhe ulin be gaifi šajin niyalma gaiha.

皂靴一雙。後被他人首告，罰陳遊擊銀二十兩之罪，罰旗鼓銀十五兩之罪，治布爾漢死罪；後免其死，鞭打一百鞭，沒其所給之財物，由執法之人取之。

皂靴一双。后被他人首告，罚陈游击银二十两之罪，罚旗鼓银十五两之罪，治布尔汉死罪；后免其死，鞭打一百鞭，没其所给之财物，由执法之人取之。

三十一、頒賜敕書

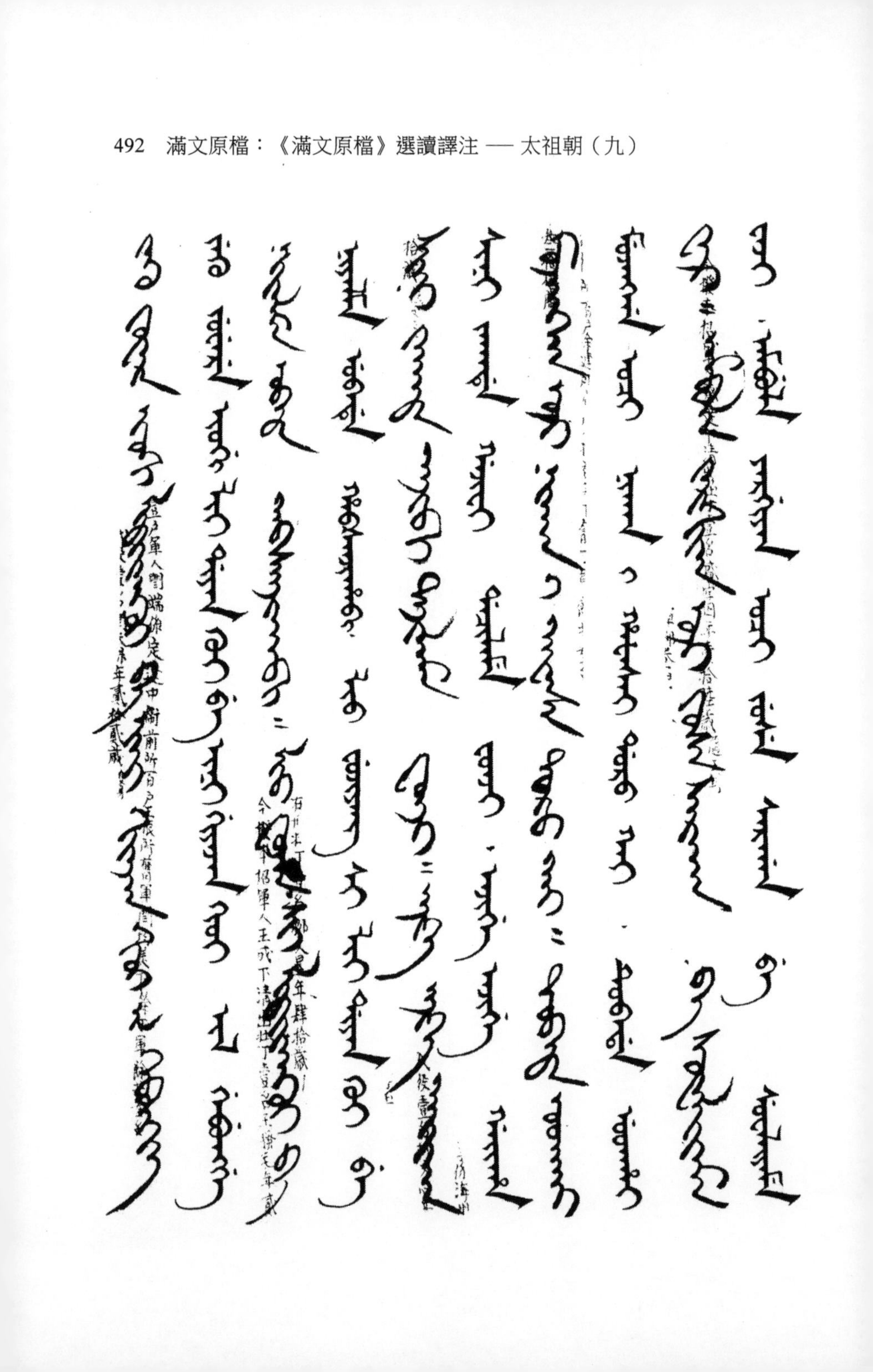

jeku juwere iogi lii diyan kui be, ini giyajan kioi il gebungge
niyalma ubade habšanjihabi. lio fujiyang si, lii diyan kui be
sini jakade gajifi dacilame fonji, ajige ajige gaiha mujangga
oci, nikan i hafasai doro kai, tubade uthai waji. ambula
yargiyan oci, juse sargan be suwaliyame

六月二十三日，致劉副將曰：「運糧遊擊李殿魁之隨侍名
徐伊勒之人，來此控告李殿魁。著爾劉副將將李殿魁召至
爾跟前詢問。若所取實屬微小，則係漢人官員之常事也，
可就地完結。若所取確實甚多，則將其婦孺一併遣之。

六月二十三日，致刘副将曰：「运粮游击李殿魁之随侍名
徐伊勒之人，来此控告李殿魁。着尔刘副将将李殿魁召至
尔跟前询问。若所取实属微小，则系汉人官员之常事也，
可就地完结。若所取确实甚多，则将其妇孺一并遣之。

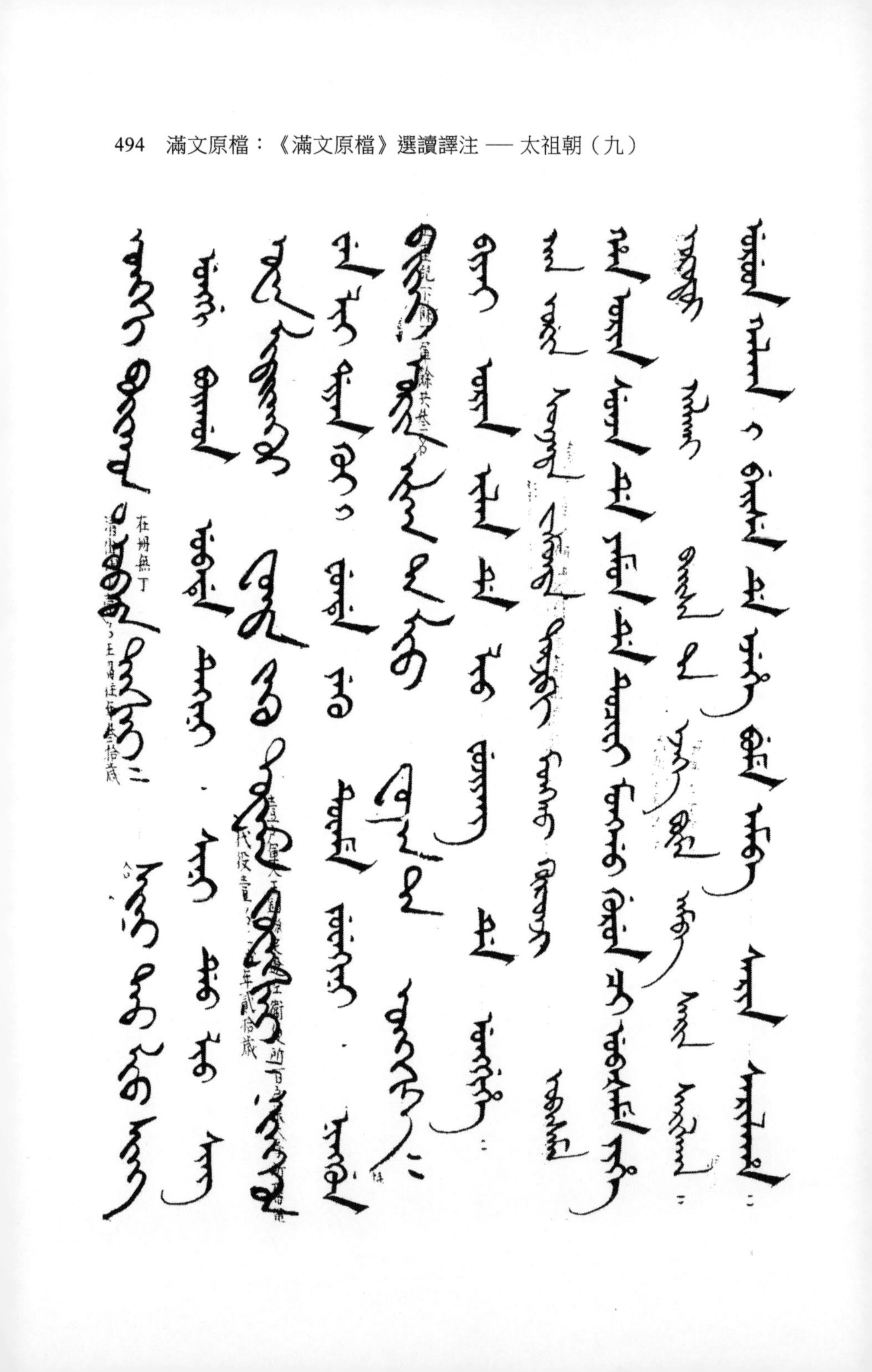

在冊無丁

一壬月住口卷拾蔵
二

代役三童十二年貳拾蔵

unggi, boigon ubade tekini. sini deo lio sing wen, lii diyan kui i funde jeku tuwame juwekini. ninggun biyai orin ilan de lio fujiyang de unggihe. han, orin sunja de yamun de tucifi, monggo gurun ci ubašame jihe urut, kalka i beise de ejehe bume, amba sarin sarilaha.

───────────

戶口可令其於此居住。著爾弟劉興文代替李殿魁督運糧食。」二十五日，汗御衙門，頒敕書賜自蒙古部叛來[38]之兀魯特、喀爾喀諸貝勒，設筵大宴之。

───────────

户口可令其于此居住。着尔弟刘兴文代替李殿魁督运粮食。」二十五日，汗御衙门，颁敕书赐自蒙古部叛来之兀鲁特、喀尔喀诸贝勒，设筵大宴之。

───────────

[38] 叛來，句中「叛」，《滿文原檔》寫作 "obasama(e)"，《滿文老檔》讀作 "ubašame"。按滿文 "ubašambi"根詞，源自蒙文"urbaqu"意即「反叛、叛逆」，其構詞方式："urba-"→ "uba-"（r 脫落）+ša（附加成分、重覆進行體）→ "ubaša-"。

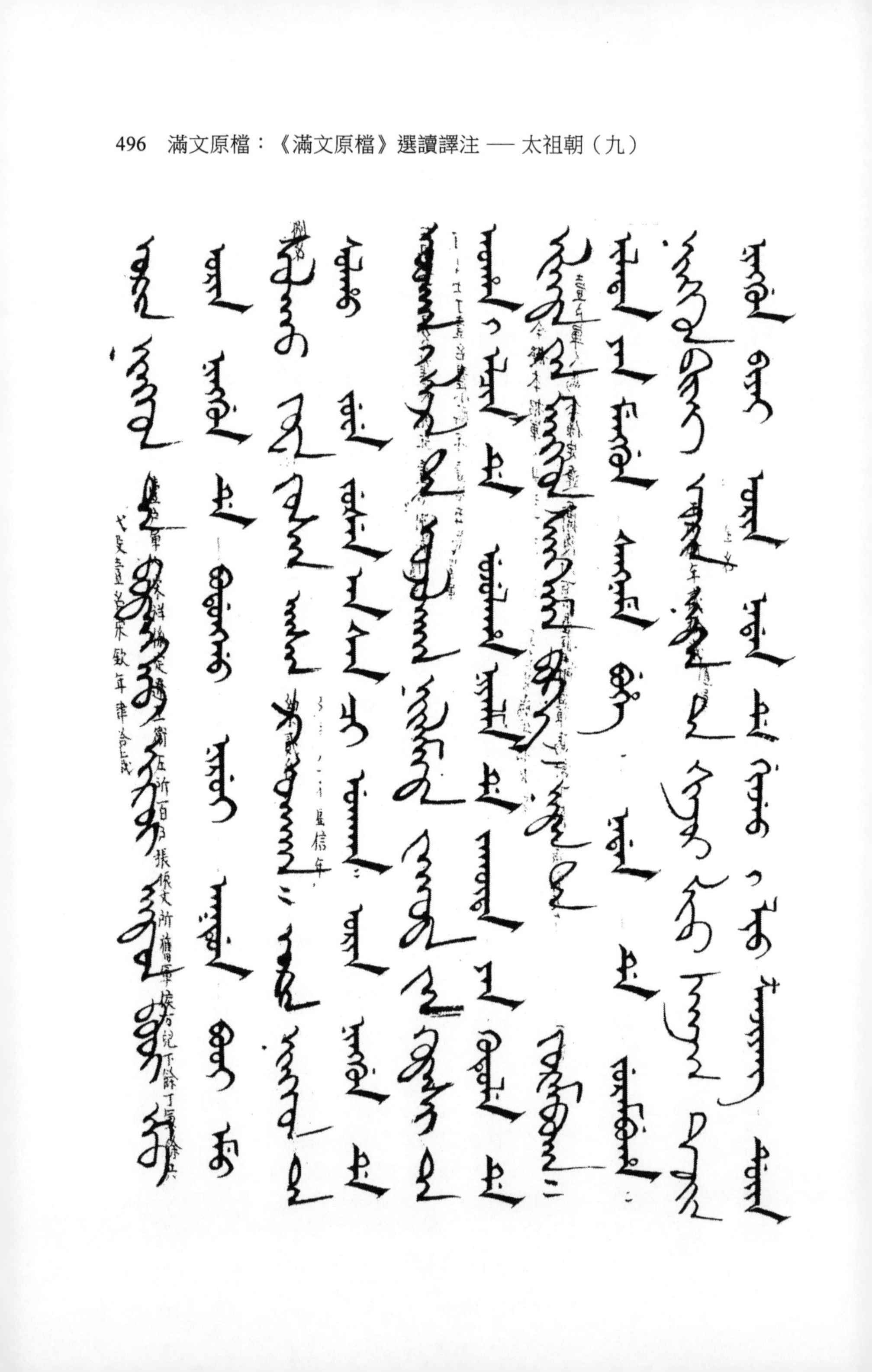

orin ninggun de, bodonggo nirui akdun booi emu solho, juwe jušen an šan ci ukaka. orin ninggun de, aohan i elcin de ujulaha niyalma de jakūta yan, kutule de ilata yan menggun šangname buhe, nadan de jurambuha. ninggun biyai orin nadan de, ginjeo i lio ts'anjiyang, duin

二十六日，波棟果牛彔下阿克敦家之一朝鮮人、二諸申自鞍山逃走。二十六日，賞賜敖漢使者為首者銀各八兩、跟役銀各三兩，令其於初七日啟程。六月二十七日，金州劉參將

二十六日，波栋果牛彔下阿克敦家之一朝鲜人、二诸申自鞍山逃走。二十六日，赏赐敖汉使者为首者银各八两、跟役银各三两，令其于初七日启程。六月二十七日，金州刘参将

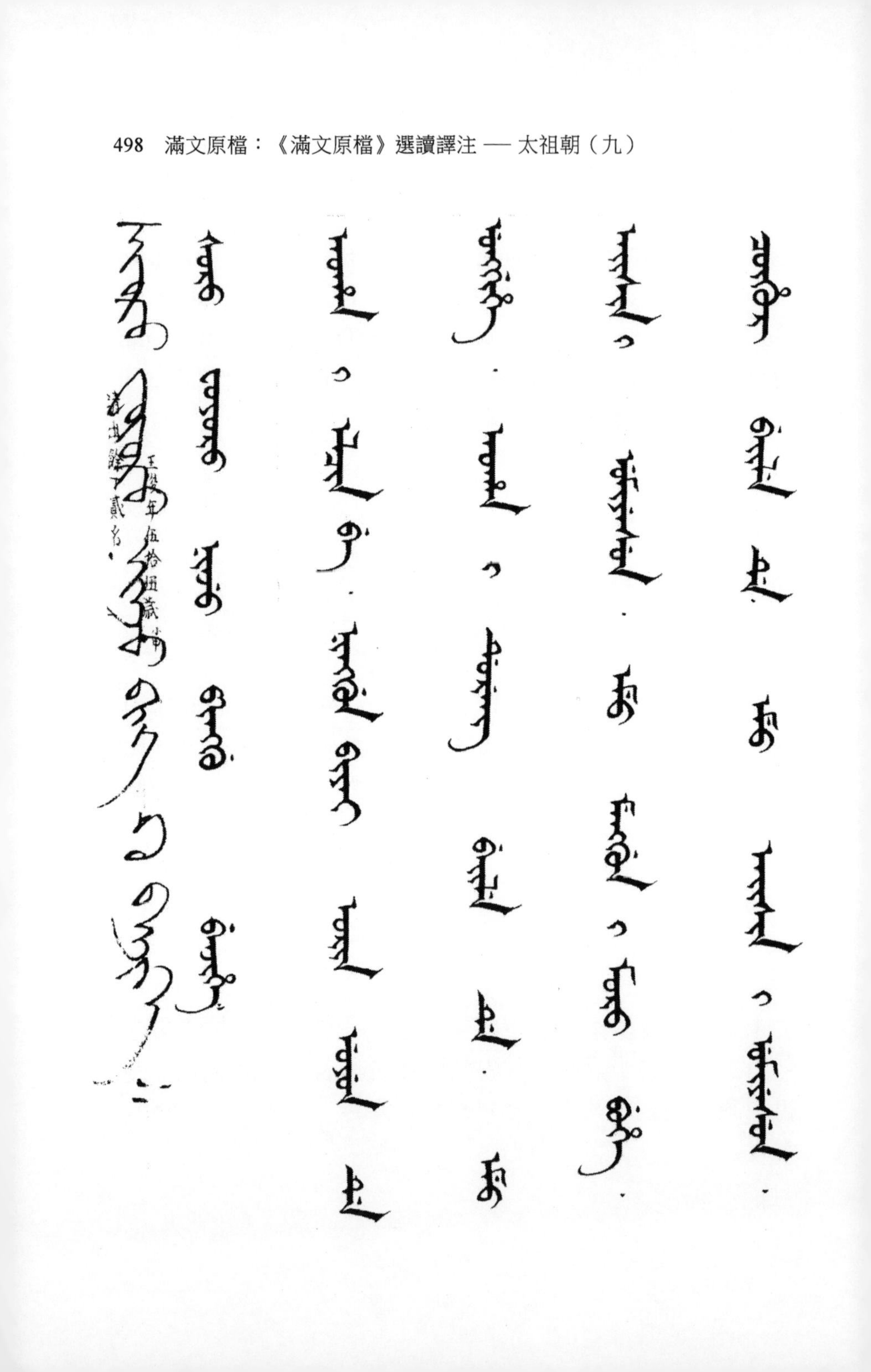

šoro foyoro, ninju pinggu benjihe. aohan i elcin be, ninggun biyai orin uyun de unggihe, aohan i dureng beile de, emu aisin i umiyesun, emu menggun i moro buhe. cūhur beile de, emu aisin i umiyesun,

---

獻李子四筐、蘋果六十個。六月二十九日，遣敖漢使者還。賜敖漢杜楞貝勒金腰帶一條、銀碗一個，楚虎爾貝勒金腰帶一條、

献李子四筐、苹果六十个。六月二十九日，遣敖汉使者还。赐敖汉杜楞贝勒金腰带一条、银碗一个，楚虎尔贝勒金腰带一条、

emu menggun i moro buhe. jai jihe elcin de, duin niyalma de jakūta yan menggun buhe, jai nadan kutule de ilata yan menggun buhe.

銀碗一個。再賜前來使者四人銀各八兩，再賜跟役七人，銀各三兩。

银碗一个。再赐前来使者四人银各八两，再赐跟役七人，银各三两。

西鴞家寨

孫付焦

孫國印

孫良禹

孫國保

高必相

劉三得

孫愛明

東鴞家寨屯

孫世文

孫大勝

叁隊管隊　鴞世德

鴞維三

鴞世才

鴞討焦

鴞得才

鴞良爵

王三

鴞海三

鴞慶明

桑家嫩屯

鴞成才

鴞良乱

鴞十乱

阿軸奉

張仲金

滿文原檔之一

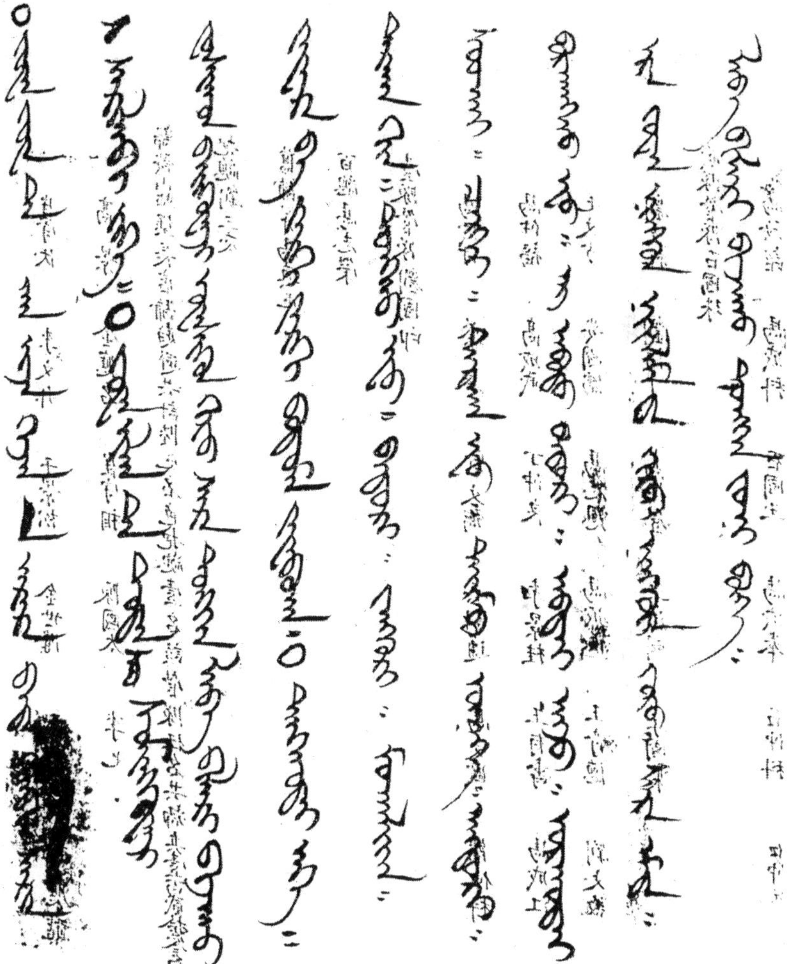

滿文原檔之二

壹隊管隊陳尚得

蕭討魁　丁萬札　劉得玉

李遜　劉伯克　王有義　李國勳　李快　劉兗文

金世奎　姚佳武　忠熟

金德　崔成惠　崔成礼　崔成官　金九　崔成勳

西石攜此

于志信　石九元

金應諾　廳脖

劉得才

黃成福　梁海棟　王益　李文盛　張有才　王文舉

滿文原檔之三

滿文原檔之四

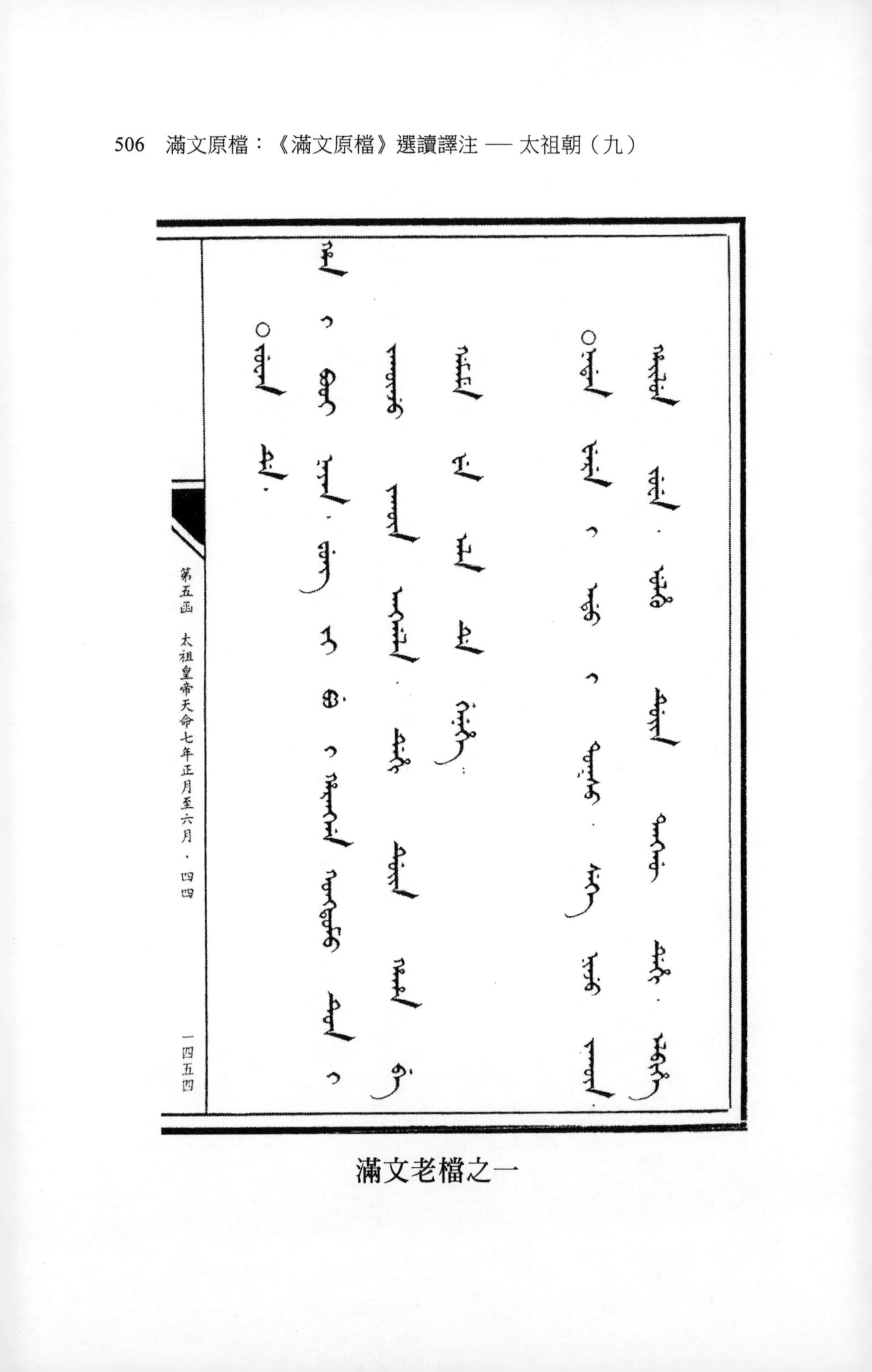

第五函　太祖皇帝天命七年正月至六月·四四

一四五四

滿文老檔之一

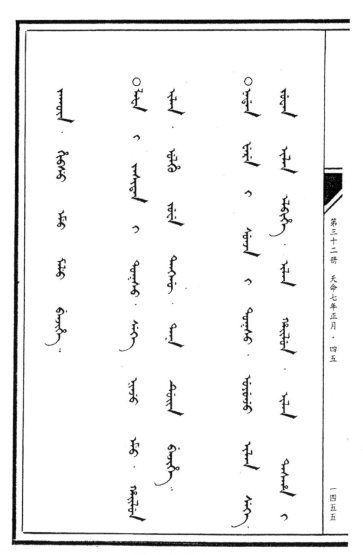

第三十二冊　天命七年正月・四五

一四五五

滿文老檔之二

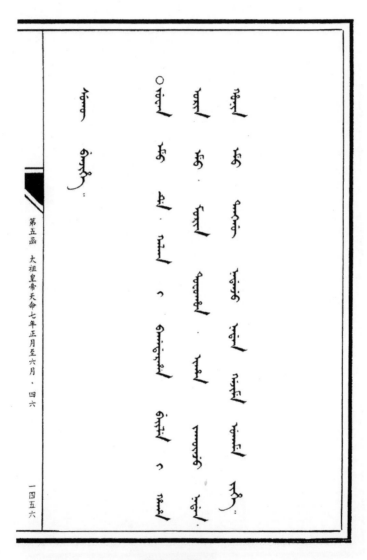

滿文老檔之三

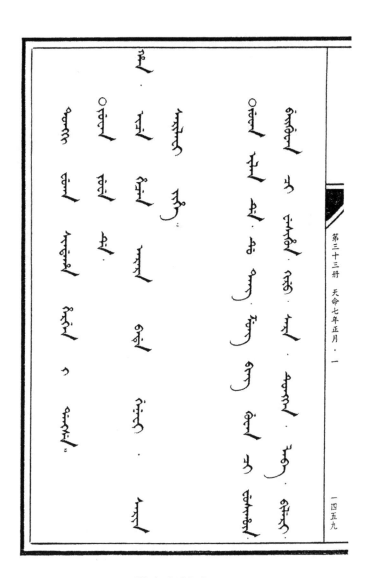

滿文老檔之四

致　謝

　　本書滿文羅馬拼音及漢文，由原任駐臺北韓國代表部連寬志先生精心協助注釋與校勘。謹此致謝。